公子倾城

著 维和粽子

上册

青岛出版社
QINGDAO PUBLISHING HOUSE

图书在版编目(CIP)数据

公子倾城/维和粽子著. —青岛:青岛出版社,2021.3
ISBN 978-7-5552-8331-7

Ⅰ.①公… Ⅱ.①维… Ⅲ.①长篇小说－中国－当代 Ⅳ.①I247.5

中国版本图书馆CIP数据核字(2020)第139537号

书　　名	公子倾城	
作　　者	维和粽子	
出版发行	青岛出版社	
社　　址	青岛市海尔路182号（266061）	
本社网址	http://www.qdpub.com	
邮购电话	18613853563　0532-68068091	
责任编辑	李文峰	
特约编辑	崔　悦　田　宇	
校　　对	胡　方	
装帧设计	蒋　晴	
照　　排	李红艳	
印　　刷	三河市良远印务有限公司	
出版日期	2021年3月第1版　　2021年3月第1次印刷	
开　　本	16开（710mm×980mm）	
印　　张	26.5	
字　　数	271千	
书　　号	ISBN 978-7-5552-8331-7	
定　　价	59.80元（全2册）	

编校印装质量、盗版监督服务电话 4006532017　0532-68068050

陌轻尘

性别： 男

昵称： 轻尘（仅限林池）

体重： 65kg

出生地： 北周都城明都

武功： 非常强，强到逆天

爱好： 和林池待在一起

身份： 北周大皇子、无墨山庄庄主

身高： 182cm

生日： 农历五月初五

居住地： 无墨山庄

擅长： 没有不擅长的

外貌： 银色流泻的长发垂在身后犹如银河落九天，眉目清冷，唇畔那抹不知是不是笑容的弧度始终扬着，却丝毫不能减轻哪怕一点的距离感。无论什么时候，他都像是从另外一个世界里走出来的，周身不染半点烟火气

发色： 银色

瞳色： 水墨色

最大的心愿： 永远和林池在一起

座右铭： 想要，就去得到

最痛苦的事情： 被林池痛恨厌恶

最开心的事情： 和林池在一起

喜欢的食物： 林池做的

喜欢的颜色： 黑色

喜欢的书： 没有特别喜欢的，不过最近很爱看凌书给的话本

家庭成员： 母亲、父亲、弟弟

喜欢的类型： 能够让他感觉到温暖的人

属下： 其墨、凌书、凌画

人物独白： 曾经以为我什么都不需要，但没想到我比自己想的还要贪婪

◇**来自他人的话：**

林池： 嗯，跟你在一起一辈子也没什么不好的。

其墨： 公子你该学着好好照顾自己。

凌书： 公子，要新到的话本吗？绝！对！精！彩！

姬定峦： 哥，什么时候也带我出去玩一次嘛！每次都只带嫂子，好过分啊！

人物档案

林 池

性别： 女　　　　　　　　　　　　**身份：** 江南富商蔺氏孤女

昵称： 小池（仅限师姐、师父）　　**身高：** 164cm

体重： 45kg　　　　　　　　　　　**生日：** 农历二月十三

出生地： 江南

居住地： 没有固定居所，流浪中

武功： 一般，轻功不错

擅长： 自力更生，做菜

爱好： 美食，晒太阳，待在一个安稳的地方过日子

外貌： 外表灵动鲜活，服饰干练简单，平时素面朝天，但五官线条流畅而精致，打扮起来格外好看

发色： 黑色

瞳色： 黑色

最大的心愿： 过简单开心的生活

座右铭： 现世安稳，岁月静好

最痛苦的事情： 父母的死去

最开心的事情： 能够和陌轻尘在一起

喜欢的食物： 什么都喜欢

喜欢的颜色： 食物的颜色

喜欢的书： 各种话本和失传多年的绝世菜谱

家庭成员： 父亲（已亡故）、母亲（已亡故）、妹妹

喜欢的类型： 温柔亲切的人

人物独白： 咦，明天吃什么好呢……我想想

◇**来自他人的话：**

陌轻尘： 想吃什么，我给你做。

裴宛： 小池，就算是对陌轻尘，你也稍微强硬一点啊！

师父： 小池，别告诉你师姐我来过啊！

其墨： 林小姐，是个好人。

杜若： 好好照顾自己，你……过得开心就好。

裴 宛

性别： 女
昵称： 宛儿、师姐
体重： 50kg
出生地： 不详
居住地： 没有固定居所，流浪中
武功： 一般，力量值高
擅长： 色诱
爱好： 看男人被她吸引
外貌： 绝色，柳眉樱唇，鼻梁挺秀，下巴削尖，动则风情万种，静则贤淑动人，不笑亦带妩媚，笑起如万千梨花开
发色： 浅棕色
瞳色： 浅棕色
最大的心愿： 走遍大江南北，教训每一个负心汉
座右铭： 世上无不可之事
最痛苦的事情： 找不到林池
最开心的事情： 和林池一起开心地过日子
喜欢的食物： 麻婆豆腐
喜欢的颜色： 红
喜欢的书： 不喜欢书
喜欢的类型： 男子无，女子如林池那样的
人物独白： 男人，都不过尔尔

身份： 林池的师姐
身高： 172cm
生日： 农历七月三十

◇**来自他人的话：**
林池： 师姐，其实静王世子人真的不错啊……
师父： 宛儿，你太凶了……喂喂，不要过来！
静王世子： 我……你……算了，我不说什么了。

杜 若

性别：男　　　　　　　　　身份：前刑部侍郎，后为魔教护法羽连养子

昵称：无　　　　　　　　　身高：178cm

体重：60kg　　　　　　　　生日：农历九月初一

出生地：北周都城明都

居住地：之前为明都，后为魔教

武功：擅用铁折扇

擅长：琴棋书画，撰写文章，文辞秀丽悠长

爱好：看书、习字、审案、工作

外貌：外表温文清俊，侧颜轮廓清冷而优美，有几许禁欲气息。身姿笔挺，身着朝服时，更显英气不凡

发色：深棕色

瞳色：浅灰色

最大的心愿：惩恶扬善

座右铭：天道自在

最痛苦的事情：入狱

最开心的事情：遇到林池

喜欢的食物：炒青笋、糖醋排骨

喜欢的颜色：青色

喜欢的书：《战国策》《资治通鉴》

喜欢的类型：温柔善良的女子

属下：先为刑部官员，后为魔教弟子

人物独白：孑然一身似乎也是不错的选择

◇来自他人的话：

林池：杜若，谢谢你。

裘宛：小白脸侍郎，你要是下手快一点的话……

陌轻尘：他是谁？

索 瞳

性别：男　　　　　　　　　　**身份：**林池救下的男子
昵称：无　　　　　　　　　　**身高：** 186cm
体重： 67kg　　　　　　　　　**生日：**农历十月二十一
出生地：北周都城明都
居住地：没有固定居所，流浪中
武功：一般，擅长隐匿
擅长：处理事务
爱好：陪在林池身边
外貌：黑发黑衣，面目俊朗，浑身上下散发着一种生人勿近的冷冽气息，若不去看他，便丝毫感觉不到这个人的存在
发色：黑色
瞳色：黑色
最大的心愿：能让林池爱上他和……（涉及剧情，消音）
座右铭：以牙还牙，以眼还眼
最痛苦的事情：看着父母死去
最开心的事情：陪在林池身边
喜欢的食物：羊肉
喜欢的颜色：黑色
喜欢的书：不喜欢看书
家庭成员：父亲、母亲、弟弟、妹妹（均已亡故）
喜欢的类型：曾经是美艳动人的尤物，后为林池
人物独白：就算是失败，我也不想放开手

◇来自他人的话：
林池：索瞳，再见。
裘宛：还真是让我完全没有预料到。
师父：索瞳，虽然好像有点不合时宜，不过……你真是个救星！
陌轻尘：林池是我的。

目录
CONTENTS

（上册）

目 录
CONTENTS

下册

第三卷　轻尘白首不相离

番外卷

第一卷

有美人兮
名轻尘

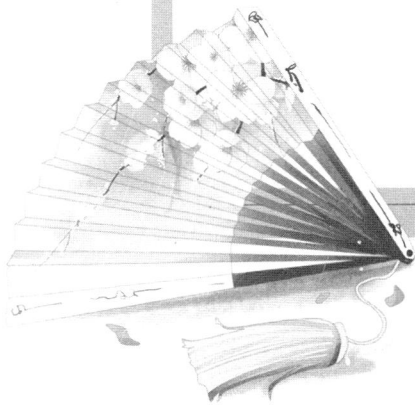

第一章

逃到马车上

三月初五，子时，北周天牢。

夜黑风高，林池打算越狱。事实上，她几乎要成功，她装病引来了狱卒并将其打晕，拿到了牢门和束缚手脚的镣铐的钥匙，接着在第一时间打开了犯人们的牢门，放他们出来制造混乱，随后趁着牢外燃起熊熊大火逃出了天牢，等待师父派来接应她的那辆马车，但是……

"林池，我就知道是你。"

林池一听到这个声音，身体瞬间僵硬。无论是熟悉的铁扇，还是朱砂色的孔雀服，抑或颀长挺拔的身形，都让她汗毛倒竖——杜若，刑部侍郎，也是将她抓进天牢还在她的手臂上劈了一扇子的人。

林池的眸子闪了一下，紧接着她猛地弹起左腿，在空中绷直，画出一道流畅的弧线，力道十足地冲着杜若侧踢过去。

杜若挥扇格挡开林池的攻击，紧接着铁扇一合，冲着林池受伤的左臂袭去。林池忙拧身躲开，可是衣襟的系带还是被铁扇削断了，衣襟松松垮垮地散开。

"把衣服拉上……"杜若略移开视线，握住铁扇的手却紧了几分。

杜若侧脸的轮廓清冷而优美，带有浅浅淡淡的禁欲气息。林池沮丧地发现，就算是在此种情境下，她依然喜欢像过去那样盯着这个男人，哪怕看几个时辰都不会觉得厌烦。

她扯了一下囚服，抬眸道："不拉上又怎样，你就不抓我回去了吗？"

杜若抿了一下唇，此时那张一贯笑若春风的脸上神色平静，他淡淡地道："不行。"

林池就知道会是这样。

"那……"林池将语调一低，猛然掠开额前的发，在杜若愣怔的瞬间，倾身触上了那两片她渴望已久的唇。

杜若眼中的震惊是显而易见的，林池却懒得分辨那是震怒还是单纯的惊讶，蓄势待发的右手闪电般劈中了杜若的后颈。就这样，杜若还没来得及反应，立刻晕厥了过去。

林池扒下杜若的里衫套在自己身上，继续跑路。

好在这次比想象中顺利很多——输给他一次，不代表她会输给他一辈子。随后林池扁了扁嘴，他毕竟是她这辈子喜欢过的第一个人，她心里还是有那么点郁闷的——虽然杜若这辈子可能都不会知道她对他的这份感情，他心里大概只有那个他惦记了很久的未婚妻。

算了，亲一口也值了。林池一边跑，一边如此想着。

出了天牢，第三条巷子口的东面自有马车接应。在巷口，林池抓了抓头上的碎发，回忆着师父通过贿赂狱卒带给她的字条。

东面？左还是右？她完全茫然啊！林池深吸一口气，往空中抛了一枚铜板……

锁定马车，林池立时如猫般一蹿而起，双手在车辕上一撑，便闪身钻进了车厢。

一进车厢，林池立刻放松下来。车厢很大，隔成两间，外间放了一件纯白的长衫，质地轻柔，触感滑腻。从里间飘来淡淡茶香，林池轻嗅了两下，是极品银针，师父的这种奢侈成性倒着实令人欣赏。

嫌弃地脱掉囚服和从杜若身上扒来的里衫，林池迅速换上放在外间的那件纯白长衫，然后双手齐动，吃掉了摆在面前的三小碟糕点——美味啊！

这点塞牙缝都不够的糕点成功地勾起了林池的食欲，她摸着肚皮推开里间的隔板，言简意赅："师父，我饿了。"

可没想到，回答她的竟是一枚闪着寒光、飞射过来的暗器。林池迅速一闪，眼眸霎时凌厉，右手成爪直取对方咽喉。

然而，林池的手指刚触到对方的颈脖，便感到一阵天旋地转。对方抓过林池的手臂径直压下，只是简简单单的动作，林池却惊讶地发现自己竟然毫无反抗之力，绝对的力量压制让技巧都成了徒劳。背脊撞上车厢木板，转瞬间，她已经被对方压倒在了马车上。

身子被压得动弹不得，陌生男子的气息在鼻前萦绕，此时，林池才看清面前的这张脸——一张无法用言语描摹的脸。明明两人不相识，林池的心脏却像被什么东西紧紧勒住一般，所有的神志都在一瞬间飘散。

林池本能地想要反抗这种不正常的反应，她屈腿，却被对方压住；她挣扎，对方完全不动。更糟糕的是，在挣扎的过程中，那件纯白的衣衫竟散开来。

华美犹如绸缎的银发垂下，在林池的头部上方轻轻飘荡着，男子的手指触在她肩膀的伤口上，性感的薄唇轻启："你是谁？"声音清雅而低沉。

会说人话就还是人。

林池已经懒得挣扎："痛，放开。"

咔嚓一声，林池右臂的肘关节被弄脱了臼。

林池："……"

"那个，你可以不用放开我……"

又是咔嚓一声，林池的左臂肘关节也被弄脱了臼。

林池："……"她不想说话了。

修长优美却带有一丝冰冷的手指滑过林池的锁骨，轻轻摩挲了一下，却没有多少情色的意味，反而像是在感受什么奇妙的事物。

敌人太过强大，硬碰硬，倒霉的只有自己，于是，林池干脆偏过头去。

"为什么不回答？"男人细长的眼睛中带着几分疑惑。

一阵阵刺痛从肩膀处传来，林池的声音很低很柔："你想知道？我……"

那人点了点头，然后身体略向下低了低。

突然，林池的头猛地向对方撞去，同时她用尽全力扭身屈膝，右腿的膝盖奋力袭向对方脆弱的腹部。然而，咔嚓一声，林池的右膝关节也被弄脱了臼。

林池忍无可忍："你能给我留点面子吗？很疼啊！"

"疼？"男子头微歪，似笑非笑，语气平淡，"我感觉不到疼。"

疼的人是我，你当然感觉不到。此时的林池真想扑上去咬死他。

男子的眉眼弯了弯，他似乎在笑，然而水墨般氤氲着水汽的眸子里没有任何笑意。两人近在咫尺的距离，却疏离得好似千里之外。

林池立刻全身戒备起来，可是，随后她就被揽进了一个冰冷的怀抱里。

男子显然没有抱人的经验，林池被禁锢成一个非常难受的姿势，挣扎着抬眼，却见男子望向窗外的眸子突然转了过来，里面是深深的墨色。

"不要动，不然我会生气的。"男子的声音依旧清雅低沉，不含一丝杀气，林池却硬生生打了一个冷战。

突然，肩膀上多了些重量，林池偏过头，看见男子将下巴搁在了她的肩上。男子细长的眼睛紧闭，长而浓密的睫羽轻颤着，毫无瑕疵的面容仿佛冰雪雕琢，美好得让人不自觉地想要怜惜，可她不会忘了刚才这个人让自己胳膊和腿脱臼的动作有多么干脆利落。

林池挪动了一下脑袋，男子没反应；她又挪动了一下屁股，男子依旧没反应；直到林池的屁股都快挪到车厢外面去了，男子才伸出一只手轻轻松松地将她拖回来，并且变换了姿势，伸出双臂将她紧紧地箍在怀里。

林池："……"她被勒得快要吐血了。

男子的声音仍旧波澜不惊："别动。"

林池："……"要是早知道会这样，她还不如待在天牢里，干吗要越狱？

忽然，更鼓声从远处传来，林池忍不住打了一个哈欠，眼皮渐沉。已经到了她睡觉的时辰，她实在困乏不已。反正她动不了也逃不掉，干脆睡觉算了。

然而不等林池睡熟，车厢外便响起了一个声音。

"公子，到了。"

车帘掀开，男子依然保持着之前那个别扭的姿势，抱着林池轻跃而下，动作若行云流水般优美，好似怀中抱着的不过是一片鸿毛。

林池很想继续睡，但她很快便被各种各样掩饰不住的灼热目光所淹没。她不得已地睁开双眼，眼前灯火通明，黑压压地跪了一地人，一个个恭敬地伏在地上，鸦雀无声。是错觉吗？林池惊讶地瞪大了双眼。

"公子，沐浴汤池已经备好。"

在男子转头的瞬间，众人灼热、深沉、期待、八卦等各种复杂的目光便探究地投向了林池。

林池："……"她还是继续睡觉好了。

林池再次醒过来的时候，她已经安稳地躺在了床上。还没睁开眼，林池便无奈地发现自己的肘关节和膝关节还脱着臼。

坐在床边的女子一见林池醒来，立刻激动地握住了林池的手："少夫人！"

林池："我不……"

没等林池解释，温雅娴静的女子便打断了林池，一口气也不喘地连声问道："不知少夫人姓甚名谁、家住何方、可有父母、芳龄几何、生辰八字多少、可曾许给人家？"

林池："我……"

然而，林池还没来得及回答，女子便再次打断了她，紧接着又思忖道："不，许了人家也没有关系，抢过来便是！生辰八字若是不合，就砍了那道士！少夫人你喜欢何种婚宴、多大排场？不对，应该先问你喜欢何种衣衫布料、爱吃哪方菜系……"

林池顿时感到无力，面前的这个女子其实根本不想听自己说话吧。

"凌画，不要吓到姑娘，你先出去。"在女子自顾自地滔滔不绝时，一名穿着宝蓝色衣衫的俊秀男子缓步入内。他看向林池的目光有些复杂，似乎踟蹰了一会儿，待那名叫凌画的女子走远后，他才开口道："在下其墨，是这座山庄的管事。刚才和姑娘说话的是公子的侍女凌画，她没有坏心，只是心急了些，希望姑娘你不要在意。"顿了顿，他又道，"姑娘若有什么要求尽管提，我们会尽力满足。"

林池老实地道："我可以走吗？"

其墨："唯独这个不行！"

这不是跟没说一样吗？

林池闭了下眼睛，紧接着身体猛然向后一撞，双臂的肘关节在撞击下接上，随后，细长的手指摸索到右腿的膝关节处，用力按了两下，毛骨悚然的声音响起，右腿的膝关节也接好了。

林池立即起身，可还没走出去一步，其墨便拽住了她，竟然可怜巴巴地请求林池道："你不能走！"

已经忍耐了许久，就算脾气再好，此时也会忍不住发飙，林池蓦然回头："你就不能去找别人吗？这山庄里的女子不是很多吗？随便找一个难道不可以吗？"

其墨苦着脸道："你是第一个。"

林池不禁感到莫名其妙："什么？"

其墨："第一个能近公子的身而不被他杀死的女人。"

仿佛怕林池不明白，其墨进一步解释道："公子自打出生起，身体就没有任何感觉，无论是嗅觉、触觉还是痛觉……而你是唯一一个他能感觉得到的人。"

林池："你家公子是……陌轻尘？"

其墨松了口气："我就说你怎么会没认出……喂喂，姑娘你……"

林池活动了一下手脚："我走了。"她对陌轻尘逆了天的人生一点兴趣也没有。

陌轻尘这个名字实在如雷贯耳，林池觉得他基本上等同于传奇话本里的人物。

一二十岁的少侠想要崭露头角，都会参加三年一届的华山武林大会，争夺武林新秀的名头，当年名动天下的十二夜公子因蝉联了数届武林新秀而名声大噪，人人称赞其武功高强，为江湖奇才。而陌轻尘直接越级跑到隔壁武林盟主擂台，并且重伤了曾是他师父也是现任武林盟主的祁山掌门，而更为可耻的是，那一年他才叛出祁山，刚满十三岁。

因做出了背叛师门又重伤师父这种欺师灭祖、大逆不道的行为，陌轻尘遭到了江湖上众多门派的集体追杀。所有人都知道背叛了师门的陌轻尘就住在十二夜公子的隔壁——无墨山庄，于是大家收拾行装带着一身正气浩浩荡荡地上门讨伐。除了躺在床上伤势未愈的祁山掌门冷哼了一声，众人皆是情绪高涨。

然而，半个月后传来消息——众人全被灭了！

自此，全江湖便都沉默了。据说有幸逃出来的人此后一听见"陌轻尘"三个字，就口吐白沫、两眼翻白呈假死状，于是全江湖更加沉默了。

当然，这些人当中并不包括被陌轻尘那张俊脸迷得神魂颠倒的女侠，她们也很义愤填膺，每个人都买了一张陌轻尘的画像，挂在闺房里以供泄愤，据说画得最像的那幅，甚至被炒到了一千两银子一张。邪佞妖孽、魔头神马，永远都不缺少市场。

剩下的江湖高人们在祁山开了一次针对陌轻尘的紧急会议——抓住陌轻尘？抓不住；杀了陌轻尘？杀不了。面对这个现实，大家都有种想哭的冲动。不少人自忖内力深厚、武功高强，可都是兢兢业业修炼了几十年，为什么你陌轻尘随随便便练了几年就越级到这种程度？就算你天赋异禀，你像十二夜公子那样乖乖地做个武林榜样不好吗？大家一起维护武林和平多和谐、多美好啊！你干吗非要背叛师门、重伤师父啊？你这样，让大家都很难做啊！

商讨之下，众人决定当陌轻尘不存在，反正你不去惹他，他也不会大开杀戒。若是你不小心惹到他，那也只能算你倒霉了。

要说人混到这种程度，在江湖上都可以横着走了，可更让人无语的是陌轻尘的出身。要说杀人太多也不好，其中一个估计连陌轻尘自己都记不得的被杀的倒霉鬼的七姑妈的二闺女正好是当地知府的爱妾，爱妾在枕边哭诉，知府一怒为红颜，带了一群官兵围住无墨山庄，声称要将杀人犯陌轻尘缉拿归案。

一般来说，武林的事情闹到朝堂上总归有些不好，但这一次江湖众人纷纷弹冠相庆，各自暗想，任你陌轻尘武功再高，得罪官府的后果都只有一个，那就是死！可是没等众人庆祝完，陌轻尘便被知府大人恭恭敬敬、诚惶诚恐、几乎是哭着送回了无墨山庄。

真相很快揭晓——陌轻尘的本名叫姬定岚，北周第一位皇子，而且是正统、嫡出的。众人忍不住吐血，身为皇太子，你待在东宫里学习治国之策不就好了，干吗跑到武林中学什么武功啊？武林很好玩吗？武林人在哭啊！武林人哭得一脸血啊！

谣言越来越多，众人渐渐知道为什么这个皇太子会如此特立独行。这位在全北周人民的期待中诞生的皇长子殿下，有着一头天生的霜雪般的银发，容貌更是完美得不似凡人。然而让人觉得很可惜的是，他自打出生便没有任何知觉，且一声哭号也没有发出过。接生的嬷嬷还担心孩子是被什么东西噎住了，便对着陌轻尘的后背猛拍了几下，谁料陌轻尘竟睁开了一双毫无焦距的眼睛，吓得接生嬷嬷尖叫一声，随后瘫软在地上半个月都没回过神来。

虽然没人敢说，但宫内宫外的人都偷偷地给陌轻尘下了一个非常简单的定义——妖孽。银发、妖瞳、无感情、无知觉……这样的人是注定没法做帝王的。

满月之后，陌轻尘就被送到了祁山，名义上他还是皇太子，逢年过节依然会被接回明都，但大家都知道这不过是皇后姬苏氏心疼儿子罢了。之后，随着北周二皇子的诞生，陌轻尘越来越少地出现在明都，以致连很多朝中的臣子都只知道二皇子而不知道大皇子。

于是……被荼毒得很痛苦的武林众人想，心灵扭曲的皇太子殿下便决定祸害武林了吗？于是……被强迫留在陌轻尘身边的林池想：我是造了什么孽，为什么会被他感觉到？

林池到底没走掉，因为她饿了。无墨山庄的伙食堪称她见过的最丰盛美味的，而且居然是无限量供应。

"嗯……好吃，好吃。这是什么？好漂亮……"

其墨站在一旁，温文尔雅地一样样解释道："这是水晶虾饺，这是炒墨鱼丝，还有这个是……"看着林池凶猛的吃法，其墨无奈地笑笑，"林姑娘不用急，慢慢吃，还想吃什么，可以再叫。"

林池从百忙之中转身，热泪盈眶地望向其墨："你真是好人！"然后她转回头，继续埋头猛吃。

其墨："……"她以前过的到底是怎样的生活啊？

菜碟飞快地在林池身旁堆起，在快要高过她的额头的时候，她终于停了下来。林池满足地摸着肚皮，笑得异常温和，完全没有之前说"我走了"时的冷淡："好饱啊！"

性格极端恶劣的师父从来不让她吃饱，有好吃的还老是跟她抢，并且假装好心地说女孩子吃这么多以后会变得像水桶一样，他这是在帮她解决痛苦。

站在一旁的其墨则用复杂的目光盯着林池平坦的腹部，似乎想知道她之前吃下去的那些东西都到了哪里。

见其墨眉头紧皱，林池便苦恼地道："那个……我也不是不想帮忙，但是……"她顿了顿，才又道，"对了，你说的没有任何感觉到底是什么意思啊？"

其墨回过神来，轻叹了一口气，神情一下子变得有些难过："公子能感觉到事物的存在，却没有具体的感知，比如说，如果公子的手指被热水烫伤，他能感觉到有液体从他的手指上流过，却感觉不到热水的温度，也感觉不到被烫伤的疼痛……这样的感知也包括对人，他分辨不出对方对他怀有好意还是恶意，是简单的触碰还是伤害。公子曾有过在睡梦中被人偷袭的经历，所以非常排斥他人的触碰。之前有女子不知情，在夜里爬上公子的床，结果……"

这样陌轻尘倒是蛮可怜的。林池用手指转了转碗碟，眨了两下眼睛，有些迷惑："所以呢？你想让我做什么？"

"留下。"其墨缓缓地抬起头来道，"林姑娘，我请求你留下来。无论是什么样的要求、什么样的事情，无墨山庄都可以答应你，只要你愿意留下来陪着公子，而且我保证绝对不会委屈了姑娘，无论是名分还是财富和权势，只要是姑娘想要的，这些都不在话下。"

林池刚想说话，又被其墨打断了："林姑娘不用急着做决定，你身上还有伤，不妨多住一日好好考虑一下，明日再给我答复便可。"他说得极其诚恳，语气温和有礼，没有半点逼迫的意思。

　　对于这种温文如杜若的说话声，林池完全没有抵抗力，可她真的不想留下来。然而内心挣扎还没结束，她便又听见其墨斟酌着补充道："还有，林姑娘，我们刚请了一位极其出名的云郡大厨。"

　　林池的内心更加挣扎："我……"

　　其墨笑得温柔："他今日刚到，明日由他掌勺，届时会有非常多此地难寻的美味佳肴，以及……"

　　"我留下！"

　　师父说得对，总有一天她会栽在自己这张嘴上。从厨房回卧室的路上，林池一直很沮丧地这样想着。

　　她走了一段路，引路侍女恭敬地道："就把姑娘送到这里吧，奴婢回去了。"说完，侍女一路狂奔，转瞬便消失在林池的视线中。

　　林池茫然地朝前望去，看见一个银白色的身影站在前方的院中。此时的陌轻尘只穿了一件质地柔软的长衫，在这三月天里，显得很是单薄。垂到腰间的银发流转着动人的光华，陌轻尘的面容淡漠没有任何表情，远远地站在那里，仿佛一个随时会羽化升天的谪仙，举手投足间的每一个动作，都美到无与伦比、勾人心魄。

　　这个人真的什么也感觉不到吗？林池挠了挠头，不禁感到十分好奇，紧接着她便想起在马车上的那番惨痛经历，于是，无论是好奇心还是同情心都瞬间收敛——她还是先找个地方睡觉比较重要。

　　这里显然是陌轻尘住的地方，装修得异常华丽。

　　林池向四处张望了一下，然而身子还没动，便猛地被人抄抱了起来。

　　条件反射般，林池屈起双腿，迅速在空中跃起，同时手肘发力，重重地劈在了对方的脖子上……然而令她没有想到的是，只听咔嚓一声响，她的肘关节又被陌轻尘弄脱臼了。

　　陌轻尘神色极其平静地看着林池，完全没有被偷袭的愤怒。随后，他又很平静地抱着她进了屋子，再很平静地把她放到床上，接着很平静地脱了自己和她的衣服，依然用双臂箍住她，还很平静地在她光裸的背上蹭了蹭，然后睡觉。

　　林池："……"你这样就睡着了，那我呢？这种状况下，我要怎么睡啊？

"林姑娘，真是抱歉。"其墨一脸歉疚，再三道歉，"原本昨晚为姑娘准备好了另一间卧房，不想侍女竟弄错了位置。"他的态度实在诚恳，看不出半点撒谎的样子。

林池的脾气好惯了，她只能叹气道："算了，只要……"

其墨拍了拍手，一排侍女捧着盛有各色菜品的碟子上前，卖相极佳的美食不断散发着食物特有的浓郁香气，林池的目光立刻直了。

其墨笑笑："林姑娘慢慢吃，不够的话，后面还有甜品。"

至少有一大半菜肴，林池连名字都叫不上来，口水很快便流了出来——此时不吃，更待何时！

她埋头猛吃了半天，才发现身边多了一个人。本着护食的想法，林池一脸戒备地看去……

"喀喀喀……"林池掐住自己的脖子，剧烈地咳嗽起来，艰难地道，"鱼……刺……卡住……"

其墨立刻明白过来，正待叫人取些醋来，便见自家公子的手顺着林池的脖子轻轻一捏，同时在她背上用力一拍，几块鱼肉连着鱼刺就被林池吐了出来。

林池喝了几口水压惊，转头看见陌轻尘那张倾国倾城的脸，心连着肉都开始疼，不由自主地将屁股往旁边挪了挪，简单地道："谢谢了。"

陌轻尘启唇："过来。"

林池毫不犹豫："不过去！"

陌轻尘懒得再废话，伸手就要将林池的胳膊拉过去。

林池单手撑住桌面，一个弹跳向后跃去，却没想到还是被一条突然伸出的手臂揽住了腰。林池惊恐地回头一看，方才还坐在她身边的陌轻尘，不知何时已经移到她身后，另一只手正以一个非常眼熟的动作对准了她的肘关节。

林池闭上眼睛叫道："别卸我的胳膊。"

陌轻尘顿住动作："为什么不能卸？"说话间，他已经坐回原位，同时搂住林池的腰，将她放在了自己的腿上。

林池耷拉下脑袋："疼……而且，关节这种东西本来就不能随便卸的，你这样卸来卸去，我的胳膊迟早会断的啊！"

陌轻尘敛眸，长而密的黑睫像刷子一样扑扇了两下，在那张完美的面孔上投下几分寥落的阴影："哦，不过你要听话。"他说得理所应当。

这个人实在强大到让人连反抗的心情都没了。林池感到万分沮丧："你要我做什么？”

陌轻尘伸出修长的手指，指着桌上的菜：“好吃吗？”

林池完全不需要思考，狂点头。

陌轻尘道：“喂我。”

这倒没什么困难的，她以前也经常喂师父吃东西。

林池用陌轻尘的筷子夹了一箸糖醋鱼，递到陌轻尘的唇边：“张嘴，啊……”

陌轻尘张嘴含住鱼肉，却没有立刻咽下，反而道：“先告诉我是什么味道？”

林池想了想：“有点酸有点甜，肉质绵软，咬下去像是会在口中融化。”

林池说话的时候，陌轻尘已经缓缓咽下了鱼肉，脸上却没有丝毫表情，只是单纯地咀嚼着。

连味觉也没有吗？如果换成是林池，在吃这些美食的时候一丁点味道都感觉不到，她肯定会抓狂得想死。

由于动了恻隐之心，之后林池喂陌轻尘吃东西变得很认真，每一样菜式都尽己所能地详尽描述给陌轻尘听。

而轮到一道汤品时，林池喝了好几口都不知道该怎么描述，不是说不好喝，而是这个味道实在太怪异了。她皱着眉踌躇了一会儿，又往自己的嘴里灌了一勺汤，刚想说话，唇上却突然多了一个冰冷的触感。

陌轻尘的脸近在咫尺，林池的内心瞬间犹如有一阵飓风呼啸而过……

林池咕咚一声把汤咽下，同时牙齿用力地咬下。然而，咔嚓一声，她的下巴也……林池立刻泪流满面。

失去了抵抗能力，林池只能任由陌轻尘予取予求。

此时的林池早就僵掉了——她曾经是亲过杜若，而且还亲得很开心，但她也只是在杜若的嘴唇上碰了碰，根本没想过要深入啊！

良久，林池动作僵硬地把自己的下巴合上，哀怨地道：“你又卸……”

“早说过了你要听话。”陌轻尘平静地用布巾擦了擦嘴，目光淡淡地投向林池，“味道还不错。”

林池：“……”

这种人有什么可同情的啊？

该死的陌轻尘，她的嘴好麻啊！

“其墨。”

不知何时离开的其墨听到陌轻尘叫他，立刻冒了出来，手抵着嘴唇咳嗽了两下，温雅的脸上有几抹不正常的红晕："喀喀，公子，属下在……对了，公子，今日苏公子携夫人来泡温泉，您要不要……"

陌轻尘："不见。"他将林池放下，转眸看向她，"晚饭的时候继续喂我。"

林池："……"

等陌轻尘走远后，其墨才用一种相当奇异的眼神看向林池："林姑娘，你……没事吧？"

林池闷声道："没……"

其墨又咳了两声："我也没有想到会这样，毕竟你是第一个，没有过先例，所以我也不知道公子会做什么。虽说有冒犯，但……公子也是无意的，并非真的要轻薄……"

林池继续闷声道："我知道……"

其墨再咳了两声："林姑娘，你放心，既然公子已经做出了这样的事情，无墨山庄就一定会对姑娘负责的。"

林池："负责？"

其墨一脸正气："就是让公子娶你！"

林池："……"

她要逃跑，绝对要逃跑！别说林池还有一定要做的事情没有做，就算什么事情也没有，她也绝对不会留下来。

刚走出房门，林池便打晕了引路的侍女，然后换上侍女的衣服，四处搜寻出路。

走了许久，林池茫然地抬头——这是哪里啊？

突然，林池听到有人走近的声音，连忙跃到树上，却见一名青衣女子一边从树下走过，一边抽着嘴角抱怨道："这里不是你买下来的吗？为什么我每次来这里泡温泉，都有种偷鸡摸狗的感觉？"

紧跟在青衣女子身后的白衣男子道："知离，不是你把它租给定岚的吗？"

青衣女子面瘫地转头："五百两黄金一个月，你能抗拒吗？"

白衣男子笑得温柔："喀喀……知离，其实这样也不错嘛，你不觉得很有偷情的快感吗？"

青衣女子继续面瘫："偷情个屁！浑蛋，别摸我，撒娇也没用，滚远一点啊！"

白衣男子委屈地道："知离，你越来越凶了。"

林池默默地看着他们走远，暗叹：真是一对奇怪的夫妻。

林池刚叹完气，便听见一声尖叫从树下传来："少夫人，你怎么在树上？"

一低头，林池便看见凌画提着裙裾站在树下，正一脸焦急地仰头望着她。

林池抽了一下嘴角，用脚钩住一根树干就要荡到对面，却见凌画突然一个趔趄摔倒在地上，痛得连话都说不出来，只是不住地抽气。林池握着树干，犹豫了一下，最终还是叹着气跳下树扶起了凌画。

可是她还没扶稳，凌画却猛然拽住她的两条胳膊，温婉的面容上漾起一个令人毛骨悚然的笑容："少夫人，抓到你了。"而后，林池只觉后脑一痛，神志瞬间涣散。

林池："……"陌轻尘身边都是些什么人啊？怎么都这么恐怖啊？

凌画心满意足地拖着林池往前走，之后又叫来十多个侍女，齐力将林池丢进了温泉里。

凌画给林池搓身子时，发现了不对劲的地方——她初见林池时，她被陌轻尘抱着，身上穿着陌轻尘的袍子，皮肤微微泛黄，有些干枯的头发四散开来，将大半个脸颊都遮住了，看起来很是不起眼。可是为什么她搓了几下，林池的皮肤就被搓白了啊？惊诧之下，凌画拨开了遮住林池脸庞的头发。

"啊……少夫人好漂亮啊！"

看惯了陌轻尘那张逆天的脸，平常的面孔怎么都入不了凌画的眼。林池这张脸却是美得截然不同的，美得简洁明快、干净利落，斜向上的眼角犹如工笔描绘，五官线条无不流畅清晰。

凌画细致地洗过林池的长发，又替她换上了一身优雅至极的曳地牡丹花纹锦长裙，再剪去刘海儿将头发盘起，露出光洁的额头。对着林池打扮好的妆容，凌画猛点了好几次头，才让侍女抬着林池塞进了陌轻尘的被褥中，同时点上一支迷魂香，最后呵呵笑了数声才熄了灯火关上房门。

凌画一走，林池立刻从床上爬了起来。她抹了抹脸上的脂粉，刚想出门，一只冰冷的手便突然捂住了她的嘴。

第二章
公子冷冰冰

好在林池胆子够大，没有被这只突然伸出来的手吓晕过去。她抓住那只手刚准备来个过肩摔，便听耳边传来了一个冷冰冰的声音："小姐。"

林池回首："索瞳？怎么是你？师父呢？"

一名黑衣男子站在黑暗中，浑身上下散发着一种生人勿近的冷冽气息，但若是不看他，便丝毫感觉不到这个人的存在。

"他在外面。"顿了顿，索瞳又催促道，"我来接你。"

林池哦了一声，松开了手。

因为气息太过熟悉，所以林池连索瞳的接近都没有察觉到。只是她一看到索瞳，肚子就忍不住饿了——在大师姐把师父往死里揍了一顿并且单方面解除师徒关系后，只有索瞳会偷偷地将藏起来的好吃的东西塞给她。不过说起来，当年如果不是师父一走十几天，害得她吃光家里的存粮不得不出门翻找食物，也不会在杂物堆里捡到瑟瑟发抖、像块黑炭一样的索瞳。

此刻在月光的映照下，再见索瞳玉树临风的模样，林池竟莫名地感到欣慰。

夜色中，索瞳眨了眨漆黑的双眸，里面有一抹异样的光闪过："小姐，你身上……"

林池有些不舒服地扯了扯长裙："怎么了？很难看？我也觉得行动起来很不方便。"

紧接着，只听刺啦一声，裙子被大力扯开，随后林池调整了一下角度，把撕开的两片裙摆分别绑到了两条腿上，整个人瞬间从长裙美人变成了摸鱼渔民。

索瞳："……"

"好了。"林池满意地拍了拍裤腿，"走了！"

林池和索瞳翻越到山庄墙外竟意外地顺利，一路上没有遇到任何人的阻拦。

一名戴着斗笠的灰衣男子正站在墙外的一棵大树下，见两人出来，灰衣男子用指尖顶了顶斗笠，痞气十足的脸上带着玩世不恭的笑容："小池！哎哟，变漂亮了嘛！从哪里弄的灯笼裤，看起来很不错嘛！来，让师父捏捏，看有没有受伤！"说着，灰衣男子的双手便捏住了林池的鹅蛋脸，使劲地揉搓了几下。

林池："……"师父的爱好真是好讨厌啊！

站在一侧的索瞳突然冷冷地开口道："再不走就被发现了。"

"我知道，我知道。"灰衣男子眯起眼睛笑道，"所以我们不走了。"

林池和索瞳："什么？"

灰衣男子从怀里掏出一张纸，飞快地贴在了索瞳的脸上，索瞳黑着脸拿下一看——通缉令。

灰衣男子咂了几下嘴："小池，你被通缉了哦！刑部亲自签发的，全北周都贴满了呢！"

林池夺过通缉令，发现上面的画像惟妙惟肖，正是那日她对着杜若掀开覆在脸上的头发时的画面——杜若画的。她再往下看：悬赏三千两银子。

灰衣男子继续笑道："他找你找疯了呢，现在你若出去，只有一个下场，就是被他抓回去。不过，呃，难道你其实很想被他抓回去？"

林池盯着通缉令上的画像，有点难过："被抓回去肯定又要被关在天牢里，我才不要。"

灰衣男子摊手："那只能留在无墨山庄了，这里是唯一一个通缉令不敢发进来的地方。"说完，他凑近林池，"听说陌轻尘很喜欢你？"

不等林池回话，索瞳便抢先道："你要做什么？"

灰衣男子咳了两声："最近手头有点紧，那个，我可以以岳父的身份上门要点聘礼吗？当然，我相信小池你绝对能够很轻松地逃出来的。"

林池："师父，你就是这样卖掉大师姐的吗？"

索瞳补充道："然后大师姐揍断了他的三根肋骨，解除师徒关系了。"

灰衣男子的脸色青了青："喂，你们没听说过骂人不揭短吗？这一唱一和是怎么回事啊？"被戳到软肋，老子也是会难过的。

"算了。"灰衣男子叹气，摸了摸林池的脑袋，"反正你先留在这里，等风头过了，师父再来接你。"

林池忙道："可是师父，那件事……"

灰衣男子又摸了摸林池的脑袋："来日方长，先挺过通缉这段时间再说。"然后他转头对索瞳道，"我们走吧！"

可是索瞳连手指都没动一根。

灰衣男子怅然地望了望天空："好吧、好吧，你们要去就去吧，留下我孤家寡人……"

明明之前还……灰衣男子的脑中飞快地闪过几天前的场景——半碟荔枝摆在石桌上，他优哉游哉地塞了一颗进嘴里，他的小徒弟眨巴着眼睛望着他。他剥开一颗新鲜白嫩的荔枝递到小徒弟嘴边，小徒弟高兴地张大了嘴，他却将荔枝塞回自己嘴里吃掉，小徒弟便咬着嘴唇可怜巴巴地继续望着他。

随后，他又剥了一颗荔枝准备故技重施，可是刚把荔枝递到小徒弟嘴边，小徒弟便噗的一声喷出了一口口水，然后很认真地对他说："师父，你吃！"他怎么突然有点怀念，唉，难道自己真的老了吗？

看着灰衣男子渐渐远去的萧索背影，索瞳问："小姐，怎么办？"

林池果断地翻墙："回去！"昨天她吃得太快，一会儿就吃饱了，好多菜都没有吃到，不回去把那些美味全部吃完，她实在不甘心。

索瞳："……"

翻墙回到山庄里面，林池发现自己又迷路了。她不禁在心里暗自嘟囔：这真的不关我的事，谁让无墨山庄这么大啊！

索瞳垂眸："要原路返回吗，小姐？"

林池惊讶："咦，你记得？"

索瞳轻叹："跟我走。"

林池觉得，有的时候，索瞳实在是个很好用的存在啊！

几拐之下，索瞳便将林池带回了之前的房间。

林池刚要推门，却在门缝里看见了一闪而过的一抹银色，顿时心中一惊，猛然用手按低索瞳的身体，示意他先躲起来。

索瞳虽然不清楚到底是怎么回事，但还是闪身躲了起来——这些年他学得最好的就是隐匿之术。

门吱呀一声被林池从外面推开，一只快到让人看不清的手迅速伸了过来，猛地将林池拽进了房内，紧接着，房门再度被合上。

房里只点了一盏油灯，照在书桌上，陌轻尘身着一袭雪白的衣裳似在作画。林池被陌轻尘按坐在大腿上，她可以看到他一如既往完美的侧颜，还有他漂亮的执笔姿势，一时间，林池不禁有些恍惚。

"哎，你在做什么？"林池诧异地问道。

陌轻尘收了笔墨，抱起林池，简单地道："睡觉。"

回想起第一晚时的情景，林池身上的鸡皮疙瘩立刻落了一地，但是害怕关节被弄脱臼，她又不敢反抗，只得抗议道："能不能不脱衣服啊？"

陌轻尘顿住，看她："你睡觉不脱衣服吗？"

林池："脱是脱，但是……现在不是我们两个人吗？而且你也不用脱得那么干净啊！"

陌轻尘微微皱眉，有点不解："反正都是脱，有差别吗？"

林池："当然有啊！"她回想起大师姐曾经说过的话，"男女有别、男女授受不亲，离得这么近，在一起睡觉是不对的。"

陌轻尘平静地道："我见过男子和女子一起睡觉。"

林池："那是夫妻。"

陌轻尘更加平静："那你就当我们是夫妻好了。"

林池："这种事情是能当的吗？"

陌轻尘没再理会林池的话，只说了一句"我困了"，然后又要上来扒林池的衣服。

林池捂住身上单薄的裙子，泪奔："你就不能不扒我的衣服吗？"

陌轻尘想了想，道："不行。"

林池："为什么？"

陌轻尘："脱了衣服，睡起来比较舒服。"

林池："……"

林池还未来得及反驳，一个黑影便突然飞快地冲了过来，杀气冲天。

陌轻尘连眼皮都没抬一下，修长的手指隔空一点，黑衣人便被定住了。

陌轻尘转头问林池："你认识？"

林池看了一眼脸黑得犹如锅底、愤怒异常的索瞳，抽了抽嘴角，没说话。

陌轻尘："不认识，我就杀掉了。"

林池忙举手道："我认识、我认识！"

陌轻尘抬眉，薄唇不悦地动了动："他是谁？"

怎样才能合理地解释索瞳刚才的举动，不让陌轻尘对他产生敌意呢？林池脑中思绪飞转，突然想起了之前师父说过的话。

林池："他是……"

陌轻尘："嗯？"

林池："我爹！"

索瞳："……"

陌轻尘："……"

清晨，天光大亮，万里无云。

"伯父大人竟然……如此……"其墨的表情有些怪异，"年轻。"沉默了一下，他突然想起另外一个非常重要的问题，"不知林小姐芳龄几何？"

林池老实回答："虚岁十九。"

其墨松了口气："不知伯父今年……"

林池："呃……"她抓了抓头发，瞧向索瞳，"爹，你多大？"

索瞳的脸一直呈现锅底般的漆黑，此时更是黑得彻底，薄唇抿成一条线，他咬牙道："三十六。"

其墨看着那张分明只有二十多岁的脸，不由得感慨："伯父看着最多只有二十五六岁。"

索瞳："……"我今年刚二十三。

其墨见索瞳的脸色越来越差，便及时换了个话题："那个……不知伯父怎么称呼？是何地人氏？"

索瞳："江湖人士。"

其墨点了点头，语气越发温文："我家公子对贵千金一见钟情，不知道……"

索瞳斩钉截铁地道："不可能！"

其墨一怔，大概没想到会被拒绝得如此干脆。他顿了顿，想晓之以理："林伯父，我家公子虽说不上富可敌国，却绝对能够保证林小姐一生衣食无忧、无人敢欺。而且，我家公子绝对不会纳妾婆……"

索瞳冷冷地道："可他没有知觉。"

陌轻尘得的这个怪病全江湖人都知道，虽然这并不妨碍全江湖的女侠为他疯狂，但是也没有几个人真的想嫁给这样一位夫君。

被切中要害，其墨一时语塞。

"我们先告辞了。"索瞳神色一冷，起身就要带着林池走。他自忖就算不待在无墨山庄，也能保护好林池，不让她被官府抓到。

其墨沉吟了一下，道："且慢！林伯父，我家公子……"

他话音未落，突然，一个茶盏落地的声音响起。两人同时转头，便见林池捂着腹部跌坐在椅子上，疼得五官几乎绞在了一起。

"林小姐！"

"小池！"

索瞳率先一步抄抱起林池，刚想出门，就被人定住了。

一个白色身影轻飘飘地从门外走进来，从索瞳手里接过林池，然后径直带走了她。

索瞳怒目："……"

其墨同样哭笑不得："公子……你这样……"他好不容易才让公子将这件事情交给自己，若是由公子来处理，到时候肯定又弄得一塌糊涂，可没想到……算了，公子爱怎样便怎样吧，反正烂摊子由他来收拾。

林池也没料到会在这个时候腹痛，冷汗顺着额角一滴滴落了下来。如果她没猜错的话，应该是月事来了。长身体的阶段总是饥一顿饱一顿的，导致她的身体一直不是很好，信期从来没准过，每一次月事来，她都会痛得像死过一次一样。这次她这么急着越狱，也有一部分原因是担心月事。

果然，不久后，林池便听到了一个略显苍老的声音在耳畔响起："公子放心，林姑娘没有大碍，这是……女子每月必经的正常痛楚，让下人熬些姜糖水喂她喝下去，再好好休息一晚便好。"那人顿了顿又道，"只是林姑娘的身体需要好好调养，不然以后生产怕会有麻烦，老朽这就开些调养的方子。"

片刻后，一个生硬而平淡的声音问林池道："你很难受？"

林池疼得太过厉害，就连耳边的声音都显得遥远而模糊。她惨白着脸，伸出一只手来拽出面前人的衣襟，指节泛白："好疼……冷……"她蜷缩起身体，眉心紧蹙，下唇紧咬，另一只手死死地抵住腹部，试图减轻一点点痛苦。

"冷？"

林池拼命地点头。

下一刻，林池便被抱进一个温暖的怀抱，她不由自主地将额头死死地抵在对方的胸前，双眸紧闭。

那个身体像是毫无知觉，身体的温度不断升高，直到连林池都觉得热了，也没有停下来的意思。林池感觉像是泡在热水中，舒服得被人撬开了嘴都没回过神来。微苦微涩的温热汤汁涌入口中，暖意一直流到腹部，略微缓解了林池的痛楚。缩在这个温暖的怀抱里，林池慢慢陷入沉睡。

不知道睡了多久，林池醒来的时候，周身还是暖洋洋的，之前的痛苦已经淡得恍若隔世。再一看，她才发现自己竟然一直窝在陌轻尘怀里，脑袋枕着他的手臂，她连忙坐直了身子。

见林池醒来，陌轻尘才将之前被林池枕着的手臂慢慢收回，而他似乎疑惑了一下，才又捏了捏手臂。

林池微微歉疚："不好意思……"陌轻尘的手臂应该是被她枕麻了吧。

"没事。"陌轻尘平静地道。

确实没事，没有任何感觉的他，就算被杀了，也不会有一分一毫的痛楚。自始至终，他能感觉到的只有她的体温而已，从冰冷变为温热，带着跳动的心脏，清晰得好像每一寸都触手可及，甚至她的痛苦，也好像通过肢体传递到了他身上，那么真实。

林池刚想起身，却突然脸色一变。她僵硬了一下，随后转头："那个……你这里有干净的布带吗？或者……你能叫……呃……凌画过来吗？"

陌轻尘不置可否地点了一下头，就要站起身来。

"啊，等等，你先别起来！"

林池意识到不对，想阻止陌轻尘却已经来不及，随着陌轻尘站起，那袭如雪的白衫下襟上沾染着的斑驳血迹已然露了出来。

几乎在同时，两个人的视线都落到了那抹嫣红上。陌轻尘看了衣襟上的血迹一眼，眉头略皱。林池僵坐着，感觉到血气顺着脖子一路蔓延上来，很快便淹没了她白皙的小脸——好想装死，好想找个地洞钻进去。

空气凝滞了一会儿，最后还是陌轻尘打破了沉默："你流血了。"

林池的脸已经红得快烧起来了，声若蚊蚋，僵硬地答道："我知道……"

陌轻尘："你要止血。"

林池继续僵硬："我知道……"

陌轻尘："痛吗？"

林池还是僵硬："不痛。"

陌轻尘平静地看了一眼林池不自然的反应："不要嘴硬。"

林池："我没有！"

陌轻尘没理她，侧身从床前的抽屉里取出了一个细细长长的碧绿色玉瓶。

林池莫名："你要做什么？"

陌轻尘道："上药。"

林池不自觉地往后退了退："你……要往哪里上药？"

陌轻尘勾起唇角，弧度浅到几乎难以分辨："哪里流血往哪里上药。"

林池转身就要下床逃跑，可还没跑出一步，陌轻尘便在后面拽住了她的一条腿，然后简简单单地一扯，林池立刻四肢朝下扑倒在地，身后的血迹也露了出来。

他不是认真的吧？

然而事实证明，陌轻尘就是认真的。

陌轻尘把林池按在床上，然后轻轻松松地就扯下了林池的大半截上衣，林池挣扎着："我不用止血啊！我身体的恢复能力很强的，很快就会好的……"

话还没说完，林池便察觉到陌轻尘往下扯衣服的动作没有再继续，她半惊半喜地回头看去。

冰冷的手指从林池的背上斜斜地滑过很长一段距离，陌轻尘垂眸问："这是伤？"

"嗯。"林池顿时松了一口气。

她背上是有伤，不过那是很久以前的了，久到痕迹已经变得很浅很淡，连她自己都快记不起来了。如果不仔细看的话，根本看不出那里曾经有过一道几乎致命的伤口，只有触摸的时候才能感觉出微微的起伏。

"谁伤的？"

林池趴在床上，双手托着下巴，声音有些低沉："不记得了，好像是我七八岁时候的事。"

她是真的不记得了，只记得好像是在一个夏夜，她正睡得迷迷糊糊，突然从外面传来吵吵嚷嚷的声音，娘亲冲进来把她藏进衣柜里，紧随而来的惨叫声让她彻底清醒，她抱住膝盖蜷缩着身子一动不敢动。不知道过了多久，突然有人打开了衣柜，对着她劈头就砍了过来。她刚想叫，便看见娘亲一身是血地抱住了对方。那一刀砍得偏了一点，没有砍中她的要害，但还是横贯她的整个背脊，对方以为她必死无疑，没有多看便走了。等她有力气从衣柜里爬出来的时候，娘亲已经断气，府里的人也死了个干干净净。

之后的很多年里，她经常会梦到那一幕，然后半夜惊醒。好在时间久了，再重的伤痛也会变淡，而且她现在有了师父、大师姐和索瞳，甚至还有一个自己暗恋着的杜若，如今她已经可以很平静地回想这些。

等等，好凉！林池回头一看，陌轻尘修长的手指正蘸了药膏抹在她后背的伤痕上，她无力地道："那里早就愈合了，不用涂药了。"

陌轻尘："不舒服。"

林池："啊？"

陌轻尘："摸着不舒服。"

林池："我又不是给你摸的。"

陌轻尘浓墨般的双瞳淡淡地望来，他不容反驳又有些孩子气地道："不，你是。"

林池："……"为什么她总有种跟他无法交流的感觉？

仔仔细细地将药膏涂抹在整条伤痕上后，陌轻尘突然问："你每个月都会这样疼吗？"

愣了愣，林池才明白他问的是她月事的事情，当即点了点头。

陌轻尘平淡地道："以后发作的时候就过来我这里。"他一副理所应当的模样。

林池的脸又开始红了，她还记得窝在陌轻尘怀里温热而舒适的那种感觉。

"谢谢了。不过……为什么？"

陌轻尘顿了顿，似乎思考了一会儿，才很认真地回答："因为我喜欢看你痛的样子。"

林池："……"他能不能不要这样突然就变态起来啊？

大夫发话让林池调养身体，对于这一点，就算索瞳的脸再黑再不情愿，也无可奈何。更何况，由凌画来照顾林池，总比他一个男子来照顾要好很多。

林池习过武，身体底子到底不差，没过两天就又活蹦乱跳了。反倒是凌画，一脸心疼地用一种看小可怜的眼神看林池，让林池总有些说不出的怪异感觉——索瞳说得对，此地不宜久留，还是早点走吧。

她正想着，从山庄外蓦地传来一阵惊天动地的声音："哈哈，本大爷云游武林回来啦，各位有没有想我啊？"

惊讶之下，林池出门看了看，只见一个衣着极为张扬的黄衫男子正站在山庄大门口指挥着仆人往里面搬运东西。

看见其墨也站在门口，林池便拉住他好奇地问道："这是？"

其墨抽着嘴角："是公子的另一名近侍——凌书。"

此时凌书也看到了其墨，显得很是开心，上前拍了拍其墨的肩膀："哈哈，小墨子，大爷我不在的时候，你是不是很寂寞啊？"

其墨温文地挪开自己的肩膀："劳烦惦记，我很好。"

凌书："别这么拘谨嘛，我还特地给你带了好东西回来，这可是典藏版。"说着，凌书塞了本册子到其墨怀里，转头看向站在一侧的林池，刚想开口，眼睛突然慢慢睁大了，"美人，我姓凌，单名一个书字，通州人氏，能不能冒昧……"

其墨温和地打断他道："不能。"

凌书看了看其墨，又看了看林池，喊了一声道："算了，既然是你的，我先不下手，不过……"他冲林池挤了挤眼睛，深情地道，"美人，其墨这种古板的货色真的是一点意思也没有，本大爷随时等着你哦！"

林池："……"

其墨："……"

凌书："本大爷先去给公子送好东西了，哈哈哈……"说完他就走了。

其墨抚额，轻叹了一口气。他还没叹完，突然见林池好奇地从他怀里抽出那本小册子翻看起来，风掀起小册子的一角，竟露出了"春宫"二字。

其墨的脸一红，他想从林池的手里将册子夺回来，林池却闪身避开，略翻了两页，便递还给了其墨，老实地道："画得不好看。"

其墨一愣："你之前看过吗？"

林池也是一愣，这才发觉自己失言了，眨了两下眼睛，干脆装傻不回答。不回答是因为她不能说她是在哪里看到这些东西的——青楼。

家破人亡后，林池一个人逃了出来，却不慎被人偷光了身上仅有的一点银子，甚至因为长得漂亮被卖进了青楼。所幸那时候她还小，身上又有那道骇人的伤疤，便只做了伺候小姐的侍女。在青楼里，除了春宫，她还见过许多不幸的女子和更多男子的丑恶嘴脸，因此，她才越发觉得杜若的钟情专一是多么可贵。

杜若、杜若……想到这个名字，林池不禁有些沮丧。被自己的心上人全国通缉，只是想想她便觉得前途惨淡。她不过是想去宫里偷点东西，而且还没成功，干吗一定要将她抓进天牢里啊？

林池一边想着一边往回走，竟又撞见了凌书，只是这次凌书看向她的目光比之前要复杂得多。

林池不禁感到莫名："怎么……"

突然，凌书扑通一声跪到林池身前："少夫人！"

林池："……"这一幕为何似曾相识？

凌书仰头："小人刚才竟然胆大包天地调戏少夫人您，实在罪不可恕。小人这就以死谢罪，您杀了我吧！"说完，他双手奉上腰间别着的大刀，眼一闭、脖子一仰，一副慷慨就义的模样。

林池茫然地挠头："那个……我不会用刀。"

凌书谄媚地道："那您会用什么？"

林池："用手。"

凌书不易察觉地松了一口气："那您用手劈死我吧！"他指了指自己的脖子，"就这儿，照这儿来一下，不用留情！"

林池迟疑地道："你真的要我劈啊？"

凌书凛然道："当然！本大……不，小人太愧疚了！"

听凌书这么说，林池随手便劈在了身边的廊柱上，只听两声清脆的断裂声响起，两条裂缝顺着她劈过的地方，一路延展到地面和廊顶上，看得凌书努力地吞咽了两下口水。

"那个……"他是来请求林池原谅的，不是来找死的啊！喂，要不要玩真的啊？

凌书正欲哭无泪时，突然瞥见一抹银白色的身影从不远处走来，立即一个箭步奔了过去："公子……"

陌轻尘从走廊的另一端走来，身着一袭质地轻柔的流云般的白袍，银发垂在背后犹如银河坠落九天，眉目清冷，唇畔那抹不知是笑容还是习惯性弯起的弧度依旧扬着，却丝毫不能减弱一丁点距离感。无论何时，他都像是从另外一个世界走来的，周身不染半点烟火气。

凌书的脚步恰到好处地停在陌轻尘身前两步，对于这个距离他显然很是熟练——就连近侍这种关系亲密的存在，也不能触碰陌轻尘吗？

陌轻尘好似已经习惯了这样，只淡淡地扫了凌书一眼，便径直走到了林池面前。他很高，林池自忖自己的身高在女子中已经不算矮，陌轻尘却足足比她高了一头还多。陌轻尘一走近林池，那股淡漠的气息便瞬间笼罩了她，林池像是一下子闯进了陌轻尘的领地，忍不住全神戒备起来。

陌轻尘启唇："到午饭时间了。"

全神戒备的林池一时有些茫然："啊？"

陌轻尘："喂我。"

林池："……"

林池转身便想跑，可是还没跑出去一步，衣服的后领便被陌轻尘拽住了，紧接着，林池整个人被提了起来，然后落入了陌轻尘怀里。

打她是肯定打不过陌轻尘的，要是运气不好的话，可能还会被他卸掉关节。无计可施之下，林池只能耷拉着脑袋，闷声道："喂你可以，但是你不许亲我！"

陌轻尘："亲你？"

林池："就是嘴巴碰嘴巴。"

陌轻尘想了想，似乎挣扎了良久："好。"

只要不亲她，喂陌轻尘吃饭这件事情，林池还是不怎么在意的，反正在描述食物的味道之前，所有的菜她都可以先尝一遍。虽说陌轻尘没有味觉，可他吃的菜一点也没有因此而变得粗陋，那些林池只在别人口中听说过的奢侈菜肴，对于陌轻尘来说，不过是随口一句话。而除了动不动便喜欢对她动手动脚这一点很让人头疼外，陌轻尘对她几乎是言听计从。

几天下来，林池吃得脸都圆润起来。对于这一点，林池很是满意，师父总是嫌弃她太瘦，也不想想她和他在一起过的那些颠沛流离的日子，怎么可能胖得起来？

陌轻尘对于林池渐胖的身材虽然没有什么反应，但明显比之前更爱抱林池了。林池问他为什么，陌轻尘回答得很简单、很实在："之前有点硌手，现在更舒服。"

凌画和其墨对此都感到非常欣慰，尤其是凌画，反复绞着手绢，激动得热泪盈眶。至于凌书，呃，他的反应没有人在乎的啦！

所有人中，唯一对此不满的大概只有索瞳了，这几天他一想接近林池，就会被凌画或者其墨或者凌书引开。

因林池对美食以及陌轻尘的搂抱不仅不抵抗还表现出十分享受的模样，甚至对索瞳提出的离开意见表现得兴致缺缺，索瞳痛心疾首之余，却找不到更好的理由劝说林池离开。可是不离开，林池就会被像养小猪一样豢养起来吧？想到这里，索瞳顿时陷入了一片黑暗情绪中。

而有这种感觉的显然不止索瞳一个人，陌轻尘每次看着林池埋头猛吃，也会隐约有几分这样的感觉。但是他想的和索瞳不同，在看见林池心满意足地摸着肚子，浑身上下散发出一种满足幸福的气息的时候，他都会觉得很奇怪——吃东西不过是为了维持生存而已，为什么林池能吃得如此甜蜜幸福？就好像对她来说只要有吃的，其他什么都不重要了一样。

陌轻尘不解，于是问了林池。

林池坐在陌轻尘的腿上，舔了舔碗沿的酱汁，歪头问他："你没有特别喜欢、特别想做的事情吗？"

陌轻尘淡淡地瞥了林池一眼："没有。"

林池："那你有没有喜欢的事物？"

陌轻尘："没有。"

林池不死心："在乎的事情呢？"

陌轻尘的回答半点起伏也没有："没有。"

林池："那你……不会觉得无聊吗？"

陌轻尘道："什么是无聊？"

其实林池早已料到了会得到这样的回答，可还是忍不住有些心软。

眨了两下眼睛，林池垂眸，不由得回想起了自己小时候。她贪吃是从小养成的毛病，那时候娘亲还在世，她还是一个不谙世事的小女孩，娘亲的手很巧，会做许多异常好吃的菜和点心，她总是缠着娘亲做这做那。娘亲的身体其实并不是很好，也很少下厨，而娘亲下厨，十次里有九次是为了馋嘴的她。每次看着她吃得异常满足的样子，娘亲总是很开心地摸着她的脑袋，而且会很没原则地答应下次再做给她吃。

"这样贪吃，以后怎么嫁得出去？"

"我才不要嫁人，我要一辈子留在娘亲身边，吃点心、吃点心、吃点心……"

"呵呵，真是个小笨蛋。"娘亲抱起她，笑靥如花，"就算嫁人了，以后想吃什么，娘亲还是会做给你吃的哦。"

可惜即使她再想，很久以前就已经没的吃了。

陌轻尘："我没有娘。"

林池完全不信："皇后娘娘明明活得好好的。"

陌轻尘："她不是我娘。"他说得很平静，没有愤怒也没有不甘，仿佛只是在没有感情地叙述。

林池第一次觉得生气，皱起眉："明明就是，你为什么要说她不是？"她多么希望自己的娘亲能够活过来，可陌轻尘明明有娘亲，却不肯认。

陌轻尘似乎不太理解林池为什么生气，但仍平静地道："我是妖孽、倾国妖孽、不祥的征兆，所以她不是我娘。"语气平静得好似在说别人的事情。

林池顿时泄气地低下了头，这段时间她已经明白，她跟陌轻尘的确无法正常交流。

陌轻尘摸了摸她的头，算是安慰，林池却更加泄气了。

两个人正沉默间，其墨推门走了进来，面色有些古怪："公子，外面有个人要见你。"

陌轻尘："谁？"

其墨："刑部侍郎杜若，他说是来缉拿犯人的。"

陌轻尘："不见。"

其墨："可他要硬闯……"

其墨的话还没说完，林池已经从陌轻尘的腿上跳了下来，冲到窗户前就要往外跳。

陌轻尘脚步一移，瞬间便闪身到了林池身后，扯住她的胳膊。

林池："那个……我要出恭去。"

陌轻尘平静地提醒道："恭房在隔壁。"

见此情形，其墨犹豫了一下，还是继续道："被凌书拦住了。"

林池淡定地转回身来，脸微红："喀喀，我又不想去了。"

陌轻尘水墨色的眸子淡淡地望向林池，眸中不仅一点温度没有，而且连嘴角的弧度都消失了。

其墨接着补充道："凌书出手重了一点，那个侍郎被打得吐血了。"

林池惊声道："吐血？"

其墨怔了一下，然后点了几下头。

林池的脸色瞬间变得很难看，但也只是一瞬，下一刻，她身形一动，在其墨和陌轻尘都没有反应过来之际，掉头冲出门去。

陌轻尘看向其墨，其墨略微尴尬："呃，我说错什么了吗？"

陌轻尘目光冰冷地转头："……"

其墨："……"公子，我错了！

第三章
侍郎追上门

山庄的大门近在眼前，林池却不敢上前，纵身跃上树干朝下面张望。

杜若长身玉立，单手执着那柄用作武器的铁扇，玉色的绦带在他脑后飘扬，更衬得他容颜如玉，单是远远看去也觉得甚是赏心悦目。只是此时他的唇边隐约有血丝溢出，宛若水墨画中多了一笔朱砂，格外触目惊心。

嬉皮笑脸的凌书距离杜若只有一步之遥，吊儿郎当地晃着手里的大刀："姓杜的，你还是早些回去吧，本大爷用刀柄都能干掉你。"

杜若抹去唇边的血迹，凝眸道："让我彻查一遍山庄，若是没有我想找的人，我立马离开。"

凌书显得很是不耐烦："我说你是听不懂人话吗？无墨山庄是你能随便搜的？"刀在凌书的指尖上转了一个浑圆的圈，他勾起一侧的嘴角，露出一个嚣张的笑容，"那本大爷只好勉为其难地把你打到不得不走了。"

凌书对于揍小白脸这种事情非常感兴趣，在他看来，全江湖长得比他好看的男人最好都死光。呃，当然，除了他最伟大的公子大人。

转念间，凌书抄起刀飞速一旋身，力道万钧地朝着杜若压了过去。

杜若急退，挥起铁扇抵挡。在他身后站了不少官差，此时却都畏缩在后面不敢上前。或许无法继承皇位，但陌轻尘还是名义上的皇太子殿下，要是换成在明都，有人敢为了抓犯人而闹到东宫去吗？

众官差在心里暗暗为杜若祈祷：杜大人，您努力加油，我们在精神上支持您！

被凌书的刀压着连退了十几步，杜若的后背径直撞上一棵大树，林池的心一下子便提了起来——不对啊，杜若的武功虽然不算绝世，却绝对不至于这么不济。

无论是力量还是气势都死死地压制住杜若，凌书眼珠儿一转，手腕灵活地一旋，刀背便狠狠地撞在了杜若胸前，杜若闷哼一声，痛得眼眸蓦然闭紧。

揍小白脸果然爽到不行，再是能再多揍几下就更好了，凌书刚想出手，蓦然一怔："少夫人，你怎么出来了？你认识这个小白脸吗？"

林池根本没顾得上看凌书，小心地扶起杜若，抿了抿唇，才低声问："你受伤了？"

丝丝缕缕的鲜血自嘴角溢出，杜若紧闭的双眸微微睁开一条缝，他定定地看向林池："你果然在这儿。"他查过那天在天牢附近的所有马车，排除了一切不可能，便只剩下了这里。

林池沉默了一下道："我马上就要走了。"

"抱歉，"杜若猛然握住林池的手腕，"我并没有打算让你离开。"

林池："放开我！"

杜若淡淡地道："不放。"

林池扁嘴："你这个人怎么这么讨厌啊？我又没做什么十恶不赦的事情，你非要抓我回天牢干吗？你生病的时候，我也曾照顾过你啊，虽然是我主动没让你还情，但是你也不能这样恩将仇报吧？"

笨蛋，关在天牢也比待在无墨山庄好，别人不知道，杜若却很清楚每年在这里有多少失踪人口。全山庄上下没有一个正常人，偏偏又身份超然，朝廷也当这里是烫手山芋，无论是什么案子，只要查到这里就变成了死案。

这些事情，杜若懒得对林池解释，当然更重要的是，他已经没有力气解释了。疼痛让杜若再一次闭上了眼睛，但他还是能感觉到自己握住林池手腕的手指正在被掰开。

杜若的唇边溢出一个苦笑："我是不会放开的。"

一个清雅、淡漠、同样悦耳的声音道："不放开就砍掉。"

另一个声音似乎很是开心，谄媚地接道："公子，需要刀吗？"

杜若蓦然睁开了眼睛，咫尺间，一张将世间的美汇集到极致的脸正在他面前，不用去想也知道是谁——陌轻尘，天下间再没有人能美得嚣张到这种程度。

从凌书的手里接过刀，陌轻尘想也没想，便对着杜若的手腕砍了下去，一丁点开玩笑的意思也没有，杜若想要松手的时候已然来不及了。

突然，杜若的身体被猛地撞开，他跌坐在地上，手撑着树干，肺腑俱痛。他勉强抬头看去，神色不禁一震——刀停在林池身前，距离近到几乎能听到刀刃划破她的衣襟的声音，却并没有继续向下。一下子，似乎连空气都停滞下来。凌书的嘴张得老大，眼角抽搐了一下。

少夫人为了别的男人挡公子的刀，这种事情……无论是杜若带来的官差还是无墨山庄的人，一时间表情都有些难以形容。

林池倒是完全没受到这种气氛的影响，抿了一下唇，眨巴着眼睛看向陌轻尘："你可以不杀他吗？"

众人暗想：这姑娘的胆子也太大了！

陌轻尘握着刀一动不动，脸上的表情也没有丝毫变化，只微微启唇："为什么？"

林池："呃……"杜若就在旁边，要是现在她说喜欢他，未免太难堪了吧，"那个……他很重要，我不想让他死，他若是死了，我会……呃，会很难过的……"

众人暗叹：这样的情形下她还敢表白，是嫌刺激不够狠吗？

出人意料的是，陌轻尘竟然没有发怒，只是随手丢开刀，弯腰抄抱起林池："好。"

众人不禁感到惊讶万分，这是什么情况？

杜若按着胸口的伤还想说什么，被凌书用刀背轻轻一戳，便瞬间晕了过去。

单手提起杜若的衣领，凌书踌躇着问："公子，这个人……要带回庄里医治吗？"

陌轻尘："丢出去。"

凌书："啊？"

陌轻尘转眸淡淡地看了凌书一眼，凌书立刻打了一个哆嗦，想也不想地便把杜若抛了出去。

杜若在昏迷中闷哼了一声，继续不省人事。

林池趴在陌轻尘的肩膀上抗议："你不是答应……"

陌轻尘点头："嗯。"

林池心疼地望着杜若："那你还……"

陌轻尘换了一个姿势，把林池压回怀里："我只答应你不杀他。"然后他用力地抱紧，"没答应要救他。"

林池："你这是……"赖皮。

浑蛋，别抱这么紧啊，她快要呼吸不过来了！

踩着一地碎裂的"狗眼"和惊诧，陌轻尘轻轻巧巧地抱着林池朝山庄里面走去。

跟着杜若来的官差们这才如梦初醒，急忙奔向他们被一而再、再而三地打击的大人。

众人手忙脚乱地刚想扶起杜若，便听到一个戏谑而响亮的声音响起："慢着。"凌书活动了两下手脚，眼睛发亮，"本大爷什么时候让你们走了啊？"

众官差战战兢兢地道："刚才……"

"那是公子答应的，又不是我。"凌书邪魅地一笑，抄起大刀，"好几天没动手了，来陪本大爷玩玩吧，诸位！"

被陌轻尘半抱半扛着回到了房里，林池还是放心不下杜若，几次想逃跑，却都被陌轻尘抓了回来。终于，陌轻尘拽着林池的胳膊问她："你为什么这么关心他？"语气依然平静，听不出丝毫情绪。

杜若不在身旁，林池也不避讳，干脆地道："因为我喜欢他啊！"

陌轻尘问："喜欢？"

林池刚想开口，又有点泄气："算了，反正他也不喜欢我。"她抿了抿唇，戳了一下陌轻尘的胸口，"那个……我不会被他带走的，你让我出去看看他好不好？"

陌轻尘思索了一会儿，道："不好。"

林池继续要往房外跑。

陌轻尘再次抱过她，问："为什么喜欢他？"

林池挣扎："喜欢就是喜欢，哪里有为什么？"

陌轻尘："你喜欢我好了。"

林池："……"是她出现幻听了吗？

陌轻尘转头，依然是那副平静的神情，嘴角微勾，却感觉不出是喜还是怒。

良久，林池垂下头："别开玩笑了，哪有这么容易就忘掉一个人又喜欢上另外一个人的。"

一只手摸了摸林池的头，陌轻尘的声音在她的头顶响起，清雅绝伦的声音说出的却是异常残忍的话："忘不掉？杀了他就能忘掉了吧？"

"不行！"林池一抽嘴角，"你能不能不要总想着杀掉啊？"

淡然的嗓音悦耳而平静地道："因为杀掉是最简单的解决办法。"当武力值过于强大的时候，一切问题都可以最简单地解决。

林池把陌轻尘的手从自己的头上抓下来，低声道："那也没用，就算武功再高，也无法左右一个人的感情。"就像就算杜若的未婚妻死了，杜若也未必会喜欢上自己。

没法左右？陌轻尘的长睫半垂了下来，掩住那双眸子里的所有情绪。

入夜。

陌轻尘摊开宣纸不知在画什么，凌书乐颠颠地跑了进来，停在陌轻尘身前："公子，都处理好了，那几个官差和那个姓杜的都被我丢到青楼里去了，我已经嘱咐老鸨好好招呼他们，保证他们半个月内都不会再来找麻烦了。"

陌轻尘点了点头，突然问："有女子喜欢你吗？"

这个问题真是问到心坎上了，凌书貌似羞涩地低下了头，嘴角都快咧到天上去了："公子，不是我吹，喜欢我的女子能从山庄门口排到十二夜去。比如说翠颜居的出岫啊，醉嫣阁的纤纤啊，还有……"

陌轻尘放下笔，转头问："怎么能让女子喜欢上自己？"

凌书却一愣，随即明白过来，定然是公子摆不平少夫人，当即得意扬扬滔滔不绝道："女子嘛，只要对她宠一宠、温柔一下，多送些礼物，多说几句甜言蜜语，再千金一掷买红颜一笑，不愁没有女子倒贴过来。然后在众人中只对她百依百顺、呵护备至，光是那份虚荣就足够她对你青睐。最后再吟吟诗、抒抒怀，她就是你的啦，哈哈哈……"

陌轻尘平静地道："具体点。"

凌书脑袋一转，立即又噼里啪啦地说了起来。

陌轻尘的房间里。

索瞳黑着脸，严肃地道："小姐，这几日我已经探好了路线和时间，后天一早，陌轻尘会出府一趟，趁着那个时候，我们便翻墙出去。"

林池耷拉下脑袋："好。"吃住不愁，每天还有加餐，这么好的地方……呜呜，干吗要被杜若发现，要是不被他发现，她就能一直留下来了。

索瞳："小姐，记清楚了？"

林池痛苦地点了点头，索瞳这才推门出去。

走了没一会儿，索瞳便看见了迎面走来的陌轻尘，他冷冷地看了陌轻尘一眼，努力散发着杀气，想用眼神杀死对方。

陌轻尘："……"完全没有感觉。

看见陌轻尘走进来，林池一点也不意外。这段像头猪一样被养着的日子，她已经习惯了被陌轻尘当作抱枕，反正在这里也待不长久，当抱枕就当抱枕好了。而且陌轻尘可以用内力调节体温，说起来，她也没少把他当自动发热的靠枕。只是今天的陌轻尘，感觉有点奇怪啊！

"送女子礼物嘛，最好是珠宝，越漂亮、越名贵越好，然后就可以以帮她们戴珠宝的方式接近她们，然后再……嘿嘿嘿……"凌书如是说。

关上门，陌轻尘道："你要礼物吗？"

林池："啊？"

陌轻尘从身后取出一个小匣子递给林池。

林池在打开小匣子的瞬间，差点被里面的东西闪瞎眼睛——装在匣子里面的珠宝散发着炫目的光泽，其中任何一件都足以叫世人疯狂，全是价值连城啊！

可惜，某少女完全不识货。林池摸出其中一件，捏了捏，又咬了咬，最后将匣子退还给了陌轻尘："不要了，咬不动，而且好重……"

"要多夸赞女子的容貌，她们嘴上说不喜欢，其实心里早乐开了花，这时候你再抚摸她们的面容，她们十有八九不会拒绝，然后再……嘿嘿嘿……"凌书如是说。

陌轻尘："你很好看。"

林池："谢谢。"被陌轻尘夸奖好看，是件非常讽刺的事情好不好？

话说，他为什么突然说这个？林池顿了顿，跳下床来，摸了摸陌轻尘的额头，又摸了摸自己的，喃喃地道："没有发烧啊！"

陌轻尘："……"为什么和凌书说的不一样？

当晚，林池睡得很是香甜。

既然她准备走了，那么临走前怎么也要狂吃一顿。

进餐时的愉悦，让林池完全没有留意到陌轻尘的不对劲。喂完陌轻尘，林池就兀自低头猛吃起来，间或抬眼间，看见几个人抬着若干红木箱子走了进来。

隔着桌子，陌轻尘平静地问："你喜欢金子吗？"

唰的一下，第一个箱子被打开，一箱明晃晃的金子呈现在林池眼前。

林池舔着手指，想了想道："也不能说不喜欢吧，不过银子够用就行，太多带着麻烦，也容易遭难。"

陌轻尘垂眸："这个呢？"

唰的一下，第二个箱子被打开，竟是一箱华丽奢靡而繁复雍容的衣服。

林池爽快地摇头："这种衣服穿上绑手绑脚的，一点也不舒服。"

除了第一天被强迫穿上了裙子，之后的几天，林池穿的都是跟其墨要的男装，质地通透柔软，行动方便，她穿得很舒服、很满意，比那些破裙子好多了。

陌轻尘挥挥手，直接让人打开了第三个箱子。箱子里面放着一朵花，一朵美丽妖娆到极致的浅绯色花，明明是浅淡的色泽，却因为肆意绽放的花瓣而展现出了一副令人惊艳的姿态——千金难求一朵的"美人妖"，当之无愧是全北周最美的花。

这次，林池终于多看了两眼："这个能吃吗？"

陌轻尘："不能。"

林池转回头，边继续吃东西边丧气地嘟囔："不能吃，还弄这么漂亮。"

陌轻尘："……"

最后一个箱子自己弹开了，一个又白又圆、毛茸茸的东西从箱子里跳了出来。它抖动了一下身上的毛，一黄一绿两只眼睛警惕地扫了一下四周，严肃的脸上，触须跟着抖了抖，这才撅着肥硕的屁股蹲了下来。

林池立刻瞪大了眼睛："这是……"

抬箱子的下人补充道："波斯猫。"

林池蹲到猫面前，细长的手指小心地戳了戳猫身。波斯猫转了转眼眸，尾巴一甩弹开了她的手，扭着屁股转过身，完全不理睬她。

林池："……"好受打击。

看出林池的沮丧，陌轻尘简单地道："不喜欢就杀掉。"

"不是啊！是……"林池泄气地站起身来，"它不喜欢我。"

陌轻尘的声音一如既往地清雅平淡，但不知为何，今天竟有些说不出来的消沉味道："你有喜欢的东西吗？"

林池指了指自己："问我？"随即她点头道，"当然有啊！我喜欢美味佳肴啊，不是很明显吗？"

陌轻尘眨了一下眸子，若有所思。

仿佛听见了声音，那只波斯猫转回头，重新翘起屁股，慵懒的眼神在扫过陌轻尘的时候停顿了一下，然后迈着优雅的步伐，小肉掌两跃之下，就跳到了陌轻尘的膝盖上。

林池还记得其墨说过，陌轻尘很讨厌别人的触碰，便连忙去抱猫。谁料那猫完全不领情，在陌轻尘的腿上寻了一个自在的位置，舒舒服服地趴了下来，还优哉游哉地甩了一下尾巴。

众人扭头，默哀。

陌轻尘神色平静，微微抬起手来。

林池吓了一跳，一把抓住陌轻尘的手："等等，别杀它好不好？它只是喜欢你才靠近你的啊！"

陌轻尘抬眸："喜欢我？"

林池："对啊！"

陌轻尘收回了手。

林池刚松一口气，便看见陌轻尘突然又抬起手来，她不禁大惊，然后就看见陌轻尘摸了猫身一下，波斯猫亲昵地蹭了蹭陌轻尘的手背，还用舌头舔着陌轻尘的手指，仿佛很是享受。

他不是要杀了猫吗？林池奇怪地看向陌轻尘，陌轻尘垂眸望着猫，似乎也有些惊讶。银发流泻，陌轻尘漂亮的细长眼睛微微睁大，给那张冰霜凝结的脸增添了几分生气。

这个样子的陌轻尘，看起来倒是有点可爱呢！林池抽了抽嘴角，强迫自己清醒过来，这个念头才是最可怕的吧？令全江湖的人畏惧不已、被称为冷血无情、杀人不眨眼的陌轻尘，她居然会觉得他可爱？

这个念头一直困扰了林池好长时间，弄得她下午在陌轻尘的院子里晒太阳都晒得不是很安稳，踌躇之下，她决定去厨房找点东西吃。

刚到厨房门口，林池就觉得有些不对劲——实在是太安静了。无墨山庄里的食材异常丰富，她也不是第一次趁乱混进去找东西吃了，但哪次这里不是人声鼎沸？

林池纵身跃上墙头，然后爬到厨房的屋顶上揭开了一片瓦片，只朝下看了一眼，就差点从房顶上摔下来。厨房里只有一个人——陌轻尘，而此时此刻的他正在做菜，这是林池做梦也想不到的场景。

陌轻尘适合站在高山之巅睥睨天下，适合逆着夕阳留下一个清冷的背影，适合用一柄寒剑轻松杀敌，却唯独不适合到厨房做菜，可是此时此刻，陌轻尘确实在做菜。一本疑似菜谱的书册摊在他面前，陌轻尘用拿剑的姿势握着菜刀，熟练地切好菜，再将菜倒入锅内……

下一刻，案板裂开了，陌轻尘顺着裂缝直接用菜刀将案板劈成了两半。锅也裂开了，菜和油一起掉进火里，发出噼里啪啦的响声，火腾的一下剧烈燃烧起来。陌轻尘一挥衣袖，快速向后退了一步，火瞬间熄灭，整个灶台已经一片狼藉。

陌轻尘看了灶台一眼，拿起书册，转移到下一个灶台，继续刚才的事情……

晚饭时，端上来的菜比平时少了，菜式也简单许多，模样却没有粗陋多少，至少没有林池想象中的那种焦炭样儿。

林池夹了一筷子青菜进嘴，面容扭曲了一下——好咸，好想喝水。但是偷瞄了一眼坐在她旁边的陌轻尘，林池闭上眼睛用力地将菜咽了下去。

"口感清脆，微苦中带着一丝清甜，嗯，很新鲜。"林池把菜夹进陌轻尘的嘴里，陌轻尘细细咀嚼着，眼眸却不自觉地弯了弯——他没有味觉。

林池霎时明白，为什么他做出来的菜只是形似，那是因为连他自己也不知道是什么味道。忽然间，林池感觉有点难过。

吃完这顿堪称林池在无墨山庄吃过的最难吃的一顿饭，陌轻尘动作优雅地用布巾帮林池擦了擦嘴，问："好吃吗？"

林池在内心挣扎了一下，然后违心地点头："好吃。"

陌轻尘抱紧了林池，下巴抵在她的脑袋上："我做的。"

林池忍笑道："哦。"

修长的手指抚摸着林池的脑袋，陌轻尘问："喜欢我吗？"

"啊？"林池愣了愣，嘴唇张了数下，最后只是轻声道，"不知道。"

晚上，林池翻来覆去睡不着。陌轻尘给她做菜，难道是为了讨好她？这样的举动未免太惊悚了吧？

林池一转身，便看见了陌轻尘面对着她睡着的脸，他双眸微合、呼吸浅浅。

虽然在她的强烈抗议下，晚上抱着她睡觉的时候，陌轻尘没再脱她的衣服，但一起睡这件事，在本质上还是没有改变的。

好在林池也不是很在意这件事情，在青楼里该看到、知道的都看到、知道了，后来跟着师父颠沛流离，最差的时候，也曾在破庙里跟一群男子挤过通铺。能活下来才是最重要的，其他的她都可以不计较。更何况，陌轻尘的眼睛里并没有那种令她无法忍受的淫邪，身上也没有肮脏污浊的气息，相反，他身上的气息很干净、很舒服，她靠在他身上很容易就进入了梦乡。

银发扫过林池的脸颊，带来微微的痒。林池抓过一缕摸了摸，好滑。她又打了一个结拽了拽……抬眼，正对上陌轻尘刚刚睁开的眼睛，他显然还没睡醒，有些睡眼惺忪。

"怎么了？"陌轻尘问道。

林池松开手："没什么。"

陌轻尘揽过林池，然后又闭上了眼睛，平静地道："睡觉。"

林池："……"看着窗外漆黑的夜色，她暗想：可是睡不着怎么办？

直到陌轻尘起床走了，林池才慢慢睡着。可是刚睡一会儿，便有人用力地晃着她的肩膀："小姐，小姐，该走了！"

林池揉了揉眼睛："好困。"

索瞳无奈："小姐，你先起来，我背你，你到我的背上睡。"

林池迷迷糊糊地笑："好！"

索瞳一怔，无声地叹了口气，认命地背起林池。

这几日，索瞳已经将无墨山庄的地形和所有下人的位置都摸熟了。索瞳背着林池，几次有惊无险地躲过庄里的下人，然后翻墙而出，钻进了他早已备好的马车里。马车里铺了厚厚的垫子，林池倒在垫子上，睡得完全没有形象可言。

索瞳对驾车的车夫吩咐了一声，便靠在马车壁上守着林池，目光却不自觉地变得柔和。同样经历过苦难、有着血海深仇未报，为什么林池可以过得这样轻松，吃了睡睡了吃，好像什么都不在乎？

也对，这样才是他的小姐。他一直记得那一天，灰衣少年拨开了一堆杂物，对着杂物堆里已经吓得动弹不得的他伸出手，声音清脆地道："出来吧，我不吃你！"视线最后定格的画面里，是少年微微转头绽开的笑容，刹那间漂亮到令人炫目。

马车一直平稳地行了许久，才停在一座城中。

与此同时，无墨山庄。

凌画惊叫："少夫人不见了！"

凌书不以为然："怎么可能？咱山庄这么大，你再找找嘛！"

其墨徐徐走来，声音低沉："不用找了，林伯父也一起消失了，看样子，他们是一起走了。"

闻言，凌画不由得迟疑地道："那……那公子回来了怎么办？"

三个人的脸色一下子都变得很难看。

第四章

初次出逃中

林池醒过来的时候已经是午后，看着眼前陌生的陈设，她茫然了一会儿，半天才在索瞳端来的食物面前清醒过来。

林池边狼吞虎咽边问："这是哪里？我们要在这里待多久啊？"

索瞳静静地看着林池吃东西，同时把刚买回来的衣服塞进林池怀里道："我们现在无墨山庄旁边的小城里，先在这里等到师父回来。外面都是你的通缉令，你先把衣服换上。"

林池于忙碌之中单手抖开衣服，脸上的表情一下子垮了："真的要换吗？"

索瞳斩钉截铁地道："要！"对于林池爱穿男装的行径，他已经不满很久了。

林池换好衣服后，索瞳特地找来了客栈老板娘替她修剪头发。杂乱无章的刘海儿被剪得平齐，软软地垂在额前半遮住眼睛，鬓边更是斜插了一支紫玉簪子，老板娘还好心地借给了林池一点胭脂水粉。等林池对着镜子涂抹胭脂水粉的时候，她已经完全认不出镜中那个看起来好似大家闺秀的女子到底是谁了。

索瞳很满意林池此时的打扮，对比了一下通缉令上的画像，如果不仔细看，已经看不出是一个人了，于是他拽着林池出门，美其名曰"验收成果"。

林池虽然觉得这种验收成果的行为实在傻气，但还是跟着出去了。算起来，她也很多天没有出门逛街了。

嘴上说是逛街，但林池很快就觉得还不如待在客栈里。

对于林池的"懒惰"，索瞳感到很无奈，买了一些必需品，便带着林池上了酒楼。一桌子的菜让林池瞬间眉开眼笑，索瞳很是愁苦，难道真的要像养猪一样养小姐吗？

索瞳正苦恼间，从酒楼外走进来一群人，原本喧哗的酒楼顿时声音小了许多。林池抬头看了一眼，差点噎住——杜若！

她的第一个反应就是赶紧逃跑，可是身子还没动，就被索瞳一下按住了，索瞳低声道："小姐，如果他们认不出你来，那我们以后就不用再躲了。"

林池："……"我才不要！穿成这样，要是被发现了，连逃跑都很困难啊！

好在那群官差也没找人的心思，一个个垂头丧气、衣着凌乱，活像刚刚被人调戏般。他们寻了一处角落入座，不断小声地抱怨着。

林池用余光偷瞄，发现杜若的衣着竟然是这群人中最狼狈的，不但发冠被人扯掉导致乌黑长发披散，长衫上竟然还多了好些嫣红的唇印。好在杜若本人双眸清澈、气质高洁，才没让人觉得如何形容悲惨。可是，杜若为什么会这么狼狈啊？

其他官差叫了好些菜，杜若却似没什么胃口，只叫了一壶酒，慢慢地自斟自饮，别人给他夹菜，他也只是笑笑拒绝。林池知道，这是杜若心情不好的表现。

那一次就是这样，杜若在刑部值班，处理完公文，便一人一壶酒，神色淡然地坐在院中慢慢喝，喝醉了就伏在石桌上小憩，任由清风吹拂。结果还没到半夜，杜若便咳着醒来，他站起身迷迷糊糊地晃了半晌，便又倒在了院中。

林池见杜若不省人事，大着胆子走到近前，方发现杜若不仅脸色通红，连意识也模糊不清了。

林池半拖半抱地把杜若弄回屋中榻上，倒了一杯热水一点点喂进杜若嘴中，然后又寻了好几块毯子将杜若裹紧，这才蹲在床前，双手托着下巴仔细打量起杜若来。

心上人意识不清地躺在面前，林池却一点邪念也没有，就那样托着下巴一直盯着杜若如玉的容颜，怎么看也看不腻。

不知不觉中，林池竟睡着了，醒来时，发现自己竟然躺在那张杜若睡过的榻上。

杜若见她醒了，缓步走上前来，身上有着好闻的淡淡皂角香，语气依然温文："昨晚多谢姑娘照顾，只是不知姑娘是谁，为何会出现在这里？"

这么久以来，林池第一次跟心上人面对面地说话，她甚至都没留意到杜若语气里的戒备，腾的一下爬起来，丢下一句"我叫田螺"就狂奔着消失了。

林池放下筷子，不禁有些难过。如今她是越狱犯人，杜若是朝廷命官，他俩之间就更不可能了。

林池觉得自己再这么看下去，迟早会被杜若发现，对索瞳道了声"我要去恭房"，就独自走到了酒楼后院透气。

酒楼后院堆了不少杂物，林池寻了个干净的地方坐下来，准备等杜若一行人走了再出去。可是，她还未坐上半刻，就见杜若也从酒楼里走了出来。

杜若并不喜欢喝酒，只是今天心头实在郁结。可是只喝了一口，他便觉得胸口的闷痛更加难以言说——是的，他在担心一个犯人。

杜若这次离开明都并不是为了捉拿犯人，而犯人……他只要说是被无墨山庄扣住了，就不用再追查下去。可是一闭上眼睛，他就会忍不住想起那一晚，少女美丽的脸庞和唇上柔软的触感。他不忍心看见她死，不忍心……

杜若走到酒楼的后院，远远地便看见一个女子垂首安静地坐在院中，乌发被一支紫玉簪子绾住，看起来是那样温柔又美好。

杜若看了那女子一眼，竟蓦然想起林池，但随即便摇头苦笑——她怎么可能在这里，而且只看那女子一身裙装就知道不可能是她了。杜若按住额头想，我这是怎么了，怎么看见一个女子便会想起她？

杜若走到井边，按下井阀，涓涓细流便自竹管一端流淌下来。杜若接了一捧水，一遍遍泼在脸上，沁凉的触感让他的神经逐渐放松下来——清醒一点，杜若。

抹去脸上的水珠儿，杜若站直身子，竟发现那个女子仍保持着之前的姿势坐在那里。天气不算暖，她一个姑娘家干坐在那里，不会是有什么事情吧？

杜若走过去，轻声问："姑娘，你是否和家人失散了？"

女子摇头。

杜若："那是……在等人？"

女子继续摇头。

杜若不免心软，柔声道："姑娘遇到了什么麻烦吗？需要在下帮忙吗？"

女子似乎再也受不了他的盘问，提着裙子以非常眼熟和笨拙的姿势往外跑去。而这次杜若的反应异常快，他一把拽住了女子的手腕："站住，林池。"是肯定的语气。

林池突然用手肘朝杜若的胸口撞去，又突然想起那里刚受过伤，手劲一泄，杜若却用力把她拽了过来。林池的长发在空中舞出一个漂亮的弧度，也露出了脸庞。

杜若感到自己的心脏瞬间漏跳了一拍——他从未见过林池女装的模样，也从未真正看过林池的脸。

林池垂眸思索了一下，突然凑近杜若的脸，想故技重施。杜若却一下抓住她的肩头，不让她靠近，同时忍不住问："你是怎么从无墨山庄……"

林池沮丧："用逃啊！"一想起这个，她就更加沮丧，小声嘟囔道，"早知道会遇上你，我就留在那里了。你想抓我就抓吧，反正一有机会我还是会逃的。"

犯人居然敢在官差面前大言不惭地说一有机会就会逃跑，可此时的杜若只想笑，他转念想起一件事："你怎么会……穿成这样？"联想起那天陌轻尘的态度，他略皱眉，"陌轻尘对你……"

林池接口道："他对我很好啊！呃……除了晚上老爱搂着我睡觉。"

杜若："……"

林池不解地看着杜若突然黑下来的脸，猛地被他拽得一个趔趄："喂喂，你轻一点啊，不要拽我，我的手好痛……"

杜若也不知道自己为什么会这么生气，停下脚步，转头对林池道："你到底知不知道你自己是女子啊？女子未出嫁之前，怎么可以和别的男子同榻而眠？"

林池不满地低声道："我跟你不是也睡过吗？"

杜若移开视线，脸微红："那时候我没有意识，不算。"

林池更加不满："为什么不算啊？明明睡过，你不打算承认了吗？"

杜若生病的时候，林池也曾照顾他几次。有一次天气特别冷，冻得她实在难受，她便想着靠在杜若身边暖和一下再离开，谁料实在太舒服，一觉睡过了头，醒来的时候与杜若四目相对，之后好几天，杜若的脸色都极其古怪。但是就算不喜欢她，可明明发生过的事情，他怎么可以不承认啊？

说话间，杜若和林池已经走到了街上，他俩的争执声引来了很多路人的注意，众人纷纷对杜若投以"哎哟，长得一表人才，没想到却是个负心汉""敢做不敢认，真无耻啊真无耻"之类的目光。杜若顿感无奈，打算先拽着林池回酒楼再说。

可是还没等杜若动手，便突然听到有人高叫了一声"找到了"，紧接着一阵急促的马蹄声伴随着滚滚烟尘从远处传来，几乎是眨眼间，两人就被一众马匹围在了中间。

其墨翻身下马，态度虽仍温文，却显得很是急促："林小姐，请跟在下回去。"

杜若挡在林池身前："抱歉，她是本官的犯人，我不会让你带走她的。"

其墨的眸色一冷："哪里来的犯人，这分明是我家夫人，若杜大人执意同草民抢人，就不要怪在下无礼了。"

此时，凌书也赶到了，连马都没下，径直打马走向林池："其墨，跟他废什么话？要本大爷说，抢人就该直接抢！"他看向杜若，嬉皮笑脸地道，"手下败将，在青楼待得可舒服？要不要本大爷再送你去一次？"

此时，酒楼里面的人听见动静都走了出来，众官差见杜若又和无墨山庄的人对上了，都露出痛苦的神色——我们才逃出青楼啊！杜大人，你怎么就这么执着呢？

说话间，凌书已挥起长刀劈向了杜若，可惜刀并没能劈下去，而是被人死死抓住了。只见林池单手握住刀身，血液顺着她白皙的手腕流淌下来，显然割破了手掌。林池咬着下唇，一脸倔强，却分毫不让。

看见林池如此，凌书吓得手一抖，刀立刻掉在了地上。可是如此一来，倒是没人敢对杜若动手了，而他们也不敢放杜若和林池离开，双方只能僵持在原地。

直到片刻后，一个清雅低沉的声音响起："为什么要走？"

银色的身影若流矢般闪来，谁也没有看清来人的动作，陌轻尘已经站在了林池面前。只一个剪影就足够众人看呆，原本喧嚣的街头竟然因为一个人的到来而变得一片寂静。

陌轻尘垂着眸，重复了一遍刚才的问题，语调平淡，脸上没有多余的表情，却莫名地让人觉得黯然，刚才林池对抗凌书的那股气势一下子没了。

其实她没什么好解释的，想走就走了，本来也没有一定要留下来的理由。可是一看见陌轻尘此时的样子，林池便发现这些话怎么都说不出口。

林池和陌轻尘四目相对、沉默无语间，杜若缓步而出，站在林池身旁，垂首道："殿下，林池是下官的犯人，希望殿下可以让卑职带她回明都，而且……"他看了一眼林池还在滴血的手掌，眼中闪过一抹不易察觉的神色，"她手上的伤也需请个大夫包扎一下。"

林池又不是笨蛋，逃跑后被抓回去，肯定不会有什么好果子吃。不自觉地，她往杜若的方向挪了一步，声音低得几乎听不清："我不想跟你回去。"

陌轻尘连扫也没扫杜若一眼，仿佛根本没有听懂两个人的话，径直走过去抄抱起林池。这个动作他做得实在熟练，行云流水一般。

林池挣扎，只听咔嚓一声，只用一只手，陌轻尘便轻轻松松地卸掉了林池的手脚两处关节。和第一次一样，没有悬念的绝对力量压制，令林池顿感无力。

杜若移步挡在陌轻尘面前，面沉若水："殿下……"

陌轻尘轻轻挥袖，杜若瞬间被挥出去数十步，撞翻了身后的摊铺，重重地摔在地上。他按住胸口，猛地吐出一口血来。

碍于陌轻尘的气势太盛，在场竟然没有一个人敢去扶杜若。

林池心疼道："陌轻尘，放我下来！"

陌轻尘："不放。"

奈何手脚都不能用，林池恼怒地一口咬在陌轻尘的肩膀上，因为气急，咬得又深又狠，完全没有保留，几乎刚咬下去，林池就感觉到了唇齿间弥漫的血腥味。她顿时一僵，而陌轻尘毫无反应地抱着林池钻进了马车里。

"为什么要走？"陌轻尘第三次问。

林池缓缓松开嘴，转过脑袋，不想理陌轻尘。

大概是看出了林池对杜若的在乎，陌轻尘道："不回答，我就回去杀了刚才那个人。"

林池愤然地转头："我为什么不能走？"

陌轻尘想了想，按照他的思路简单地回答："你要喜欢我、嫁给我，留下来陪我到死。"

他是有强迫症吗？还是妄想症？林池不禁眼角抽搐："为什么？"

"我想这样。"陌轻尘转眸，语气里尽是理所应当，"这样不好吗？"

林池："当然不好！我们根本……根本……"她总觉得哪里不对，但又形容不上来，"我们根本不认识、不熟悉……"

陌轻尘说得不容违抗："现在开始认识、开始熟悉。"

她和陌轻尘完全没法交流啊！

对杜若的担心和被卸掉手脚关节的愤怒，让林池忍不住脱口而出："可我一点也不喜欢你！"

银白的发丝一缕缕飘落下来，陌轻尘细长而漂亮的眼睛里蕴着水墨画般的风流写意，像是漫不经心，却又像是很专注地凝视，没有生气，反而平静如常："那就开始喜欢上我。"

陌轻尘伸出一只手托起林池受伤的手掌，只见血已经将她的整个手掌染红，伤口处的皮肉翻开，深可见骨，很是骇人。陌轻尘用另一只手从马车的抽屉里拿出一个碧绿色的瓶子，旋开盖子，用指尖蘸了一点瓶中的药膏，细致地涂抹在林池的伤口上。药膏的药效极好，转瞬间，清凉的感觉便取代了疼痛。陌轻尘从头到尾都做得很认真，几乎没有弄痛林池。林池咬着下唇，发现在被人照顾时，狠话一时竟无法出口。

像是想起什么，陌轻尘随口问："你上次的伤好了？"

林池下意识地问："什么伤？"

陌轻尘："屁股上的，要我帮你一起抹上药膏吗？"

林池生怕他再扒自己的裤子，忙道："已经好了，不用！"

陌轻尘点了点头，就要将药瓶收起来，林池不禁一愣："你自己呢？"

陌轻尘："我？"

林池轻声道："你的肩膀……"

陌轻尘这才侧头看见自己的肩膀上被林池咬的伤口处已经鲜血淋漓。他扯开布料，在肩膀上胡乱地抹了两下药膏，就不再去管了。

林池咬了咬下唇，垂眸低声道："我不跑，你把我的手脚关节接回去，我帮你上药。"

陌轻尘似乎感到有些意外，却还是将林池的手脚关节接了回去。

林池也觉得很矛盾，她为人的原则向来是你对我好我便对你好，你对我不好我也不会对你好。陌轻尘打伤了杜若还卸了她的手脚关节抓她回去，按理说她应该很讨厌这个人的，可是这个人偏又不是坏得彻底，给她上药比给他自己上药还认真。

在心里别扭了一下，林池从陌轻尘手里接过药瓶，半跪在马车里，倾身靠近陌轻尘，帮他上了药。

上好药，林池擦了擦手指，正想着接下来该怎么办，身子突然被人一下抱住了。林池身体一僵，下意识地便想逃脱，陌轻尘却收紧了手臂将她紧紧地桎梏在怀中，温软的唇擦过她的脖子，清雅的声音在她耳边呢喃道："别走……"还是那样不带有任何情绪的声音，却又像个执拗的孩子，抱住他唯一的玩具，死也不肯放手，"留下来。"

林池叹了口气，突然觉得跟这个人生气是件很没必要的事情，他只是任性，根本什么都不明白。

距离上一次吃饭已经过了好几个时辰，更何况林池为了躲杜若，在酒楼时也没吃什么东西，于是，她饿了。

菜摆了一桌，林池握住筷子："我吃了啊！"

林池对面坐着陌轻尘，左边是凌画和凌书，右边是其墨，很有几分三堂会审的感觉。

"你们别看我了，我真的吃了啊！"

见四人都没有反对的意思，林池立即低头猛吃起来。

看着林池饥不择食的吃相，除了陌轻尘之外的三个人都沉默了。

其墨心想：胃口居然还是这样好，她怎么吃都不胖的吗？

凌书忧心：你这样伤公子的心，一点都不害怕吗？居然还吃得这样胃口大开。

凌画暗道：还应该给林姑娘灌春药后丢到公子的床上吗？

陌轻尘："再上一盘菜。"

三个人更加沉默了——公子，你怎么完全不追究啊？这样会把人宠坏的呀！

等林池终于吃饱了，才发现其墨等三人仍用没怎么变化的眼神看着她，她放下筷子："呃……你们不吃吗？"

三个人纷纷摇头。

林池："那……你们打算怎么对我？"

三个人同时看向陌轻尘。

陌轻尘思索了一下，轻声问："你还会走吗？"

三个人目光灼灼。

林池紧握了两下手指，似乎做了一番极其激烈的内心挣扎，最终抬眸定定地看向陌轻尘，简单地道："会。"

对，她还是会走，陌轻尘有任性的权利，她却没有一定要配合的义务，她是林池，只是林池，不会被任何人主宰。

其墨叹了口气，转开视线。

凌书一拍桌子："少夫人，你这样做未免太过分了吧？真当我们无墨山庄的人好欺负吗？"

凌画也拍了一下桌子："少夫人，你……啊，公子，你在做什么？"

只见陌轻尘从宽大的袖子里取出一样东西，飞快地套在了林池的脖子上，伴随着叮当作响的声音，大家这才看清那个东西竟然是一个铁环，铁环上还拴着铁链，铁链的另一头正握在陌轻尘手中。

陌轻尘的动作实在太快，等林池反应过来摸了摸自己的脖子，不禁抓狂："喂喂，快拿掉这个东西啊！"

陌轻尘："不拿，这是玄铁制造的，你拽不开的。"

凌画惊叹："少主这招好高啊！"

其墨皱眉："虽然不失为一个办法，可是，公子是从哪里知道这种东西的？"

凌书的声音突然变小："我……这不是我给公子的那本书里的道具吗？"

凌画和其墨同时斜眼看他。

林池怒视陌轻尘："你总不能用这个拴我一辈子吧？"

陌轻尘轻轻扯了一下链子，道："不会的。"

林池顿时松了一口气："那你打算什么时候放开我？"

陌轻尘又扯了一下链子："等我们洞房了之后。"

林池简直要崩溃了："我怎么会跟你洞房？"

陌轻尘："嫁给我就会了。"他转头吩咐其墨，"去筹备婚事，明天成亲，顺便去户籍处登记一下婚书。"

其墨为难地道："公子，你是认真的？"

陌轻尘："嗯。有问题吗？"

凌书低声轻喃："这是《强娶良家女》里面的剧情啊，公子你……太会学以致用了吧？"

耳力过人的凌画和其墨："……"你一天到晚都在给公子看什么书啊？

凌书："……"关本大爷什么事？那些书明明是好东西啊！

第五章

火速成亲中

不得不说，其墨实在是个能力出众的管事，短短一天的时间，无墨山庄便被包裹在一片红绸中，嫁衣是连夜让绣娘赶制的，花轿亦是突击制作的，宴席一桌桌摆上来，请柬同时分发给全武林人士。当然他们来不来根本没什么关系，本来就只是通知一下而已。

众人忙前忙后，最大的问题却是高堂，陌轻尘的父皇母后远在明都，一天之内肯定赶不过来，至于林池他爹……不幸失散。

凌书不以为然："《强娶良家女》里直接拜了堂、入了洞房，哪有这么复杂啊！"

其墨："那是话本里的。"

凌书摸着刀，勾起嘴角："你觉得我们现在操办的这个很真实吗？"

其墨沉默良久，道："这倒是……"

凌书冲他抖了抖眉毛，一副得意扬扬的样子："成亲其实就是走个过场，你知道重点是什么吗？"他又朝婚房抖了抖眉毛，大声吐出两个字，"洞房！"

洞房里。

"这东西真的是玄铁制成的？"

林池拽着铁链越发绝望，头上的凤冠晃了晃，骨碌碌掉在了地上，侍女迅速拾起，重新放到林池头上，淡定地道："少夫人，您继续。"

不要这么自信地认为我逃不掉好不好？

房间里只有她和帮她穿上嫁衣的侍女，她要打晕侍女再简单不过，可问题是陌轻尘把铁链的另外一头拴在了床柱上，难道她要把床一起搬走吗？

林池正思索间，侍女突然闷哼一声倒在了地上，一个黑影迅速蹿过来，拉住林池就跑。

林池："快……快勒死了！"

来人是索瞳，他低头看了拴住林池脖子的铁链一眼，果断地挥剑劈砍床柱，床柱很快便裂成两半，床瞬间坍塌了下来。索瞳收回剑，把铁链拉出，拉起林池的手继续往房外跑。

可是两人刚跑到房门口，还没等林池暗自庆幸，便看见凌书和凌画正站在房外。

凌书嬉皮笑脸地道："林伯父，你是特地赶来主持婚事的吗？"

索瞳懒得理他，低声对林池道："我挡着他们，你先逃出去。"

凌书抽刀："喂喂，别这样，打伤伯父，公子会不高兴的。"

然而不等他说完，索瞳已经一柄长剑攻了过来。

林池在索瞳开口的瞬间就猛地蹿了出去，纵身一跃上了房顶，快速朝围墙移动。凌画紧追在林池身后，但无论是速度还是灵活度都与林池相差不少，林池轻易便将她甩出很远，转瞬间，围墙已近在眼前。

林池心中一喜，刚要跳下，却在半空中被人抱住，等落地时，林池已经躺在了那个人怀里。银色的发丝一缕缕垂下来，闪动着流水般的光泽，更衬得陌轻尘那张脸美若谪仙，偏偏他此时还穿着一身红衣，强烈的色彩对比，让人有种无法形容的冲击感。

林池一怔，陌轻尘已经俯身吻了下来。一个没有温度的冰冷的吻，让林池身体里的反抗因子瞬间被挑起，她毫不犹豫地咬破了陌轻尘的唇。结果，不出意外，林池的下巴被陌轻尘卸掉了……

林池想要挣扎，手脚却被陌轻尘用怀抱禁锢，完全动弹不得。那股淡淡的血腥味在林池的唇齿间弥漫开，温热而咸腥的液体竟比陌轻尘的唇还要温暖，但那股味道只透出绝望和不顾一切。

不知过了多久，陌轻尘才放开林池的唇，而他自己的唇也染了血色，触目惊心。

将林池的下巴接回去，陌轻尘没有表情地看着她："为什么又要逃？"

林池脱口而出："我不想跟你成亲！"

陌轻尘："跟我成亲不好吗？"

林池一把扯下没来得及摘下来的凤冠摔在地上，恼怒道："没有人喜欢被人用铁链绑着强迫成亲的。"

陌轻尘用脚尖挑起凤冠，重新端端正正地戴在林池的头顶，道："今天打扮得很好看。"

林池觉得好无力。

陌轻尘微凉的手指替林池理了理略显凌乱的额发，便要抱起她往回走，林池继续挣扎："为什么非要是我？你就不能去找别人吗？"

陌轻尘的指尖滑过林池的额头落在她的颊边，轻柔地摩挲了两下，启唇轻声道："我的身体只对你有感觉。"

当一个人二十年来对外界的事物都没有任何感觉，突然有一天，他发现自己可以感受到另外一个人身上的温度以及她肌肤柔嫩细滑的触感时，又怎么可能放开她？

陌轻尘更加用力地抱住林池，声音极尽温柔："留下来，你想要什么我都可以给你。"

林池转过头不理他——我什么都不想要，我只想要自由。

这种完全为了应付公子任性的婚礼让其墨忙得焦头烂额，他既要不断应付前来看热闹或是献殷勤的宾客，又要一样样处理一些突发状况。索瞳想带林池逃跑这件事根本不算什么大事，因为陌轻尘已经让凌书和凌画守在婚房门口，就算他们二人赢不了索瞳，也至少能把时间拖到公子来。而真正有些麻烦的却是杜若，他是刑部侍郎，虽然这个官位在明都不算什么，却是在座众人中官位最高的。杜若带着一干官差以参加婚礼为名前来，并且还送了礼，这样一来，怎么也不好把他往外赶。其墨苦中作乐地想，算了，自己操劳也就操劳一下，只要公子能顺利地娶了林姑娘就好。

拜堂的时间已到，吹拉弹唱之后，新娘子一身艳红嫁衣、头顶红盖头地在喜婆的搀扶下缓缓入内，众人纷纷用炽热、好奇的目光看向新娘子——陌轻尘的新娘啊，那得有多大的承受力才会嫁给他啊！

当然，也有另外一种声音——呜呜呜，陌轻尘怎么可以娶别人嘛，少女的心好像一下子碎了。

然后看了又看之下，眼尖的人便发现不对——这个新娘子的动作怎么这么僵硬？不会是……众人再看向站在新娘对面神色平静、完全不受影响的陌轻尘，目光都有些复杂——果然……新娘子是抢来的吗？众人再抬头去看座上的岳父大人，果然也僵硬得很……

三拜到最后一拜时，杜若突然站了起来，明显是想要打断拜堂仪式。只可惜话还未出口，他就忽然感觉到一股浓郁的脂粉气袭来，杜若一怔，青楼老鸨那张饱经风霜、一脸媚笑的脸已经凑了过来。她娇笑一声，道："哎哟，杜公子上次怎么走得那么快呢，奴家还没来得及好好伺候您呢……"

这声音让杜若一下子回想起被无墨山庄的人丢进青楼里，然后又被一众青楼女子调戏蹂躏、扒衣服又摸肉的惨痛经历，顿时全身僵住，不由自主地想要作呕。

等杜若回过神来，堂前的陌轻尘和林池已经没了身影。其墨同时松了一口气，对付正人君子，看来还是凌书的办法管用。

陌轻尘抱着林池回到了布置好的新房，大红色的双喜贴满了窗棂，红绸布满整个房间，两支巨大的红烛徐徐燃烧着，火光跳动。

两个侍女硬着头皮，托着盘子走了进来。

陌轻尘用喜杆挑起林池的盖头，不出所料，看见的正是林池愤怒的表情。随后，陌轻尘又端起两杯交杯酒，林池抿嘴拒绝。

陌轻尘："你不喝的话，我喂你。"他又补充道，"用嘴喂。"

林池："……"算你狠！

待两人喝完交杯酒，两个侍女立即退出了房间。

陌轻尘的洞房显然是没人敢闹的，房间里只有他和林池两个人，很是安静。这时，陌轻尘才解开了林池的穴道，林池立刻忍不住道："你既然会点穴，为什么老是卸我的手脚关节啊？"

陌轻尘解释："点了穴的身体比较僵硬，卸掉关节的身体比较柔软，抱起来更舒服。"

林池："……"这种理由让人很想吐血啊！

陌轻尘摘掉林池头顶的凤冠，眼睛弯了弯，林池登时有种极其不好的预感。然而在她反应过来之前，陌轻尘已经顺手扯掉了她的嫁衣。

　　天气不算冷，厚重的嫁衣里面，林池只穿了一身亵衣，嫁衣被陌轻尘扯掉，她立刻一个激灵就想往外逃。可还没迈出一步，她就被陌轻尘拽住了，紧接着，陌轻尘翻身将林池压在了身下。

　　床上铺了厚厚的大红锦被，却仍有不知名的东西硌着林池的腰，而更让她感到不舒服的还是这种被压制的感觉。

　　陌轻尘也将自己身上的喜服褪去，双手撑在林池的脑袋两侧，腿压住她的腿，银发披散下来垂在肩头，将他穿着的纯白里衣都衬托得黯然失色，细长的眼睛里闪烁着璀璨的光芒，使得那张脸更是美得日月无光。

　　陌轻尘吻了吻林池的脸颊，道："睡觉吧。"

　　林池咽了口口水："我睡地上行吗？"

　　陌轻尘："不行。"

　　挣扎、失败，林池的眼神一下子变得凶狠，她用力瞪着陌轻尘，陌轻尘也任由她瞪着，继续动手脱她的衣服。不得不说，在林池百般不情愿、拼死反抗的情况下，脱她的衣服还是件挺有难度的事情，两个人在狭小的空间里交手数次。

　　突然，一个声音突兀地响了起来，咕噜噜——

　　陌轻尘停下手上的动作，狐疑地看向林池——什么声音？

　　林池尴尬地转头——一天没吃东西了，难道她就不能肚子饿吗？

　　大堂前。

　　其墨温文尔雅地道："诸位若是有什么不满意之处，尽管提出来。"

　　众人纷纷表示很满意。

　　其墨微微欠身，缓缓退到后面，按着额头擦了一把虚汗。

　　凌书不知从哪里蹿出来，吊儿郎当地搭着其墨的肩膀："怎么了，小墨子？难得看到你这个交际花也会累哟！"

　　其墨抖掉肩膀上的手："有时间看我的笑话，怎么不知道来帮忙？"

　　凌书挑眉："你确定本大爷帮的不会是倒忙？"

　　似乎想到真的有这种可能，其墨叹了口气："也不知道公子……"

　　凌书嘿嘿一笑，一脸"你懂的"的暧昧表情："这个时候肯定正在洞房嘛！"

　　林池对公子明显没有那方面的意思，这般强人所难也不知道会不会适得其反。

其墨不由得轻叹，却蓦然想起另外一件事："凌书，你教过公子怎么洞房吗？"

凌书一愣，抓了抓头："你没教？"

其墨抽了抽嘴角："我又没娶妻，我怎么教？"

凌书："喂喂，别看我，我也没娶妻啊！"

其墨斜眼看他，微笑道："你不是号称逛遍全北周的青楼、红颜知己遍天下吗？还有你常挂在嘴上的翠颜居的出岫、醉嫣阁的纤纤……"

凌书迅速打断他："红颜知己！那是红颜知己！神交！神交你懂吗？"

其墨回了他一个非常温和的"无能"眼神。

凌书顿时火冒三丈。

其墨一手按住凌书，一手摸着鼻梁，低头沉思："万一公子真的不会，那该如何？"

凌书拔刀："受死吧！"

其墨闪身躲开，继续沉思："算了，凌书，你应该给公子看过《春宫》之类的书吧？公子既然连《监欢孽爱》《强娶良家女》这种书里的内容都能活学活用，《春宫》应该也能看明白吧？"

凌书挥刀而去："接招！"

洞房里的情形显然不在其墨的想象范围内，陌轻尘和林池两个人只穿着单衣，对坐在红烛前——吃饭。

陌轻尘大概还是第一次看见一个人能够在吃饭的时候逃跑那么多次。

为了防止新人挨饿，新房里是准备了吃食的，只是刚才进来的时候没人留意罢了。既然林池饿了，陌轻尘本着饲养者的心态，大度地让她先吃饱饭再继续刚才没做完的爱做的事情。于是，这顿饭就成了林池吃过的最慢的一顿饭，米粒几乎是一颗颗咽下的。

咽下一小口饭，林池撒腿就往外跑，当然，下一瞬又被陌轻尘抓了回来；喂陌轻尘吃一口饭，林池又逃跑，然后又被抓回来；喝一口汤吐到陌轻尘身上，林池继续逃跑，然后继续被抓回来。

而更让林池受不了的是，由于被汤水弄湿了衣服，陌轻尘干脆脱掉了上身的里衣。陌轻尘的身体和他的那张脸一样会让人看得目不转睛，不过分瘦削也不显得健壮，看起来却很有力量，全身上下没有一块赘肉，唯一的缺点可能就是他的肌肤过于白皙了，在那头流光的银发衬托下，有种不真实感，像仙像妖，却唯独不像人。若这世上真的有神仙，也不过如此了吧？可是她不喜欢神仙，更喜欢有血有肉、会生气、会脸红，也温柔的那个人。

沉默着喝完最后一口汤，林池深吸了一口气放下碗，转身继续逃跑。

陌轻尘拽住林池的肩膀："吃饱了？"

嗝——林池的肚子很配合地发出一声回应。

陌轻尘："那就继续。"

林池抱着一丝幻想问道："继续什么？"

陌轻尘："洞房。"

像是在脑中演练过很多次，陌轻尘又一次轻轻松松地把林池压倒在了床上，两人连姿势都和之前分毫不差。

林池抽着嘴角想，我刚才吃那些饭有什么用，还不是又回到了这个状态？难道说陌轻尘让她吃饭的意思是先喂饱了她，再吃掉……无论怎么想她都觉得绝望啊！

林池正瞎想着，突然感觉到一个温软的东西落在了她的额头上，紧接着陌轻尘那张毫无瑕疵的脸便贴在了她的脸上。陌轻尘取下钩住床幔的钩子，顺着林池的额头慢慢向下吻着，起初还有一点不熟练，但很快便进入了状态，狭小的床帏间不知不觉腾起了一股暧昧的气息。

林池的身体瞬间僵硬，她不是什么都不知道的大家闺秀，在青楼里的那段日子里，她见过不少被卖进去的女子，第一次接客的时候都是惨叫连连的，甚至有的女子事后在床上躺了几天都下不来床，她去收拾床铺的时候还能看见触目惊心的血迹。

难道陌轻尘是认真的？

在陌轻尘的唇触上林池的唇时，林池终于清醒过来，惊恐万分地开始挣扎。陌轻尘轻而易举地按住了她的手脚，同时抽出林池束发的绦带将她的双手绑在了床头。

林池更惊："你怎么会这个的？"她在青楼见过很多次这个动作。

陌轻尘顿了顿，有些疑惑："书上写的，我做得不对吗？"

林池："当然不对！"

陌轻尘微拧了一下眉："那应该怎么做？你教我。"

林池："……"我脑残了才会教你这个。

陌轻尘："那我继续了。"

说话间，他又要俯下身来，林池脑袋一歪，叫道："等等！我教你，你先松开我的手。"

手脚一解放，林池立刻反身压住陌轻尘。陌轻尘静静地看着她，漂亮的眸中带着淡淡的困惑，让林池隐约有种良心不安的感觉，于是……

林池果断地用绦带绑住了陌轻尘的眼睛，然后低喘了一口气，学着刚才陌轻尘的动作，用他的衣带绑住了他的双手。

陌轻尘似乎有些不适应，不安地动了两下。

"别动。"林池低声道。

而后，林池轻手轻脚地往后退，想要从床榻上下来，可没等下床，就听见陌轻尘道："然后呢？"

林池："哦，你等会儿，我去拿个东西。"然后？哪里还有什么然后！

林池快步爬下床，刚想松一口气，突然脖子上一紧，却是陌轻尘毫无难度地挣脱开双手的束缚，指节扣住玄铁链的一头，半直起身子，扯下遮住眼睛的绦带，望向林池："要拿什么？我帮你。"

为什么铁链还在？悲愤之余，林池只得随手一指："那个！"

陌轻尘下床，拿了一支红烛过来，问："你是要这个吗？"

林池："呃，大概是……"

陌轻尘略倾了烛身，一滴蜡油滴落在他的指尖上，渐渐凝成蜡块。

"你在干什么？"林池忍不住拽过陌轻尘的手指，拂去上面的蜡块，下面的肌肤果然已经一片通红。

陌轻尘眨了一下眼睛："这个不是这么用的吗？"

林池只觉得青筋跳了两下："当然不是！"滴蜡她不是没见过，可是陌轻尘为什么会啊？

"你到底是从哪儿知道这些事情的？"

陌轻尘想了想，从外面的书架上捧回一堆书来。林池接过书简单翻了两下，瞬间有种眼睛要瞎掉的感觉——给陌轻尘这种书的人到底有多醍醐啊？这些书里写的内容比她在青楼里见识过的还要变态。不得不说，陌轻尘对她还是很不错的，选择的工具绝对是变态程度最轻的。

在林池震惊之际，陌轻尘靠到她身侧，吻了一下她的耳垂，问："我觉得书上写的比你教的好。"

他的吻很轻，并不带有情欲色彩，却莫名地让林池觉得毛骨悚然。

陌轻尘反握住林池的手，第三次压倒了她。他似乎对林池软软的耳垂很感兴趣，伸出舌尖舔了舔，轻声道："我决定还是按照书上说的做。"

林池还沉浸在被舔耳垂的惊悚中，闻言身体一颤，陌轻尘已经重新绑住她的双手，同时轻而易举地解开了她的里衣，里面是林池为了行动方便而捆绑胸部的白色束胸。

这么近的距离，林池已经碰到了陌轻尘的身体，他的体温不冷不热，皮肤如丝绸一般极其细滑。等陌轻尘又靠近了一些，林池甚至感觉到陌轻尘压住了她的下半身，林池的脸腾的一下红了。陌轻尘的吻顺着林池的唇向下，移到锁骨，留下了一道水色痕迹，林池的肌肤不由自主地泛起了淡淡的绯红色。这一刻的林池美得惊人，看得陌轻尘眼中染上了浓浓的墨色。

林池咬住下唇，闭紧双眸，声音里夹杂了一丝哀求："你就不能放过我吗？"

陌轻尘的回答不出所料："不能。"

林池忙道："为什么？"

陌轻尘抿了抿唇，动作一顿——林池好像哭了。虽然她紧闭着眼睛，陌轻尘还是能看见有东西顺着她的眼角淌落下来，闪着莹莹的光芒，以极其缓慢却拨动他人心弦的速度滑落。

林池并没有察觉到自己脸上的异样，仍不停地说着："我不想跟你洞房啊！我根本不喜欢你，为什么一定要我跟你做这种事情？你是没有感觉，可是我会痛、会难过啊！"

陌轻尘俯下身，轻轻地舔了舔那晶莹的液体，温热微咸的液体里有着淡淡的苦涩而悲伤的味道，这是他第一次尝到这种味道，太过陌生，以至于让他瞬间变得不知所措。

镇静了一下，陌轻尘轻声道："可是你会离开。如果我不跟你洞房，你会离开我吧？"他顿了顿又道，"书上写的东西虽然不能尽信，但是所有的书上都说，只要男女洞房了，无论最后经历了什么，女子都不会离开。"

他没有感觉，洞不洞房对他来说其实并没有太大差别，他只是不想让她离开而已。他经历了太久的寂寞，连这个世界都好像变得索然无味了，不知道为什么活着，不知道昨日和今日又有什么区别。而林池像是一下子为他打开了那扇窗，所有感觉汹涌袭来，他的世界染上了缤纷的色彩，变得真实，也变得有意义和值得期待，他又怎么舍得放下。

陌轻尘抱住林池，使二人肌肤紧贴，轻声道："不洞房就不洞房，但是不要离开可以吗？"

外面的更鼓声幽然响起，不知过了多久，林池才点头同意了。

林池一觉睡到日上三竿，醒来的时候，陌轻尘的手指正在她的胳膊上缓慢摩挲着，他的眼眸弯弯的，心情很好的样子。

床头的红烛已经燃尽，大红双喜被阳光照射得极其明艳喜庆，林池脑中凌乱的思绪这才又涌了出来。她坐直身子，双手按着额头，嘴角抽了两下——昨晚那个……好丢人啊！

陌轻尘倒是没有什么异样，抱起林池，同时抽出压在她身下的纯白帕子，割破自己的手指滴了几滴鲜血在上面。

林池一愣："你这是……"

陌轻尘："书上说……"

他一说书上，林池立刻想起昨晚发生的事，迅速打断了他："我知道了，你继续！"昨晚实在是不堪回首的一晚。

林池换了常服出门，一路上收获了无数好奇的目光，而且大家似乎都格外关注她走路的姿势。

快步找到脸比锅底还黑的索瞳，林池替他解开穴，笑得有些讪讪的。

索瞳扑通一下跪倒在林池身前，递上了剑："小姐，属下无能，让您受辱，您杀了我吧。"

林池："呃，其实我……"

索瞳咬牙切齿地道："只要一想到您被……我就……"

林池："我没……"

索瞳起身，满脸决绝："不行，我先去找陌轻尘拼命，杀了他后再自刎谢罪！"

林池："我真的……喂喂，别走啊……"

悲愤之下，索瞳爆发出惊人的速度，竟然在林池反应过来之前，冲进了陌轻尘的院子，挥剑刺向他。陌轻尘抬指飞快地击出一样东西，索瞳被击中穴道，霎时定住。

林池赶到时，陌轻尘攻击索瞳的那颗花生刚要落地，林池手疾眼快地接下花生放进嘴里吃掉了。

陌轻尘眨了一下眼睛："好吃吗？"

林池吃花生的动作顿时停了下来。再见到陌轻尘，难免会有些尴尬，她总是会忍不住想起昨晚，自己居然很没骨气地被吓哭了，而且不知为什么竟答应了他留下来。

陌轻尘神色平静："好吃吗？"

林池迟疑了一下，点头。

陌轻尘从身后取出一碟花生，平淡地道："早饭。"想了想，他又补充，"我炒的。"

林池接过碟子，木然地又吃了两颗花生。

索瞳怨愤的眼神几乎凝聚成了一团火，不过很可惜，在场的两个人都没有留意到他的存在，所以说，一个人的隐匿之术学得太好，有时候也是一种悲哀啊！

陌轻尘也拿了一颗花生放进齿间慢慢地嚼起来，声音清雅依旧："你喜欢吃什么？"

林池嚼着花生，低声道："我什么都喜欢吃，要是非要说出一种，那就是喜欢吃肉吧。"

"什么肉？"

聊到这个，林池立刻来了劲，掰着手指认真地想："鸡肉、鱼肉、猪肉、鸭肉、螃蟹肉、牛肉、羊肉……嗯，好像没有我不爱吃的。"

当然，说这些的时候，林池根本没料到某人会当真，于是，第二天一早，当她看见摆在面前的全肉宴时，彻底傻眼了。

陌轻尘淡定地把一个个碟子推向林池，同时讲解道："鸡肉、鱼肉、猪肉，还有……"

林池咽了口唾沫，满满一桌子肉，居然看不到一点素的。

然而，吃货的本性很快便克服了食物不均衡的问题，林池握紧筷子夹了一块鸡肉塞进了嘴里，结果——我……他到底是怎么做的，怎么比上次的青菜还咸？水、水，谁来救救她啊！

陌轻尘似乎会意："你想喝东西？"

林池拼命地点头。

陌轻尘沉吟了一下，舀了一碗肉汤放到林池面前。

林池喝了一口："噗……"陌轻尘是为了报复昨天没有吃到她，所以想毒死她吗？

林池挣扎着问："这一桌……都是你做的吗？"

陌轻尘顿了一下，眼眸中带着一些犹疑，但还是老实地点了点头。

林池："……"她可以选择不吃吗？陌轻尘做菜的水平，根本只配炒个花生啊！

痛苦的林池决定自救，一路跑到厨房，喝了点水，便打量起厨房里面的食材来。

陌轻尘跟在林池身后走进来，一干还在忙活的厨子立时四散逃开，转瞬间，厨房里便只剩下了他们二人。这样也好，没有外人在这儿，这里的东西她就可以随便用了。

林池选了中意的食材，卷起袖子、系上围裙，低着头在案板上一样样处理起来。

作为一个吃货，跟着一个废物又不靠谱的师父，她早就学会了怎样满足自己的胃。事实上，就算大师姐还在的时候，他们三个人的伙食也大多是林池在负责，只是自从大师姐走后，她也渐渐懒了而已。

手脚麻利地将食材处理好，林池转身去热锅，一抬眼便看见了一个炸得一片狼藉的灶台。

"这个是……"

陌轻尘脸不红、心不跳："我弄的。"

林池顿感无奈："我就知道……"

她换了个灶台点火倒油，动作娴熟而流畅，不多时，厨房里便飘起了食物的香气。

林池一口气做了三个菜，放到一边，最后才去做汤。等她小心地端着汤放在桌边，发现桌上的菜竟然少了一半还多。

林池："你……偷吃？"

"不。"陌轻尘又夹了一筷子菜，"我光明正大地吃。"

林池无语："吃不出来味道，你还……"

陌轻尘简单地道："你做的。"

因为是她做的，所以他才会想吃吗？林池抿了一下唇，没有接话。

吃饭时，林池无意间看到陌轻尘的手受了伤，不是太严重，在那毫无瑕疵的肌肤上却格外显眼。欲言又止了半晌，她还是忍不住问道："你的手……"

陌轻尘："没事，不疼。"

你连感觉都没有，当然不会疼！

陌轻尘放下筷子，看了一眼菜，又看了一眼林池："我做的菜……真的很难吃？"

林池："呃，也不能说难吃吧，就是味道太重了。"

"我可以学。"

林池："啊？"

陌轻尘细长的眼睛中闪过一道光芒："你喜欢美味佳肴，我可以学做得很好吃。"

林池想跟他说没必要，但看见陌轻尘那副完全不像开玩笑的认真模样，便不知如何开口了。她是爱吃，可是再怎么爱吃，也不会为了美食卖了自己。但是要怎么说，他才会明白？

对于陌轻尘，林池很是头疼，从厨房出来后，竟不知不觉走到了花园中。突然，她听见一声猫叫在园中响起。

猫叫？不会是上次陌轻尘抱的那只波斯猫吧？

林池兴奋地三步并作两步走过去，果然见到那只慵懒贵气的波斯猫正缩在草丛里龇牙咧嘴地冲着一个人喵喵叫着，而那人显然被吓得不轻，转身便摔倒在地上。

林池忍不住笑出了声，待看清那人的脸，笑容却一下僵住了。她转身想走，脚踝却被人迅速抓住。

波斯猫似乎也很不爽对方这样的行为，喵的一声扑了过去，接着林池便听见了一阵剧烈的咳嗽声。林池记得杜若很怕猫，但凡有猫近身，杜若便会脸颊通红、呼吸急促、咳嗽不止、浑身无力。

"放开。"

林池站定，等着杜若松手，可是这次无论他咳得多么厉害，手都没有放松一点。

林池无奈地转身，却在回头的瞬间看见了另外一抹银色身影。

那只波斯猫的反应比林池还快，它从杜若身上下来，蹿了两下便跳进了陌轻尘怀里。

从猫爪下解脱，杜若用手背抵住唇又咳嗽了几声。

"不用躲着我了，我现在没法抓你回去的。"杜若苦笑了一声，方低声道，"你是真的愿意嫁给陌轻尘，还是因为不想被我抓回天牢，才……"他显然没有看见身后的陌轻尘。

陌轻尘抱着波斯猫站在那里，神色平静得无波无澜，只是那双眼眸黑沉如夜。

林池感觉有点心虚——陌轻尘本来就看杜若不爽，若是这次……

"松手！"

林池努力地想要抽出自己的腿，杜若却固执地道："你先回答我。"

林池继续拔腿，连声道："关你什么事？我不想回答你！你走啊！快点走啊！"

杜若看向别处道："我本不想关你进天牢的，只是事出突然。你并未伤人，宫中也没有丢什么东西，我已经同尚书大人说过，至多再关两天就会将你放出去。"

林池一愣："那你这一路锲而不舍地抓我是为了……"

杜若沉默了一下，道："无墨山庄不安全。"他又道，"陌轻尘娶妻，明都很快会来人，若圣上不认可，这门亲事便不会成。你若不是真心想要嫁给陌轻尘，到时可以……成亲是女子的终身大事，还望林姑娘慎重，不要一时赌气……"仍旧是翩翩君子的声音，轻而易举便斩断了林池的遐思。

林池不再挣扎，抓住她的腿的手却渐渐松开了。

林池没有忘记陌轻尘还在附近，退了一步，道："不用为我操心了，你……还是多去关心你的未婚妻好了！"她转过身，"我走了。"

"未婚妻吗？"杜若缓缓站起身来，眼中闪过一丝不明的情绪，神色越显清冷，"她恐怕已经……不在了。"

林池蓦然回头："那你还给她写信？"

杜若一顿，旋即点头道："可是你没发现她从没回过我吗？"

林池顿时无语。的确，她看见杜若经常给他的未婚妻写信，用词极其温柔，却从没见他的未婚妻给他回过书信。

"可是……"林池嗫嚅了一下，脑袋突然有点乱。

她偷窥了杜若这么久却没下手，很大一部分原因是她知道杜若有一个一直惦记着的未婚妻，虽然她可以近水楼台，但她不想伤害另外一个女子。如今杜若却告诉她，那个女子其实并不存在……

"不用同情我。"杜若的笑容中略带几分苦涩，"我知道你不想见我，如今我已经不能强带你离开，要说的我也已经跟你说过……我这便离开了。"

直到此时，杜若才留意到林池的长发绾成了一个妇人髻，那一瞬间，他竟有种物是人非的错觉。明明不久之前她还强吻过他，明明那天他和林池若不是吵闹到街上也不会被陌轻尘发现……可是为什么……

杜若突然想起在刑部时，那个笨手笨脚照顾他的女子，毫无女子应有的矜持和拘谨，琴棋书画一窍不通，却唯独对吃特别感兴趣，就连给他熬的粥，她都会忍不住偷喝半碗……

曾经那么近的距离像是一下子就被拉得好远，在那场闹剧般的婚礼上杜若没有感觉到，而此时此刻他突然意识到，不管这场婚事多么不合理、多么仓促……林池还是嫁给了陌轻尘，这已经是无法更改的事实。

没等杜若转身，他便又听见林池的声音："等等。"

杜若："还有何事？"

林池狠狠咬住下唇："你很喜欢你的未婚妻吗？"

杜若愣了愣，笑着点头："嗯。"

未婚妻……他哪里来的未婚妻？他要怎么解释那些书信不过是掩人耳目，以防被人拦截而特意用的暧昧称谓？他大哥都未成亲，他又怎么会先有未婚妻？这个笨蛋，难道就没发现他一天到晚都待在刑部，根本没有时间去见任何女子，也没有任何女子找上门吗？

林池哦了一声，直到杜若离开都没有再说话。

"喵……"林池回身，便见那只波斯猫趴在陌轻尘怀里，慵懒地伸了一下腰，她微惊："你不是不让任何人近身，否则就将其杀掉的吗？"

陌轻尘点头："它是猫。"他又补充，"它喜欢我。"

林池："你怎么知道它喜欢你？"

陌轻尘："你说的。"

林池："……"喂，我只是不想让你杀掉它，才随口说的啊！

见陌轻尘的脸上没有任何异样的表情，林池又思忖了一会儿，才忐忑地道："你刚才……都听见了？"

陌轻尘点头。

林池惊讶："那你为什么没有……"出来打断或者阻止？

"他是你喜欢的人。"陌轻尘顿了顿，"我想知道你为什么喜欢他。"这实在是非常有陌轻尘风格的回答。

林池："结果呢？"

陌轻尘老实地道："还是很想杀了他。"

林池抽了抽嘴角："除了杀掉他呢？"

陌轻尘把波斯猫放到地上，然后打横抱起林池，手指触在林池的脚踝处，微微皱眉："还有，我不喜欢他碰你，而且是很讨厌。"他似乎想到什么，眉头皱得更紧，"你喜欢他，如果将我换成他，你会答应洞房对不对？"

林池发现，就算陌轻尘答应她不洞房，他还是对这件事耿耿于怀。

已经很习惯被陌轻尘抱，林池无奈地道："洞房是只有夫妻才能做的事情，除非我嫁给他，否则不可能的。"

陌轻尘抱着林池往厨房走，语气平淡："不许嫁给他，不然我会生气，然后杀了他。"

林池不满地道："我已经嫁给你了，怎么可能再嫁给他？"

这个回答似乎让陌轻尘很满意，他不再说话，细长的眼睛却弯得像新月一样，就像第一次见到她时，眼中透出的愉悦简单却又缥缈。

第六章

弟弟找上门

几天后。

一大清早，林池被喧闹声吵醒。她揉了揉眼睛出门，发现喧哗声是从大门外传来的，隔着老远，她都能听见外面的吼叫声："殿下！请出来！"

其墨一脸苦恼地匆匆出门，凌书则握了个梨子啃着。

林池："外面的人是谁？"

凌书："哦，是公子的弟弟，每过几个月便会来这么一出。"

林池："什么？"

凌书拖着林池从侧门的缝隙中往外看，只见外面正跪着一个清秀标致、一身环佩叮当、华服翩然的少年，他身边围了十多个人，有人扇风、有人擦汗，甚至还有一名女子正往他嘴里塞着葡萄。

只见那少年又吃了一颗葡萄并吐出籽后，用力地捶门道："哥，哥，出来见我啊！你若是不出来见我，我就跪死在你门前啊！"

林池："他这么做，到底是……"为了什么？

凌书嚼着梨肉，含混道："他有点恋兄情结，崇拜公子崇拜得一塌糊涂，本大爷的变态劲都赶不上他。圣上已经属意让他继承皇位，可他就是死拖着不愿意要，非缠着公子回去继承大统。"啃完最后一口梨肉，丢掉梨核，凌书继续道，"不过你不用担心，他也就跪着玩玩，你看……"

林池定睛一看，只见那名少年已经瘫坐在地上，两个侍女正温柔地为他捏腿，少年继续捶门："哥、哥啊，啊……轻一点，我的腿都要被捏断了！"

就在此时，山庄大门霍然打开了。少年立刻推开侍女，众人纷纷以迅雷不及掩耳之势退到少年身后，眨眼间，少年已用最标准的跪姿虔诚地吟咏道："哥……"

林池："……"真是林子大了什么鸟都有啊！

可惜出来的人是其墨，少年立即又瘫软了回去，漂亮的手指夹了颗葡萄，挑眉道："小墨子，我哥呢？"

这个称谓异常熟悉，林池不禁看向凌书。

凌书嘘了一声，冲林池用唇语道：不用怀疑，我就是跟他学的。

其墨一脸为难："二殿下，您还是先到驿馆歇息吧，殿下他……可能不太方便见您。"

少年绷起清秀的脸蛋，双手撑在跪坐的腿上，昂头傲然道："不，我就跪在这里等，等到他什么时候方便见我为止！"

其墨更加诚恳地道："殿下实在很忙，二殿下就不要为难小人了。"

林池不禁暗想：他忙吗？她怎么完全没有感觉到？

凌书又冲着林池用唇语道：公子很讨厌这个弟弟，主要是他天天黏着公子，公子又得忍着不能动手杀掉他，所以干脆眼不见心不烦。

林池不禁诧异——这也叫兄弟吗？

凌书继续唇语：唉，都跟你说了，公子跟他们根本不熟的。

少年坚持不走，其墨也无可奈何，只好退回山庄。

林池看少年吃葡萄看得肚子饿，来到厨房吃早饭，毫无意外地看见了号称很忙的陌轻尘弄好了早饭正在等她。

看着桌上的早饭，林池不禁有些别扭——为什么她会有种老夫老妻的可怕错觉啊？

林池摇头赶走这种念头，拿过自己的那份早饭。精致的白瓷碗里盛着粥，林池瞪了良久，最终叹气认命地做好被咸死的准备喝了一口——不咸哦！

陌轻尘："怎么样？"

林池又喝了两口，咂着嘴，如实地道："味道还蛮好的！"

陌轻尘倾身过去，动作极其自然地舔掉林池唇边的粥渍。

林池立刻石化。

陌轻尘抿了抿唇，似乎在品尝他明明品不出来的粥味，扬起嘴角道："那就好。"

林池忍了忍，没好意思发作，默默喝完了粥，才道："其实你不用这样的。"

陌轻尘："嗯？"

林池："不用做菜……这真的一点也不适合你。"

陌轻尘沉默了一下，平静地道："那我适合做什么？"

林池："呃，做杀人魔头？称霸武林？或者颠覆朝堂、争夺天下？"

陌轻尘更加平静地道："我已经称霸武林了，我想继承皇位不用抢。"想了想，他又补充，"杀掉姬定峦就行了。"

林池："……"你真的不是在炫耀吗？

忽然，林池有点同情外面那个有恋兄情结的二皇子殿下了。

陌轻尘平静地喝着自己的那碗粥，许久才道："我对那些事情都没有兴趣。"

称霸天下、做了皇帝又怎么样？麻烦而且没有意义。适不适合又有什么关系？没人规定他一定要做什么，而他也从来只做自己想做的事情。因为想留下她，因为她喜欢美食，所以他去学做美食，原本就只是这么简单的事情。

外面的吵闹声越来越大，林池被吵得嘴角直抽，陌轻尘却还是那副稳如泰山的淡定模样。

林池终于忍不住道："都吵成这样了，你真的不去见你弟弟啊？"

陌轻尘沉吟片刻道："我去让他们安静。"

不等林池反应过来，陌轻尘已经大步走了出去。待林池追上他，陌轻尘正手持利剑推门而出，道："太吵，我想杀人。"

几乎是在一瞬间，大门外的所有声音刹那间消失了，紧接着，所有人都鬼哭狼嚎地朝远处跑去，只有跪在地上的二皇子姬定峦大叫了一声，然后朝着陌轻尘扑了过来。陌轻尘微微侧身，姬定峦便撞在了门前的柱子上，他惨叫了一声，然后抱住头，委屈地盯着陌轻尘，撒娇道："哥……"

陌轻尘垂眸看了姬定峦一眼，眸中的温度却没有温暖多少。突然，陌轻尘拔出利剑，对准了姬定峦的头。

林池大惊，却见陌轻尘手起剑落，利剑在姬定峦的头上轻飘飘地扫过，然后，姬定峦瞬间变成了光头。

"别再来了。"陌轻尘收剑走人。

姬定峦捂着自己刚刚诞生、犹如新剥的鸡蛋般光滑闪亮的光头，一边扭曲面容一边喃喃地道："真的好帅啊！"

林池对着那颗光头憋了半天，终于抑制不住地扶着柱子大笑出声。

笑声让姬定峦意识到还有旁人在，他转过头，表情尴尬了一下，便又迅速变回高贵冷艳的傲娇状："你是谁啊你？笑什么笑，有什么好笑的？没见过光头吗？这可是我皇兄剃的，看到没？"

"一根毛楂也没有，哈哈……"林池捶着柱子，笑得肚子都痛了。

姬定峦恼羞成怒："笑毛啊你？"

林池："哈哈哈，我就是在笑毛啊！"

姬定峦沉默再沉默，终于沉默不下去了："来人！给我把这个浑蛋的头也剃光！"

"这恐怕不行！"其墨姗姗而来，忍笑道，"她是殿下刚过门的妻子，也是您的嫂子。"

虽然其墨的语气仍然温文，可那不住颤抖的肩膀还是出卖了他——二殿下的光头，实在是……哈哈……

姬定峦气得脸都红了："我才不管她是谁呢，快点把她的头发给我剃光……啊，不对，等等！嫂子，这个家伙居然是我皇嫂？我……我哥他到底受了什么刺激啊？"

陌轻尘受没受刺激不知道，姬定峦显然被刺激得不轻，他带着属下一溜烟儿地消失了。

林池稍稍收敛了一下笑容，问："那个……他没事吧？"

其墨望着姬定峦渐渐消失的光亮后脑勺，扑哧一声道："不用担心，二殿下已经被打击习惯了，等他适应了那个……光头，哈哈，还会回来的。"

其墨说得果然没错，还没到晚上，林池便见姬定峦顶着一头乌黑润泽的长发重新出现在无墨山庄门口。这回他没傻乎乎地跪在外面，而是跟着其墨径直走了进来，一路上发现下人们都在捂嘴笑，姬定峦招手，手下立即送来一面铜镜，他揽镜一照——假发戴歪了。

其墨好心地道："那个……二殿下无须这么在意，其实您光……"

姬定峦顿时抓狂："不许提那个字！"

"我哥呢？"重新戴好假发，姬定峦转头问道。

其墨斟酌着道："您还是……远远看着便好，以免殿下对您做出什么……"

姬定峦傲娇地甩头："哼哼！我哥才不会伤害我呢！"

其墨斜眼看着他的头，姬定峦立刻恼怒道："干吗？就算他剃了我的头发，他也是我最亲爱的哥！你有意见吗，小墨子？"

其墨："属下不敢。"

姬定峦哼唧道："算你识相。"

其墨："那属下这就带您去见殿下！"

"慢着！"姬定峦又哼唧了一会儿，似乎想起什么，底气立刻弱了下来，搓着手道，"算了……你、你还是带我远远地看一眼吧。"

其墨无语地望天——结果还不是一样？

此时正是晚饭时分，饭菜的香气从房间里飘散出来，勾人食欲。

其墨带着姬定峦来到陌轻尘的院外，冲他点头道："殿下正在里面，等二殿下看完了，我再带二殿下去用饭。"

姬定峦小心地将顶着假发的脑袋一点点探过矮墙头，两只黑珍珠般的眼睛不停地眨巴着朝房内张望。

房间里，陌轻尘正和林池对坐着吃饭，由于大部分饭菜的味道和口感已讲解过，林池也懒得介绍，干脆右手喂陌轻尘，左手喂自己。陌轻尘则安然地坐着，享受着饭来张口的特殊待遇，丝毫没觉得这样有什么不妥。

院外的姬定峦看得直咬手指——这个女人怎么可以给我哥喂饭？

林池在吃上天赋异禀，喂饱了陌轻尘，她自己刚半饱。只见她又迅速解决了一碗饭，然后将饭碗递给陌轻尘，陌轻尘给她盛完饭后又递了回去，她则继续吃。这期间，陌轻尘给她夹菜，她都会毫不犹豫地吃掉。奇怪的是，陌轻尘对此似乎并不觉得无聊，他侧头安静地看着林池，眼中竟有几分柔和之色。

姬定峦嫉妒得眼睛都红了——哥给她盛饭，哥给她夹菜，哥居然还凝视着这个异常能吃的粗俗女人……呜呜呜，而且眼神那么温柔！

终于，林池咽下最后一口饭，打了一个饱嗝，幸福而满足地拍了拍自己的肚皮。

陌轻尘伸出手指在林池的唇边挑下一颗饭粒，然后塞进了她的嘴里。林池呆滞地含住陌轻尘的手指，瞬间反应过来，迅速把陌轻尘的手指吐了出来。陌轻尘对此倒是不在意，将那根手指又含进了自己的嘴里，眼眸微微弯了弯……

咔嚓一声，姬定峦掰断了墙外的树枝——哥，这是在……色诱吗？

姬定峦实在忍不住了，一溜儿小跑冲到陌轻尘面前，低喘着气，一时竟说不出话来。

陌轻尘抬头看他，微皱起眉头。

姬定峦："……"他怎么突然有点害怕？不对，他该说什么？

陌轻尘："不是让你别再来了吗？"

姬定峦指着一脸无辜的林池："那她凭什么可以来？"

陌轻尘："她嫁给我了。"

姬定峦无限委屈："哥，我是你的亲弟弟啊，你跟我回明都继承皇位好不好？"

"不好。"陌轻尘干脆利落地拒绝，顺便在姬定峦脆弱的心口补上了一刀，"还有，马上消失，我不想见到你。"

姬定峦气急，又指着林池道："哥，你不能娶这种来路不明的女子！再说她哪里好了？"他指了指林池又变得乱七八糟的头发，"脏兮兮的！"他又指了指林池身上灰扑扑的男装，"没有一点女子的柔美妖媚！"最后他指了指林池的肚子，"而且这么能吃，以后一定会变成大胖子的。"

林池："……"关她什么事啊？她明明什么都没有说，居然躺着也能中枪，她很无辜啊！

陌轻尘却完全不在意地抱过林池，将她揽进自己怀里，对着姬定峦淡淡地道："滚出去。"他的眼神冷漠，没有丝毫温度。

或许是被陌轻尘的语气吓到了，姬定峦愣怔了好久，才倒退了一步，然后泪流满面地转身跑了出去，临走前还丢下一句话："哥，你们不会幸福的。"

陌轻尘摸了摸林池的头，手指冰凉却很温柔，语气平静地道："你很好。"

林池一愣，陌轻尘这是在安慰她吗？

林池笑了笑，笑容很好看："没事啦，你不用特意安慰我的。不过，你也不用每次都这样对你弟弟吧？"

陌轻尘用下巴蹭了蹭林池的脸颊，道："我没有家人，他也不是我弟弟。"

林池正想说话，便又听见陌轻尘道，"我只有你。"

很轻的声音，没有甜言蜜语，却让林池的内心颤了颤，林池动了动唇，不禁有点难过，却不知该说些什么好，只有沉默。

几天后，又有一群人从明都过来，而且显然来者不善。

林池还没到厨房，便听见了争执声。

"其墨，娘娘不日便到了，她和陛下是绝对不会接受这样一个女子做大殿下的正妻的。"那人顿了顿，继续道，"那样的出身，做个贱妾倒是没什么，做皇子正妻根本不合祖制，更何况……"

其墨的声音恭敬温和，语气却很无奈："这件事是殿下的命令，小人也无从干涉。"

"好一个无从干涉。陛下和娘娘让你辅佐大殿下是让你进忠言矫逆行的，如今大殿下一时冲动做了此等荒谬之事，你不仅不干涉反而一手促成，真当皇家的颜面不要了吗？"那人怒道，"老朽早该知道你跟在大殿下身边只会一味顺从讨好，竟任由那样出身不清白的女子近了大殿下的身……"

其墨忙安抚道："李大人息怒。大人若是不满，尽可以去找殿下商讨此事。"

那人更怒："你……"

林池在门口听了一会儿，大概明白了二人话中的意思，只是这不是她能管的事情。思忖了一下，林池决定还是先去填饱肚子。

陌轻尘身着一袭白衣正在厨房做菜，银发用一条银带束在身后，一枝淡粉色花苞探入窗内，衬托着容貌飘然若仙的男子，有种诗画般的静美。

陌轻尘实在太强大、太不像人了，可是做菜这件事像是把他从神坛上拉了下来，使他染上了尘世烟火，变得像个操心油盐酱醋的正常人，而且最重要的是……林池摸着肚子擦了擦嘴角。

陌轻尘的变态天赋连做菜也没落下，不过几天工夫，他的厨艺便突飞猛进，从一开始林池要强忍着将饭菜咽下，转眼间变成只要林池看见陌轻尘站在厨房里，就忍不住咽口水。

陌轻尘刚端上菜，林池就迫不及待地想要伸筷子。

"君子远庖厨，大殿下此种举止成何体统？"

一声雄浑有力的咆哮止住了林池即将落下的筷子，她抬起头，便见一个须发尽白的华服老者挥着手中的拐杖走了进来，他身后还跟着有些畏畏缩缩的姬定峦和甚是无奈的其墨。

老者径直走到林池面前，用有些混浊的眼睛打量着她。

林池此时身着一套舒适的浅灰男装，长发随意地绑在脑后，厚厚的刘海儿遮住了额头。她那双黑亮的眼睛毫不避讳地看向来人，神色平静，没有惧意也没有恭敬。

老者嗤笑一声，抖着白胡子嘲讽道："如你这般粗俗无礼又出身青楼的女子，也配入皇室的门？"

林池立刻顿住，却听陌轻尘冷冷地道："其墨，赶他出去。"然后他继续端菜。

其墨苦笑："公子，这位是您年幼时曾教导过您的季川侯兼太傅李聊与大人，他此番是特地前来看您的。"

这位老臣向来任意妄为，偏偏身份极高，便是圣上也不敢轻易得罪他。

也许因为李聊与是少有的对陌轻尘有好感的人，并认真教导过陌轻尘为君之道（虽然陌轻尘一个字也没听过），其墨倒并不是很讨厌他。本来李聊与留在明都过清闲日子也没什么，谁料这次听说陌轻尘娶妻，他竟然亲自上门找碴儿。

陌轻尘抬眸，淡淡地道："不认识，赶出去。"

李聊与气得鼻子都歪了，朝着陌轻尘的方向用力地挥舞拐杖："大殿下，一日为师终身为父，你怎敢说不认识老臣？而且老臣是三朝元老，圣上且给老臣三分薄面，你……"

陌轻尘将最后做好的火腿虾仁豆腐汤放在桌子上，然后用看死人的目光看向李聊与。

李聊与被那眼神吓得心口猛地一跳，却又碍于身份强撑着："大殿下，你、你要做什么？"

陌轻尘还没抬起手来，便察觉到自己的袖子被人拽了拽，低头只见林池盛了一碗饭推给他，并且露出了一个浅浅的笑容："坐下吃饭，不然凉了就不好吃了。"

显然林池不想让他伤害这几个人，陌轻尘只顿了一下，便无视他人地坐到了饭桌前。

只见林池又指了指多余的饭，问姬定峦："弟弟，你要吃饭吗？"

姬定峦顿时火大："谁是你弟弟？"

可是看了看桌上的佳肴，这些都是哥做的啊，怎么能让她一个人吃掉啊？而且看起来都很好吃的样子。

姬定峦挣扎了不到一瞬，便皱着眉哼哼唧唧地道："看在你非要让我吃的分上，我勉为其难……"话还没说完，人已经迅速坐到了陌轻尘身边，并且迅速地给自己盛了一碗饭，然后眼巴巴地看着桌上的菜。

李聊与没有台阶下，正暗自生气，林池笑得很友好地对他道："李大人若是不嫌弃，也可以一起用饭。"

老头子气呼呼地哼了一声，最后还是坐下了。

饭菜实在美味，姬定峦吃了没几口，便一脸幸福地望着陌轻尘："哥，你好厉害，你怎么能做得这么好吃啊？"

陌轻尘低头吃饭不语，完全无视姬定峦的存在。

姬定峦捧着饭碗，一脸谄媚："哥，我可不可以一直留在这里吃你做的菜啊？"

陌轻尘给林池夹了一筷子菜，继续无视姬定峦。

美食当前，李聊与的心情似乎还不是很好，嘴里一直嘟囔着"君子远庖厨""非大丈夫所为"之类的话，可是撩起胡子的他比谁吃得都凶。

这些人当中感到最惊讶的当属其墨了，别说一起吃饭，陌轻尘已经许多年没跟来自明都的人有过交流了。最让他不解的还是林池，明明被人用那样的口吻嘲讽，她却还能安然地缓和气氛。

饭后，其墨忍不住问林池："林姑娘，二殿下和李大人那样说你，你都……不生气吗？"

林池咬了一口点心，干脆地承认道："当然生气！其实我很想揍他们一顿……"她握拳，"尤其是那个姓李的老头。"

其墨抽嘴角："那你还……"

林池又咬了一口点心："可他们是陌轻尘的弟弟和老师，如果因为我，让他们之间的关系变得糟糕，我会有罪恶感的啊！"

其墨一愣，没想到会是这样的原因："只是这样？"

林池把整块点心塞进嘴里，嚼了嚼，然后点了点头。

虽然那两个人针对她的态度让她觉得很生气，可他们是因为关心、在乎陌轻尘才会那样做的，所以她才不想让陌轻尘因为她而同他们交恶。而她并不是真的想留在陌轻尘身边，也没打算嫁给陌轻尘同他过一辈子，如果伤害了陌轻尘的家人和老师，她会走得不安稳的。

林池、林池……不过是个假名而已，她和陌轻尘的亲事又怎么可能当真？她用这个名字，只是不想让自己忘记眼睁睁看着家破人亡的惨状时那种宛若凌迟的痛苦，她太容易满足，这个名字能够提醒她不要沉迷。

其墨的眼睛突然一亮："林姑娘，你对公子……"她这样为他着想，对公子应该是多少有意吧？

林池舔了舔沾着点心屑的手指，缓缓地摇了摇头。就是因为她并不是真的有意，才会不在乎陌轻尘家人的看法，倘若换成是杜若的父母对她百般挑剔嫌弃，她大概会很难过吧？

杜若……虽然他没有未婚妻了，可是她好像仍没有什么希望。毫无女子的柔美妖媚，粗俗无礼还出身青楼，这样看来，她的自身条件还真是很糟糕。林池沮丧地想，自己好像完全配不上杜若。

见林池情绪低沉，其墨温声安慰她："不用担心，林姑娘，只要公子坚持，没有人可以把你们分开的，即便是圣上和娘娘来，也……"

林池："……"不，其管事，你完全会错意了。

林池转身朝回走，没走多久便撞进了一个怀抱里，抬头一看，却是索瞳。

由于索瞳的隐匿之术练得太好，以致很多时候索瞳就站在林池面前，她都发现不了他的存在。

自上次带着林池逃跑失败后，索瞳便被其墨派人盯着，以致索瞳想要再次带着林池逃跑变得更加困难。此时，索瞳身后便有两个侍女远远跟着，索瞳压低声音，边走边对林池道："我跟他接上头了……"这个"他"显然指的是林池那个不靠谱的师父。

索瞳继续道："抓捕你的通缉令已经撤了，他让我们先逃出去，他在外面接应我们。他另有发现要告诉你。"

林池听了索瞳的话后点了点头。

索瞳迅速往林池的怀中塞了一样东西，道："这是师父给的药，放进水中无色无味，让陌轻尘喝下去，不消半个时辰他便会毒发。这毒不会致命，只会叫人暂时不能动弹，解毒也很麻烦。五天后子时三刻，你给陌轻尘下完毒后，点他周身的大穴，再从厨房外第三棵槐树的位置翻出去。"

林池："……"子时三刻，为什么她总有种不祥的预感？另外，她还要给陌轻尘下毒？为什么她感觉听起来这么玄幻啊？

林池再回到陌轻尘的院子时，内心很是复杂。

庭院中流水曲廊，落花翩跹，透着几分静谧的美。陌轻尘站在院中提笔画着什么，神情说不上专注还是不专注，不过他好像一直都是这样矛盾的存在——残暴狠厉，杀人放火对他来说好像都不是什么大事，他又很随和迁就，好像什么事都可以、都无所谓。

放下笔，陌轻尘抬头看着林池，微微皱眉："你受伤了？"

林池："啊，没有，只是回来的路上不小心摔了一跤。"她一直想着陌轻尘的事情，一下走神了，就……

陌轻尘打横抱起林池，走进房内将她放在床上，然后撕开了她的裤腿，露出了膝盖上的伤口。随后，陌轻尘取来药膏，小心地帮林池上药，神情很是认真。

林池的思绪一直在飘，直到陌轻尘轻吻上她膝盖的伤口，她才浑身一颤，猛地回过神来。

林池："喂，你在做什么？"

陌轻尘："很快便会好的。"顿了顿，他又道，"不许再受伤了。"

林池："又不是我想受伤，只是一时没反应过来而已。"

陌轻尘命令道："不许流血。"

林池反驳道："我怎么能控……喂，我受伤关你什么……"

"会痛。"

林池："啊？"

陌轻尘："你会痛，我不想让你痛。"

是……这个原因？

这时，林池忽然想起，自从那晚她跟陌轻尘说过"你不会痛，可是我会痛"之后，陌轻尘好像再也没有强迫过她，也再没卸过她的关节。

略垂下眸，林池找借口道："对了，你弟弟和李大人呢？他们……"

陌轻尘将林池的伤口包好，道："赶出去了。"

林池："你还真的……"

陌轻尘直白地道："我不喜欢他们。"

大概是因为听陌轻尘说了太多次，林池也不觉得有多气愤，只是觉得有些可悲，她低头轻声道："看得出来，他们很在乎你也很重视你。"

陌轻尘："我不需要。"

林池忍不住道："你这个人怎么这么倔呢？哪有人不需要家人和朋友的？"

大概不明白为什么林池一提到这个话题就会特别激动，陌轻尘拽过林池的手臂，一把将她揽进自己怀里，有些冰冷的手掌轻抚在林池的背上，道："只要你陪着我。"

喂，不要装可怜啊，我不吃这套的！你……林池默默地攥紧拳头，贴在胸口处的药粉隐隐发烫。只剩下四天时间，她得安心陪着他，至少不要让他起疑。

林池放软身体，回抱陌轻尘，突然感觉到陌轻尘似乎将她抱得更紧了。

因为林池表现得格外乖巧，陌轻尘不知从哪儿找来了几本秘传食谱，按照上面的做法一道道菜做给林池吃。虽然其中有很多工序复杂至极，但是对于陌轻尘来说，却完全没有难度，他现在甚至可以一边单手挥剑切菜因为他觉得剑比菜刀好用多了，一边用内力迅速加热菜肴，同时关照着灶台上五六个锅。

林池托着下巴望着陌轻尘——真的好厉害啊！同时做五六道菜也就算了，居然有人能将菜做得像练剑一样漂亮，真是不可思议！

凌书狗腿地凑过来道："少夫人，我家公子从小就这样，学什么都变态地快。"他掰着手指，一脸仰慕道，"他六岁习文，七岁回明都时圣上让他同当年的状元讨教诗文，结果状元自惭形秽得差点投湖；后来圣上又派了数名精通琴棋书画、诗词歌赋的夫子过来，无一例外地在一个月内被打击得灰溜溜地滚了回去；就连被誉为武林第一人的祁山掌门也……"提到祁山，凌书突然脸色一变，没再继续说下去。

突然想起当初陌轻尘就是因为叛出祁山才出名的，林池不由得道："然后呢，祁山掌门怎么了？"

凌书含混地道："呃，没什么。"

见他不答，林池转念想到另外一个问题："这样看来，皇帝不是对他挺好的嘛，还派了那么多夫子教导他，可他为什么……"

凌书："这个啊……"他抬头望了望天。

林池跟着他望天，再低头看时："喂，凌书，站住，不要抢我的菜啊！"

没人抢是不可能的，老脸皮厚的李大人仗着身份不一般，三天两头便带着姬定峦往陌轻尘这里跑，而且两个人对于抢陌轻尘做的菜分工合作极其明确，总之为了打击报复，绝对不给林池留一点。当然，林池也不是吃素的，于是……

"哼，一点都不懂尊老爱幼，果然是个毫无教养的女子。"

"哥怎么会看上你这种野蛮的女人？太傅说得对，没教养！"

林池："若是我有教养，你们能少抢一点吗？"

李大人、姬定峦："不可能！"

林池："那我还是继续没教养吧。"

为了防止抢菜失败的悲剧发生，林池决定做菜的时间从白天改到晚上。陌轻尘对这个倒是没什么意见，反正他本来就不忙。

夜色沉沉，凉风袭来，厨房里，明亮的灯火映照着陌轻尘挺拔出尘的身影。

和索瞳约定的时间就是今晚，趁着陌轻尘做菜的间隙，林池悄悄地把怀中的药粉倒进了脚边的一个酒壶里。这毒不致命，只会叫人暂时不能动弹。林池想，反正不会有事的。

"你……"

林池吓了一跳："啊……"

陌轻尘放下手里托着的五个菜盘，若无其事地问："你还想吃什么？"

林池："没……没特别想吃的。"

今晚的菜一如既往地丰盛，但是因为实在担心，林池根本没顾上尝味道，只是捧着饭碗机械地嚼动着。吃到一半，她就忍不住问："陌轻尘，你喝酒吗？"

陌轻尘："不经常喝。"

林池："啊，为什么？"

陌轻尘想了想，道："容易醉。"

林池："我想喝，你陪我喝一点没关系吧？这酒是女子喝的，不烈！"她停顿了一下，豁出去道，"不然，我喂你？"

醉了才好，她就不用看见半个时辰后陌轻尘毒发后发现自己被背叛的样子了。

不等陌轻尘犹豫，林池已经提起那壶酒给陌轻尘满上了，同时另取了一个盛清水的酒壶倒给自己。

陌轻尘不会说谎，说喝酒容易醉，就真的是容易醉。

喝下自己酒杯里的清水，林池立刻端起陌轻尘的酒杯递到他唇边。因为是林池递过来的，陌轻尘只垂眸看了一眼，便干脆地将酒喝了下去。

陌轻尘低垂的长睫在眼睑上投落下浅浅的阴影，在烛光摇曳中，他雕琢完美的面容隐约显出几分脆弱。下一瞬，他抬起长睫，眸中水光潋滟，视线一片迷蒙。

林池将掺有药粉的酒一杯杯喂给陌轻尘，然后看着他毫无防备地一杯杯喝下，她心里忽然产生了一股罪恶感。

可是一壶酒都快要见底了，林池发现陌轻尘除了眼神迷离外，并没有什么异样——难道他其实很能喝？本来就悬着的心此时更加忐忑，如果他喝不醉怎么办？等会儿要是被他发现了，她……

突然，林池发现陌轻尘靠近了自己，手撑着桌子，将她圈在了他和桌子之间，嘴角微微扬起道："我看起来很像个傻子吗？"

第七章
迷醉深沉夜

　　林池想要往后退，却已退无可退，她狂摇头："不像！"虽然陌轻尘偶尔会有种说不出的呆，但是绝对不傻。

　　单手扣住林池的下颌，陌轻尘又向前逼近了一步，眼尾上挑，缓缓绽开一个动人心魄的笑容，看得林池的心脏刹那间像是被什么东西紧紧攥住。

　　陌轻尘的容貌本就完美得不似凡人，只是惯来清冷，即使笑起来也是清浅淡漠的。但是此时这个笑截然不同，带着露骨的魅惑，笑意沿着嘴角一点点灿烂到极致，似醉非醉的墨眸中波光潋滟，闪烁着迷人的魔魅，却又深如幽涧，勾动世人精魄。也许连他自己都没有察觉到，这种毫无遮掩的美刹那间袭来，像一把冷冽而锋锐的细长刀刃，在毫无防备的瞬间攻入他人的心房。

　　冰冷的薄唇带着浓烈的酒气贴上林池的唇时，她觉得心脏都要炸开了。然而转瞬间，陌轻尘便轻轻地退开了，银白若雪的长发一缕缕滑下，遮住了那双堪称妖瞳的眸，笑意冷冷："不像？那你怎么不喝？"陌轻尘一手掐住林池的脖子，一手提起那个喝了大半的酒壶，递到林池唇边，猛地将酒灌入了林池口中。

林池立刻挣扎起来，抬起膝盖撞翻了酒壶，但还是有大量的酒液涌入林池的喉咙。林池刚想把酒咳出来，陌轻尘却又一次按住了她的脖子，强迫她将酒咽下。

"你、你醉了？"林池的脸被陌轻尘吐出的酒气熏得通红，她艰难地吐着字。

陌轻尘慢条斯理地用布巾擦去林池唇边残余的酒液，动作温柔，却叫林池毛骨悚然，陌轻尘问道："不是你故意想要灌醉我吗？还特地在酒里加了料。"

林池难以置信地睁大了眼睛："你怎么知道？"

陌轻尘笑了笑："我看到了。"

林池："那你还……"

陌轻尘摩挲着林池脖子上的肌肤，轻声问："我现在已经醉了，你想对我做什么呢？"

林池实在接受不了这个样子的陌轻尘，太可怕也太令人捉摸不透。她撑着桌子想起身："不，我什么都不想做，没什么……我回去了……"

可是林池的肩膀被陌轻尘轻松地按了下去，他眼神深邃地看着她："你想逃走对不对？我知道你根本不想待在我身边，无论我多么迁就你，多么想讨你欢喜，甚至怕你生气，不愿意让你痛，我什么都不做。但是在你眼里，我就像个傻子对不对？"

林池心中一冷，忙按住陌轻尘的手："不，我……"

陌轻尘打断她，冷冷一笑道："为什么你会毫无顾忌地想着逃出去，还不是因为确定就算我知道你对我下药，就算再次把你抓回来，我也不会对你怎么样？"

林池移开视线，摇头："对不起……我、我回去了。"

"这么早回去做什么？"

陌轻尘的手指穿过林池的发揽住她的脖子，同时托起她的下颌再次吻了上去，只是这一次不再浅尝辄止，激烈的吻因为过于青涩而显得有些粗暴。林池被死死地禁锢住，连侧一下头避开都成了奢望，只能任由陌轻尘蹂躏着她的唇，直到整个口腔都变得酸麻无力，陌轻尘才放开她，然后猛地抱起她朝内室走去。

陌轻尘这次是来真的……林池死命地想要从陌轻尘的怀抱里挣脱，奈何陌轻尘的力气根本不是她可以抗衡的。

林池放弃挣扎，放软语气，尽量不让自己显得那么慌乱："是我的错，我不会再灌醉你了，不会再给你下药了，你放开我好不好？"

但是被灌醉的陌轻尘和平日里那个随和好说话的陌轻尘相比，完全是两个人：
"迟了。"陌轻尘因为热吻而泛着诱人的艳红色的唇瓣抿起，他轻笑着，笑容里竟染了几分邪气，"我的酒品不太好，你灌醉了我，我要是做出什么事来，只能由你负责。"

大红的帷帐骤然被拉下，隔绝了外面的一切。

被陌轻尘压倒在床上的时候，林池看见他的眼睛不再是墨色，而是一片近乎夜晚的纯黑色，浓得看不见半点星光，她在他的眼中看不到任何转圜的希望。

林池的所有挣扎都成了徒劳，陌轻尘已经听不进任何话。满是酒气的唇吻过林池的每一寸肌肤，着了火的温度也一寸寸漫上去。酒气熏染让林池的大脑迟缓了一些，甚至连衣衫被陌轻尘一件件剥离她也没有发觉，直到陌轻尘抓住她的下巴，在她那淡色的唇上咬了一口，林池才清醒过来，尖锐的痛之后，血从唇缝间蔓延开来。

陌轻尘舔着她的唇、她的血，像是贪恋着这种温暖和滋味："我不会再给你机会逃掉了。"他嘴角的笑容有些邪气，语气挑衅。

陌轻尘的身体压下来，轻松地分开了林池的双腿。

林池的脸立刻红了，恐惧也随之一波波袭来。但是片刻后，她奇异地冷静了下来。

"我不逃。"林池顿了顿，也不管陌轻尘听没听见，只轻声道，"不要弄疼我，我怕疼。"

深深陷入柔软的被褥中时，林池莫名地想起了很多个瞬间——她垂死从衣柜里爬出来的时候，看到母亲瘫软在一地的血泊中，死不瞑目地看着漆黑的夜空；她在青楼里时，被醉酒的嫖客压在冰冷而肮脏的地上；她经历过的无数个流浪的日子……

钝痛从身体难以启齿的部位蔓延到林池全身，没有想象中那么痛苦，但是被强迫的滋味到底不好受。不过，比起她见过的那些对女子毫不怜惜、在床上死命折腾的恩客，陌轻尘的动作要温柔很多。

林池死死地咬住唇，强烈而持续的刺激袭来，林池不自觉地闷哼出声。

"出声。"陌轻尘撬开林池的唇，同时双手用力握住她的腰，撞击到她身体的最深处，"不用忍着。"陌轻尘说话时带着轻喘，原本清雅低沉的声音变得极具诱惑。

林池防备不及，被迫张开唇，所有的声音瞬间被陌轻尘吞没。

陌轻尘轻柔地贴着她的唇，问："疼吗？"

林池急促地喘息着，有一瞬的失神，大滴汗珠儿顺着额角滑落。

陌轻尘那张染了邪气的脸美得惊心动魄："疼就记住，是我让你疼的。"他用力地吻住林池，不顾一切地索取着她的一切。

一路走来，她虽然见过无数被伤害的女子，虽然知道比起生存，失贞是多么无足轻重，可总想固执地守住什么、保留什么，不想违背自己的意愿，只想和真正喜欢的人……可是，这一切一下子变得那么遥远，好像再也触不到了。

药性发作，林池终于昏了过去。

林池不知道自己睡了多久，等她醒来的时候，发现她躺着的屋子已经不是陌轻尘那间。秀雅的簇团牡丹屏风，红木梳妆台上放着一面铜镜和一个精致华丽的首饰盒，淡樱色的窗帘微微飘荡，这一切在倦懒的阳光下显得那么柔和。这是……

"孩子，你怎么样了？"一只温柔的手探向林池的额头，声音中带着几分关切，"还有没有哪里不舒服？"

林池怔然地看着面前一身浅碧华服、气质雍容的美貌妇人，不知道该说什么。

美貌妇人见状，小心地问她："你饿了吗？我叫人端粥来。"

不多时，便有下人端来热粥，美貌妇人先让林池漱了口，然后端起粥碗一口口喂她。

林池的脑袋一直不大清醒，待一碗粥喝完，她才想起来问："您是？我……怎么会在这儿？这是哪里？"

美貌妇人放下碗，有些不好意思地道："我是定岚的娘亲。"她顿了顿才又道，"这里是我的别院，你在这里已经昏睡三日了。"

定岚——姬定岚，也就是陌轻尘，那她就是……林池垂下眸，更不知道该说什么了。

美貌妇人挠了挠长发："那个……我知道，我家定岚对你做了一些不好的事情，但……喀喀，他应该不是故意的，他只是一喝酒就容易做错事。但是你放心，作为娘亲，我一定会让他对你负责的，不会让你……"

林池："不用。"

美貌妇人："啊？哦，也对，定岚已经娶了你。不过，你们的婚事办得太急，还没来得及记入宗谱。这样，你们明天跟我回明都，我们再……"

林池突然抬头道："我不想嫁给他。"

美貌妇人："啊？可是你们已经……"

林池握紧拳头，突然笑道："如果是您，您会嫁给一个强迫您嫁给他还强暴您的人吗？"

美貌妇人顿时一怔。

可是，无论自己再怎样排斥陌轻尘，至少他的娘亲是无辜的，不应该迁怒于她。于是，林池又松开了拳头，低声道："刚才我……"

美貌妇人却突然道："不想嫁就不嫁！"林池抬头，美貌妇人摸了摸她的头道，"定岚守了你三天三夜，我刚让他去睡……我本以为你对他多少也有点……可是没想到……我知道他的脾气不是太好，真是让你吃苦了，孩子……"她倾身抱了抱林池，"等你的身体好了，我就叫人送你离开，你想要什么补偿都可以。赶快把他那种人渣忘了，就当是被狗咬了一口。"

林池："……"那可是你儿子啊！

美貌妇人拍了拍林池的脸，笑道："眉头总算不皱得那么紧了，多么漂亮的一个姑娘。来，让我抱抱。"

美貌妇人身上有着一股淡淡的馨香，很舒服、很温暖，很像娘亲，林池靠在她怀里，突然鼻头酸涩了一下。即便被陌轻尘强暴，她也没流一滴眼泪，可是这一刻，她突然很想哭。

从无墨山庄光明正大地走出来的时候，阳光微微刺眼，林池竟有种恍如隔世的感觉。师父和索瞳驾着马车等在山庄外面，林池跃上马车后，便找了一个舒服的位置继续睡觉。

不知过了多久，林池醒了过来——她是饿醒的。马车里弥漫着浓郁而鲜美的食物味道，身着一套灰衣的师父正揭开一个小沙罐的盖子。

师父见林池醒过来，脸上期待的表情敛了几分："小池，你醒了？呃，这是那个姓其的总管让我给你的，为师先帮你尝尝味道好了。"

这个情景熟悉到让人完全放松下来，林池抓了两下头发，身子凑过去，用力嗅了嗅——当归红枣排骨汤。很普通的食材、很普通的汤，但能做出这样醇厚味道的只有一个人。想到这里，林池不禁沉默了一下。

此时，师父已经迫不及待地喝了两口汤，滋味鲜美得让他恨不得把自己的舌头都吞下去。无墨山庄居然有这样的美味，他都舍不得吃了，如果以后再吃不到……

不行，还是赶快吃掉，不然等小池反应过来，他恐怕一口都吃不到了。

出乎意料的是，林池竟然没跟他抢，只是问他："师父，你说另有发现要告诉我，是……"

师父又咽下一口排骨，恍然了一下，才像摸小狗一样摸着林池柔软的头发道："这个啊……你之前不是说在刑部搜查过所有的卷宗，都找不到你家的案子吗？师父就帮你查了查当年审案的知府刘诚，他现在正要去云郡任职，那么大一桩案子他不可能一点都不记得，到时我们去云郡问他如何？当然，更重要的是，云郡的风景不错，游山玩水什么的……"

林池："……"数月前，师姐来信说她正要动身去云郡，看师父一脸神往的样子，她还是不要说好了。

林池的头发被师父彻底揉乱，师父又用力地捏了捏林池的脸，笑得一脸痞气："好了，小池，别担心啦，报仇的事情可以从长计议，日子过得开心才最重要嘛！而且你看这是什么？"他笑眯眯地从怀中掏出一沓银票，"师父保证你舒舒服服地就到了云郡。"

索瞳从车厢外探头进来，冷眉道："你拿了他们的钱？"

师父软着骨头倒在马车里，一脸无所谓地道："有什么不可以吗？不过，这位皇后娘娘还真是好说话，明明是小池你下毒逃跑未遂，她却好声好气地招待我们，还送了我们马车和银子……好了，别问了，快滚出去给老子赶车。"

沙罐里的排骨汤已经被师父吃得干干净净，林池只能从师父的包袱里翻出干粮，就着水壶里的水填饱了肚子，便又准备爬回原来的位置继续睡觉。

师父叫住她："小池，你怎么都不说话？"

林池头也不回："没什么，就是睡得太久，脑袋有点不清醒。师父，你给的药的剂量太重了。"

师父得意地笑："那是自然，剂量不重，怎么可能毒倒陌轻尘？"他的声音越发愉悦，"不过这样也算是因祸得福，有皇后娘娘在，你犯的那点事根本不算什么。"

像是想起什么，林池突然低声道："杜若……"

师父："他早就回明都了，不过，我们迟早要去明都的嘛。"

林池哦了一声，又睡了过去。

师父有个很不好的习惯，就是存不住钱，有多少花多少，并且奢侈成性。林池跟着师父，一路上都是去最好的酒楼点最贵的菜、住最贵的客栈，一时兴起，师父又买了两匹汗血宝马来拉马车，那沓银票很快就所剩无几了，直到若干日后，师父摸着鼻梁讪笑着道："呵呵，师父见银子太少就想去赚些，结果运气不好，都丢在赌馆里了。"

林池习以为常："那我们先回家，明天再出去赚盘缠。"

说是家，其实就是一间建在城郊的简陋小木屋，周围围了一圈栅栏，掩藏在草木茂盛的地方，有些难找。虽然他们四处流浪，但总需要一个落脚的地方，于是在师姐的逼迫下，师父在各地建了数个这样的木屋，都称之为家。

林池推开木门，一阵灰尘便迎面而来，随后进入眼帘的便是一张看起来异常舒适的大床。屋子里最值钱的恐怕就是这张在师父特别要求下布置的床了，林池暗暗地想：没被搬走真是没天理。

灰尘太多，索瞳朝屋内看了一眼，便拿起角落的笤帚和抹布开始打扫。

师父略掸了掸床上的灰，舒服地躺倒在床上，欣慰地望着索瞳在屋内屋外忙碌的身影，"小池，你真是捡了个好东西。"

林池："师父，要不要跟我一起……"

师父翻了个身，从床底下掏出一本话本，津津有味地看了起来："上次看到哪里了？哦，对，第四百三十五……"

林池："……"算了，还是她自己去吧。

索瞳问林池："小姐，您是要出去赚盘缠？"

林池点头。

索瞳放下笤帚："这种事情还是让我去吧，小姐你就留在这里……"

林池坚定地道："不，我不要打扫！"这种事情麻烦死了。

索瞳："我可以回来再做。"

林池："等到你回来，估计这里已经可以养儿窝蟑螂和臭虫了。"

索瞳："……"

赚盘缠这种事情林池做得多了，穿旧衣、放下刘海儿，再把自己弄得灰头土脸的，看起来就像一个十五六岁的少年。

最快的赚钱方法是什么？去偷？去抢？不，一则犯法，二则太冒险，林池的做法是黑吃黑——在人多的地方留意是否有人行偷窃之事，然后选择那些看起来不难摆平又形容猥琐的惯犯，尾随其拐入巷弄，打晕对方，再顺走对方偷来的银子。

因为林池的模样实在不起眼儿，又不是本地人，无迹可查，于是屡屡得手。而林池本人觉得，偷窃是恶行，打晕窃贼是惩恶扬善，至于银子嘛，是上天对于惩恶扬善者的奖赏，于是银子拿得理直气壮。

惩恶扬善归来，林池来到街边小摊前准备买些包子回去，却听见不远处的酒楼里有人在议论着什么。

一人道："你可是亲眼所见？那人……不是常年在无墨山庄闭门不出吗，这次怎么会……"

另一人道："可不是，谁知道他这次怎么会突然出来，还到处闲逛？唉，搞得人人自危，他若是大开杀戒，只怕无人拦得住，武林危矣！"

一人道："也是，那可是陌……"

"嘘！"另一人突然慌忙地止住他的声音，仿佛一说出名字，便会招来那个人。

陌轻尘已经可怕到这种程度了吗？林池提起包子一边转身往家的方向走，一边想起那个会做菜讨好她，会小心翼翼地替她上药怕她流血的陌轻尘，突然发现自己并没有那么怨恨他，只是在那件事情发生之后，自己也不太可能会喜欢上他。

第八章

千里跟踪记

半个月后，摇曳的乌篷船中。

师父伸了一个懒腰，踹了踹林池："小池，后面那个尾巴，你打算什么时候解决？"

林池实话实说："不知道。"她也没预料到，陌轻尘竟然就这样一路跟着他们。

由于陌轻尘跟在后面，他们的悠闲日子不得不结束，转而踏上逃亡的道路，一路急奔，坐上船才算歇了口气。不过也亏了陌轻尘，这一路平安顺利，因为大部分人忙着逃难了。

"小姐……"索瞳放下船桨刚想说话，却在望向远处时脸色一变。

林池和师父忙回头，只见身后的江面掀起巨浪，一艘百尺高的大船正匀速行驶而来。

三人立即手忙脚乱地划起船桨，师父痛心疾首地道："小池，你还是跟他说清楚的好，他要是真追着我们到天涯海角，可就太要命了啊！"

找陌轻尘说清楚，林池暂时还不敢，但是看看他到底打什么主意倒是可以。陌轻尘赶路的速度远比他们快，要追早就追上了，却不知道他为什么只是跟在他们身后。靠岸后，林池打定主意，明晚潜到陌轻尘那里去看看。

三人找了家客栈，师父同索瞳住一间，林池单住一间。

一路划船划得手软，林池吃过饭刚想睡觉，又觉得身上的衣服汗湿黏腻得难受，便叫店小二准备了一桶热水，脱了衣服舒舒服服地泡起澡来。温热而让身体放松的热水让林池的警惕性降到最低点，甚至连房顶的瓦被掀开了一片都没有察觉到。

两名男子蹲在房顶上，其中的白衣男子轻轻一捏，便将瓦片捏成了齑粉，他朝下望去，竟无半点偷窥的羞耻感。他看得很认真，像是在观察一件很有趣、很奇妙的事情。

蹲在白衣男子身旁的黄衣男子揉了揉酸麻的腿，用内力传音：公子，你想看就直接下去看呗，干吗非要这样？

白衣男子同样用内力传音：其墨说她会讨厌我。

凌书默默地在心中道：您其实已经被讨厌透了好不好？少夫……林姑娘走的时候，明知道您就在门外，却连一眼都懒得看您，甚至提都没提您一句。您这样每晚跑来偷窥，白天再去赶路，真的有意义吗？您不累，我可是很困啊！我就算是死撑，每天也是一副睡眠不足的样子，我已经被凌画那个死女人嘲笑纵欲过度了啊，还有厨房那群兔崽子，居然敢问本大爷要不要壮阳滋补的……

"我做得很过分？"

听见陌轻尘的声音，凌书连忙点头："非常过分！林姑娘还算是好的，要是换成一般女子，大概会去自杀，更巾帼一点的，大概会先杀了您再自杀！"

陌轻尘立刻陷入了沉思中。

趁热打铁，凌书连忙又道："而且这种偷窥行为若是被发现，林姑娘恐怕会更加……所以……我们回去睡觉吧，公子！"

陌轻尘又沉默了一下，突然隔空点了林池的睡穴，然后翻下屋顶，从窗口跃入屋内。

凌书立刻无语：公子，您是不是误会什么了？

凌书苦着脸，刚翻下屋顶站在窗棂上，还没进入屋内，便见陌轻尘抄抱起水中的林池。凌书所处的位置，恰好能看见林池光洁白皙、线条优美的裸背，可还没等他看仔细，一股巨大的内力汹涌而来。

"不准过来。"

下一瞬，凌书已经从三楼的窗口摔了下去。

呜呜，公子，其实我什么也没有看到啊！

关上窗，陌轻尘小心地将林池放在床上，然后给她盖上了被子。

其实陌轻尘并没有什么欲望，但是就在刚才手掌触到林池的肌肤的瞬间，他的心蓦地快速跳动了一下。林池的肌肤依然是温热的、光滑的、细腻的，好像和以前一样，又好像有什么不同，可是刚才凌书要进来的时候，他心里却生出一种非常不舒服、非常排斥的感觉，好像不想让第二个人看见，不想让第二个人碰到林池的身体。

这种情绪好像是从那一晚才逐渐强烈起来的。对于那一晚发生的事，陌轻尘记得并不是很清楚，酒精麻痹让他的神志变得很模糊，只隐约记得自己好像做了伤害林池的事情。然而更为强烈的记忆是欲望的滋味，牵动了他从未有过的感情，他无法控制自己，甚至沉迷在那种销魂蚀骨的感觉里无法自拔。在他的记忆里，这是第一次有这样强烈的情绪波动。

这是情欲吗？摸着林池的脸颊，陌轻尘默默地想。其实他还想再试一次，但是……她会不愿意吧？那还是算了。

天亮的时候，林池按着轻微落枕的脖子，觉得自己睡的时间好像有点长。伸手挡住阳光的时候，林池才发现自己怎么没穿里衣就睡了？果然是太困了，可能从木桶里爬出来，就直接睡了吧？

穿好衣服，林池边下楼准备吃早点，边琢磨着怎么潜回陌轻尘那里，看看他们到底打着怎样的主意。

入夜，林池出了客栈，朝陌轻尘所在的方向跑去。陌轻尘的队伍好找得不得了，只要远远看着声势最大的必定是。

可是没等林池跑到地方，她的腹部便涌起一股股锐痛，她立刻掉头往回跑——来月事了！

跑到半程，林池便由跑改为走了，只是她在忍痛的时候也不禁松了一口气——会来月事，就代表她没有怀孕吧？

实在疼得厉害，林池最后不得不停下脚步，在街上找了个角落捂着肚子蹲下。一般来月事之前她都算着日子缩在家里，只是这段时间发生了太多事情，她一不小心竟然忘了。林池痛得倒抽了一口气，龇牙咧嘴地想，幸好月事一个月才来一次，不然都不知道自己是怎么死的。

歇了一会儿，疼痛稍稍减弱了，林池便撑起身子继续往前走。离客栈已经不远了，忍过去就好。可是没走多久，林池就又一次蹲了下来，腿软得站都站不起来了，只能抿着唇任由冷汗一滴滴滑落下来。

"姑娘，你没事吧？"

林池痛得根本说不出话来。

"姑娘，我见你身体似有不适，不如小生先送你去医馆如何？"

林池挣扎着抬起头来，只见一个身着一袭月白儒衫的书生正站在她身侧，语气关切温和。

杜若也爱穿月白的常服，林池的心不觉松了一些，她轻轻地点了点头。回客栈也只能是苦熬，倒不如去医馆抓些止痛的药。当然，更重要的是，她现在一步也走不动了。

书生扶起林池便走，林池的注意力全部集中在腹部的痛楚上，连书生有意无意搭在她腰上抚摸的手都没有察觉。

不知走了多久，林池抬起头来，却见眼前的景象越发萧索，路也越走越偏僻。她皱起眉，低声道："这……"

书生殷勤地笑道："姑娘莫急，很快就到了。"语气里却分明有一丝不怀好意。

即使林池再迟钝，此刻也发现了不对劲的地方。她闭了一下眼眸，手肘蓄力猛然向后撞，同时抬腿冲着对方的小腿狠狠地踹了过去。

书生惨叫一声，捂住小腿倒退了两步，刚想还手，林池已经左腿弹起，狠狠地踹在了书生的胸膛上。以前她这一踹，至少能踹断对方的几根肋骨，可是此刻她没有力气，只是把人远远踹开罢了。

林池弯腰按住腹部，皱着眉冷声道："滚。"

书生却大叫："人呢？快点来啊！再不抓这小妞儿，她就要跑了啊！"

"来了、来了！文生，你可是越来越不行了，居然被一个小妞儿打了。"

"就是。哈哈，这小娘儿们看起来还病着呢，都能把你踹翻。"

林池蓦然回头，只见身后的小巷里走出几个虎背熊腰的大汉，正嘻嘻哈哈地看着她和书生，其中有几个更是毫不避讳地在林池身上上下打量着，目光猥琐。

"文生，这次的货色不怎么样啊！"

书生不满道："哼！不怎么样？你去看看她的脸，我可不会看走眼，要是好好打扮，比起那醉红楼的头牌也不逊色几分。"

几个大汉明显来了兴趣，林池双拳难敌四手，更何况她现在又处于最虚弱的时期，很快便被两个大汉按住手脚，又上来一个大汉拨开她的额发，好一会儿才眼露惊艳之色道："果然漂亮！"

书生得意扬扬："怎么样，我说得没错吧？那眼中的风致若是显出，只怕比那红牌都勾人。"

林池咬唇忍痛，双眸紧闭，一言不发。

拨开林池额发的大汉又道："脸是可以，身子却还不知道呢……"大汉眼中的贪婪之色立现，他的手伸向林池的衣襟，用力一扯，林池白皙的锁骨和大半肌肤便都裸露在了外面，光洁如玉，衬着皎洁的月色，显得越发诱人。

大汉不由自主地咽了口口水，手抚上林池的肌肤，喃喃地道："不然我们今晚就……不，现在就……"

其他人显然都明白了大汉的意思，眼神一对，便将林池拖向了暗巷。几个人退后在外把风，大汉转身便将林池压倒在地上，刚要动手，却见林池蓦地睁开了眼眸，对他一笑。

那一笑，那一笑……大汉的心仿佛被雷电狠狠击中，脑中空白一片，他无意识地愣怔了一下。而此时，林池的手已经抚上了大汉的脖子，在他还未清醒过来的瞬间，用力一掐。

大汉被掐得青筋暴起、满脸通红，掰着林池的手想要挣脱，林池却咬着牙死活不松手，两人都是拼尽全力，一时竟难解难分。

但是林池到底支撑不了多久，腹部的疼痛还在一波波袭来，手上的力气也渐渐弱了下去。嘴角扯起一抹苦笑，林池又一次闭上了眼睛。

就在林池要松开手的瞬间，大汉的头颅突然飞了起来。大量温热的鲜血喷溅到林池身上，几乎令她的整个身体都浸泡在了鲜血中。

逆着月光，一个握着剑的银白色身影正站在巷口，血顺着剑身一滴滴落下，纯白的袍角也染了血污。

陌轻尘丢下剑，抿着弧度优美的薄唇一步步朝林池走来，停在林池身前一步的地方。他似乎有些无所适从，隔了一会儿才开口道："你讨厌见到我吗？"那声音依然清雅，有些冷、有些忐忑，却没有半点因为杀人而显露的担忧，他担忧的只有林池的态度。

林池刚想站起身，身体却不受控制地摇晃了一下，还没站稳便脱力地倒了下去。

林池醒来的时候，发现自己还躺在陌轻尘怀里，窗外只有淡淡的一线微光。陌轻尘的身体不断散发出来的热气很温暖，林池感到整个身体好像泡在温水里，非常舒服。

林池的脑袋不禁恍惚了一下，好像自己还在无墨山庄，可是随即忆起刚刚发生的种种，再一看沾满血迹的身上，甚至身下都……果然，没带月事带就是个悲剧。

林池的声音有些僵硬："这是哪里？"

隔了一会儿，她才见陌轻尘缓缓睁开了眼睛，好像刚刚睡醒，还有些迷糊："应该是个客栈……"

林池低头，只见陌轻尘衣角上的血迹还在，已经干涸，可仍显得触目惊心。她忍不住道："你这个样子，客栈老板还让你住进来？"

陌轻尘道："我不是从门进来的。"说着，他指了指窗口，又指了指床边的角落。

林池顺着他的手指看去，只见木质的窗扇摇摇欲坠地挂在上面，床边的角落里，一对赤身裸体的男女被绑住手脚、塞住嘴巴，正满脸惊恐地看着他们。

林池："……"

陌轻尘："他们会乱叫。"

林池："可是这样……"很残忍啊！

但转念一想昨晚陌轻尘还干过更加残忍的事情，林池便立刻噤声了。

她不自在地动了动身体，身下的血便顺着被角滴落了下来，陌轻尘从怀里摸出一个眼熟的玉瓶："你流血了，要上药吗？"

林池："不用了！"

陌轻尘："可是你在流血。"

林池没理他，坐起来，抽出塞住那女子的嘴的衣服，问："你有月事带吗？"

"有，就在衣柜里面。"女子连忙点头，同时不住地哀求，"两位……大侠，我们什么都不会说的，你们想要什么都可以，请放过我们吧……"

林池翻出月事带和一套干净的女装，然后看了陌轻尘一眼，果断地缩进衣柜里将衣服换上。衣服不太合身，但总比刚才的黏腻感觉好多了。

换好衣服从衣柜里出来后，林池便听见外面突然传来一阵喧嚣。她走到窗边，推开那破破烂烂的窗扇，只见外面的巷口围满了人，众人议论纷纷，不停地说着"实在太惨了啊""简直惨不忍睹啊""我从没见过这么残忍的杀人方法"……

那个巷口越看越眼熟，林池僵硬地转头问陌轻尘："这里……离你杀人的地方……"

陌轻尘眨了一下细长的眼睛，老实地回答："就在旁边。"

林池："你为什么不跑远点？"

陌轻尘直白地道："你晕倒了，我想让你就近休息。"

他根本不觉得杀人是件多么严重的事情吧？

突然，房门外传来了响动。

"我们是朝廷命官，别跑，听到没有？"

"都出来，出来！有命案，住在里面的所有人都给我出来！"

林池连忙将衣服塞进女子口中，然后又将这对男女踢到了床下。谁料，陌轻尘仍一脸淡定地坐在床上看着她，林池却一下就看见了陌轻尘还穿着那件染血的衣服。

来不及换了！林池拉过被子盖住自己和陌轻尘，在敲门声响起的同时，林池又立刻脱下了自己的上衣，同时扒掉了陌轻尘的上衣。

外面的人敲了两下门，便暴力将其撞开："里面的人呢？怎么不开门？"

林池佯装被吵醒，光裸着手臂揉着眼睛道："几位官爷，怎么了？"

官兵拿着手中的登记册核对——一对夫妻，嗯，没错。

"你们就是昨晚住在这里的夫妇？"

林池顿了一下，挡住身后的陌轻尘道："是。"若是被官兵看见陌轻尘的那张脸，两个人就是没问题也会变成有问题。

官兵又问："昨晚你们可听到什么异动？"

林池假装想了一下，才含混地道："没有，昨晚我们……什么都没听到。"

官兵又看了一眼被扯得凌乱的被褥，笑道："昨晚两位怕是太激烈了吧？本官知道了，不打扰了，两位继续休息吧。"便退了出去。

林池顿时松了一口气，抹了抹额上的汗，这才发现自己的上半身和陌轻尘贴在了一起，她连忙穿上衣服，坐直身子。

陌轻尘："娘子。"

林池将衣服穿好，推开窗户，外面已经满是官兵了。

陌轻尘："娘子。"

林池转头："你是在叫我？"

陌轻尘点头。他也盘腿坐起，只是没把衣服穿整齐，胸膛和如玉的肩头都裸露在外面，依然漂亮得令人移不开眼睛。

林池的声音冷下来："我不是你的娘子，我们的婚事是被迫的，并不算数。"

陌轻尘："你刚才说是。"

林池："什么？"

陌轻尘的声音很平静，却隐约带有几分孩子般的委屈："刚才官兵问我们是夫妇吗，你说是。"

林池一愣，随即垂眸道："那只是权宜之策，不算数的。"

陌轻尘沉默了一下，墨色的眸中闪过几分黯然："你真的很生气吗？那晚……"

林池很快便明白过来陌轻尘指的"那晚"是什么，她转身看着窗外道："我不恨你，但也不想再跟你有任何交集。陌轻尘，过了今晚，别再跟着我了。"

陌轻尘迷惑地道："那件事情有这么……让你讨厌吗？"

林池刚想说话，床下的女子突然爬了出来，吐掉口中的衣服，高声吼叫道："来人啊！来人啊！救命啊！"

两人根本来不及阻止，林池一把拉起陌轻尘的手腕便从窗户跃了出去。几乎是在林池和陌轻尘跃出的瞬间，房门便一下子被撞开了。

街上满是官兵，不能从地上走，林池只能拉着陌轻尘在房顶上快速前行。

耳畔的风送来了陌轻尘的声音，有些缥缈："你在做什么？"

林池短促地道："逃命啊！"

"为什么要逃？"

林池："被他们抓住，会被关进监牢的。"

陌轻尘突然站住，望着身后追捕而来的官兵道："那杀掉不就……"

没等他说完，林池再一次拉起他向前跑："杀个头啊！你的脑袋里能有点正常的办法吗？"

陌轻尘疑惑："正常？"

林池："就是赶快跑到他们追不到的地方啊！"

"哦。"

下一刻，林池发现自己被陌轻尘抱了起来，同样是在屋顶跑，陌轻尘抱着她跑的速度却比她自己跑都要快上数倍，这种打击还真不是一点半点的。

两人不知跑了多久，追兵已经被远远甩脱，林池才从陌轻尘的怀中挣扎着跳下。

此处离城里已不知多远，到处都是断壁残垣、杂草丛生，四周只有他们两个人。

此时，林池才想起陌轻尘的另一个身份，其实没必要拉着陌轻尘跑的，就算他被抓住也不会怎么样。可是，陌轻尘是为了救她才杀人的，她实在没法丢下他一个人走。

林池垂眸看着脚尖，退开一步道："多谢了。"

林池的额发散下来，陌轻尘伸手似乎想要拂开她的额发，林池却下意识地避开了。

陌轻尘的手慢慢地放了下来："那么讨厌吗？"

林池："什么？"

陌轻尘："那晚……那件事……"

林池低着头，一字一顿地道："非常讨厌。"

陌轻尘："那你讨厌我吗？"

没想到陌轻尘会紧接着问出这个问题，林池愣了一下，才道："还好吧。"

很奇怪，陌轻尘对她做出那件事让她觉得很痛苦很难堪，她却并不讨厌陌轻尘，也许是因为他在她月事来的时候替她暖过肚子，也许是因为他为她做了那么多好吃的东西，也许是因为知道他并非有意伤害自己……

陌轻尘朝林池走近了一步，细长的眼睛弯了一下："那是不是说，只要我不做你讨厌的事情，你就不会逃开？"

林池："这不一样。"

陌轻尘又朝前走近了一步，平静地道："其墨说，是因为我做了伤害你的事情，所以你讨厌我、不愿意见到我，可是你没有讨厌我，对不对？如果我不做让你讨厌的事情，你就会让我陪在你身边，对不对？"

林池："你别过来。"

此时，陌轻尘和林池之间的距离，已经近得能让林池清楚地看见陌轻尘那张毫无瑕疵的脸颊上因情绪起伏而微微翕动的鼻翼，以及他那就要贴上来的唇，她甚至连陌轻尘那轻颤着的睫毛都能一根根数清楚。

因为失败太多次，林池已经没了反抗陌轻尘的心思，只防备地道："你要干什么？"

陌轻尘低头看着林池，语气如常地道："答应我，不然我就做你讨厌的事情。"

他这是在威胁她吗？

林池这样想，也这样问出了口，陌轻尘愣了一下："这叫作威胁？"

林池点头。

陌轻尘微微侧头，眼神迷惑了一下，喃喃道："我只是看书上……"

林池无力："又是谁给你看的书？"

陌轻尘已经及时反应过来，继续问自己关心的话题："答不答应？"此时他已经握住了林池的肩膀。

林池："你先放开我！"

陌轻尘："不。"

林池板下脸："不放，我会讨厌你！"

陌轻尘："……"

林池死死地瞪着他。

陌轻尘的嘴唇在林池的唇上蹭了蹭，他颇有几分自暴自弃地道："反正你也讨厌我了。"

林池："……"我到底在跟他交流什么啊？

突然，咕噜噜一声，林池低头按了一下肚子——她饿了！

陌轻尘松开林池："我去给你做吃的。"

这荒郊野外的……林池忍不住问道："你去哪里弄吃的啊？"

陌轻尘眨了一下眼睛："不知道。"

林池抚额："不知道？那你做什么啊？"她叹了口气，"你有银子吗？"

陌轻尘："没有。"

果然是贵公子做派。

林池又叹了口气："算了，你也一晚上没吃东西了，刚才还跑了那么久，我们去附近的镇子上吃点东西吧。"

陌轻尘迟疑了一下，最后却只是弯着眼睛点了点头。他本想告诉林池，无论往哪个方向走，只要是座城镇，他都可以在那里找到地方做菜，然后再拿回来，来回不会超过半炷香时间，有没有银子根本不重要。不过，跟林池一起去吃饭好像更有趣，他还是不要说的好，陌轻尘如是想。

林池倒是没想太多，可是等她带着陌轻尘到了附近的小镇上，才发现自己犯了一个多么严重的错误——陌轻尘那张脸是能随便带出去的吗？根本是全镇人都在围观他们啊！

"客官、客官、客官……"小二擦着桌子盯着陌轻尘的脸，无声地喃喃着，好像根本不知道自己在做什么。

也许是因为已经被围观习惯了，陌轻尘倒显得很淡定。

此时，小小的酒楼里已经挤满了人，所有的位置都被抢占一空，就算这样，还不断有人在外面吆喝："二妮、二妮，快来看啊，快来啊！这里有个长得比神仙还好看的人！"

"桂花，别摆摊了，过来看啊！"

林池："小二！"

"客官、客官、客官……"怎么会有人长得这么好看？

林池："小二！"

"客官、客官、客官……"为什么无论从哪个角度看这位公子都那么完美？

林池："我要点菜……"

"客官、客官、客官……"这位公子简直是好看到丧尽天良啊！

林池抽动嘴角，无奈地朝厨房走去。

陌轻尘站起身，拉住林池的手："你要去哪儿？"

那些犹如芒刺的视线瞬间从陌轻尘的身上分散了大半到林池身上，林池顿时有种浑身中箭的感觉。她僵了一下，反握住陌轻尘的手，将其放在桌上："我不走，你在这儿别动。"

陌轻尘半垂眼眸，嘴角略勾了一下："好。"

"他是在笑吗？在笑吗？在笑吗？"

"只是浅笑就这样，他要是真的笑起来……"

"老天爷啊，我觉得我的心都要停跳了，要晕了、晕了……"

围观的人更加骚动起来。

林池走到酒楼的厨房里，发现只剩下一个年迈的老婆婆在。

老婆婆道："你走错啦，那个神仙一样的人在外面呢！唉，就剩我一个老婆子看着厨房。"

林池轻咳了一下道："我不是要看那个人，我只是想做几个菜。"

老婆婆眼睛一亮："你不看？"

林池点头。

老婆婆："那你帮我看着吧！"说着，老婆婆拄着拐杖以迅疾的速度消失在了林池眼前。

林池无语地寻了食材，然后迅速做了两菜一汤，用托盘端了出去。

林池刚回到大厅，便看见一个容貌清秀、带着数个侍从的女子坐在陌轻尘对面，柔声对陌轻尘道："不知公子是何地人氏？"

陌轻尘绕过那女子，对着林池弯了一下眸。

女子会错意，精神一振，羞涩地道："公子不愿意说也没有关系，小女子……"她娇羞地垂下头，用眼神示意左右侍从。

一个侍从立刻道："我家小姐是贺员外的千金，公子若无地落脚，可以先到……"

"等等！"只见酒楼里的围观群众被人大力分开到两侧，一个容貌娇艳的女子同样带着许多侍从气势汹汹而来，"公子，贺姐姐家太小，恐怕你住起来会不习惯，还是到小女府上吧。"

"李大小姐，你什么意思？"

李小姐抿唇，娇媚一笑："怎么了？只许你请这位公子，就不许我……"她转眸看了一眼陌轻尘，只一眼就被镇住了，瞬间心跳如擂鼓，砰的一声，好似有什么东西炸开了。

李小姐只是听说镇里来了个天人般的男子，死对头贺小姐正要邀请对方回家里住，于是她便过来抢人。可是这人……怎么能长成这样？

贺小姐也顾不得矜持，起身挡在李小姐身前："是我先邀请公子的！"

"那又如何？本姑娘就是要抢！"

"你……"

林池端着菜，从两位大小姐之间的缝隙中穿过，坐到陌轻尘的斜对面，盛了饭，旁若无人地吃起来。

陌轻尘摸了摸林池的头，也盛了一碗饭开始吃。呃，虽然他不饿，但是看着林池吃饭，他总有种很想一起吃的感觉。

两位大小姐唇枪舌剑吵得不可开交，双方侍从也立刻开打。半刻钟后，官府出动，两方侍从连带两位小姐都被拖走了。

又过了半刻钟，林池打了一个饱嗝，终于吃饱了。

陌轻尘似乎想用手指给林池擦嘴角，却被林池躲开了，他立刻情绪低落地收回了手。

正在此时，从围观的人群中走出一个粉衣姑娘，她小步跑过来，递给陌轻尘一个小布包："这，这是我做的……红豆饼，你……你可以尝尝吗？"粉衣姑娘的小脸已经红透了。

可是陌轻尘一直盯着林池，连眼睛都没转一下，小姑娘伸着胳膊，羞得都快哭了："公子，你……"

林池于心不忍，戳了戳陌轻尘："你就收下吧。"

陌轻尘哦了一声，将小布包接了过来，小姑娘立刻破涕为笑，芳心荡漾地飘走了。

有了第一个，便有第二个，随后陆陆续续又有好多姑娘将礼物送给陌轻尘，一会儿工夫，乱七八糟的东西便堆满了整张桌子。

一位黄衣姑娘将礼物放到陌轻尘手中的时候，忍不住用极低的声音道："公子，我喜欢你。"

一直麻木地收着东西的陌轻尘出乎意料地转眸看向她，轻声重复道："喜欢我？"

黄衣姑娘大着胆子道："是，是的。"

陌轻尘看着手中女子送的腰带，道："那我对你做什么都可以吗？"

林池："……"这种流氓的话，他又是从哪里学来的？

谁料那黄衣姑娘完全没有被调戏的自觉，反而扬起嘴角，激动地道："可……可以的。"

陌轻尘将东西放下，黄衣姑娘抬头期待地看了陌轻尘一眼，见他并没有其他反应，这才有些遗憾地走了。

林池抽了抽嘴角："……"

之后也有女子向陌轻尘告白，可是陌轻尘再没有回应，她们也只能黯然离开。

林池刚想叹气，陌轻尘那双细长美丽的眼睛突然转向她，视线定格在她的脸上，他平静的声音里掺杂着丝丝缕缕不甘心和委屈："为什么你不喜欢我呢？"这么多人喜欢我，为什么偏偏你不喜欢我呢？

林池沉默了一下，没有回答。因为你并不是真的想让我喜欢上你，你只是想对我做些什么而已。

两人沉默间，不知从哪儿冒出一个盲眼姑娘，只听她细声对陌轻尘道："公子，她们说你长得很好看，我可以摸一摸你的脸吗？"说着，盲眼姑娘便伸手朝陌轻尘的脸颊摸了过去。

林池蓦然想起之前其墨曾告诉过她，陌轻尘讨厌别人的触碰，甚至到了会杀人的地步，于是，她连忙出手去拦。可是没想到她用力过猛，那位盲眼姑娘当即摔倒在地上。

林池刚想去扶那位盲眼姑娘，就见另外一名女子扶起盲眼姑娘道："你这人怎么能这样？这位公子尚未开口，你怎么能动手推人？"

林池："我没有……"她本来就不善言辞，刚开口就被打断了。

"就算你不想让人碰这位公子，也不该如此粗鲁！"那女子越说越气愤，"更何况，不知你是这位公子的什么人，有什么权力这样做？"

林池："我不……"

那女子却再一次打断了她，林池有些无奈，好在她脾气好惯了，倒没有多生气。可惜那女子自觉得理，不依不饶："我见你最多是一个侍女，没看见你们公子还在旁边嘛，竟然就敢这么霸道行事，简直是仆大欺主，根本不知……"

"别说了。"

正说得兴起的女子突然感到身旁传来一阵彻骨寒意，她抬头一看，却是一双美到极致又毫无温度的眸子盯着她。女子吓得倒退了一步，似乎还很委屈："公子，刚才是您……"

不喜欢看到别人对林池吼叫，不喜欢看到别人指责林池，不喜欢看到林池被欺负的样子……连带着这个原本在他眼里容貌清秀的女人都变得面目可憎，陌轻尘本想拧断这个女子的脖子，但是林池好像不太喜欢他杀人。

陌轻尘已经不再看那名女子，只简单地道："滚。"

女子好似还不能接受："可是……为什么，她……"

"她是我……"

林池不用去想都知道陌轻尘接下来要说什么，立刻抢在他前面道："我不是。"说罢，林池起身丢下陌轻尘便走。

可是她还没走出几步，就被陌轻尘抓住了手，他的声音中带着疑惑："你生气了？为什么？"

林池甩开陌轻尘的手："没什么，我们就此别过吧。"

她不是生气，只是突然觉得有点冰冷。陌轻尘对她的好和纵容，都只是因为能触摸到她，而陌轻尘的本性，其实是不带丝毫感情的。林池不想与他太亲密，不想与他再有过多接触，不想与他有感情……这样她便能忘记他对她的伤害吧？

陌轻尘："不要。"

他握紧林池的手，用力把她拽进自己的怀里，感受着林池的体温和柔软，啃咬般迫不及待地吻上了林池的唇。陌轻尘的动作明显比之前娴熟很多，就连吻都变得更加灼热和激烈。

但也许是心里真的产生了排斥，被陌轻尘抱在怀里，林池感受到的却只有陌轻尘身上冰雪般的寒冷味道，她的脑海中突然闪过那个噩梦般伴随着疼痛和情欲气息的场景。浓浓的排斥感直达胃部，林池用尽全力推开陌轻尘，弯腰吐了。

陌轻尘松开手，整个人像是被打击到了一般立刻怔住了。

林池擦了擦嘴角，道："别……碰我。"说罢她转过身，竟又吐了。

陌轻尘动了动唇，没有说话。

终于吐干净了，林池扯出一个很难看的笑，叹气道："我已经告诉过你，我非常讨厌这种事情。我管不了你跟不跟着我，想对我做什么，但是我没法配合你。"

陌轻尘还是没说话。

林池侧身从陌轻尘身边走过，手腕却被陌轻尘拽住，两人僵持了一会儿，林池低声道："陌轻尘，不要让我连你一起讨厌。"

许久，陌轻尘缓缓地放开了手，林池越过陌轻尘，身形飞快闪动，很快便消失不见了，只留下一个孤单的银白色背影站在原地。

第二卷

倾城倾城

奈若何

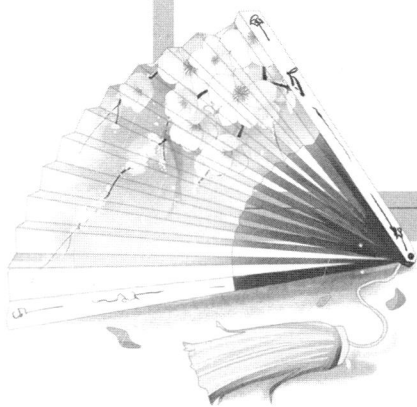

第九章
大师姐驾到

　　林池没想到陌轻尘居然会跑出去那么远，她费了一番周折才回到客栈。掌柜说师父和索瞳都去找她了，林池只得在客栈里等着。直到晚上才见到师父和索瞳，他们都显得有些疲惫，林池不禁觉得很愧疚。

　　索瞳快步上前，握住林池的手，像是极力压抑着什么："小姐，您……不该乱跑的，一个人很危险，以后……"

　　林池歉疚地对他笑笑："抱歉，我……"

　　林池的声音顿住，她已经被索瞳抱住，索瞳的声音在她的头上轻轻响起："我……们都很担心您。"

　　林池一愣，才道："以后不会了。"

　　索瞳身上有种令人心安的感觉，就像家人一样，使得林池心中的愧疚和担忧一下子淡去。

　　在这一瞬间，林池蓦然明白为什么自己会这么排斥陌轻尘，那是因为陌轻尘太令人感到不安了，她不知道他在想什么、不知道他会做什么，他并不是真的在乎她、喜欢她，只是把她当作宠物和玩物，这当中充满了无穷的变数和不安。她喜欢安定的东西、安宁的生活和能让她安心的人，即便陌轻尘再优秀，都和她没有关系。

"喀喀……你们是当为师不在吗？"师父露出一脸受伤的表情，"果然人老了，就比较容易被忽视。"

不安的情绪一扫而空，林池转身抱了抱师父，嘴角上扬。

实在不擅长说谎，师父和索瞳问起来，林池也只说自己半夜出门觅食的时候来月事，因为疼得实在厉害，便在附近的客栈住了一晚。好在他们也没再追问，三人便又朝着云郡行去。

陌轻尘还跟着他们，只是比之前保持的距离更远了些。林池当然不会傻到再去问陌轻尘，两方人马就这样一前一后到了云郡。

云郡比林池想象中的更美，一弯弯浅碧的河水横贯整个郡，粼粼碧波和垂柳一同被微风吹起，荡漾出各自的姿态，大大小小、风格迥异的石桥构架起通路，随处可见悠然荡在河中的乌篷船。似乎刚下过雨，路上还有些泥泞，空气清新得不可思议，整个画面就像一幅淡雅的水墨画，林池的心情立刻好了起来。

等林池迈进水云城，看见那个靠着城门、双手环胸、目光淡然的女子的瞬间，心情更是愉悦到了顶点。

"师姐！"林池一路小跑扑进师姐怀里。

师姐轻松地抱起林池，然后开心地转了两个圈："小池！"师姐依然那么漂亮，也依然那么孔武有力。

跟在林池身后的索瞳倒是没什么，师父却好似见了鬼般，脸色唰地一变，倒退了两步，转身就想跑。

就在此时，一个慢悠悠的女声道："我就这么可怕吗？嗯哼，师父？"

被那声充满挑逗意味并带有邪魅之气的"师父"激得浑身一颤，师父脸上一僵，转瞬却端起一副正经面孔，回首道："为师只是突然想起有要紧事要做，并不是……"

师姐放下林池，脸上挂着只是看一眼便会叫人害怕的笑容。她缓缓地走近师父，道："我就说嘛，师父怎么会舍得不见他的大徒儿呢！徒弟我受邀在静王府做客，师父既然来了，徒儿又怎能不招待您呢？"她特别在"招待"二字上加重了语气。

师父又不觉退后一步，冷汗从额头上淌下："那个……你不是已经叛出师门了吗？"

师姐嫣然一笑道："师父，你既没答应，又怎么能算数呢？"

她这一笑之下，师父只觉得自己的肋骨处隐隐作痛。数月前，他的大徒弟就是带着这样的笑容，揍断了他的三根肋骨。

林池憋笑了一会儿，终是不忍，拉了拉师姐的衣袖："师姐，我们走吧。"

师姐这才冷哼一声转头。

跟在师姐身后的两个侍从似乎对师姐的行事作风已经习惯，非常淡定地领着几人朝前走去。

两人边走边闲聊，直到走到静王府门前，林池才想起来问："师姐，你怎么会在静王府……"

林池还未问完，就见静王府外站着一位粉衣公子，装扮倒是很朴素，除了绾发的一支木簪外，别无配饰，只是背脊挺直，周身的贵气掩也掩不住，不免叫人觉得有些别扭。

见师姐回来，粉衣公子当即从府门前的台阶上走下来，语气极其温柔地道："裘姑娘，若要接人，怎不叫小生作陪，以防有歹人冒犯。"

师姐或者说裘宛咳嗽了一声，那位粉衣公子立刻改口道："不知这几位是……"

裘宛拍了拍林池，莞尔一笑："我的小师妹。"她又指了指索瞳，敛笑道，"师妹捡来的人。"

索瞳的脸瞬间微黑。

最后裘宛指向师父，淡淡地道："师父。"

师父："……"差别待遇要不要这么明显啊？

粉衣公子看了看林池等人，温柔地笑道："已经准备好客房，在下可带着几位……"

裘宛打断他道："不用你带了，那路我比你熟。"

粉衣公子黯然了一下，最终还是点了点头。

待粉衣公子走远，林池问裘宛："刚才那个是……管事吗？"粉衣公子给她的感觉和其墨很像。

裘宛淡定地道："不是。"

林池："那是什么人？"

裘宛："他是静王世子。"

林池一呆："啊……那为什么……"对方那么卑躬屈膝？

裴宛笑得明媚：“很明显啊，他在追我。”

这次林池倒是没怔住，师姐本来就天姿国色，以前也不是没被男人恋慕过，只是这次追她的人身份格外高些罢了。

不过这样也有好处，静王当年未参与夺嫡，而是将皇位拱手相让，圣上感念其德，便封了静王监国之职，而后又封了最富庶、适合颐养的云郡给静王，算起来，这位静王应该是除了圣上之外权位最高的王爷了，就连圣上也会给他几分薄面，至少陌轻尘应该不敢找上门闹事吧？

定下心来，林池就安心地在静王府住下了。

云郡的气候有别于北方，菜肴也同北方大不相同，偏于甜淡，别有一番风味。加上静王府的厨子被特意交代后，铆足了劲用心做菜，林池吃得异常满足，不免对静王府生出几分好感来，同时更加同情那位静王世子。

认识裴宛之前，静王世子是位喜穿白衣的翩翩贵公子，无论是发上的玉冠还是身上的环佩，抑或腰间的云锦腰带都价值连城，就算迷不倒全云郡的女子，半个水云城的女子对他倾心总是有的。

但是自从裴宛说喜欢朴素的男子后，静王世子立即去掉一身行头，朴素至极地上阵；没过几日，裴宛又漫不经心地说自己喜欢穿粉衣的男子，隔天，静王世子的衣柜里就只剩下以前他最嗤之以鼻的粉衣了；裴宛说喜欢桃花，一日后，静王府后院的几百株花迅速消失，通通换成了桃花……而静王世子也迅速从无数闺中女子的心上人，变成了令众人觉得不可思议的对象——“世子最近疯了吗”“这几日，世子实在太叫人失望了”“奴家还是很怀念过去的世子啊”……

然而最悲惨的是，即便静王世子做到这种程度，裴宛还是一副爱搭不理的样子。

林池捧着半个甜瓜问：“师姐，你为什么总是这样对……”

裴宛停下给林池削甜瓜的动作，冲她笑道：“这你就不明白了吧？男子都是这样贱，你若是让他轻易得到，他根本不会珍惜你，很快便会将你抛到脑后，然后去寻找下一个美人。但你若是久久不肯从他，求不得的心理作祟，他会越发想要得到你，甚至加倍付出。”笑容渐渐敛去，裴宛的表情变得有些冰冷。

林池啃完甜瓜，舔了舔手指，有点迷惑：“可是看起来世子对你真的很好，不像是……”

裴宛：“当然不像。男子在追求一个女子的时候，可以好到你无法想象，但他们不过是想得到你罢了，身体也好，心也好。所以，切莫相信任何男子！”

林池垂眸，若有所思。

"喂……"窗外响起一个不满的声音，"你非要这么偏激吗？这个世上还是有好男……"

裴宛握住削甜瓜的刀，温婉一笑："师父，您对徒儿的话有什么意见吗？"

师父遍体一寒，深吸一口气，立刻转身，走的时候还不断地喃喃："师门不幸啊师门不幸……"

在静王府住了几日，林池总算还没忘了正经事。打听到知府刘诚是走旱路而来，约莫还要过几日才到，林池便继续安心等着。可惜她没等来刘诚，却等来了……

"听说那位殿下来了呢，好想去看哦！"王府侍女甲兴奋地道。

"翠儿说，她在街上听说那位殿下美得不似凡人，不，是比仙人都好看！"侍女乙更加兴奋。

侍女丙："想见还不容易？那位殿下和我们世子可是堂兄弟，他要是来了，世子又怎么会不去探望？到时候……"说着说着，侍女丙兀自嘿嘿笑了起来。

林池听了一会儿，便转身回房间去了。

晚饭的时候，裴宛往林池的碗里夹了好些菜，却发现林池并没有吃多少："不好吃吗？"

林池摇头："不是，只是没什么胃口。"

"没胃口？"裴宛大惊，连忙摸林池的额头，"病了吗？"林池没胃口，这简直比告诉她索瞳是个女的还要惊悚。

得到否定答复，裴宛料定事出有因，而最近称得上大事的只有一件，于是她试探着问："小池，你不会也和那些女子一样为色所惑，为陌轻尘朝思暮想吧？"

从小到大，林池有什么心事都不会瞒着裴宛，犹豫了一下后，略去了被陌轻尘强暴的那段，她便将其他的事情尽数告诉了裴宛。裴宛听完后，陷入了沉思中。

林池又扒了两口饭，觉得实在吃不下了，才转身走到榻前，准备铺床睡觉。

她刚铺好被褥，准备试试柔软度，就听见裴宛一拍桌子："你是说陌轻尘看上你了，这不能吧？"

林池："……"师姐，你的反射弧也太长了吧？

裴宛仍然难以置信："陌轻尘天天对着他自己那张脸，竟然还能看上别的人……"她又一拍桌，"不行，明日师姐去替你探一探！"桌子应声而裂。

林池一呆："你……你要探什么？"

裴宛踢开桌子，妖媚一笑："自然是探探陌轻尘到底是什么意思了。你就别管了，反正这事有师姐在，保证你……妥妥的！"

林池不禁叹气——师姐什么都好，就是太过自信。

第二天一早，林池迷迷糊糊地醒来，便看见裘宛正坐在妆台前化妆，将原本七分的姿容展现至十分，一颦一笑尽态极妍。待妆容满意后，师姐又在衣柜里挑选了许久，最后选了一件月白蝶纹束衣打底，外面罩了一件纯白曳地水袖百褶凤尾裙，乌发雪肤、细腰柳眉，翩然而动间，叫人不禁心魄为之一慑，连林池都看呆了。

裘宛对着铜镜挑眉，魅惑地一笑，才半掩唇地低笑道："我果然是最美的。"

林池顿时无语。

然后，师姐便顶着这样一副模样出门了。

林池从床上爬起来，还是觉得不放心，叹了口气，认命地换上衣服，跟了出去。

粉衣的静王世子正等在外面，林池翻身上了房顶向下望去，只见静王世子已被裘宛的打扮迷得七荤八素，一双眼睛里好似只有裘宛一人，再看不见别的。

裘宛和静王世子上了轿子，只拐了两个弯，轿子便停下来，二人从轿中钻出，走进了王府大厅。

林池刚刚从房顶跳下，便听见了一个极其惊讶的声音："林姑娘，你怎么……"

她连忙捂住那人的嘴巴，比画了一个"嘘"的动作。

没想到那人竟是其墨，他立刻安静下来，只是眼中的惊讶还未散去。林池手脚并用地解释，其墨到底好说话，只笑了笑，轻声道："林姑娘若是不放心贵师姐，我可以安排你做伺候的侍女。"

林池用同样音量的声音道："会被师姐发现的。"

其墨笑着摇头："不会，有公子在，不会有人留意你的。"

林池端着茶盘，垂首站在大厅一侧，沮丧地发现，其墨说得很对，有陌轻尘的地方，所有人的注意力都会集中在他身上，就连裘宛也不例外。

林池不敢看陌轻尘，却能清楚地看见裘宛在见到陌轻尘时脸上呆滞的表情。当然，林池自己第一次见到陌轻尘的时候，脸上的表情也好看不到哪里去。

静王世子："不知堂兄此次前来，是……"

陌轻尘淡淡地看了静王世子一眼，懒得回答，场面顿时冷了下来。

静王世子浑身一凛，艰难地开口道："堂兄若是有什么要求，尽管提，若我能做到的，定然会竭尽所能！"

陌轻尘："不用。"

又冷场了。

连对待亲戚他都冷淡到如此地步吗？可是联想到一见面就被剃成光头的二殿下，林池抬头看了一眼那粉色身影，心想，静王世子似乎还是运气好的。

静王世子实在不知道说什么好了，而此时，裘宛也终于恢复冷静，随口支开静王世子，便定定地看向陌轻尘——陌轻尘的确美得不像话，不过她有信心，只要她用足十成十的媚功，没有拿不下的男子。

"阁下便是陌轻尘？"裘宛也不管陌轻尘回没回答，嫣然一笑，轻移莲步一步步走向他。

裘宛抬起手臂，水袖顺着纤细优美的手臂滑下，露出白皙而诱人的肌肤，美得令任何一个正常的男人都不禁屏息。她将细长的手指按在陌轻尘放在桌上的书册上，半垂下头，又倏地抬起凤眸问道："小女子能知道，您看的是什么书吗？"那声音既柔又媚，直达他人心扉。

这招裘宛用过很多次，就连什么时候垂头、什么时候抬眼，角度和方向都揣摩过无数遍，保证将她最美的一面呈现给对方。今天心情激荡之下，她更是超常发挥。她敢肯定，若是她现在这样对静王世子，就算让他死，恐怕他都会答应。

陌轻尘却连看也没看裘宛一眼，直接道："不能。"

裘宛的脸立刻黑了一半——你快看我啊！你不看，那我刚才演练了半天有什么用啊？

裘宛强忍怒意，声音越发柔媚动听："为什么呢？公子为何不敢看我？"

陌轻尘冷淡地道："没兴趣，离我远点。"

裘宛还是第一次遇见这么不解风情的男人，就算她再千娇百媚，也受不住人家根本不看她啊："公子，你……"

陌轻尘合上书册，淡淡地道："你走吧。"

裘宛的脸终于全黑了，她掀桌道："陌轻尘，你就不能看我一眼吗？"

可是下一刻，裘宛便发现自己的脖子被陌轻尘握在了手中，他的动作没有散发出一点杀气，却让她感觉到一股彻骨的冰寒——这个人随时能捏断她的脖子。

裘宛这才意识到眼前这个男人并不是她过去遇到的那些普通男人，而是传闻中杀人不眨眼的陌轻尘。她当即踢向陌轻尘，在陌轻尘松手的同时闪身快退。

然而还没等裘宛想到办法逃脱，便见一个人影拦在了她的前面："她是我师姐，你……"

陌轻尘一直半垂着的眸终于抬了起来，淡淡的眸色像是晕开的水墨画般，声音如刚才一样平淡，只是裘宛怎么听怎么觉得当中透着几分委屈："你肯来见我了吗？"

窗外。

凌画不解："公子不是说不见人吗？我们同静王府的人本来就不熟，而且你还放个莫名其妙的女子……"

其墨低声道："那女子是林姑娘的师姐，林姑娘也来了。"

"少夫……"凌画一怔，随即又有些怒道，"她不是对公子无意吗？害得公子……你还放她进去！"

其墨抿唇笑了笑："我知道，可是公子想见她啊！"谁都能看出陌轻尘这几日的反常表现。

凌画不言，最终只是不甘心地扁了扁嘴。

窗内。

林池僵住，不知道该怎么回答。陌轻尘走向林池，若有似无的视线投在她身上，林池想躲开，却寸步难行。他好像已经等了很久，连缓缓伸向她的手都显得那么小心，只可惜手还没碰到林池，便被人挡开了。

"我说……"裘宛在陌轻尘和林池中间站定，用一种很复杂的目光看着两人，"你们俩……"为什么都有一种很理亏的感觉？

林池拽住裘宛的衣袖，道："师姐，你就别问了，我们走吧。"

林池刚转身想要离开，就听见陌轻尘淡淡的声音在她身后响起："我好像在想你。"不等林池反应过来，他接着道，"我不知道这是不是喜欢，但是吃饭的时候我会想起你喂我，睡觉的时候会想起……"

林池打断他道："别说了！"

陌轻尘似乎也知道林池对这件事很反感，停了一下略过，然后道："我好像比较喜欢你陪在我身边的日子，我可以迁就你更多一点，你讨厌的事情我就不做，我不会强迫你做你不愿意做的事情，这样的话，你可以留在我的身边吗？"

林池动了动唇："我……"

陌轻尘是在改变，从一开始强行卸掉她的手脚关节，到后来亲手为她做饭菜。可是答应留在一个人身边，哪里是这么简单的事情？

陌轻尘朝林池走近了一步，垂眸看着她："我叫其墨找了很多云郡的菜谱，据说有很多很好吃的菜，你想尝尝吗？"

林池："……"早饭还没吃，她突然感觉好饿。

陌轻尘又朝林池走近了一步，声音略低，依然平淡却仿佛含着说不出的诱惑意味："我现在就可以做给你吃。"

林池："……"为什么她更饿了？

只剩下咫尺的距离，陌轻尘又朝林池走了一步。

"我说，你俩也贴得太近了吧？"裴宛一把拽过林池，再不复刚才的娇媚，她淡淡瞟向陌轻尘，言语中满是护犊之意，"我师妹还没吃早饭，我现在先带她去吃早饭，陌……你有什么事，等我们回来后再说吧！"

出乎意料的是，陌轻尘竟没有拦着她们，任由她们走了出去，只是墨色的眸子一直望着林池的背影，直至消失。

刚脱离陌轻尘的视线范围，裴宛便扯住林池，问道："师妹，那个陌轻尘对你……也太不对劲了吧？这怎么可能是陌轻尘啊？他不会是脑子进水了吧？还是说根本是假冒的？不对，那张脸根本假冒不出来的，那到底是为了什么？"她陷入了沉思中。

林池没有立刻回答裴宛的一大堆问题，拽着她继续朝厨房走去。

厨房门口，一个笑容温和的蓝衫男子道："已经给二位准备好了吃的，请进来用饭吧。"

林池闻了闻，又揉了揉肚子，毫不犹豫地跟着其墨走了进去。

林池端起碗，刚咽下一口鱼片粥，坐在她身旁的裴宛便突然一拍桌子："师妹，陌轻尘竟然真的看上你了！"

林池欲哭无泪地望着摔在地上的粥碗，哀怨道："我的粥……"

裴宛扳过林池的肩膀："还喝什么粥？我们来说正事！师妹，你对陌轻尘什么感觉？"

林池想了想道："还好吧。"

裴宛恨铁不成钢地看着她："什么叫还好吧？有没有觉得他特别好看，一看见他就有脸红心跳的感觉？"

林池摇头："这个没有。"

"没有就好！"裴宛突然勾唇一笑，"师妹，你不是想找到当年杀害你全家的仇人吗？光靠我们查只怕不容易，但若是陌轻尘真的倾心于你，被你迷得神魂颠倒，那么报仇之事，可就轻而易举了。"

115

林池想了想，还是摇头："我做不到。"

闻言，裴宛拍了一下林池的脑袋，恨铁不成钢地道："有什么做不到的？除了你，他对别的女子都不正眼看一下，你还怕什么？乖，听师姐的话，男人嘛，就是用来利用的，更何况你又没让他做什么伤天害理的事情，怕什么？相信师姐，只要你一直勾着他，别让他真的得手，你再稍微使点手段，保证你说什么他做什么。"

林池："可是……"他已经得手了啊！

裴宛打断她，明眸一转，邪邪地笑道："来，师姐教你怎么做……"

林池顶着裴宛给的压力，只觉一个头两个大。她的手放在陌轻尘的房门上，无比犹豫，不是真的要将陌轻尘那个吧？为什么只要一想想，她就觉得毛骨悚然？可是师姐还守在外面，她又断不能回去。内心痛苦地挣扎了良久，林池索性在门前坐下，默默地回想师姐的话。

"要想让男子对你言听计从，首先要投其所好。他若是喜欢冷若冰霜型的女子，你便少说话多践踏，例如静王世子；他若是喜欢热情如火型的女子，你便大胆地上前勾引挑逗，但切记点到为止，勾引得对方欲火焚身便全身而退；他若是喜欢温婉若水型的女子，你便一味含情脉脉地笑，时不时娇羞地垂眸再抬起，总之要欲拒还迎……"

可是陌轻尘喜欢什么类型的女子，她完全不知道啊！好像无论她做什么，陌轻尘都会全盘接受的样子。

林池正苦恼时，背后突然一松，整个人便向后跌去。等她回过神来，便看到了一双平静无澜的眸子，而下一瞬，她已经从地上落入了一个略显冰冷的怀抱里。

清雅的声音响起："摔伤了吗？"

林池："没有。"她作势便要从陌轻尘的怀里出来，陌轻尘却抱着她不肯松手。

林池刚想挣扎，便听见陌轻尘道："我就多抱一会儿。"他嘴上这么说，手臂却收紧了，林池根本无法逃脱。林池顿感无奈，也不再挣扎。

陌轻尘的手指在林池的脖子上蹭了蹭，似乎很留恋这种触感，而后，他又用高挺的鼻尖蹭了蹭林池的脸颊，动作亲昵，却没有一丝猥亵之意。

过了好一会儿，陌轻尘才恋恋不舍地放开了林池。银发自陌轻尘的臂弯间流泻而下，他依然是那般清冷绝尘的模样，只是不知是不是错觉，林池总觉得无论是陌轻尘的眼神还是表情，都较初次见面时柔和了许多。

她脑中又响起师姐的声音——若是陌轻尘真的倾心于你，被你迷得神魂颠倒，那么报仇之事，就轻而易举了。

她想报仇，除了告慰父母的在天之灵，更重要的是，报仇以后，她就可以去做她想做的事情。之前她根本没想过能把仇报了，因为那对她来说简直难如登天，可是对陌轻尘而言，不过举手之劳。

林池把心一横，问道："你……喜欢什么样的人？"

陌轻尘疑惑："什么样？"

冷若冰霜？肯定不是，陌轻尘自己都够冷若冰霜了。温婉若水？刚才师姐那样柔情似水，陌轻尘都没多看她一眼。那就只剩下热情如火了。

诱惑人，林池就算没学过，在青楼的那些日子里，也早已经耳濡目染了。她抑制住狂跳的心，突然叫道："陌轻尘。"

陌轻尘抬眸看她。

林池的两条手臂勾上陌轻尘的脖子，近到咫尺的距离，令两人呼吸可闻，她咬牙凑近陌轻尘，在他的嘴角轻舔了一下，便又飞速缩了回来——没法继续下去。

陌轻尘眨着睫毛，双眸甚是清澈地望着她。

"如果我……你……"林池艰难地吐着字。

陌轻尘仍旧一动不动地望着她，很认真地在听她说。

突然，一股罪恶感涌上林池的心头，她低叹了一口气，松开手，退了回去。不行，她做不到，这太卑劣了。林池沮丧地想，利用别人，她根本做不到。

下一刻，一条有力的手臂便把林池揽了回来。陌轻尘抱住她的腰，保持着刚才的姿势，学着林池的样子舔过她的嘴角，勾着唇回答："我不喜欢其他人，我只想你留下。"

林池下意识地问："为什么？"

陌轻尘垂下眼帘，有些落寞："因为……一个人很冷。"

其实陌轻尘是感觉不到冷的，可是在感受过那种温暖的滋味后，一个人的时光变得尤其难熬，他贪恋那种温度，只有在触摸到的时候，才能真实地感觉到自己还活着，而不是被这个世界隔绝。

林池变成了他通向这个世界的唯一钥匙，在她身上，他感受到了斑斓的色彩。看她开心地吃着他做的饭菜，是愉悦；感受到她对他的排斥，是受伤；和她做最亲密的事情，是欲念……

半个时辰后。

裴宛挑眉问："怎么样了？"

林池缓缓地摇了摇头。

裴宛难以置信地道："你把我说的都用上了，他还没反应吗？不可能啊！"

"不是没反应……"林池垂下头，"是太有反应了。"

两人从陌轻尘住的驿馆往静王府走，快走到府门口时，裴宛才愕然地道："有反应，这不是好事吗？"

不等林池说话，裴宛又用力地拍了下她的脑袋，漂亮的脸蛋上满是理所应当："我的小呆池，你就不能别考虑那么多吗？他有反应你就该先应下，等过些日子他对你死心塌地了，你再找个机会跟他提你父母的事情，到时候他对你有情，自然会想方设法地替你报仇。"

林池咬唇："这样不好。他对我很好，我不想……"利用他。

"感动了？"裴宛斜睨林池，一脸了然，"这也很正常嘛，任谁对着陌轻尘那张脸看久了都会心动，更何况他对你又这样一心一意。不过，我的小呆池，谁说你就一定是利用他？这也是给大家一个机会，事成之后，若是你真的喜欢他，留在他身边也未尝不可，有他罩着你，全天下都任你折腾。若是到时候你真的对他无意，再提离开便是。"

林池："可是……"她已经喜欢杜若了啊！

裴宛打断林池，道："可是什么？"随即她痛心疾首地道，"果然是跟那个废柴师父在一起待多了，看小池你都被他带成什么样了？以后离你师父远点，少跟他学！"

林池："……"师姐，你这样说，会让我误会你是我师娘的。

似乎也发现自己太过凶蛮，裴宛咳嗽了一声，又揉了揉林池的头发，露出一个很师姐的温柔笑容道："好了，来日方长，师姐也不勉强你，你自己先好好考虑考虑。"

可是，就连裴宛也没想到，她给林池考虑的时间会这么短。

两人刚回到静王府，便看见粉衣的静王世子正站在别苑门口。裴宛看都没看他一眼，径直带着林池朝里走，未料还未走进去，就被静王世子拦住了。

"你有什么事情吗？"裴宛淡淡地转眸。

静王世子那张温雅的脸此时却显得有些痛苦："裴……你让我带你去见大殿下，是为了什么？"

裴宛拨开静王世子拦住她的手，冷淡地道："我没有告诉你的必要吧？"说罢，她拉起林池便要往里走。

静王世子又一次拦住裴宛，痛苦的神情更甚："宛儿，我对你的真心，你真的一点也感觉不出来吗？"他的手紧握成拳，"我为你做了那么多，你竟然还要去……去勾引大殿下！"

裴宛大怒："你说谁勾引大殿下？"

静王世子终于忍耐不住了，随手扯开那件粉嫩的长衫丢在地上，吼道："若不是你看上了他，又为何执意要我引见，甚至中途支开我而和他单独见面？难道不是因为他的样貌、身份地位都高过我？裴宛，没想到你竟是这样趋炎附势、爱慕虚荣的女……"

啪！裴宛一个巴掌扇过去，所有人都愣住了。

静王世子也一下呆住，随后转回被打偏过去的脸，低笑了两声，抹去唇边的血迹道："我知道了！裴小姐，舍下不欢迎你，请你马上离开静王府。"

"好，很好！"

裴宛拉起林池的手就朝外走，林池被拽得踉跄，忍不住道："师姐、师姐……"

"别叫我！"盛怒之下，裴宛拖着林池径直走回了陌轻尘住的驿馆。

正在驿馆门口吩咐下人的其墨，见两人气势汹汹地回来，也是一愣："林小姐和裴小姐这是……落了东西吗？"

裴宛："对，落了东西！"

其墨好声好气地道："请问是什么？我好让下人去找。"

裴宛把林池拽过来，道："你家公子落了这个。"

其墨："……"这是怎么了，是他今天出门的方式不对吗？

林池："……"师姐，好丢人！

好在其墨是个非常善解人意的管事，很快便给林池和裴宛安排了房间。

坐下喝了两口凉茶消了消气，裴宛才觉得有些不妥，抓了两把长发，咳嗽着忐忑地问："那个……小池，你不怪师姐吧？师姐刚才有点冲动。"

林池已经十分习惯自家师父和师姐的行事作风，于是摇了摇头。

裴宛像是转移话题般尴尬地道："呃，那个……刚才我拽你走的时候，你想说什么来着？"

林池抽了一下嘴角，抚额："我想说的是，师父和索瞳还在静王府里。"静王世子一气之下会不会将他们当成报私仇的对象啊？

119

在驿馆一连住了几日，倒也相安无事，只有裴宛辗转反侧，越想越愤慨。虽然她也不是第一次利用男子，但至少还是有节操的，绝不会脚踏两只船，这次也是因为想试探陌轻尘才会如此，原也没想做什么，那个浑蛋静王世子居然敢误会她！林池接连几晚起夜都听见了裴宛的磨牙声，却也实在有些无奈。

其墨给林池安排的院子很偏，她见到陌轻尘已是几日后的事情了。

吃饱饭，闲逛消食了一会儿，林池发现自己迷路了。正愣怔间，回首便见陌轻尘抱着一只雪白的猫侧眸静静地看着她。雪白的猫衬着一身雪白的陌轻尘，显得身后的孤亭矮竹无形间都多了几分清淡出尘的意境。

"你愿意留下了？"陌轻尘问，声音清雅绝伦。

林池啊了一声，陌轻尘已经放下猫走向她，林池这才清醒过来，下意识地转身就跑。

等林池撑着膝盖气喘吁吁地停下脚步的时候，突然有人拍了一下她的肩膀，林池抬头，是师姐的声音："跑什么？今天陪师姐出去！"

林池："出去做什么？"平复了喘息，林池回头看了半天，陌轻尘并没有追来，恍若刚才那一幕是她的臆想。

裴宛拽起林池，咬牙道："哼，他不是说我勾引人吗？不坐实这个罪名我实在是不爽！"

林池："……"师姐，你这又是何苦？

打扮一新的裴宛蒙着面纱拽着林池到了水云城最繁华的一家酒楼。酒楼里人来人往，不乏贵胄公子，裴宛眼睛一扫，便迅速确定了目标，坐在了一位绿衣公子对面。

玉冠、玉佩都是上等货色，衣服也是上好的云郡丝绸，脸蛋还算清朗俊俏，身后的侍从虽然差了些，她也不计较了。

裴宛眼眸低垂，低声道："公子，小女子的荷包方才被贼人窃走了，如今身无分文，可否……"

果然，对面的公子动容地道："真是闻者伤心，今日这顿饭小生来请，姑娘想吃什么尽管点便是。"

裴宛轻轻揭下面纱，莞尔一笑。

对面的公子犹如见了鬼般，指着她道："你、你、你……"随后便带着侍从

120

撒腿跑了。

裴宛："……"这是怎么回事？

裴宛转头看向林池，目光森森："小池，我毁容了吗？"

林池摇头。

与此同时，裴宛终于听到了身后的窃窃私语。

"这不是世子的爱宠吗？怎么还这般抛头露面？"

"呵……哪里是爱宠，分明已是旧爱了。想想也是，一脸狐媚相，世子的新宠才是仙姿国色……"

"世子不要她了，她就来勾引别的男人。她也不想想，做过世子的女人，别的男人怎么敢要？"

林池："师姐，你冷静点，桌子是无辜的。"此时，桌子的一角已经在裴宛的紧握之下寸寸开裂了。

裴宛露出一个令人毛骨悚然的笑："好，很好，真是小看他了，断了老娘的后路不说，还敢去找什么新宠……"

恰在此时，一位白衣翩然、满身珠光宝气闪瞎人眼的温润如玉的男子，携着一位同样白衣出尘、裙角翩跹如白莲的女子上了楼。二人身后跟着的数十名随从迅速上前将雅间收拾好，掀帘的掀帘，引路的引路，光是排场便叫人艳羡不已。

林池不自觉地往旁边挪了挪，师姐在一瞬间爆发出的黑暗气场，用恐怖都不足以形容。

只听男子温和地道："招待不周，望柳姑娘见谅。"

女子轻笑一声，透出丝丝妖媚，但并不讨人厌："世子太过谦，这里已经很好了。"

说罢，两人相携进入雅间。

裴宛掰断了桌角，抽着嘴角，阴森森地道："装，还真能装，他竟然会喜欢这种货色！一对装腔作势的狗男女！恶心！做作！无耻！下贱！"

小二颤抖着走近："姑……娘……"

裴宛："你叫谁姑娘呢？"

小二："大……娘……"

裴宛阴冷地道："你想死是吗？"

小二快哭了，他只是想说这张桌子很贵啊！

林池顶着压力，从怀里掏出二两银子塞给小二，歉疚地笑笑，小二立即如蒙大赦般溜走了。

裴宛站起身，林池连忙拽住她："师姐，大庭广众的，你冷静冷静……"

裴宛反握住林池的手，冷笑一声："你以为师姐会做什么？像个泼妇一样上门闹事？哦，我当然不会，这么丢形象的事情我怎么会做呢？不是要玩吗？老娘陪他玩，玩死他！"

林池："……"师姐好像比刚才更可怕了。

两人走出酒楼，林池还试图安抚裴宛："师姐，其实世子他……你同他解释清楚就好了。"

"解释？"裴宛冷声道，"有什么可解释的？"

林池："他只是误会了你才会这样的，而且世子之前对师姐真的很好，是师姐你……"是你对不起他在先，而且你们都已经分开了，世子也没做错什么啊！

裴宛眯起眼睛，一字一顿："小池，你的胳膊肘要往外拐吗？"她浑身散发着一种"敢说是你就等死吧"的气息。

林池立即拼命摇头。

裴宛摸了摸林池的头，突然笑道："真乖！把你家陌轻尘借给师姐用两天行不行？"

林池顿感无奈："他不是我家的。"

裴宛摸着林池的头，笑得更加温柔："这个就要靠你了。亲爱的小池，为了证明师姐这么多年没有白养你，你懂的！"

林池："……"

局面会变成这样，是林池也没预料到的。

依然是那家酒楼，相邻的两个雅间。

女子对着小二露出一个妩媚的笑容，道："隔壁点了什么，给我上两份同样的。"

菜肴流水般端上来，隔壁不断传来愉悦的交谈声，这厢的女子便若银铃般跟着低笑，同时使劲瞪着林池。

林池叹了口气，从美味佳肴里抬起头来，伸手戳了戳身旁的陌轻尘。

陌轻尘："怎么了？"

林池从口袋里掏出一张写满了字的纸，苦着脸轻声道："你可以照着这个念吗？注意空格的地方要停顿。"

林池的心里一直忐忑不安，她生怕陌轻尘会拒绝，却没想到陌轻尘只是略感奇怪地看了一眼，便照着纸上的字念了起来。

从她认识陌轻尘开始到现在，陌轻尘几乎没有拒绝过她，甚至今天陪她和师姐出来进行这场幼稚的攀比，他都安然应下了。起初林池还有些无法面对，但是陌轻尘实在太好了，就像他说的那样，只要她肯留下来，他就任由她予取予求。不过这应该不算利用吧？林池挠了挠头想，这只是交易，嗯，只是交易。

似乎听到了陌轻尘念的那些字，隔壁的人起身走了，裴宛的笑声也立刻止住，一脸便秘的表情道："他们聊什么聊得这么欢？恶心死老娘了！"她拽起林池，"别吃了，我们该走了！"

林池恋恋不舍地看着一桌子美味，"去哪儿？"

裴宛神色清冷："自然是他们去哪儿，我们就去哪里恶心他们！"

林池："……"师姐，你确定不是你自己被恶心到了吗？

水云城中最大的成衣铺。

"逛成衣店？他从来没陪我来过这里，也没给我买过一匹布！"裴宛看着不远处的一对璧人，咬牙切齿地低声喃喃。

林池忍不住道："师姐，不是你不让世子陪你逛街的吗？"

裴宛阴恻恻地道："小池……"你是在拆我的台吗？

林池乖乖地闭嘴。

"小姐，这匹布绝对是上乘质地，您看这个花色、这个纹理，保证全云州都找不出第二块来。"掌柜介绍道。

白莲花一样的柳小姐看了一眼质地通透、熠熠流光的布料，目光微凝。

温润如玉的静王世子笑道："柳小姐若是喜欢，便当是在下送给你的礼物好了。"

"这匹布我要了！"漂亮的手指按在布料上，裴宛挑衅地抬起头来看着静王世子二人。

掌柜极其为难地道："可是这匹布……这位姑娘……"

柳小姐善解人意地一笑道："这匹布我不要了，就给这位姑娘吧。"

静王世子却对柳小姐温柔地笑道："这怎么行，我答应送给你的礼物，怎么能说不要就不要了？"他转眸对掌柜说，"总要有个先来后到，替我将布包起来。"

这对狗男女！

裴宛忍着怒气，转眸示意林池。

林池躲在裴宛身后，扭头冲着站在静王世子旁边的陌轻尘指了指布料，同时做了个拜托的手势。

陌轻尘立刻会意，平淡地对掌柜道："布料给我。"

只一眼，掌柜就被陌轻尘脱俗的容颜和强大的气场震慑住了，不知不觉地将布奉上。

陌轻尘正要接，却被静王世子拦住了。

静王世子仍笑着，只是脸色有些难看："堂兄，这是什么意思？"

裴宛一个闪身夺过布料，笑容明艳逼人，眉目间神采飞扬："他自然是帮我买布料了。怎么了，不行吗？"她说话间，手伸向了陌轻尘的手臂。

林池一下便明白了裴宛的意思，可是回想起其墨的话，她立即紧张起来，上前抓住陌轻尘的另一只手，生怕他一巴掌把师姐扇飞。可没想到的是，陌轻尘的手却没有动，任由裴宛挽着他的另一条胳膊，动作亲昵。

见到此情此景，静王世子脸上的神色终于变了变，他像是压抑着什么般道："没什么，当然行。"当即，他扭头不再看裴宛，对着柳小姐道，"柳小姐，抱歉，下次我定会寻到更好的布料做礼物。"

柳小姐依旧善解人意地道："无妨。"

等静王世子和柳小姐走远了，裴宛蓦地松开了陌轻尘的胳膊。

林池也想松手，却发现陌轻尘死死地抓着她的手不肯放，拇指在她的手背上轻轻摩挲着。

林池不禁一愣，抬头一看，陌轻尘的目光仍旧平静，却莫名地给人一种温柔的错觉。林池喜欢温柔的人，当下心一软，手就再也挣脱不出来了。

裴宛没发现林池和陌轻尘之间的异样，屈了屈手指，徒手将整张桌子拆了个零碎："是可忍孰不可忍！姬君笙，你这个浑蛋！"

林池看了看裴宛，无奈地叹了口气。

陌轻尘捏了捏她的手心，似在安慰她。

水云城中最大的脂粉朱钗铺。

静王世子和那位柳姑娘在挑东西，裴宛咬牙便要进去，却被林池拉住。

裴宛转头："你要阻止师姐吗？师姐知道这样做很幼稚，但是不蒸馒头争口气，你懂吗？"

林池默默地将一样东西塞到裴宛手中，裴宛展开一看，立时乐了。那是张店契，而且恰好是这家脂粉朱钗铺的。

见裴宛兴奋地走了进去，林池戳了陌轻尘一下："这张店契你是从哪儿弄来的？"

陌轻尘想也不想地答道："苏沉澈的。"

林池："苏沉澈是谁？"

陌轻尘换了个称呼："十二夜公子。"

林池自然也知道十二夜公子这个当年武林中的风云人物，听说是个极其温文尔雅又侠肝义胆的大侠，她转念又道："他为什么会将店契给你啊？"

陌轻尘简单地道："亲戚。"

陌轻尘垂眸看了林池一眼，本来这张店契他是要送给她的，听说女子都喜欢脂粉朱钗一类的东西，好将自己打扮得光鲜靓丽，以博得世人的称赞，可是林池好像对此并不感兴趣，他才打消了把店契送给林池的念头。当然，在他看来，林池无论什么样都好看，让人很想……

林池扯了一下陌轻尘的手："别发呆了，走了。"

店铺中，静王世子和林小姐正在挑选东西，突然，裴宛将店契拍在桌上，勾唇笑得妩媚："二位，抱歉了，小店今日不想卖东西给你们，二位请回吧。"

静王世子转眸见陌轻尘走进来，似是终于忍耐不住，冷声道："裴宛，你这是什么意思？"

裴宛摆出一脸欠揍的模样："没什么，只是看你不爽而已。"

静王世子眼眸微动，表情几变，透出些许意味深长："裴小姐，你为何看我不爽？如今我们已经毫无干系了，我做什么都与你无关，你……"

"与我无关？"裴宛双手环胸，扯出一个冷笑，"老娘长这么大，还是第一次被男人扫地出门，沦为全城笑柄，你说我为什么看你不爽？"

"只是……因为这个？"静王世子突然低下声音，音调有些怪异。

裴宛继续冷笑："不然你以为是为什么？以为我看到你另觅新欢，所以伤心难过暗中吃醋？你未免太自信了吧？"裴宛走到柳小姐身前，道，"这位柳小姐，我瞧你长得也不错，还是趁早找个靠谱的男人吧。像他这种前日跟你说如何喜欢你、对你如何真心，转头就和别的女子亲密的男人，不靠谱到了极点，花心滥情不说，还自以为是地误会……"

"误会？"静王世子突然吼道，"我哪里误会你了？你不是正和他在一起吗？"

裴宛："你哪只眼睛看到我们怎样了？"说着，她手指林池道，"看到没？他是我师妹的男人，不是我的！"

林池："……"她躺着也能中枪吗？

陌轻尘看了林池一眼，示意——我需要配合吗？

林池抽了抽嘴角——完全不用。

裴宛说完便双手环胸，挑衅地望着静王世子。

静王世子却并没有像裴宛想象中那样惭愧认错或者试图挽回什么，只是依然淡笑道："所以你明明一句话就可以解释清楚，却偏不肯告诉我，宁可让我难过、被嫉妒折磨，甚至大费周章地反过来折腾我，你可曾考虑过我的感受？"

裴宛冷冷地瞟了柳小姐一眼，嘴硬道："我为什么要考虑你的感受？"

静王世子低笑："也对，我对你来说，不过是个可以利用的存在，呼之则来挥之即去，你又何必在乎我的感受？枉我还以为……真是可笑！"说罢，他转身就走。

裴宛面无表情地看着静王世子的背影，倒是那位柳小姐美目一转道："你不去追吗？"

裴宛："要追你追！"

柳小姐横眉冷对："裴小姐，实话告诉你，我其实是世子请来刺激你的。这几日，他吃不好睡不好，担心你在外面被欺负，谁料你转身就……你若是难过愤慨，我保证世子比你难过愤慨百倍千倍！真当世人都如你一般无心吗？你若是不追，以后便莫要后悔！"说完，她也离开了。

裴宛一怔，不知不觉中竟捏裂了掌柜的柜台，道："这到底是怎么回事啊？不是我被误会、被赶出去、被负心了吗？怎么到头来，好像都是我的错一样？这两个人简直、简直……"她转身皱着眉问林池，"我真的做得很过分吗？"

林池狂点头。

裴宛挑眉。

林池苦着脸道："师姐，我是觉得世子比你可怜。"

裴宛皱眉道："有什么可怜的？男人都是负心汉，没一个好东西！追求你时一个态度，得到你后又是一个态度，这样的男人伤了就伤了，有什么关系啊？"

林池叹气："师姐，你要是真这么想，就别捏那柜台了，它快碎了。你要是心里不安，想追就追，没人会嘲笑你的，不用抹不开面子。"

裴宛沉默了一下，顺着台阶问："这么明显吗？"

林池点头。

裴宛狠狠地捶了一下柜台，柜台应声而断，而裴宛已经追了出去。

林池看着裴宛消失的背影，突然道："陌……陌轻尘，你觉得我师姐这样做过分吗？"

陌轻尘淡淡地道："不知道。"

林池诧异："怎么会不知道？你刚才不是也听到了吗？"

陌轻尘更紧地握住了林池的手："别人的事我不关心。"

林池："……"她就不该问陌轻尘。

陌轻尘从柜台里取出两支精致的簪子，放进林池手里："喜欢吗？"

掌柜早在裴宛和静王世子吵起来的时候就龟缩到里间了，自然没人管他们不请自取的行为。

林池果断地摇头，这种簪子不只会让人行动不便，更会引贼。

陌轻尘丢下簪子，显得有些失落："你还是只喜欢吃吗？"

林池只喜欢这一样，但光吃是没法留住她的。

晚上是久违的陌轻尘亲自下厨，满满一桌子菜，都是用云州特有的食材做的秘传菜式，单是香味就叫林池口水流了一地。

林池一边狼吞虎咽，一边不住地夸赞："陌轻尘，你太厉害了！你是怎么做到的？这个好吃，美味死了……好幸福……"

陌轻尘静静地看着林池埋头狂吃，眼眸轻轻弯起。

吃到一半，林池突然发现有人来跟她抢吃的，顿时防备地看去，就见裴宛不知何时回来了，正在一旁大快朵颐。

裴宛边吃边感慨："这是哪个厨子做的？云州竟有这么好的厨子，老娘居然不知道！"

林池指了指陌轻尘，裴宛差点被噎到——陌轻尘做的饭菜，她的凡腹俗胃不会有什么问题吧？

没过多久，陌轻尘便被人叫走了，林池这才想起来问："师姐，你和世子聊得怎么样了？"

裴宛皱眉："不怎么样。"

林池："你……去道歉了吗？"

似乎觉得丢人，裴宛低声含混地道："去了。"

"你是怎么说的？"啃掉一个酱肘子，林池一边舔着手指一边问道。

裴宛说得更含混："就是不该利用他，不该这么自私地伤害他……"

"他怎么说？"

裴宛："他板着脸说了一大堆阴阳怪气的话，然后就原谅我了啊！还别开脸闷闷地说，只怪他太喜欢我了，不管我做什么他都愿意原谅。"

林池抬头："这不是好事吗？那你怎么……"一副很不爽的样子？

裴宛咳嗽了一下："当时大家都很坦诚嘛，看他说得这么自然，我就接了一句真心话，其实我不是太喜欢他……"

林池："……"

裴宛哼了两声，用力掰开肉骨头："然后他就说我还是利用他的感情，就又把我赶出来了。"

林池："……"

裴宛愤愤不平："我也没怎么利用他啊！"

林池："你那么做，还不叫利用吗？"吃世子的、喝世子的、住世子的，到最后还蹂躏践踏人家。

顿了顿，林池又道："利用别人的感情是不对的。"

裴宛难得地没有辩驳，垂眸道："我只是……"她只是无法真正相信一个男人而已。

从小眼看着娘亲被喜怒无常的父亲打骂，裴宛就认定男人不是好东西，父亲清醒的时候对娘亲是温言软语、百般保证，喝醉了就抄起顺手的东西打骂作践娘亲。还有那个对她温柔地笑着说只喜欢她一个人的表哥，会给她买首饰、买衣服，会在过年过节时和她私会，却转头就和另外一个女子定下婚约，耳鬓厮磨。最终，父亲休了娘亲另娶新欢，表哥也早就换了红颜知己。她自然认为男人都是不可信的，难道不是吗？

林池吃饱了，放下碗筷准备回屋，却见刚才离开的陌轻尘又回来了。他的怀里还抱着那只波斯猫，和前些日子的场景何其相似，林池立刻想逃，却又忍住了。

陌轻尘走过来，握住林池的手，他的手并不温暖，冰玉般带着凉凉的温度。

"冷。"林池轻喃，想要挣开手。

陌轻尘很快反应过来，握住林池的手逐渐变暖，他看着林池的眸子也和以往一样，静谧中带着淡淡的柔和。

利用别人的感情是不对的。跟师姐说的时候，林池也在心里拷问着自己。她自欺欺人地说这是交易不是利用，可心里清楚，让陌轻尘为她做这做那，无非利用他对她的眷恋之情。仅仅是留下而已，她没有付出任何东西，又怎么谈得上交易？

林池反握住陌轻尘的手，问："今天谢谢你！你有想让我做的事情吗？"

陌轻尘："我可以抱着你睡觉吗？"想了想，他又补充，"只是睡觉。"

陌轻尘之前说的话犹在耳边——因为一个人很冷。

林池没有挣扎太久就点了点头——反正两人已经在一起睡了很多次了，权当自己是个枕头好了。

其实也只是睡觉，陌轻尘用内力让自己的身体变暖，调整舒服的姿势不让林池感觉难受，然后闭上眼睛抱着林池睡去。月光下，陌轻尘的面容白皙得过分，而纤长的黑睫下却有一圈明显的青色。

林池睡不着，看着陌轻尘的面容发了会儿呆，不知道为什么突然有些难过。她应该讨厌他的，现在却觉得陌轻尘很可怜，为什么事情会变得这么麻烦，好讨厌啊！

第十章
终究回明都

就在林池烦恼之际，知府刘诚终于到了。

这个时候，陌轻尘身份上的好处也体现出来了，不等林池想到该如何接近刘诚，刘诚已派人专程给陌轻尘送来了拜帖和请柬。

请柬是邀请陌轻尘参加刘诚新官上任的喜宴的，陌轻尘本不会参加，但林池想去，他自然不会拒绝，只是对于林池的身份，两人出现了分歧。林池打算扮作侍女跟着陌轻尘前去，陌轻尘则希望林池以女伴的身份出现在喜宴上，因为若是女伴的话，他可以一直揽着林池。

陌轻尘自然不会和林池争执，但对于这件事，他出乎意料地固执，意见相悖之下，他默默地从书桌的抽屉里取出了一册薄薄的文书，林池拿过来一看，立时僵了——这是婚书，她和陌轻尘的。过去了太长时间，她都快忘了她和陌轻尘已经成亲了，难怪对陌轻尘天天黏着她的行为，从来没有人觉得有问题。

林池握着婚书，试探地问道："这个……可以不算吗？"

陌轻尘眨着眼睛，纤长的手指顺了顺猫毛，用一种"明知故问"的眼神看向林池。

林池看着手中的婚书，内心有些挣扎——撕了它的话，她和陌轻尘是不是就没有关系了？

仿佛知道她在想什么，陌轻尘拉开了抽屉，只见里面堆着小山一样的文书。

那只波斯猫慵懒地蹭了蹭陌轻尘的胸口，陌轻尘眼睛弯弯："这里还有很多，我让他们抄了很多份。"

林池："……"这种东西也是可以抄很多份的吗？

最后，林池还是换上了一身让她很不习惯的曳地裙装，依然是凌画替她装扮。

戴好最后一支钗，林池摇晃着身子站稳道："谢谢。"

凌画看着铜镜中被打扮得足以令人感到惊艳的女子，声音中透着淡淡的怨念："要谢的话，就对公子好一点吧！你为什么就不喜欢公子呢？公子那么好的一个人……"

林池没答话，凌画反扣了铜镜，默默地退出了房间。

林池即便脑子再迟钝，也能感觉到这几日里凌书、凌画对她的冷淡。他们是因为陌轻尘才对她好，而她不喜欢陌轻尘，所以他们不再对她热情，其实这是很正常的，可是林池心里还是有一点失落。

她坐上马车后，这份失落感仍没退去，陌轻尘摸了摸她的头，问："不开心？"

林池忙摇头："没有！"

陌轻尘将林池揽进怀里，紧紧地抱着，手指在她身上摩挲着，爱不释手的样子："回去给你做好吃的。"

林池："……"喂，她不是个吃货啊！

林池本想挣脱开他的禁锢，可是陌轻尘的怀抱实在太过舒服，温暖又干净，毫无淫靡之气，宽阔的胸膛让人很有安全感，不自觉地就想沉沉睡去。她可能真的是个贪图安逸的人，林池咬住下唇叹气：真糟糕！

地方知府上任，自然是客似云来，道贺声不绝于耳。

年近四十的知府刘诚一脸苦相地守在门口。作为知府，他本来只要坐在府里等着各方贺礼便好，谁知道这位史上最难伺候的大皇子殿下竟然真的要来！陌轻尘不是从来不接受邀请，也不同官员往来的吗？干吗突然要来？这让小人很是惶恐啊！

刘诚正腹诽时，突然四周一片安静，刘诚一转眼，便看见了那标志性的银发和闪瞎人眼的倾国容颜。再一转眼，刘诚顿时被吓到了——女子！大皇子殿下竟然带了个女子来！连这个万年冰山、生人勿近、完全不解风情的大皇子都有女人了，他是不是已经老了，跟不上这个世界的变化了？

刘诚晕晕乎乎地将大皇子殿下引到主位上，又晕晕乎乎地出来，再晕晕乎乎地被人叫住。

"您就是刘诚大人？"女子垂首，表情娴静而羞赧。

这不是陌轻尘带来的……刘诚立即清醒过来，怀着十二万分的警惕点了点头。

只听那女子问："刘大人可还记得数年前您审过的一桩灭门惨案？全家几十口人，一夜之间被屠杀殆尽无一幸免。我在刑部查过卷宗，并没有关于这桩案子的记载，您如果记得，能不能告诉我？"

刘诚立刻便想起了那桩案子，那是他上任后经手的第一桩大案，怎么可能不记得？只是当年他并没有审完，那桩案子就被压了下去。可这是大皇子殿下的女人，他摸不清她的用意，自然不敢贸然掺和进去。

沉吟片刻，刘诚道："抱歉，实在是过去太长时间了，我已经记不得了。"

"啊？"女子有些急切，"拜托您再想想。"

刘诚还是摇头。

女子似乎感到非常失落，漂亮的脸孔立刻沉了下来，道过谢后便要离开。

刘诚刚松了口气，就见大皇子殿下正站在拐角处，墨黑的眼眸静静地望着他们。刘诚悚然一惊，莫名地有种如果让这个女子这么失落地回去，自己绝对会倒霉的感觉。

"等等！"刘诚忽然眼珠一转道，"虽然不记得了，可是我知道有些秘而不发的卷宗，刑部是藏在大理寺的。"

女子欣喜地道："多谢了！"

那厢，大皇子殿下自然地揽过女子，同时淡淡地看了刘诚一眼。

刘诚呆滞："……"好可怕，他好像刚从鬼门关走了一回。

大理寺，她还是要回明都吗？林池苦恼地想。

陌轻尘将一块金银丝饼塞进林池嘴里，林池无意识地嘎嘣嘎嘣吃掉，然后陌轻尘又放了一块饼在林池手上，林池看了一眼手里的饼，又嘎嘣嘎嘣地吃掉了。

陌轻尘："……"那不是让你吃的。

察觉到陌轻尘的异样，林池茫然地抬头问道："怎么了？"

陌轻尘眨了两下眼睛，有些泄气地道："喂我。"

然后，林池还没将饼喂到陌轻尘的嘴里，就被人打断了："小……池。"

林池抬头，索瞳的黑脸近在咫尺。

林池："你怎么会在这儿？"

索瞳一把拽过林池的手，道："我们是跟着静王世子来的，你师父和师姐打起来了。"

林池："啊？"

林池刚想跟着索瞳往外走，却发现另外一只手也被人拽住了。

索瞳看着陌轻尘，陌轻尘看着索瞳，两人僵持在原地。

林池："你们能先松开手吗？"

索瞳冷冷地道："让他先放开。"

陌轻尘简短地道："不放。"

"你为什么不放？"

陌轻尘淡淡地道："我是她的夫君。"

索瞳变了脸色，咬牙道："我是她爹。"

林池："……"你们俩……

让人感到崩溃的局面在见到师姐和师父后变得更加崩溃。

"给我站住！有本事就别跑！"师姐的声音。

"喂，你欺师灭祖就算了，还想杀掉师父吗？快住手啊！"师父的声音。

一旁站着一身华衣的静王世子，他无奈地劝阻道："都是在下的错，裴，求你别打了……"

林池："师父又做了什么吗？"

索瞳解释道："是之前做的事被发现了。"

林池："什么？"

索瞳淡定地道："为了不被赶走，他帮静王世子出谋划策如何追求你师姐。"

林池抽了抽嘴角："也就是说，那个找姑娘做亲密状来刺激师姐的馊主意是师父出的？"

索瞳点头，又道："方才他继续给静王世子出主意的时候，被你师姐听见了。"

林池不禁有些好奇："师父到底出的什么主意，会让师姐这样？"

"霸王硬上弓。"索瞳面瘫地复述道，"就算得不到心，也要先得到身体。"

林池顿时沉默了。

此时，陌轻尘握紧了林池的手，极低的声音传入她的耳中："对不起。"

林池躲着陌轻尘的日子里，陌轻尘恶补了相关知识，知道了自己对林池做的事情有多严重，也明白了为什么林池会死命地想躲着他，不想看见他，还会被他带着情欲气息的吻亲吐了。所以他拼命地忍耐着，尽管很想亲她、抱她、对她做那样的事情，但如果林池不愿意、不答应，他就不会去做。要是再来一次的话，林池会彻底逃掉，不会再理他了吧？但他也并不后悔，书上说，一个男子若对一个女子做了那种事情，那么这个女子就只能是他的了。

林池的手也握紧了，然后又慢慢地松开，她说："不用道歉，我已经忘掉了。"

陌轻尘试探地问："不讨厌我了吗？"

林池轻轻地摇了摇头："我从来没有讨厌过你。"只是同样不能接受。

对于得到这样的答复，陌轻尘似乎很开心，细长的眼睛弯了起来，银发一缕缕垂在肩头，嘴角轻轻扬起，好看得让人无法直视。

裘宛终于追累了，双手撑着腰不住地喘着粗气。

师父站在房顶上，同样气喘吁吁。

一块湿巾递过来，裘宛想也没想就接过来擦汗，转头却看见了静王世子。

静王世子苦笑道："别怪你师父了，是我无能，无法叫你倾心，他不过是想帮我。"

裘宛将湿巾丢回去，忍不住道："你傻啊？他摆明了要你的，你要是对我霸王硬上弓，我铁定今晚就阉了你！"

静王世子："……"

师父不满地嚷嚷道："别吓人家了，人家对你也是一片真心，师父看不过去，才……"

裘宛恶狠狠地道："闭嘴！"

师父快快地道："这么凶，哪儿有人敢要你。"

裘宛挽起袖子就要跃上房顶，手臂却被人一下拽住，她不由得转头："你要拦着我？"

静王世子："不是。"他顿了顿又道，"上房顶这种事情不适合女子，还是我去吧。"然后，他纵身一跃上了房顶。

师父吓得差点从房顶上掉下来，怒吼道："喂，你这个人怎么这么见色忘义？有你这样的吗？"

想不到一直温文尔雅的受气包静王世子竟然会武功，而且光看这轻功，便知道他的武功应该还不错。林池不禁感到惊讶，只是……

"师姐，为什么你比我还惊讶？"

裘宛收回自己刚掉下去的下巴，嘟囔道："他又没用过武功，我怎么知道……

不过这么一看，这个男人也不是一无是处嘛！"

林池："……"师姐，人家其实很优秀好不好？

当晚，师父再一次被师姐揪着耳朵带回去。这一幕对林池来说已经非常熟悉，说起来，她第一次见到师父和师姐时，他们两个好像就是这个样子——林池玩命地从青楼里逃出来，却因为路痴跑错预定路线撞进了一个陌生的房间，便看见一个美艳女子拽着一个略显疲懒的男子的耳朵怒吼。那时候，颓力倒地的林池只想着，如果是夫妻的话，应该不会对她做什么吧？她却没想到以后会和这两人变成亲人一样的存在。

被修理得很惨的师父趴在床上继续哀悼师门不幸，林池淡定地给师父上着药。

"师父，有静王世子拦着，师姐这次真的手下留情很多。"

师父苦着脸："我是师父啊，哪有徒弟对师父这么凶残的？嗷，轻一点、轻一点……"

终于上完了药，师父瘫软地趴在那里，道："小池，你说你师姐不会真的看上那个静王世子了吧？平日里你帮我求情都没用，这次静王世子出手阻拦，你师姐竟然乖乖地听话了……"

林池收拾着伤药，想了想道："静王世子挺好的啊，师父你不喜欢吗？"静王世子温柔又体贴，无论怎么看都很优秀啊。

师父咂着嘴道："我知道，就是因为这样，我才觉得不该放你师姐出去祸害人家嘛！而且，如果你师姐真的嫁给了静王世子，我以后要怎么卖……喀喀……"

林池："……"师父，你真是一点记性都不长啊！

林池从师父的房间里出来时，天色已经微暗，门廊边有一对男女正在窃窃私语。

裴宛的脸颊在柔和的月色下难得地显出了几分女子的温婉："你的武功很好吗？"

静王世子微笑："幼时曾在华山学过几年。"

"直接回答我好还是不好就行！"

静王世子犹豫了一下，似乎觉得这有违君子谦逊的准则，但还是实话实说地道："好。"

裴宛一拳就捶了过去，静王世子闷哼了一声，捂住被揍的眼睛，语气中略带不解和委屈："你为什么……"

裴宛："你的武功不是很好吗？怎么不躲开？怎么不还手？"

静王世子低声道："我以为你想揍我……"所以他就没躲。

裴宛摆好起手式："来吧！跟我打！"

静王世子："不行，我不打女人的，你……"

静王世子的话还没说完，裴宛便又击来一拳，这次静王世子倒是躲开了，可是裴宛紧接着又攻来一招……

寂静的月夜下，一男一女纠缠在一起，倒有种说不出的亲密感。

林池不禁想起了很久以前和师姐的对话。

"你师姐我这辈子就算嫁人，也一定要嫁一个武功盖世的大英雄，人长得怎么样倒是无所谓，但是武功一定要好，身体一定要结实，最重要的是一定得打得过我！"

"为什么一定要打得过你啊？"

"废话！不比我厉害，难道以后他被欺负了，还要我帮他出头吗？而且，你不觉得两人吵架的时候，男子霸道地将女子按在墙上强吻很让人……喀，没什么，你还小，不懂的！"

林池刚走回自己住的院落，便看见院子里，银发男子正在喂猫。淡淡的月光斑驳地落下，随着婆娑摇曳的树梢微微晃动，纯白而柔软的波斯猫舔了舔男子修长而根根骨节分明的手指，一缕缕浮光从他的银发上流淌，衬得那张精致却没有表情的面孔无端减去了冷锐感，多了几分柔和。画面犹如梦境般叫人屏住呼吸不忍打破，就连时间都像是被静谧的夜禁锢在了那里。她早就知道陌轻尘有多好看，却第一次发现他可以这般美好。

林池就这样静静地站着，直到陌轻尘发现了她。他起身道："回来了？"就好像他一直等在这里。

林池不愿意去陌轻尘的房间，所以一直是陌轻尘来找她，时间或早或晚。最迟的一次，林池已经睡得迷迷糊糊，发现门被打开，陌轻尘淡定地钻进了她的被窝，然后抱住她，亲了亲她的头发，然后睡觉，像是这已经变成了习惯。

"那个……我可能要离开水云城了。"林池有些艰涩地开口。

陌轻尘走过来，摸了摸她的头："我跟你一起。"

林池涩声道："为什么要对我这么好？"

陌轻尘摄人心魄的墨眸闪了闪："不好吗？"

林池："也不是……"她就是突然有点不适应。

不知道从什么时候起，陌轻尘对待她不再像之前那样只有对待物品般的冷漠，他开始在乎她的心情，而且变得越来越像人了。

"那……"陌轻尘眨了一下眼睛，第一次似乎不好意思开口。

林池："嗯？"

陌轻尘："我可以亲你一下吗？"他静静地凝视着林池，很认真的样子。

亲一下也没什么……等等，林池突然被自己脑子里冒出的念头吓了一跳。她为什么会有这样的念头？她可以不恨陌轻尘，可是也不该喜欢吧？这个人毕竟强暴了她，怎么可以……

"不！"林池攥紧了拳头，无视陌轻尘受伤的表情，转身落荒而逃。

清晨，驶出水云城的马车上。

裴宛结巴了一下："你就……这么跑了？"

林池抱着脑袋点头。

裴宛不解："陌轻尘不是挺好的吗？而且你们已经成亲了，看样子他对你也是认真的，虽然他那个无知无觉的毛病棘手了一点，可你不是说他能感觉到你吗，那就不是问题了啊！"

林池不好意思说自己被陌轻尘强暴的事情，更不好解释自己的惶恐。过去陌轻尘只当她是物件，所以她可以心安理得地待在他身边，因为没有人会对物件动心，她也就没必要付出真心，所以在被陌轻尘强暴后，她对他也只是排斥，觉得伤心。可是现在的陌轻尘好像哪里变了，连她自己也……

裴宛猛拍了一下林池的脑袋，恍然道："小池，你这是对陌轻尘始乱终弃吗？"

林池："不是。"

裴宛拽住林池："哪里不是？你看，你需要帮助的时候就去找陌轻尘，现在不需要帮助了，你就果断地抛弃了陌轻尘，不是始乱终弃是什么？"她兴奋地道，"真是没想到啊，小池，你很得师姐我的真传嘛，连陌轻尘这种男人都敢……"

林池迅速打断她："我不是！"

裴宛一拍大手："不用不好意思！这是多么值得骄傲的事情啊，师姐以你为荣！"

林池感觉好无力！

然而被裴宛这么一说，林池突然觉得自己好像真的有点过分，可是如果她现在回头去找陌轻尘的话，事情会变得更加乱七八糟吧？

裴宛还在那里喋喋不休，林池不由得问："师姐，我们走了，静王世子怎么办？"

裴宛不屑地道："连我都打不过，他弱爆了！"

林池："……"根本是人家让着你吧。

师父的脑袋从车帘外探进来，唇上挂着非常欠揍的痞笑："小池，我就说吧，你师姐只会祸害人，还是跟着我们……嗷，你干吗打我？"

裘宛："驾你的车去！"

师父不以为然："那是索瞳的事情。"他哀怨地道，"别人家的徒弟个个听话乖巧，会对师父产生各种仰慕之情，把师父当作信仰，一心一意地只爱师父……"

裘宛戳破他的梦幻泡泡："别做梦了！还有……"裘宛一巴掌按住师父的脸，阴恻恻地道，"别再把你这张讨人嫌的脸伸进来，我一看到你就手痒脚痒得特别想揍人，万一不小心做出什么事情来可就不好了。"

师父瞬间将脑袋缩时回去，车厢里顿时安静了。

思考太多的问题容易超负荷，林池吃了些糕点，便倒在车厢内睡着了。沿途有不少风景，师姐偶尔叫停，出去看看风景散散步，而林池就这样一直睡着，一路睡到了明都。

说起明都，林池的记忆里只有一个人——杜若。现在想起这个名字，林池竟有种恍若隔世的感觉。反正他们之间也没可能了，她还是不要想的好。

明都外也有一个属于他们的家，简陋的小木屋里又落了不少灰尘，里面的东西倒是没少，当然也许是没人看得上的缘故。

有裘宛在，师父就不得不跟着索瞳一起苦着脸打扫卫生。

木屋里有简易的灶台，却没有食材，难得大家都在，林池琢磨着自己动手做菜，跟裘宛打过招呼后，便带了些碎银子独自进城买菜。

挑挑选选买了一筐子菜，林池心满意足地准备回去，路过告示栏时，下意识地瞄了两眼——不久前，这里还贴着她的通缉令呢。

然而仔细一看，林池便怔住了——不可能吧？杜若不是刑部侍郎吗？不是很大的官吗？为什么会被下狱啊？

林池神思恍惚地走回木屋，机械地洗菜做饭，师父和师姐吵嘴她都没在意。

倒是索瞳看着林池心不在焉的样子，皱眉道："小姐，你怎么了？"

林池像是突然清醒过来般，含混道："没什么。"

索瞳突然紧张起来，神情冷峻："那个陌轻尘又来找你了？"

"不是这个。"林池继续做菜，等菜做得差不多了，才展颜笑道："真的没什么，你就别担心啦！"

第十一章
进天牢救人

入夜，林池换上夜行衣潜入城中，朝着天牢掠去。距她上次越狱刚过去没多久，天牢内部的情况她还记得清清楚楚。

由于心急，林池未留意到自己身后跟着两个人。

黄衣男子抱怨道："她这是要去哪里啊？"

白衣男子淡淡地道："不管，跟着。"

黄衣男子叹气——公子，这样对付姑娘根本不行啊！

林池抓了一名在牢房外值守的狱卒，用武力威逼他说出杜若被关押的位置，便寻路而去。她的运气不错，凭着直觉一路躲闪，很快便找到了杜若的牢房。只是她越往里走越觉得不对，无论怎么说，杜若都是朝廷命官，关押他的牢房怎会如此简陋？

一灯如豆，微光凄迷。

林池打晕了最里间的狱卒，从狱卒身上翻出钥匙打开了关押杜若的牢房。她的动作很轻，没有惊醒任何人。肮脏狭小的牢房里，只有一扇天窗透进淡淡的月光，四处散发着阴冷腐臭的气息，丝丝缕缕血腥味夹杂其中。

"杜若……"林池试探地冲着缩在角落里的人叫了一声。

那人靠在墙角，半跪半坐，头颅低垂，看不出是睡还是醒着。

林池又叫了两声，那人才像是猝然惊醒般抬起头来，扯动嘴角露出一个浅淡的笑容："林池，你过得还好吗？"

喂，现在哪里是问这种问题的时候？

林池不答反问："你怎么会入狱啊？你不是很大的官吗？要不要我想办法救你出去啊？"

杜若动了动干裂的唇，依然笑着："看样子你过得还不错，陌轻尘既是真心喜欢你，定会待你不薄。"说到这里，他像是抑制不住般猛地咳嗽了两声，脸色瞬间惨白，有斑驳的鲜血溅到了手上。

"他们对你用刑了？"林池蓦然一惊，从怀里摸出几个药瓶，咬唇问道："要不要我帮你上药？"

杜若摇头："不用了。能在这个时候见到你，我已经很知足了。"

林池抬起头来，终于在昏暗的灯光下看清杜若此时的模样——一缕缕被汗水浸湿的头发贴在他的脸上，满是血污的衣服褴褛不堪，就连那张素来清冷端方的脸也变得暗淡无光，半分看不出他往昔气质出众、俊逸非凡的模样。

林池忽然觉得鼻子有些酸涩，心里是说不出来的难过。就算自己被拒绝了，可她还是喜欢看到那样的杜若。

"林池。"

林池下意识地答："啊？"

杜若道："可以抱我一下吗？"他微微侧脸，"不愿意也没……"

还没等杜若说完，林池已经轻轻地环住了他的腰，动作很温柔，怀抱很温暖。

杜若又垂眸看了林池一会儿，才轻轻地合上眸，勾起嘴角喃喃道："这梦好真，不知何时会醒来。"

林池僵了一下："你不会以为这是在做梦吧？"

杜若："呃……"不是吗？

林池放开杜若："好了！快点起来跟我出去！"她用从狱卒身上翻到的钥匙打开了杜若的手脚镣铐，然后用力扶起他。杜若浑身无力，身体的多半重量都压在了林池身上。

杜若苍白的脸微红，他道："放下我……这样，你也出不去的。"

林池想也不想地道："就算出不去也要试试！"此时的她已经和当年那个弱小的她不一样了，至少她不再手无缚鸡之力，也无法丢下她在乎的人。

说着，林池干脆双手抄抱起杜若，纵身跃了出去。

杜若："……"他真的是在做梦吧？

林池抱着杜若，身形却没有慢下半分，顺着记忆中的小路走，沿途遇到巡逻的狱卒，便干脆利落地踢了过去。

在终于远离陌轻尘那种武力值不正常的存在后，林池顿时有种翻身做主人的感觉，被压制得太久，她都快忘了自己的武功其实也不差。

跑了一段路，一直沉默着躺在林池怀里的杜若突然开口："你迷路了吗？"

林池："没有！"

杜若："可是这条路你已经跑了三次了。"他合眸，"难道果然是梦吗？"

林池顿时气馁："那我换条路！"

可是她刚冲进去，就见一群狱卒用非常惊悚的眼神看着他们——她好像是跑到天牢里办公的地方了。

杜若睁眼，喝道："跑！"

林池应声掉头就跑，身后无数狱卒拔刀追来，场面极其壮观！

看着身后那一张张熟悉的面孔，再看着身前这个抱着自己喘着粗气的少女，杜若按着额头终于确定，眼前的景象不是在做梦，却比梦还让人想死。

杜若沉下声："林池，放下我，你自己逃肯定能逃掉。"

林池喘着粗气："才不要！"她又不是笨蛋，杜若已经被折磨成这样了，要是再被发现逃狱，被抓回去后肯定会被折磨死的。

可是……尽管林池的力气不小，体力到底渐渐不支，速度也慢了下来。身后的狱卒越追越近，刀剑已经伸到了林池身后。

林池的头上渗出了冷汗，她猛地一转身，抬腿踢向对方的手肘，然后一手抱着杜若，空出另外一只手夺过对方的剑，紧接着唰唰两下架飞两把剑！下一刻，林池一个扫堂腿，扫翻了紧追而来的一排狱卒，然后她再回头继续抱起杜若往前跑。可是，她却漏掉了一把斜刺过来的剑，剑光闪烁，寒芒熠熠，直朝着她的腹部刺来。林池想要躲开，却已经来不及了，于是她咬紧牙，准备生生受了这一剑。

只听扑哧一声，剑身没入了身体，林池却没感到意料中的疼痛。她低头看去，那一剑竟刺入了杜若的身体里，血花飞溅，杜若的眼睛缓缓地合上了——他替她挡了剑？

然而下一瞬间，连林池都没有预料到，那个用剑刺她的狱卒突然斜飞了出去，然后整个人重重地落在了地上，溅起一片尘土，随后，一抹银白色身影立在了林池身边。

林池的大脑一片空白，在短暂停滞后，她突然拽住陌轻尘的手："救他！求求你，救他好不好？"杜若怎么能就这样死了？

慌乱之下，林池不知道该如何是好，更不知道自己在说什么、做什么，她唯一知道的是，眼前这个人足够强大，强大到可以救活杜若。

墨色的眸垂下，陌轻尘的声音清雅而低沉，他安抚似的摸了摸林池的头："好。"他从来不会拒绝她的要求。

一路上，林池的手一直搭在杜若的脉搏处，感觉着他微弱的心跳才勉强觉得安心。直到见到大夫，林池方松开杜若的手，任由大夫看诊把脉。

杜若的伤似乎很严重，大夫将林池赶到房外，除了医童不断进出，房间里良久都没有动静。

林池站在屋外，咬唇低头，反复捏着手指。

陌轻尘抓过林池的手，握住，侧眸看她："想睡觉吗？"

林池摇头。

"喝水呢？"

林池摇头。

陌轻尘的声音中有种平静的力量，会让人的心不自觉地静下来。林池在那个声音中逐渐镇静，看向陌轻尘，很认真地道谢："多谢你了。"如果没有陌轻尘，她和杜若可能就逃不出天牢了，更别说找大夫救杜若了。

想了想，林池又道："不知道还要多久，你不用陪着我浪费时间了。"

陌轻尘的眼神有点受伤："不想让我陪着吗？"

林池不知道该怎么解释："不是……只是……"

让陌轻尘陪着她守在这里，林池心中总有种说不出的心虚和愧疚感。

隔了一会儿，陌轻尘又握了握她的手："你想救的，是你之前说的喜欢的那个人？"

林池犹豫了一下，点头。

陌轻尘握住林池的手紧了一些："你现在还喜欢他吗？"

林池抿了抿唇，抬眼偷瞄陌轻尘。其实她还是喜欢的，这么长时间的默默爱恋哪里会轻易就抹去？更何况杜若方才还替她挡了一剑，于情于理，她对杜若都……可是为什么她会有种偷情被抓、无法面对陌轻尘的感觉啊？

只是眼下思绪太乱，林池实在没有精力思考这些情绪产生的原因，脑袋像要炸掉，林池抱头："我……"

陌轻尘细长的眼睛看着她："什么？"

林池："我……饿了……"

陌轻尘眨了两下眼睛，妥协似的道："我去做吃的给你。"

林池抱着膝盖，蹲在屋门口，淡淡的月光洒在她身上，宛若一池温润的湖水，安抚着她躁动的心。

潜入天牢，又抱着杜若跑了这么长的路，林池的身体早就疲惫不堪，她只是因为担心杜若而一直硬撑着，此时种种思绪交杂，她渐渐无意识地睡了过去。

醒来后，林池发现自己正靠在陌轻尘怀里，地上还放着一个装菜的托盘，上面有一碗米饭和两盘简单的炒菜。

陌轻尘："好吃吗？"

林池一边狼吞虎咽地吃着饭菜，一边拼命地点头。陌轻尘做的菜极其美味，回明都的路上吃的饭菜，完全不能和陌轻尘做的相比。

陌轻尘弯起眼睛，像摸猫毛一样摸着林池的头发。

"他醒了。"大夫推开门，有些疲累地道。

林池猛地放下碗筷，站起身来："他怎么样了？"

"没有性命之忧，只是这段日子，他恐怕都要在床上休养了。"

林池顿时松了口气："我……可以进去看他吗？"

大夫点了点头道："只是别太久。"

林池谢过大夫，迈步走进了房间。

大夫不禁感到有些欣慰，刚想再说点什么，就看见门口坐着的银发男人正静静地看着只吃了一半就被丢下的饭菜。许久后，银发男人慢慢地站起身，转眸看向大夫，他那淡漠的眸子在月光的映照下，隐约透着几分叫人胆寒的妖异，在那双眸中，好像一切都变得漠然而不重要，包括生命。

银发妖瞳，好可怕！大夫吓得浑身一哆嗦，迅速蹿进了自己的房间里。

自己又没发火，只是有点失落而已，不过，大概也没人在乎吧？陌轻尘习以为常地垂下双眸，也朝着屋里走去。

进了屋，林池反而不知该说什么了，坐在床边，迟疑了一下才道："你为什么会被抓进天牢啊？"

杜若似乎不想多谈，只是简单地道："被牵扯到一桩案子里。"

"哦。"林池点了点头，问，"那你现在打算怎么办？"

杜若转头瞟向林池，他那清冷的轮廓显得越发瘦削而憔悴："不知道。"他笑了笑，"我不是被你救出来的吗？"

林池语塞了一下，提议道："要不去找你的父母或者未婚妻？"

杜若轻轻地摇头："找我父母肯定不行，我不能连累他们。未婚妻……"他轻笑了一下，笑容很是苦涩，不答反问，"那你呢？你这样跑出来，陌轻尘不会生气吗？你现在已经是他的妻子了，不应该这么……"

林池不知道该怎么解释，干脆闭嘴不答。

杜若却像是想起了什么，道："皇后娘娘和二皇子殿下回来之后，并没有说大殿下娶妻之事，那么，是不是他们不同意你们的婚事，然后把你赶出来了？"语气里竟有几分轻快。

林池抓了抓脑袋："呃……差不多吧。"

杜若的说法其实也没错，只不过并不是不同意，而是皇后娘娘主动放她离开的。

闻言，杜若忽然莞尔一笑，那笑容若春风般柔和："若是如此的话，林池，你跟我在一起好了。"他握住了林池放在床边的手，顿了顿道，"其实我的未婚妻……"

"不可能。"突然，一个冷淡的声音打断了杜若的话。

陌轻尘的身形一闪，林池已经被他抱进了怀里。

杜若一惊，待看清来人之后，神色微滞，随即抿唇，空下来的手攥紧道："殿下，请放开她。"

陌轻尘无视杜若的话，抱着林池就要离开。

杜若压低声音重复了一遍，陌轻尘继续无视。

突然，一阵重物落地的声音响起，林池猛地回头，看见杜若激动间竟然从床上掉了下来，并且立时痛得说不出话来。

林池在陌轻尘的怀里立刻挣扎起来："陌轻尘，放我下来！"

陌轻尘垂头不语也不动。

林池怒道："他受了重伤啊！你还有没有人性啊？"

陌轻尘平静地道："我本来就没人性。"

林池换了个说法："那你有点人性行不行啊？"

陌轻尘："不行。"

林池愣了愣，过了好一会儿，突然低笑起来，声音低哑："是，你没有人性，也体会不到别人的感受，你只会顾你自己。"

陌轻尘动了动唇，什么都没说。

最终，林池还是从陌轻尘的怀里挣扎了下来，小心地扶着杜若躺回床上。

看着亲密的两人，陌轻尘转身离开了，手指深深地嵌入白皙的肌肤中，刻出了一道红痕。他讨厌看到他们亲密的样子，讨厌看到别的男人摸他摸过的地方，讨厌别的男人握住应该被他握住的手……他好想杀掉那个男人，可是不能杀，真的好讨厌。

杜若的身体不能轻易移动，林池回到木屋跟师姐说了一声，便留在医馆照顾杜若。

师姐揍师父揍得正来劲，没多问就挥手让林池离开了。倒是林池走之前，索瞳多问了几句，知道林池是要照顾杜若，便要求一起去，林池拗不过他，只好答应下来。

可是不得不说，在照顾人方面，索瞳实在比林池差劲得多。看着索瞳简单粗暴的动作，林池怀疑他要是再多照顾杜若几天，杜若不用养伤，直接一命归西好了。林池本想雇一个小童照顾杜若，但是一则她没有多余的钱，二则杜若毕竟是逃犯，知道的人越少越好，折腾到最后，照顾杜若的工作还是落到了她身上。

林池对此倒是没什么意见，反正之前在刑部时，杜若生病的时候她也没少照顾他。再说，照顾心上人这种可遇不可求的事情，她根本没理由拒绝吧？就算她和杜若之间不可能了，她多看他两眼也是好的。抱着这样的念头，林池忙前忙后地照顾着杜若，只是有一个人对这件事表现出了强烈的不满。

场景一：

林池坐在灶台前熬药，陌轻尘平静地看着她，目光灼灼中透出几分哀怨。

林池回头："怎么了？"

陌轻尘哀怨地说道："你在帮他熬药。"

"嗯。"林池揭开药罐盖子看了看，又用扇子扇了两下，"怎么了？"

陌轻尘："我帮你熬。"他说得更加哀怨。

林池抬起头，用怀疑的目光看着陌轻尘："你会吗？"

陌轻尘顿了顿，然后点头。

犹豫片刻，林池把扇子递给了陌轻尘。

半炷香后。

林池看着烧得一团糟的灶台，嘴角抽动："你这是要放火吗？"

陌轻尘的双眸中貌似带着歉疚："扇得太用力了。"

林池抚额："算了，你走吧，我来熬。"

以陌轻尘的破坏能力，要是再让他待下去，恐怕整个厨房都要被烧掉吧？

场景二：

林池在喂杜若喝药，陌轻尘站在林池身后，目光灼灼中透出几分阴冷。

林池舀了一勺药递到杜若唇边，低声道："药有点苦，不过我买了蜜饯，你喝完药再吃点蜜饯就不苦了。"

杜若张嘴喝药，抬眸却正对上陌轻尘迸射着杀气的眼睛，杜若心里立刻咯噔一下，被滚烫的药汁呛住，他扶着床头猛地咳嗽起来。

"你怎么了？"林池连忙放下药碗，小心地拍了拍杜若的背。

杜若咳嗽得满脸通红，却仍摆手叫林池不用担心。

林池越发紧张起来，正要再询问，身后的银白身影快速闪了过来，一掌轻飘飘地拍在杜若的背上，杜若立即稀里哗啦地吐了起来，从刚才喝的药、早上吃的白米稀饭，一直吐到昨天晚上的皮蛋猪肝瘦肉粥……

林池一脸黑线——陌轻尘，你也太夸张了吧？

陌轻尘一脸无辜，眼睛里写着"我只是看他辛苦，才轻轻地拍了一下"。

杜若吐得虚脱，无力地撑着床头。

林池立即关心地问："你怎么样了？"

还没等杜若回话，从林池的头顶又射出两道比方才更加阴冷的视线，杜若心里立刻又咯噔了一下，扶着床头继续吐。

林池："陌轻尘，你还是出去一下吧。"

陌轻尘无视林池的话，一动不动，明显是不乐意。

林池叹气："我知道了，我跟你一起出去。"她将药碗往杜若面前推了推，道，"呃，你还是自己把药喝了比较好。"

场景三：

林池在帮杜若上药。

握着药瓶，林池对杜若道："你把上衣脱了，我替你上药。"

杜若："好……"话音未落，杀人的视线一道道穿透杜若的身体，好似瞬间便能将他五马分尸，杜若咽了下口水，痛苦地道，"还是算了，我自己上药吧。"

林池也不感到意外，放下药瓶，领着某人走了出去。

"陌轻尘，你……"

陌轻尘打断林池，无辜的眼睛眨了眨，语气平淡地道："我什么都没做。"

他的确什么都没做，可是什么都没做都能把杜若折腾得半死，要是他再做点什么，杜若现在肯定已经去向阎王爷报到了。

对于陌轻尘这种近乎偏执的独占欲，林池也生出了几分无力感。

陌轻尘轻声问："你生气了吗？"

林池轻轻摇头。

也谈不上生气，她只是有点无奈吧，就像面对小孩子的恶作剧一样无奈。以陌轻尘的武功修为，杀掉杜若是轻而易举的事情，可他一直忍着没对杜若动手，是碍于什么，林池自然知道。先前她口不择言地说陌轻尘没有人性、只在乎自己，其实言过其实，陌轻尘是没有人性，可是除了他自己，他现在还在乎她的感受。

陌轻尘轻轻地握住了林池的手，道："你一定要照顾他吗？"

林池没有抽回手，只是点了点头："嗯，那一剑他是为我受的，于情于理我都该照顾他，你……"她说着抿了一下唇，"谢谢你没对他做什么。"

陌轻尘的手有些凉，却在握住林池的手后一点点变暖，那是因为他知道她不喜欢冰冷，所以在用内力暖手。陌轻尘还真的为她改变了很多，想到这里，林池突然有些不知所措。

陌轻尘握住林池的手，像握住珍宝一样仔细小心，问道："那之后呢，他的伤好了之后呢？"

林池："把他送出城，找个安全的地方吧。"

陌轻尘抬眸，声音平静中透出几分紧张："你和他一起吗？"

林池摇头，轻叹："不，他和我其实没有什么关系，也不大可能有关系，我自然不会和他在一起。"

陌轻尘那双细长的墨色眼睛里立时泛起了溢彩流光，漂亮得动人心魄：

"真的？"

林池迟疑了一下，还是点了点头，但又不放心地补充道："不过，现在他的身体还没好，我是不可能丢下他的。"

陌轻尘弯起眸子，露出一个清浅的笑容："我知道了。"

刚开始，林池还有些不放心，但一连两日都没看见陌轻尘捣乱，她也就逐渐放下心来，只是放心的同时又有些不安，陌轻尘这几日到底去做什么了？

她正想着，一个黄衣男子快步朝她走了过来，表情略有不爽地道："少夫……林姑娘，您能去看一下公子吗？"

林池："呃，他怎么了？"

凌书憋了一会儿，才道："他病了。"

林池："啊？"

生病之类的词语绝对是和陌轻尘隔着十万八千里距离的，作为一个武功逆天的存在，陌轻尘的身体也绝对好到逆天，至少在林池的记忆中，从来没听说陌轻尘生过病或者受过伤，就算是住在无墨山庄的那些日子里，也只有她自己受伤的份儿。所以这次林池去看陌轻尘，与其说是跟着凌书探病，不如说是抱着一种"陌轻尘竟然也会生病""肯定是在装病吧""陌轻尘生病的时候是什么样子的，完全无法想象"的心理。

然而，陌轻尘竟然真的病了，而且还是最常见的那种风寒。

一进屋，林池便看见陌轻尘安静地躺在床上，他那倾国的绝世脸颊上浮起了不正常的红晕，唇色却淡得近乎惨白，还有些干裂，整个人病快快的，林池的内心顿时十分复杂。

发现林池进来，陌轻尘微微转眸，修长的手指弯曲着抵在唇边，轻咳了两声。

然而不得不说，就算是病了，陌轻尘依然好看得要命，甚至因为病弱，反而多了几分难以描摹的叫人怜惜的神韵。

沉默了一下，林池问："你病了？"她是真的不知道该说什么。

陌轻尘轻轻地点头。

林池："看过大夫了吗？"

陌轻尘又点了点头，老实地道："开了药，说要静养。"

"那……"林池抓了抓脑袋，"药喝了吗？"

陌轻尘摇头："还没。"

说话间，凌书将药碗往床头一放，又迅速地消失了。

林池扫了一眼，一碗乌黑的药汁，旁边还有一碟蜜饯。

陌轻尘要蜜饯做什么？为什么她有种不对劲的感觉？

林池用眼神示意陌轻尘："呃，那就喝药吧。"

陌轻尘却一动不动。

林池："你不喝药吗？"

陌轻尘看着她，浓密而纤长的睫毛上下扇动了两下。

林池："我又不是药，你看我干什么？"

陌轻尘又咳嗽了两声，偏过头，闷声道："喂我。"

因为风寒，陌轻尘的话音里带着特有的鼻音，再加上语调拖长，不知为何，林池竟然有种陌轻尘在撒娇的感觉。陌轻尘撒娇？这听起来好惊悚！可是林池的心也立刻软了下来。

林池端起药碗，舀了一勺药递到陌轻尘唇边，陌轻尘启唇咽下，细长的眼睛望着她，弯成两弯新月的形状。

林池已经明白，这是陌轻尘心情好的表现。其实他是因为嫉妒她给杜若喂药，所以才让她喂他吗？还真是孩子气。

等他喂完一碗药，林池摸了摸陌轻尘的额头，还有些烫，于是用布巾浸了冷水给陌轻尘冷敷。换过三遍布巾，陌轻尘额头上的热度终于褪去，林池才松了一口气。

出门倒水时，看见凌书抱着刀正眼神冷淡地望过来，林池叫了一声："凌书。"

凌书不大情愿地回话："什么事？"

凌书和凌画一样，都越发不待见林池，不过因为觉得这是理所当然的事情，林池倒也不生气，想了想，依然好脾气地道："你家公子是故意生病的吧？"

凌书转头："你怎么知……不对，本大爷才不会告诉你呢！"

林池："你不说就算了。"

林池刚一转身，便听见凌书蓦然叫住她："等等！你别走！好吧，是故意的，昨晚公子在冷风里冲了一夜的凉……喂，你这个女人就不能对公子好一点吗？公子哪点比不上那个姓杜的了？不对，那个姓杜的连公子的一根脚趾都比不上。而且公子对你这么好，为了讨好你，他连自己的身体都……"凌书越发不满地嘟囔，"哼，要不是公子说不让杀，我早就在那姓杜的身上开几十个窟窿了，还容得他嚣张……"

还真是为了她，因为嫉妒她照顾受伤的杜若，所以陌轻尘故意把自己弄生病好让她来照顾。

林池一边想着，一边将布巾和铜盆放好，然后缓缓地走到陌轻尘的床前。

大概很少生病，就算退了烧，陌轻尘还是有些昏昏沉沉的。他半睁着眼眸，瞳色依然有些涣散，待林池走近，他用尽力气一把握住林池的手腕，咬住嘴唇轻声问："可以留下来吗？"

也许是因为病中虚弱，陌轻尘握住林池的力气并不大，林池要是想挣脱，可以轻易挣开，只是……

林池垂下眼帘："好。"

陌轻尘得寸进尺："那……可以亲我一下吗？"

林池没有回答，只是唇在陌轻尘的额上轻轻贴了一下。

陌轻尘又咳嗽了一声，扬起嘴角，手按着额头慢慢地闭上了眼睛。

林池吹灭灯，一声不响地坐在床边，借着透进来的月光，低头看着陌轻尘。

陌轻尘怎么会这么幼稚呢？而她为什么会因这份幼稚而动容？林池的心好像被什么东西揪住了，她觉得有些难过，有些感动，还有些不知道是什么的情绪在心里涌动。

绸缎般华美的银发随意地倾泻在床榻上，皎洁的月光无声地流淌在那张无论看了多少遍都一样摄人心魄的面容上，弧度优美的细长眼睛、高挺的鼻梁、色泽浅淡的唇、远山般清幽俊逸的眉、长而浓密的睫混杂着犹如冰峰上最纯粹的冰雪般的气质，一分不多一分不少地凝聚成了眼前完美无缺的容颜。

明暗交替间，陌轻尘的一半容颜隐约流转在幽淡的月光中，一半则隐在黑暗中，就像他的性情一样，有残忍冷酷的一面，也有单纯幼稚的一面。

林池攥紧了陌轻尘的手，靠在床栏上渐渐睡去。她没有察觉到，这一晚，她竟然一次也没有想到杜若。

然而让林池没有想到的是，陌轻尘体质特殊，第二天一早竟然又发起高烧来，并且有更加严重的趋势，简直是病来如山倒。

在略觉诧异之余，林池也不得不继续照顾陌轻尘，因为除了她没人能接近陌轻尘。而且，她被那样纯粹的眸子望着，连心底压着的怨念也翻不出来了。于是熬药、喂药甚至喂饭的工作都交给了林池，好在这些她都做过不少次，也算是驾轻就熟。

可是杜若同样需要人照顾，于是林池干脆两头跑，反正无非熬药的时候多熬一份，喂药的时候多喂一个人。

要说比较麻烦的，就是陌轻尘实在黏人。之前也许还碍于害怕林池讨厌他，所以只是远远地跟着林池，可是他生病之后，仗着自己是病人，就无所顾忌地变本加厉。林池给他喂药、喂饭的时候，他还只是吃吃林池的豆腐，喂完了，又可怜兮兮地问林池能不能留下来陪他。

林池也知道自己不懂得拒绝的性格实在不是什么好事，可是看着明明强大到逆天的陌轻尘委屈地让她留下来，"不行"两个字就怎么也说不出口了。哪怕这个人残忍到没有人性，哪怕这个人伤害过她，可林池发现自己还是无法真正对他产生恨意，因为那种好似被全世界遗弃、只想抓住唯一的光明的感觉她也有过，她能深刻地体会到陌轻尘内心的孤独和落寞。

然而，陌轻尘的得寸进尺是林池没有预料到的。一开始，陌轻尘只是要求林池留下来，然后问她可以握住她的手吗，再问可以抱她一下吗，接着又问可以亲她一下吗，最后问可以和她一起睡吗？

林池的脸色越来越复杂，她实在不知道陌轻尘这种无赖的行为到底是跟谁学的。

见林池不开心，陌轻尘便会停下得寸进尺的速度，然后垂眸做黯然状，等林池不在意了，继续开始他的得寸进尺。

陌轻尘醒着，便缠着林池；陌轻尘睡着，便拽着林池的手腕不肯放。很多次，林池明明坐在陌轻尘的床边，然后不知不觉睡了过去，醒来的时候却发现躺在了陌轻尘的怀里，这导致林池去看杜若的时间直线减少，一天中的大半时间陪在陌轻尘身边。被全心全意依赖的感觉其实很好，可是为什么林池有种不真实的感觉？

这天，林池正内心复杂地洗碗，突然听到索瞳的声音："小姐，您以后打算怎么办？"

林池老实地回答："先报仇，其他的以后再说。"

索瞳夺过林池手里的碗筷，然后卷起袖子帮林池刷碗："那陌轻尘和杜若……"

"杜若，我会送他走的。陌轻尘……"林池怔了怔道，"等病好了，他自己会走吧？"

索瞳稍微提高了声音："小姐，可是现在这样，他根本不可能离开！"顿了顿，他沉声道，"小姐，您的不拒绝，有时候也是一种残忍。"

林池愣怔了一会儿，才气弱地道："我知道。"

可是她要怎么拒绝呢？赶陌轻尘走吗？姑且不论能不能赶走，单说对待还在病中的陌轻尘，她根本开不了口。算了，至少她可以先送另外一个人走。

盘算着报仇的事，在照顾陌轻尘和杜若的间隙，林池终于抽空儿去了趟大理寺。

大理寺的守备比想象中还要森严，林池转了几圈也没找到可以进入大理寺的缺口，心急之下直接往里面冲，结果被守卫发现，肩膀上中了一箭。林池不得不快速退回，在回去的路上，腿上竟也中了一箭。

忍着伤痛，林池先躲进了一户民居，等追捕的人过去了，才跑回医馆，却见大门紧闭，绕到后门依然如此，估计其他人都已经睡了。

腿上有伤，没法翻墙，林池靠在门板上，抱住受伤的腿，低喘了两口气，想等痛劲过去再想办法攀墙。

没想到医馆的门突然打开，林池还没反应过来，就被人揽了进去。动作太大，牵动了林池肩膀上的伤口，林池立即痛得倒抽气，闷哼道："别动……痛。"

开门的人竟是陌轻尘，他略松开林池，看见她肩膀上还在流血的伤口，眉头立刻皱了起来。

不等陌轻尘说话，林池已经推开他，径自朝屋里走去。可是还没走出去两步，她就发现自己的身体蓦然腾空，而后如风般一闪，落到了柔软的床榻上。

陌轻尘的脸色已在不知不觉中阴沉下来："你受伤了！"

林池点头，坐起身子，对陌轻尘轻松地笑道："没事……养两天就好了。"

这句是实话，在以前颠沛流离的日子里，林池不知道受过多少次伤，好在她的身体够好，无论多重的伤，只要不死，休养几天就可以重新活蹦乱跳了。

林池咬了咬牙，撕开肩膀上的衣服，准备动手拔箭，可是因为使不上力，拔了几次都没拔出来。

突然，林池的手被陌轻尘一下握住，他看着她道："别动。"

然后他转身出去，不多时，带着一些碾碎的草药回来，仔细地敷在林池的伤口上。伤口处立刻涌起一股麻痹的感觉，痛感逐渐淡去，陌轻尘轻轻一拔，箭就被拔了出来。紧接着，陌轻尘又将玉瓶里的伤药涂在林池的伤口上，血很快止住了，有清凉的感觉从伤口处蔓延开。

腿上的伤因为接近大腿有些尴尬，林池按住陌轻尘的手道："不用麻烦了，腿上的伤，一会儿我自己处理就行了。"

陌轻尘却执意要帮她将腿上的伤一并处理了，林池还想阻止，但是身体实在没有多余的力气，只能任由陌轻尘继续。

夜晚很安静，几缕夜风拂过，扰动得人的心也微微荡漾。陌轻尘处理好林池腿上的伤后，两个人都没有说话，一时间，房间里的气氛显得有些沉闷。

林池咳嗽了两声，想缓解一下气氛："那个……你怎么还没睡？"

陌轻尘头也不抬："等你。"

林池莫名："为什么要等我啊？"

陌轻尘顿了一下，声音平淡："睡不着。"

"啊？"

陌轻尘直白地解释道："没有你睡不着。"

淡淡的月光勾勒出陌轻尘完美的轮廓，他的眼眸周围已逐渐淡去的青色在白皙的面容上依然显眼，透出几分让人心疼的憔悴。

那种心脏像是被什么揪紧的感觉又来了，林池突然有些呼吸不畅。她咬着唇，移开视线，不再去看陌轻尘，而是望着窗外此时被云雾遮蔽只露出朦胧剪影的皎月。

伤口处轻微的疼痛渐渐拉回了林池的神志，她突然听到陌轻尘清雅中有些暗哑的声音："为什么会受伤？"

林池愣了愣，不敢说实话，却也不敢说假话，只好含糊其词："外面戒严，不小心惹到官兵……"

陌轻尘看了一眼取下的箭，眼底冷光一闪，转眸问她："很痛吗？"

林池摇头道："还好，不是很痛。"

陌轻尘伸出手指拨开林池的唇，问："那为什么咬嘴唇？"

林池一时语塞。

没等林池回答，陌轻尘又抬眸问："痛是什么感觉？"

林池一愣，才想了想道："就是很难受、很不舒服、很不希望它存在的感觉吧？"

陌轻尘忽然低声道："我觉得痛。"

林池："啊？"

陌轻尘低下头，手指轻轻抚过林池的伤口，似乎在想怎么开口。

因为麻痹的感觉还没退去，林池并没有感觉到多少痛苦，相反，她却能感觉到陌轻尘抚摸过的触感，那么轻柔、那么小心。

"看到你受伤，"望着那狰狞的伤口，陌轻尘按了一下自己的心口，"这里

153

觉得很痛。"

仍然是那样平淡的声音，却让林池好不容易平静下来的心又一次揪紧。

他没有知觉，所以不知道痛，在被陌轻尘卸卓手脚关节、被陌轻尘粗暴地伤害的时候，林池也会愤愤地想，要是陌轻尘也能感觉到痛就好了。能感觉到痛，他就不会这样肆无忌惮地伤害他人了吧？能感觉到痛，他就不会这样置身事外般任性妄为了吧？但是她没想到第一次听见陌轻尘说痛会是在这样的情况下，他会是因为心疼她而痛。突然，林池的心里像是有根弦绷到了极致，马上就要崩断。

林池咬住唇道："我……"不经意间，林池的唇被咬破，血自唇齿间溢了出来。

陌轻尘："流血了，不要咬。"

闻言，林池松开唇，又听见陌轻尘道："我可以帮你止血吗？"

止血？不是已经止过了吗？

林池刚想问，陌轻尘却好像怕她拒绝般蓦然靠近。冰雪般的气息初融，陌轻尘的唇贴上了林池的唇，温润的舌尖沿着咬破的唇瓣一寸寸舔舐过去，将每一点血色尽数舔净。

待反复舔净血迹后，陌轻尘的唇还贴在林池的唇上，像是不忍放开，又不敢继续。

陌轻尘不入侵，林池就没有那种排斥的感觉。唇瓣厮磨间，两人呼吸可闻。缕缕银辉镀在陌轻尘的面部轮廓上，他仍然是不染尘垢的仙，墨色的瞳里却不自觉地染了红尘。

林池不知道该怎么办，她的身上没有力气，想推开陌轻尘也没有办法，更何况她并不讨厌这样的触碰。温柔、怜惜、珍视……仿佛她还是当年那个被父母捧在手心不知忧虑的闺中小姐，不用去考虑外面的风风雨雨，不用去思考未卜而注定坎坷的前途。

林池的鼻腔里不自觉地逸出一声轻轻的叹息，像是感受到妥协，陌轻尘一点点靠近，用舌轻启开林池的唇。

然而，就在这时……

"林池、林池……"杜若的声音突然从外面传来。

犹如梦境突然被打碎，林池一下清醒过来。

陌轻尘还想继续，奈何外面的声音一声比一声响，陌轻尘无奈地慢慢放开了林池，不情愿地走出门去。

身体的疲倦、精神的疲倦让林池没等陌轻尘回来，就躺下睡着了。

第二天一早，林池果然又被陌轻尘抱在了怀里。她已经习以为常，但是又不能像往常那样轻松地挣脱出来，正无奈间，鼻端忽然闻到一股浅淡的血腥味。起初，林池还以为是她自己的伤口传出的味道，再仔细闻去，却发现是陌轻尘身上的，林池蓦然一惊，拖着一条腿爬了出去。

陌轻尘还在迷糊中，林池已经跑到院中，敲响了杜若的门。见杜若正安然无恙地喝着茶，一脸诧异地望向她，林池这才松了一口气。

但很快，林池便发现她的这口气松得实在太早了——街头巷尾都在传昨夜大理寺被袭的事情，一人一剑血洗了整个大理寺。血洗，陌轻尘会不会太嚣张了？

第十二章
父母威逼令

陌轻尘的字典里也许从来没有"收敛"这个词,当林池黑着脸跑来问他的时候,陌轻尘只略想了一下,就干脆利落地承认:"嗯,是我做的。"完全没有一丝一毫的愧疚和惶恐。

林池也杀过人,但那是在生死存亡的情况下,杀完人后,她扶墙吐了很久,还连着做了好几晚噩梦。可是陌轻尘……

那些传闻很快涌入林池的脑海——陌轻尘十多岁便建了无墨山庄,武林人士前去讨伐,结果被杀得一个不留,之后但凡有想剿灭无墨山庄的人,下场无一例外是被杀光。陌轻尘很聪明,只可惜没有是非观念,对于人情世故的认知约等于零。他已经二十多岁了,现在矫正也不知道来不来得及,而更重要的是谁来矫正?她吗……她又凭什么?

陌轻尘见林池沉默不语,动了动唇道:"他们伤了你……"

林池沉默了一下,问道:"你怎么知道是大理寺?"

陌轻尘老实地回答："箭上有大理寺的标识。"

他还真是聪明。

见林池又沉默了，陌轻尘想解释，但又不知道该解释什么，想了想才道："如果你不希望我杀大理寺的人，下次我就不杀了。"

林池："重点不是大理寺啊！"

"那是什么？"陌轻尘盯着林池，忐忑地问，"你……生气了吗？"

林池目光复杂地看着陌轻尘，良久才摇头："也不是。"

说到底，陌轻尘这样做都是为了她，就算她再怎么感到不可思议，再怎么愤怒，还是没有办法去怪罪陌轻尘。怪陌轻尘滥杀无辜吗？早在认识她之前，陌轻尘已经滥杀过不知道多少人了，如果她真的要怪，恐怕追究都追究不完吧？

林池叹了口气，决定换一个话题："你打算怎么办？"

陌轻尘一脸莫名："什么怎么办？"

林池："当然是你杀人的事情啊！现在关于大理寺血案的传闻到处都是，就算你是大皇子，杀死那么多官兵也……"

"你是在担心我吗？"陌轻尘突然眨着眼睛看她。

林池一愣："啊？"

"不用担心。"陌轻尘已经一把抱住她，扬唇道，"我好开心。"

林池又叹了口气，无奈之余，发现自己无论怎么和陌轻尘说，都是鸡同鸭讲。

等到午后，其墨才满脸凝重地找上门来。

陌轻尘的风寒早就好了，他跟着其墨出去了好些时辰都没有回来。林池在榻上躺了多时，闲得无聊便试着下地走路，奈何腿上的伤还在阵阵作痛，没走多久，她便只能坐在院中的石凳上晒太阳。

阳光明媚，微微灼热，林池望着天空不由得出神。恰好有一朵云飘过林池头顶的天空，林池竟不自觉地想起了陌轻尘弯起的眼眸。咦，为什么她会想到他呢？

林池正愣怔间，突然耳边传来一个声音："林池。"

林池回首，便看见杜若从房间里走了出来，他身姿挺拔，气质若芝兰玉树。

除了替她挡那一箭的伤口外，杜若的身体已经好得差不多了，如今行动虽慢却已无大碍。

见林池朝他看来，杜若回了一个淡淡的笑，在林池身旁坐下，清冷的容颜此时显得很柔和："陌轻尘呢？"

林池道："他出去了。"

垂下眸，林池突然发现，不知道为什么，此时坐在杜若身边竟然有种疏离感，而且那种心跳加快的感觉似乎也淡了。

杜若苦笑了一下："我又不是洪水猛兽，为什么你总是这么拘谨？"

林池下意识道："啊……我没有啊！"

杜若的笑容越发苦涩："算了，不提也罢。我只是想同你说，我的伤快好了，也是时候告辞了。"

林池愣了一下道："哦……我会想办法送你出去的。"

杜若摇头："不用劳烦，我自己想办法便好。"他微微侧过头，像是在忍着什么，"这些时日多谢你的照顾了。"

话说到这一步，竟然有些冷场。

林池正想着该怎么打破这片沉默，杜若忽然按住她放在石桌上的手腕，似是难以抑制情绪般，盯着林池道："林池，为什么要去天牢救我？之前我一直追捕你，甚至将你送入天牢，你为什么还要救我、照顾我？"

林池一惊，将手腕抽了出来。

她为什么要救他？自然是因为她喜欢他。可是现在她怎么也说不出口，因为只要脑中一闪过这个念头，便同时会不由自主地浮现陌轻尘那张倾国绝世却又神情纯粹、简单至极的面容，林池的话便哽在喉中怎么也说不出来了。

"林池……"杜若轻声唤着林池，若有所思地望着空落的手，声音涩然，"你喜欢上了陌轻尘吗？"

林池依然沉默，心里却因为杜若的话掀起了惊涛骇浪——她喜欢陌轻尘吗？

她的沉默像是无声的默认，杜若垂眸，俊逸的面容上闪过一抹受伤之色："我终究是迟了吗？林池，被你救下之后，我原本打算问你愿不愿意和我一起离开的。天下之大，我们寻一处山清水秀之地，做一对寻常夫妻……"

林池愕然，完全没有想到杜若会跟她说这个。

"怎么？不信吗？也是，毕竟之前我那般对你……"自嘲的笑浮现在杜若的嘴角，"以致我现在同你说我喜欢你，你只怕也不信了吧？"杜若的声音里竟有一丝哽咽，"连我自己都不信，你又怎么会信？只是看见你日夜照顾陌轻尘，身影来去匆匆，我心里的嫉妒遮都遮不住。昨晚，我的好友找到我，说有办法送我离开，我立刻便想跟你说。可是来见我的是陌轻尘，他说你已经睡下了，还叫我不要再去骚扰你。那一刻我真的……"

林池难以置信地道："可是……你不是喜欢你的未婚妻吗？怎么可能……"

"未婚妻？"杜若重复了一遍，垂眸道，"我并没有未婚妻，那些书信不是写给我的未婚妻的，因为从来就没有这个人。"

这次，林池彻彻底底呆住了。

看见林池惊呆的模样，杜若又笑了笑道："我跟你说迟了，对吗？我自己也知道，所以我只是同你道别。"他伸出手，揉了揉林池的头发。

眼前的女子呆呆的模样真的很可爱，被关在天牢的时候，杜若总是会想起林池挡在他身前的样子、笨拙地照顾他的样子，心里便会不自觉地温暖起来。他甚至会想，倘若林池知道他被关进了天牢，她会心疼、难过吗？还是……所以直到见到林池来救他，他认为自己还有希望的喜悦甚至超过了被救的庆幸。只是，他还是迟了……

当初她在天牢里强吻他的模样还历历在目，然而，当真是相见不如怀念。

林池感到有些难过："我送你！"

杜若笑着摇头："不用了。"

她送他？他会舍不得离开的。

待杜若回屋后，林池还僵硬地坐在石凳上，不知如何是好。心上人同自己表白，应该是件很开心的事情，可她也同时发现自己移情别恋了，连她自己都始料未及，怎么办？

苦恼之下，林池忽然闻到了一阵香味——肚子好饿啊！

循着香味，林池单腿跳过去，突然后颈一痛，随即她便被一个大麻袋兜头套住。

等林池被人从麻袋里放出来的时候，已经换了一个地方。

一间陈设非常奢华的屋子里，林池躺在床上，并没有被捆绑。

林池活动了一下脖子，正思考着这是哪里，一个有些耳熟的女子声音响起："姑娘，真是不好意思，我只说让他们将你带来，没想到他们会这样将你带来。"

林池转了一下眼睛："您是……陌轻尘的母亲？"

美貌妇人点头，似乎还很开心："你还记得我？啊，你身上有伤……"

林池肩膀上的伤口正在渗血，反正已经疼习惯了，她无所谓地道："没事！您找我有什么事情吗？"

美貌妇人摇摇头："不是我，呃……是我夫君。"

从美貌妇人的身后探出一颗长满毛楂的脑袋："你怎么这个样子？作为一个

女子，你稍微注意一下仪表行不行？你这样去见我父皇，我父皇会以为皇兄的品位有问题的！"

林池低头看了一下，自己的模样真的很狼狈——被绑架来，怎么可能有好的形象？

"这有什么！"美貌妇人在那颗满是毛楂的头上敲了一下，对林池温婉地笑道，"你不用介意，定岚的父皇不是以貌取人的人。你也别紧张，他问你什么，你只要老实回答就好。不过这次……"妇人的脸上露出了些许忧色，"定岚的确做得太过了，他父皇的心情也不是很好……"

林池顿了一下，问："那……陌……不，大皇子殿下他……"

美貌妇人想了想道："应该是被他父皇关禁闭了吧。"

林池："啊？关得住他吗？"

从陌轻尘不待见他父母的性情上来看，他根本不可能乖乖听话吧？而陌轻尘那逆天的武功，让林池很是怀疑全明都的官兵加起来能不能困住他一个人。

美貌妇人咳嗽了一下："反正总是有办法的嘛！"

林池突然想起一件她一直很想问的事情来："您……看起来很关心他，可是为什么那么早就把他送离这里呢？"

美貌妇人的眼底闪过一抹黯然。

林池自觉失言，抿了一下唇，便听见美貌妇人道："我们并不是真的想送他离开，而是迫不得已。他的外貌有别于他人，若是将他留在宫中，风言风语太多，而且……"她顿了顿，有些难过地道，"只是没想到他会与我们如此生疏，怎么做好像都弥补不了我们对他的亏欠，他自己甚至都不在乎……"

林池："对不起。"

美貌妇人笑笑："傻孩子，没什么的。他能这么在乎你，其实我也很高兴，我以为他会放弃，可是没想到……好了，不说了，我带你去见他的父皇吧。"

林池点了点头。

等等，林池忽然意识到，陌轻尘的父皇不就是皇帝？要是皇帝的话，她可不可以请他彻查她家的案子？

可是当林池见到皇帝陛下的时候，她才发现事情并没有她想的那么容易。

皇后娘娘和二皇子殿下都被屏退，只留了一个贴身侍从服侍在皇帝身侧。这个北周至尊的男子看起来年龄并不大，岁月没有将他的容颜磨损多少。他静静地坐在那里就像一幅画，和陌轻尘有几分相似的面容上挂着温和的浅笑，但也透出明显的疏离。

"喀喀……"皇帝咳了两声，看向林池，"你就是林池？定岚很喜欢你。"

皇帝的身体似乎不大好，脸色白得过分，身体裹在厚重的狐裘里，看起来不像皇帝，倒像个孱弱的贵胄公子。

林池迟疑着点了点头。

皇帝的声音很柔和："朕知道你的身份，也知道你要来做什么，但你最好就此收手。"

林池一呆。

皇帝又咳了咳，才温声道："两个选择：一个是留在定岚身边，朕会让你忘掉之前所有的事情，并且给你一个足够匹配定岚的出身，为你们指婚；另外一个是你现在离开，永远不要再回来，朕知道你之前和刑部侍郎杜若有过纠葛，而他现在就在你住的医馆，若你愿意，朕可以放你们离开，并且保证定岚不会再去找你。"

林池怔住："忘掉？"

皇帝笑得风轻云淡："对，朕会请回春谷的神医帮你抹去之前的记忆。"他示意身旁的侍从递给林池一张纸。

林池垂眸一看，瞳孔不自觉地放大。那张纸上写着关于她的一切事情，甚至包括她在青楼的经历和师父、师姐的身份，林池越看越觉得头皮发麻。

皇帝端起茶盏喝了一口茶，不疾不徐的声音很是平静："以前的暂且不说，光是越狱、劫犯和私闯大理寺就足够定你的死罪了，更何况定岚血洗大理寺是因为什么，我想你比我更清楚。没有比朕给的选择更好的机会了，希望在我喝完这盏茶之前，你能做出决定。"

那是一种属于上位者的态度，生杀予夺，容不得半分留情。

离开吗？不要再回来了吗？但无论如何，林池不想失去记忆，不想只做一个人偶。

她慢慢地攥紧手心，闭了一下眼睛。她可以懦弱、可以胆怯、可以贪恋安逸，却绝不能忘掉父母的仇恨。父母在九泉之下难以瞑目，她却独自无忧无虑地活着，只是这样想想，她就觉得无法接受。可是陌轻尘呢？在意识到自己喜欢陌轻尘的同时，她却要被迫离开他……

坐在上首的皇帝陛下仍旧悠闲地喝着茶。一盏茶的时间过得很快，放下白瓷茶盏，皇帝微垂眼眸看着林池："做好决定了吗？"

　　林池咬着唇，下定决心，迎上皇帝的目光："我……"

　　一炷香的时间后。

　　林池是被宫中的侍卫送出来的，她没有见到皇后娘娘和二皇子，亦没有见到陌轻尘。

　　送她出门的时候，一位貌似总管的男子对她道："姑娘切勿担心，一切都已安排妥当，姑娘只需按陛下说的做，便不会有问题。"

　　林池点了点头。

　　回到医馆，杜若正在收拾东西，见林池进来，他有些诧异地道："你有什么事情吗？"

　　林池抿了一下唇，压低声音道："现在就跟我走。"

　　杜若惊诧："为何？发生了什么事情？"

　　外面有人在催："马车已经到了，林姑娘最好动作快些。"

　　林池应声。

　　杜若往外一看，那是他再熟悉不过的北周官服，他脑中念头急闪，旋即便明白了。

　　林池本来也没有什么东西要收拾，出了门翻身上马，杜若紧跟着她上了马。

　　刚想出发，林池突然听见一声"小姐"，她一愣，便见索瞳追了出来，却被侍卫拦住。

　　林池道："呃，那个是我的……"

　　索瞳接道："我是小姐的侍从！"

　　见状，侍卫这才放索瞳过去。

　　索瞳骑上马理所应当般跟在林池身侧，林池禁不住轻笑，心口逐渐暖了起来。

　　当即，林池甩开缰绳策马朝着城门奔去，官兵开道一路倒是很顺，没有遇到半点阻碍，只是他们行进的速度极快，就像逃命一般。

　　狂奔了足有一个时辰，休息间隙，杜若喝了口水，才压低声音问林池："是圣上让你离开的？那他……我岂不是……"

　　林池想了想，点头："嗯。"

　　杜若的神色几变，不知是喜是悲，终叹然道："我们这是要去哪儿？"

　　林池老实道："不知道。"

　　杜若扑哧一声笑了："什么都不知道，你就这么带我走了？这代表我有机会了吗？"

林池垂下眸，轻轻地摇了摇头。

东宫寝殿。

北周皇帝姬恪立在床边，看着自己刚刚转醒的长子，眼神微凝地道："想起来了？"声音空荡地回响在大殿中，一阵冷风倏地吹过，掀起他明黄的衣角和乌黑的发丝。

床上的人似乎刚从噩梦中醒来，一缕缕被汗湿的银发贴在鬓角，他的神情茫然无措得可怕，像是一块刚刚被打碎的琉璃，一道道裂纹绽开，显得脆弱而又冰冷。

"别吓他。"女子手指极快地抽出扎在陌轻尘身上的银针，用丝线给他把了一下脉，面无表情地道，"他刚想起来，只是受记忆的冲击太重，现在神志不清，可能没法立刻回答你。"

姬恪的声音温和有礼："劳烦沈谷主了。"

回春谷是天下闻名的神医谷，姬恪幼时曾中过毒，被毒素反复折磨了数年，正是回春谷的上一任谷主沈天行替他清除了毒素，因而他对回春谷一向礼遇有加。

女子淡笑道："不用这样见外，按辈分，他也算是我的表弟嘛，而且……"她摊手，理所应当地道，"诊费。"

姬恪咳了一声，立即有人递上一盒装好的银票。

回春谷现任谷主沈知离数了数银票，迅速塞进怀中，眉开眼笑道："皇家果然出手大方，不过……"看了一眼躺在床上仍没回过神来的陌轻尘，沈知离犹疑了一下又道，"让他想起来真的好吗？"

姬恪平淡地道："在他重蹈覆辙之前，他迟早要想起来。"

沈知离："那个女子你送走了？"

姬恪点了点头。

沈知离微微皱眉："这样是不是不好？毕竟难得遇上一个……"

姬恪缓缓摇头，声音冷静得过分："不一样，他只需要一个能对他死心塌地的女子。他母后跟朕说过，那个女子并不喜欢他，不过是被迫留下的，就算一时心动，又能如何？更何况定岚还对她做过……最后受伤的只会是定岚……"

毕竟是别人的家事，沈知离想了想，不再劝说，兀自离开。

在沈知离快走出大殿时，姬恪的声音忽然响起，带着几分疲惫："到底有没有办法让他重新有知觉？"

沈知离咳嗽了一声道："理论上来说是有的，但是我还在研究，这种从娘胎里带来的病症最是棘手，短期内是没有办法了。不过，我师兄对此也很感兴趣，说愿意同我一起研究，刚才我已经取了那个女子和大殿下的血液，希望几年内能有进展。"

连沈知离都这么说了，姬恪也不再勉强，只是低声叹了口气。

不知过了多久，大殿中突然响起一道冰冷的呢喃："我……这是哪里……"

姬恪蓦地抬眸："你清醒了？"

榻上的人木然地转眸，视线最终定格在姬恪身上，却冰冷如故，没有暖上半点，只是目光不稳，像是在激烈地挣扎着。

"想起来了？"

陌轻尘按住床板，红檀木承受不住他的力道寸寸裂开，他猛地起身，艰难地道："林池呢？"

姬恪微愕，随即一笑："已经走了。"

陌轻尘下榻就要出门，却听姬恪道："你真的要去找她吗？既然你已经记起来了，那么那件事情你应该没忘吧？你还想再来一次吗？"

闻言，陌轻尘的脚步慢了下来："不会的。"

姬恪语气冷冷的，不怒自威："不会的？你凭什么说不会的？姬定岚，除了滥用武力和权势你还会什么？这几年来，若不是朕帮你压下去，你早不知被通缉多少次了。这次更荒唐，连大理寺你都敢屠戮，他们做错了什么需要你去血洗？你根本没有理智，也控制不了你自己！倘若你不是朕的儿子，你以为谁忍受得了你？若朕不在……"

陌轻尘打断他，平静地道："我不是你的儿子。"语气中无一丝感情。

姬恪怒极反笑："你不在乎朕，也不在乎那个林池吗？"

陌轻尘回首，那双同姬恪如出一辙的墨色瞳眸定定地望向他："她在哪儿？"

姬恪却笑了："你不肯放她离开，真的是因为你对她有感情吗？还是说，你只是放不下能触摸到的感觉？强留下她的时候，你问过她的意见了吗？她真的愿意留在你身边吗？

"你也听到了，朕给过她选择，她宁可陪着杜若颠沛流离，也不愿意留在你身边过锦衣玉食的生活，她对你没有感情。"

陌轻尘的身子晃了一下，眸中有剧烈的挣扎和一抹怎么也忽略不了的黯然。

姬恪："你只会给人带来伤害、痛苦和绝望，人命在你眼中如同草芥，从头至尾你在乎的只有你自己的感受，想杀便杀。若有一天你感觉不到她，你会毫不留情地杀了她……"

陌轻尘："不……"

姬恪突然拍手，一道悠扬的琴声自殿外响起，如泣如诉、幽怨落寞，随后琴声渐渐拔高，直至凄厉，宛若杜鹃啼血。

陌轻尘的身子晃得更厉害了。

姬恪幽然道："你没忘吧，这首曲子是谁写的？又是谁弹给你听的？"

陌轻尘突然高喝一声，打断了姬恪的话："停下！"

姬恪却不肯停下："才过去多久，你就忘了吗？"

陌轻尘："我说停下！"

陌轻尘按着额，那些纷乱的记忆又在他的脑中不断地回旋、撕扯，他的脑袋像是要裂开一样。银发散乱、目光涣散，陌轻尘倒退着回到了床边。

姬恪居高临下地看着陌轻尘，冰冷的视线暖了些许，声音低到几不可闻："朕是为了你好。"

北周大皇子姬定岚最终留在明都，放逐之说不攻自破。

多日后，千里之外。

"再往北便要出国界了。"领队的侍卫道，"出了国界，切莫再回来。"

林池望了一眼苍茫的天边，他们已经赶了许多日的路。

杜若丢了一件毛裘给她，问："累了吗？"

林池勒马停下，摸了摸肚子："有点饿。"

已经跟他们混熟了的领队侍卫道："那我们找家客栈歇息吧。"似乎想到了什么，领队侍卫顿了顿又道，"今晚之后，我们便要分道扬镳了。"

林池点头。

于是一行人找客栈、开饭。

客栈老板娘是个丰臀细腰的美人，说话娇嗲，摆上一桌饭菜后，便与那位领队的侍卫调起情来。

林池埋头苦吃，索瞳给她盛了一碗汤，杜若却只是若有所思地举着筷子。

半刻钟后。

"啊……"

"呃……"

"唔……"

一个侍卫哀叫着倒地后，其余侍卫接二连三地跟着倒地。

老板娘一记手刀劈晕了领队侍卫，得意扬扬地一笑："小池，搞定了！我就说这药没问题！"

林池咽下最后一口馒头，单手按住桌板，身子腾起，同时双脚飞踢，将还没反应过来的侍卫一个个全部踢晕了过去，这才落在原地。

老板娘或者说大师姐裴宛用力地推开厨房地上的一块木板，拖起领队侍卫便丢了进去，林池和索瞳帮忙，不多时便将所有的侍卫都丢进了地窖。

林池将从领头侍卫身上摸来的令牌丢给杜若，道："你走吧。"

杜若目光复杂地看着令牌，不发一言。

从客栈出来，林池翻身上马折返，索瞳和裴宛跟在她身旁。

得知林池的想法，索瞳只是轻轻地点了点头，而裴宛更是摸了摸林池的脑袋，笑道："想做什么师姐都支持你。"

北周皇帝只给她两条路，那她就自己选第三条——杜若她要救，而陌轻尘她也不想丢下。

"不用担心，我好开心。"这是陌轻尘最后对她说的话，平淡的音调无端地让林池的心口揪疼起来。自己一声不吭地离开这么久，陌轻尘会怎么样？难过？失落？还是……一路走来，林池脑中想着的竟都只是陌轻尘。

可是……林池勒住缰绳，看向来人。

大批侍卫立在林池等人身前，为首的一人道："林小姐，见到你还真是不怎么好呢。"

林池："你们是……"

对方冷冷一笑道："圣上料事如神，你果然不愿意乖乖地离开。既然如此，圣上说了，那就留不得你了。来人！杀了她！"

晨光中一抹朝霞染过天边，艳若滴血，这一刻，林池想的是——真糟糕，回不去了吗？

第十三章
两年后重逢

"小池，娘亲做的点心好吃吗？你若是喜欢，娘亲下次再给你做。"

"小池，娘偷偷带你出去玩好不好？嘘，别跟你爹说哦。"

妇人的脸变成了一张倾国倾城的面容。

"那……可以亲我一下吗？"

"喂我……"

身子突然颠簸了一下，耳畔响起的一个声音将林池拉回了现实："小姐、小姐……"

那梦实在很长，林池醒来的时候还有些迷茫，揉了许久眼睛才搞清楚眼前的状况。

面前是一张陌生的面孔，两个麻花辫子一抖一抖的："小姐，你怎么这样也能睡着啊？快别睡了，看看这条裙子吧，真的好漂亮啊！你穿上后，一定能艳惊四座，看这个做工、这个材质……"接着是一连串的赞叹。

哦，对，这是昨天才分给她的丫头。那方才她梦到的是六七年前还是两年前的事？她已经记不清了。

"小姐，快换衣服，马车就要停了。"

林池迷迷糊糊地被丫头扯着身子换上裙装，身下颠簸的马车也渐渐转为缓速，片刻后便停了下来。丫头搀扶着林池下车入院，不多时，院中就多了十数个风姿各异的美人，其中竟然还有两个眸色、发色都偏淡的异域女子，然后，一个身着玄衣的中年男子迈步而入。

"都到齐了？"玄衣男子问。

男子身侧的一人接道："除了蜀郡知府的千金在途中染了急病，其余的人都到了。"

玄衣男子道："那便登记入册吧。各位小姐今日就歇在这里，明日便入明都，届时会先送各位去驿馆。在此之前，在下还有几件事情要交代……好了，各位可以回房用膳了。"

林池霎时清醒，抬腿迈步回到房中，桌上果然摆着丰盛的菜肴，她立刻大快朵颐起来。

丫头由惊讶转为震惊再到惊悚，死死地护住菜碟："小姐！你不能再吃了，会长胖的啊！小姐，你还想不想被看上了？"

林池打了一个嗝，颇为不舍地望了一眼饭菜："那我少吃点。"

丫头顿感无奈，叹气，托腮看着林池："小姐，你到底有没有打算啊？"

林池咬了一口鸡腿："打算？"

丫头道："就是要讨好哪位爷啊？"

皇帝年前下令选秀女，不过谁都知道当今皇帝体虚多病，因而这秀女不是为自己选，而是为了明都中的贵胄子弟。

林池舔了舔手指："呃……随便吧。"她只是来浑水摸鱼的冒牌货而已。

丫头道："这怎么可以？各家公子的喜好都不一样，小姐这么冒失地前去，肯定会被淘汰下来的啊！到时候只能悲惨地做个宫女，我也只能……"嘟囔间，丫头迅速地从怀中掏出一本小册子，册子上写着一行行蝇头小楷："怀王世子，喜欢读书作赋，最爱精通诗词书画的温婉女子……"

林池听丫头一路说到静王世子，立刻抽了抽嘴角："你怎么知道的？"

"自然是打听来的啊！我可是听了好几晚的墙角，就为了见到您呢！"丫头骄傲道，"小姐，重点来了！二皇子殿下姬定峦，呃，喜欢的女子类型是容貌完美、性情完美、各种完美的冷漠女子。"

林池刚喝到嘴里的一口汤差点喷出来，脑中立刻闪过某个有着恋兄情结的光头。

丫头有些苦恼："这个要求好像很难达到呢，小姐还是选个世子或者世家公子吧。"说着，丫头又开始掰手指，"选静王府的人太多，听说那个李小姐、赵小姐还有刘小姐，都对静王世子有意呢。要不然……"

林池咽下最后一口汤，道："那大皇子呢？"

丫头苦着脸摇头："大皇子？小姐你还是别想了。"

林池怔了怔，问道："怎么了？"

丫头朝左右看了看，确定没人，这才压低声音道："小姐是外地人，可能不知道，这大皇子生来妖异，银发妖瞳，而且毫无知觉，都说是妖怪托生的呢！之前十多年他都是被养在外面的，这两年才被接回明都。在明都，无论名望还是人脉，他都比不上二皇子呢。"

林池放下勺子，神色微怅道："是吗？"

丫头以为林池还没死心，又急道："不过他毕竟是大皇子，圣上没废储之前，他还是皇储，而且大皇子的容貌当真是……"丫头神色恍惚了一下，转而又清醒道，"我方才偷听到有好些小姐对大皇子感兴趣，小姐你可千万别学她们。"

林池："呃，为什么？"

丫头将声音压得更低，几乎凑到了林池耳边："自然是因为大皇子殿下已经有红颜知己了，宠得不得了呢，其他女子就是再漂亮，他也根本不会瞧上一眼的。"

林池下意识地重复道："红颜知己？"

丫头点头道："对啊，据说长得还不错，不过当然无法同大皇子殿下相比了。听说她之前不过是个丫头，却被大皇子看中，一下子就要风得风、要雨得雨呢……唉，命好真是最让人讨厌了……"感慨了一句，又觉得不对，丫头忙鼓励林池道，"不过，小姐你长得这么好看，只要有针对性地去做，肯定会有世家公子看上你的，到时候……"丫头娇羞地拧了拧手绢，"丫头就跟着你啦！"

林池笑了笑，摸了摸丫头的脑袋，转身去睡觉了。

"来人！杀了她！"声音炸雷般响起。

林池驾马夺路狂奔，闭着眼睛挥剑挡开对方的攻击，浓重的血腥味扑鼻而来，汗水滴落，林池的喘息声一声低沉过一声。

突然，雪亮的刀光一闪，刀刃从林池的背脊上划过，她背后顿时火辣辣地痛，仿佛整个人被劈成了两半。林池挣扎着坠落马背，倒地的最后一瞬间，看见了一双冰冷的墨色瞳眸，无情无欲，冰寒至极。

林池蓦然睁开眼睛，坐起身来，在黑暗中低声喘息着。

"小姐，怎么了？"丫头迷迷糊糊地问。

林池摇头："没事，只是口渴了，我去喝点水。"

林池抚着额头从床上起来，给自己倒了杯水。不知为什么，最近她老是做梦，还老是梦到几年前的事情，而事实并没有那么惨烈，她没被砍死，也没受多重的伤，只是被逼着从悬崖上跳了下去而已。事实证明，跳崖的死亡率近乎为零。只是那双眼睛，林池想，为什么那么像陌轻尘？

第二天一早，林池和众位参加选秀的女子便入了城。明都留给林池的记忆都不怎么好，之前她也没有机会在明都里闲逛，坐着轿子优哉游哉地晃过大半个水云城，这还是头一回。

轿子停在驿馆前，好多人出来迎接。

不多时，便来了几个宫里派来的嬷嬷，挑白菜一样扫视过所有的小姐，然后从中各选了几个进行教导。林池懒虽懒，但是身体的柔韧性和灵活性都好得不得了，轻轻松松便完成了嬷嬷的要求。

林池活动了一下手脚，正准备回去睡觉，便看见两个女子站在门口窃窃私语着。

一见林池，其中一个蓝衣女子立即慌乱道："你、你怎么回来了？"

一侧的紫衣女子道："难道你也给了银子？"

林池："……"拜托让一下，我要回去睡觉。

紫衣女子叹气，咬牙道："算了，既然如此，你跟我们一起吧。"

林池："嗯？"

蓝衣女子拽过林池的手臂道："走了，再不走就来不及了！"然后她拽着林池上了马车。

林池是个存在感如空气一样的人，一上马车，两个女子就当林池不存在般热烈讨论起来。

"你想先见静王世子还是怀王世子……"

"我对顾丞相家的公子比较感兴趣，听说顾公子是明都第一才子呢，不仅作得一手好诗，其人更是潇洒不凡……哎哟，羞死人了……"

二人讨论了半晌，蓝衣女子终于发现旁边还有个林池，忍不住问道："你喜欢哪家的公子啊？"

林池："啊？我……"抓了抓头，她突然想到裴宛，"静王世子吧。"

本来裴宛要来的，只是她那个模样实在太过招摇，只怕没到明都就被人拆穿了。

蓝衣女子对林池挤了挤眼睛："眼光不错嘛！"

林池总有种很不适应的感觉。

马车停在一家酒楼前，两个女子娉娉婷婷地上了楼，在二楼一间雅间坐下。酒楼的一楼爆满，二楼却非常清静，只有几个人坐着。

林池动了动唇："你们是来……"

"别急嘛！"刚说完，蓝衣女子便道，"快看、快看！那边那个是不是许尚书的公子啊？"

紫衣女子哗哗地翻着手中的册子，对比着册子上的简笔人像道："好像是他。"

林池："那个……"

蓝衣女子："咦，你怎么没有？"说罢，她从怀中取出一本册子塞给林池，"我的先借给你，反正我都看过了。对了，这可是花了我一两银子呢，等会儿你记得还我啊！"

林池愣了愣，接过册子一看，上书：明都适龄佳公子详解（附画像）。她随手翻开，俱是容貌各异的画像，画像旁边写有详细的生辰、嗜好及生平。她翻到最前面，那一页写着"姬定岚"三个大字，旁边却是一片空白。

林池戳了戳蓝衣女子，问："这个为什么没有图？"

蓝衣女子理所当然地道："当然没有啦，你觉得有人能画出大殿下的容颜吗？"说罢，她突然神秘地一笑，一指抵唇，语气里满是抑制不住的兴奋，"今晚的运气要是好的话，说不定能亲眼看见他哦。"

运气？林池觉得自己的运气好像一直不怎么好，于是默默地合上了册子。

夜色渐浓，二楼的人渐渐多了起来，两个女子已经完全顾不上林池了，一边眼花缭乱地看着一个个入席的男子，一边手忙脚乱地翻着书册，然后一一对比着品头论足。

林池要了两份糕点慢慢吃着，眼睛却不时地看向入口处——真的有可能见到陌轻尘吗？

两年的时间，说长不长，说短不短。

171

被逼得跳下悬崖后，她足足昏迷了两日，是索瞳救回她的。落崖后，她的身上留下不少伤口，所幸虽有些麻烦倒也不致命，只是她磕到了脑袋，记性变得极差，常常记得今天的事情就忘了昨天的事情，过去的事情在她的脑子里也一直不清晰。林池休养了半年，身体才算基本恢复过来。

她对陌轻尘的记忆也是从那个时候恢复的，在她匮乏的记忆里，除了和师父、师姐在一起的日子，最简单甜蜜的竟是和陌轻尘在一起的时光。记忆完全恢复后，林池就想去找陌轻尘，可是一则根本没有办法接近明都，二则就算去了明都，恐怕也见不到陌轻尘，反倒有可能被抓。

索瞳提议让林池先去找裴宛，然后细细谋划后再回明都。林池想着反正已经耽搁了半年，也不在乎再耽搁一段时间，却没料到这一耽搁就是一年半。

两年了，林池低头夹了一块糕点进嘴里，陌轻尘还记得她吗？她一声不吭地消失了两年，如果再见到陌轻尘，自己又要说什么呢？这个问题她好像还没想过哦！

不得不说，时光的确是个神奇的东西，它会令陌轻尘带给林池的那些伤害逐渐淡去，只留下那些莫名地被铭记的好——陌轻尘会为了讨好她学做菜，会在她来月事痛得死去活来的时候用内力给她温暖身体，会在她遇险的时候毫不犹豫地去救她，会认真细致地为她上药，也会孩子气地为了让她照顾他，把自己弄病……点点滴滴，林池一直没忘，甚至在她的脑海中定格的陌轻尘，还是那个用平静却柔和的声音说着"不用担心，我好开心"的人。

"喂，快抬眼！"蓝衣女子突然戳了林池一下，激动地道，"静王世子，你喜欢的静王世子来了，快看！"

林池愣了愣，这才抬起头来。只见自楼梯走上来的粉色身影温文尔雅、气度不凡，眉眼间透着一股淡淡的温润之气，一身简单的装扮在这一众锦帽貂裘玉带华服中显得鹤立鸡群。

蓝衣女子见林池呆怔住，误会了她呆怔的原因，忙好心地解释道："云郡还是很富庶的，只是不知这静王世子怎么喜欢上了朴素打扮。不过真是人长得帅穿什么都好看，这一身衣服要是穿在方才那个户部尚书的儿子身上，那就是一头猪；可是穿在静王世子身上……"蓝衣女子不由得露出几分女子的羞怯之态。

林池看着那粉嫩嫩的一身，憋了半天才没笑出声来。她当然知道静王世子这番打扮是为了什么——师姐运气不佳，跳下悬崖后，被悬崖下的瀑布冲走，撞上暗礁摔伤了腿，虽被人救起，却未料救她之人见她容貌娇艳便起了歹心，师姐凭着武功和机智逃过一劫，之后却一路倒霉。因为腿伤，武力值大减，她不敢再随意勾引人，过得相当凄惨。然后就在这凄惨之时，她遇上了静王世子。师姐起初并不想再与静王世子有过多牵连，毕竟当初是她利用静王世子在先，后来又被他抛弃，如今再去找对方，未免太伤自尊了。然而也许是命中注定，当师姐再度被歹人瞄上，逃脱不掉的时候，偏偏是静王世子救了她，而且静王世子不仅没有嘲弄欺辱她，还将她接回府中悉心照顾。如此这般，师姐要是再不对静王世子动心，真是连天都看不过去了。可令师姐想要吐血的是，这时候静王世子却又对她以礼相待，不论行动还是说话都是发乎情止于礼，没有半点再追求她的意思，好似真的是因为同情才随手救了一个可怜的女子。

裴宛跟林池说起这些事情的时候完全是咬牙切齿的样子。

"这个浑蛋绝对是故意的啊，当初我对他没意思的时候，这浑蛋天天围着我转，一句比一句说得好听。现在我对他有意思了，他就给我死端着，一脸道貌岸然的样子，连个台阶都不给我留！"

"还有，我色诱他的时候，他那是什么表情？居然说什么'裴姑娘请自重'。他到底想怎么样啊？老娘的腿伤还没好，难道真的要我爬到他的床上去吗？"

然而，无论再怎么掩饰，林池都能听出裴宛的语气里那掩饰不住的甜蜜之意。

师姐喜欢静王世子，而静王世子也是喜欢师姐的，不然不会每天晚上趁着师姐睡着了过来偷窥，不会用美食收买林池让林池随时汇报师姐的情况，不会故意装出一副不在乎的样子看师姐发火，然后再板着脸出门后笑得合不拢嘴。

之后两个人别别扭扭了许久，到底两情相悦了。为了讨好师姐，静王世子又换回了那身简陋的粉衣，师姐因为不想再打击他，就忍着没说其实那纯粹是耍着他玩的，于是静王世子就变成了现在这副模样。事后，师姐后悔得直撞墙，之前那个白衣翩翩的静王世子多能拿得出手去啊，现在他一副粉嘟嘟、瘦弱弱的样子，带出去后跟城门口摆摊卖字的穷酸书生没什么区别了。

林池将视线落在静王世子身边的黑衣侍卫身上，使劲地眨了眨眼睛。

黑衣侍卫仿佛感受到了林池注视的目光，隔着幕帘看了看她，随后对静王世子附耳说了两句话。

林池借口出恭退出了雅间，在酒楼拐角处等了一会儿，便见静王世子带着黑衣侍卫缓步而来。

静王世子的笑容很温和："还顺利吗？"

林池点头，感激地笑了笑，又问："师姐呢？"

静王世子似乎有些头疼："她不放心你一个人，骂了我好长时间，她现在应该是去驿馆寻你了，却没料到你会在这儿。"

静王世子身边一个低沉的声音响起，黑衣侍卫双眸漆黑："小姐，你一个人实在不安全，要不要属下跟着你？"

林池连忙摇头："不用了！呃，你先留在世子身边吧，反正我也只是进宫看看，不会逗留太久的。再说，就算发生了什么事，逃出来的本事我还是有的。"

驿馆里住着一堆待选的秀女，怎么能让索瞳跟着过去啊！

静王世子也道："选秀女的时候我也要进宫，到时候若是遇到什么麻烦尽管来找我，知道吗？"

林池使劲地点头："嗯嗯嗯！"

相处了不短的日子，静王世子和林池早已熟稔，毕竟在他和裴宛的事情上，林池没少牵线搭桥。

静王世子摸了摸林池的头，笑道："说什么谢谢，你是宛儿的师妹，也就是我的妹妹。"

静王世子说到"宛儿"两个字的时候，表情突然温柔下来，身后的灯烛摇晃，薄薄一层浅光在静王世子乌黑的发丝间脉脉流动。他神情愉悦，眼眸无比明晰透彻，浑身都透着感染人的喜意。

两情相悦原是这么美好的事情，林池竟突然有一点难过。

静王世子看向远处时，目光突然变了。

林池诧异地回首，时间却像是在这一刻放慢了。

楼梯口又走上来一个人，随着不紧不慢的脚步声，木质的楼梯发出轻轻的吱呀声，窗栏上的轻纱被风扬起，又轻轻地旋然飘落，酒楼中的喧嚣声渐渐退去。

那无论何时何地看了多久都一样倾国倾城的面容一点点从楼梯口显露出来，锦缎般的银发散落在身后，几缕垂在肩头，额上多了一块银色的玉抹额，衬着冰雕玉琢的轮廓和极巅冰雪的气质，越发不似凡人，只如哪个不小心踏入凡尘的谪仙，不染丝毫红尘。

那么熟悉的面容，那么陌生的表情，不再柔和、不再温存、不再弯起眼眸扬起嘴角，冰冷的视线漠然地扫过静王世子和林池，却隐约带了几分不悦，转瞬间，视线便已经离开。

静王世子推了林池一下，有些犹疑："你不去找他吗？"

林池的心早已如擂鼓般狂跳了起来，她突然不知道该去对陌轻尘说什么，又该怎么开头。

她说什么呢？你还记得我吗？喀，万一不记得怎么办？要不直接说我是林池？可是陌轻尘如果不记得，他的侍卫却正好记得，会不会直接把她拖走？

林池正迟疑间，伴随着一阵急促而轻快的脚步声，一个宛若银铃的女声猝然响起："定岚，他们真的好慢啊！"

小跑上来的女子一把挽住陌轻尘的胳膊，小巧的鼻子皱了皱，娇俏的容颜上尽是不满的表情："早就说了，这条裙子是今天要陪你出门时穿的，让他们早点送给我，结果还是这么迟，差点赶不及换上呢！"

女子长得很漂亮，五官线条精致流畅，眉心一点菱花红，配上娇艳的唇色和繁复华贵的绯红长裙，更是美得惊艳。

陌轻尘平淡地道："不喜欢就杀掉。"

女子嘻嘻一笑，更紧地搂住了陌轻尘的胳膊道："知道你最宠我了！可要是杀掉他们，我还要找新的裁缝，太麻烦了，还是先留着他们，让他们戴罪立功好了！对了……"她松开手，对着陌轻尘转了一个圈，裙摆立时翩跹起舞，她兴奋地问，"裙子好看吗？我自己设计的，然后让裁缝做的哦！"

陌轻尘道："好看。"

女子转身问身后的侍卫："你们觉得呢？"

侍卫们立即猛点头，齐声道："好看。"

女子开心地笑起来，炫耀般重新攀上了陌轻尘的手臂，亲昵地道："好啦，我们进去吧。"说完，她就拉着陌轻尘进入了二楼的雅间。

大批侍卫跟了进去，楼梯口很快变回之前的空寂模样，只有空气里还余有些许方才女子的娇笑声。

静王世子的目光略微复杂，他刚入京没多久，对陌轻尘有新宠一事虽有耳闻，可一直没在意，今日也是第一次见到。看见林池落寞的样子，他摸了摸林池的头，安慰道："你现在易容了，他没认出你也很正常。"

是很正常，林池点了点头。

关于她的那张无限期通缉令还贴在布告栏上，她自然不可能顶着自己原本的面孔回来，便只能借着秀女的身份进来，因为这是唯一一个不会被盘查，而且还可以名正言顺地进入皇宫的办法。

他们在途中打晕了一个前来参加选秀的秀女，然后依照秀女的容貌做了一个简易的面具覆在林池脸上。熟悉那个秀女的人自然会识破她，但这里是明都，每个秀女都是离家而来，蒙混过去非常容易。

而且来明都之前，每个女子都被检查过是否处子之身，中途混进秀女队伍，就算林池已非完璧也不会被人发现，所以顶着这张陌生的面孔没被陌轻尘认出来也很正常。

可是……林池摸着自己的脸，还是有些难过，这种难过在看见那个女子挽住陌轻尘的胳膊的时候几乎要决堤。

静王世子咳嗽一声道："大殿下如此待她，不过是因为能感觉到她的触碰而已。"

能感觉到触碰？林池顿了顿，才转头问静王世子："你都知道？"

静王世子不好意思地移开目光："我来到明都之后才略有耳闻，好像是在半年前，这个女子突然出现在大殿下身边。因为是他的事，所以我也未曾留意。"毕竟他是藩王世子，若是对储君的事情太感兴趣，定会招来他人非议。

"不过……"静王世子突然想起什么，"刚才那个女子似乎和你长得有些相像，也许大殿下只是移情……你不用太难过。"说到这里，他自己也觉得有点尴尬。

等了一会儿，没听见林池的答复，静王世子有些纳闷，就见林池突然笑出声来："也没有太难过，来这里之前也曾想过或许会有这种可能，只是如今真的看到了，有点不适应而已。好了，时间不早了，我先回去了。"

林池转身刚要走，手臂却被人拽住，她回头一看竟是索瞳，只听索瞳道："小姐，他要是真的忘了你，你也忘了他吧。"

林池点了点头，绽开笑容："我知道了！"

静王世子看着林池的背影低声地叹气，他又怎么会不知道，林池刚才那副强颜欢笑的样子是为了不让他们担心？傻丫头，明明情根深种，怎么还不自知呢？

静王世子叹息间，索瞳已然转身离开。

林池揉了揉笑僵的脸，坐回原处。刚才还很美味的糕点，此时却突然难以下咽，她很想念陌轻尘做的菜，怎么办？

第十四章
倾城依旧在

林池吃不下糕点，只好点了一壶清茶慢慢啜饮着。

乐声伴着舞姬翩然而起的舞姿响起，嬉笑交谈声掩在觥筹交错下，席上一派宾主尽欢的热烈场面。

蓝衣女子又用胳膊肘撞了撞林池，语气异常兴奋："你方才可真是去得不巧，大皇子殿下出现了呢，你要是早点回来就能瞧上了！喏，就在那里。"她手指另一处轻纱遮掩的雅座，里面有两个贴得极近的身影，蓝衣女子的声音里掺了几许欣羡，"唉，那个女子当真是好命，居然能被大皇子看中。"

林池只抬眸看了那对亲昵的身影一眼，便低下头不再去看。

回驿馆的路上，两个女子还在对席上所见的诸位公子的样貌气质、言谈举止品头论足。

林池靠在马车里，一直睡回驿馆，脑海里不断萦绕着方才陌轻尘冷漠的视线，他看向她时的表情纯然像是看陌生人。

虽然林池现在顶着的这张脸和陌轻尘本来就是陌生人，可是为什么林池总觉得就算自己变回原本的面孔，陌轻尘也未必会认出她来？毕竟他已经有了一个更适合陪在身边的女子，那女子看起来很喜欢陌轻尘，不像她……这样想着，林池觉得理所当然了许多，心里却像是空了一块，怎么也填不满。

回到房中，丫头知道林池去了城中酒楼，非缠着林池八卦，林池困得要死，硬撑着讲了两句，就倒头睡了过去。不知是不是撞了脑袋的后遗症，她的身手虽没有退化，精神却比之前差了许多，常常觉得异常困倦。

之后几日，除了教习的时间，丫头总会拉着林池去逛首饰、成衣和胭脂水粉店。除此以外，林池还知道了当日同她一起出去的姑娘的名字，蓝衣的叫许兰歆，紫衣的叫言蝶，三人的住所竟然还很近，因而三人之间更加熟悉起来。

林池不时会听到有关陌轻尘的传闻，可是此后，林池再也没见过陌轻尘。

时日一晃而过，马上就到了林池要进宫的日子。

她对衣着没什么要求，便任由丫头打扮，一路晃进皇宫的时候还觉得有些不真实。上次她进来是偷东西，这次……喀喀，跟上次好像也没什么差别。

秀女们被迎进了一座殿中，过了好久，才有人来说临时有变，皇后娘娘要午后才能接见众人。

皇后娘娘……林池不禁有些心虚。

借口闲逛，林池扎起裙角，便小心地朝禁宫深处走去。

自两年前陌轻尘血洗了大理寺后，大理寺便整个搬到了位置更加偏僻、守备更加森严的地方。林池也盘算过几次，但实在难以潜入，不得不放弃。于是，她的目标又回到了宫中，那么大一桩案子，刑部竟然没留底卷，要么是涉及隐秘被放在大理寺里，要么就是涉及宫闱被藏在宫中。

林池正想着，突然听见前方有人说话，她连忙翻身上了屋顶，脚步轻盈地循声而去。

只是那声音为何有些耳熟？林池低头一看，却是那日陪在陌轻尘身边的女子。

此时，那女子换了一身大红的百褶凤尾裙，更显得她娇艳欲滴。女子的声音依然清脆，吐出的话语却是句句锋利："胆子还真是不小，竟然敢趁我不在的时候偷偷接近大殿下，真当我的话是放屁吗？"女子半垂下眼眸，睨着对方的目光隐约带了几分嘲弄。

她身后站了好些侍卫，一个宫女打扮的女子此时正颤颤巍巍地跪在地上："凌姑娘，奴婢知道错了。"

那位凌姑娘依然高高在上地道："你知道错在哪里了吗？"

宫女："奴婢不该接近……"

"哼。"凌姑娘冷哼一声，"不对，是连想都不要给我想，大殿下是我的，给我记清楚了！来人，把她乱棍打死！"

凌姑娘身后的侍卫立时便将那宫女按倒，手臂粗的刑棍一棍棍重重地打在宫女身上。

林池站在屋顶上，顿了一下——要不要下去救？

正迟疑间，林池突然又听见了另外一个声音："大殿下，就在那里！"是一个带着几分快意而又狡诈的女声。

接着，林池再次看见了陌轻尘，依然是银发、白衣和一身冰雪般的冷漠。

见陌轻尘走过来，那个凌姑娘的神情中也有一丝慌乱，但她随即便冷静下来，嘲弄的神情一转，立刻挂上了如花笑靥，三步并作两步地跑到陌轻尘身边，挽住陌轻尘的手臂，甜笑着撒娇道："定岚，她惹我不开心，我杀掉她也没什么吧？"

领着陌轻尘来的女子却道："大殿下，就算宛青有错，凌姑娘也不能就这样随意地杀掉她啊！而且凌姑娘根本没向您通报，可见是做惯了的，她……"

陌轻尘的视线投向凌姑娘，凌姑娘立刻摇头摆手道："第一次，第一次，就这么一次啦！我是觉得这种小事不好打扰你嘛！"

在他们说话的时候，刑棍一直没有停过，一下又一下，伴随着女子的惨叫声重重地落下。被打的宫女看见陌轻尘，竭力哀求道："大殿下，求求您，救救奴婢吧，看在奴婢尽心伺候您的分上，饶了奴婢吧，奴婢再也不敢了。"

陌轻尘又看了被打的宫女一眼，转头对凌姑娘淡淡地道："无事，随你喜欢。"

随着他的话音一落，凌姑娘立刻得意地一笑，告状的女子却脸色惨白。

林池忍了忍，终究忍耐不住。虽然早知道陌轻尘把人命看作草芥，可她就是抑制不住地觉得失望。她在他的身边待了那么久，却什么都没有改变，陌轻尘依然那般冷漠残忍。

从房顶跃下，林池弯腰抱起奄奄一息的宫女，转身飞速向来路跑去。

那宫女当即热泪盈眶，只顾低声呜咽。

林池："别说话，你住哪儿？"

宫女虽不解，可还是抬起虚软的手指指向一处。

这里是皇宫内苑，守备相对松懈，若是光靠林池一个人冲出去，像之前那样被杜若抓住的可能性明显更高。

进了宫女住的房间，林池立即将人侧身放下。

宫女趴在床上，身子一动不动，却忍不住道："那个……恩公，多谢了。"

林池笑着挠了挠头，随即却沉下脸来："你知道怎么出去吗？"

虽然救人是冲动行为，但是她并不后悔。

宫女轻轻地点了点头，看向林池刚想说话，眼瞳却突然狠狠地收缩了一下。

轻轻的落地声在林池身后响起，林池回头一看，就见陌轻尘站在那里。他微不可察地皱了一下眉，便径直朝林池走来。

陌轻尘应该是追着林池来的，林池早该想到，以陌轻尘的武功修为，在他的手下劫人，无异于关公面前耍大刀。可为什么她方才没想到？就好像潜意识里觉得陌轻尘不会伤害她，不会对她动手，可是……

陌轻尘只一步就移到了床边，冰冷的手指袭向林池，林池侧头避开，转身便逃。她脑中闪过的第一个念头就是跑，如果被陌轻尘触碰到，他一定会发现她的真实身份，她可不想在这个时候被他发现。

但无论是之前还是现在，林池的速度都无法和陌轻尘相提并论，轻而易举地，陌轻尘的手指便扣住了林池纤细的脖子。只一顿，在林池还没反应过来之前，陌轻尘已经从林池的下颌处揭下了一层薄薄的面具。

林池的身子立刻僵住了，她不敢回头，更不敢去看陌轻尘现在的表情，时间像是一下子静止了。

陌轻尘以冰冷中透着几分古怪的音调，缓缓地道："林池。"

这两个字像是敲在林池的心口上，钝钝地痛，她没想到自己竟然会这么怀念陌轻尘念她名字的声音。

钳制住林池的手逐渐松开，林池朝前多走了几步，拉开了她和陌轻尘之间的距离，这才回头："嗯。"

这种情形下，林池实在不知道该说什么，不禁有些沮丧。她本来想解释两年前为什么会离开，又为什么现在才回来，或者干脆寒暄几句，可是话到嘴边却一个字也说不出来。

就在尴尬之时，外面突然响起了嘈杂的声音，林池心中一凛，从陌轻尘的手中夺过薄如蝉翼的面具，小心地覆盖在自己的脸上。外面的人进来的时候，她刚好将下颌的褶皱抚平。

那位漂亮的凌姑娘一进门便拽住陌轻尘道："定岚，你真是太快了！也多亏了你，宫里的那些侍卫实在太糟糕了。"见陌轻尘没说什么，她转身指挥着身后的侍卫，道："来人，把这两个胆大妄为的人抓下去，关进天牢！"

鬼使神差地，林池竟抬起头看向陌轻尘："可以不抓吗？"

要不是有陌轻尘在，她还是有信心逃走的，就算被关进了天牢，她照样可以越狱出来，可……林池突然很想知道陌轻尘还在乎她吗？

凌姑娘立刻冷冷地瞟向林池："你是什么人？"

林池报假名："和州刺史之女林宛如。"

凌姑娘的嘴角扯起一抹笑："原来是待选的秀女。秀女又如何，你们还不快点抓……"

凌姑娘的话音未落，却听见陌轻尘用冷漠的声音吐出一个字："好。"

陌轻尘平淡地将视线投向林池，道："你走吧。"然后他转眸看向身后的侍卫，"不许动手。"

说完，陌轻尘片刻不留地转身就走，凌姑娘被这个意外的变故弄得愣怔在当场，但随即便冷笑一声，追着陌轻尘出去了。

趴在床上的宫女心惊胆战地望着林池，哆嗦着唇道："你……认得大殿下？我们不会有事吧？"

林池望了门外一会儿，低头冲宫女笑了笑，答道："嗯，认得。应该没事了，我先帮你上药。"

宫女感激地看着林池，眼泪差点流下来。

林池上药的手法很熟练，动作轻柔，几乎没弄痛宫女。她微垂的视线让她整个人显得很是静美，她的身子沐浴在自窗外淡淡透进来的阳光中，让人感到温暖而恬适。

为什么大殿下会喜欢凌燕那样盛气凌人、阴狠毒辣的女人，眼前这个女子明明要比凌燕好无数倍啊！这样想着，宫女不自觉地蓦然抬头问："林小姐，你是不是能触碰到大殿下？"

林池想了想，然后点了点头。

宫女顿时眼眸一亮，激动得难以自抑："林小姐，你为什么……为什么不去大殿下身边呢？那个凌燕就是因为能触碰到大殿下，才会如此嚣张的，倘若我能触碰到……"抬手抹了一下酸涩的眼眶，宫女咬牙道，"但凡在大殿下身边伺候的女子都被她整治得很惨，大殿下有个从小跟在他身边的侍女凌画姐姐，也被她气得离开了……若不是实在没办法，奴婢也不会想着去接近大殿下……"

林池愣了愣，问道："这个凌燕对大殿下怎么样？"

宫女顿了一下，方低声道："她很会讨好大殿下……"她又顿了顿，道，"奴婢伺候大殿下是在一年前，那时候大殿下深居简出，虽然冷漠却不太难伺候。自从半年前凌燕出现后，大殿下才常出现在众人的眼中。凌燕日日缠在大殿下身边，大殿下也任由她胡作非为，什么要求都答应她，她仗着大殿下的纵容，什么事情都敢做，这次若不是有林小姐您出手相救，奴婢只怕……只怕已经被打死了。林小姐，如果您也能触碰到大殿下，那……"

林池垂眸不语。

她当然还记得过去陌轻尘对她的宠溺，不论她想做什么，哪怕是杀人放火，陌轻尘都会陪着她去。不，事实上根本不需要她要求，陌轻尘便已经对每一个伤害她的人痛下杀手了。

如今听到陌轻尘将对她的宠溺给了另外一个人，林池心中不禁五味杂陈。那些好并不是只对她一个人，只是因为他能够感觉到她的触碰，想要挽留她，所以才会那样做。而事实上这也已经得到了证实，陌轻尘有了凌燕，已经不在乎她了，所以才会这样轻易地放她离开。

按了一下突然抽痛的心口，林池轻轻地摇头："我还有别的事情。"

宫女忙道："什么事情？"

林池抿了一下唇："你知道若是涉及宫中的案子，案底会被封存在哪里？"

"不知……"宫女刚想摇头，忽然又道："不，我想起一个地方了！"

压下所有的情绪，按照宫女说的方向，林池小心地在屋顶移动着。突然，一抹黑色的身影闯入了她的视线。

"小姐。"索瞳闪身过来，将林池拽下屋顶，"你怎么才……"

林池道："路上有些事耽搁了。"

索瞳点头，指着不远处看起来很陈旧而又不起眼儿的殿宇道："小姐，我打探过了，应该就在那里。门口有侍卫巡逻，我先去引开他们，你见机行事。"

林池微微颔首，然后俯下身，判断好了距离和方向，在索瞳引开侍卫的同时，如猫般迅速蹿进了殿中。

殿中并没有太多灰尘，只是杂乱无章地堆着许多书册和竹简。林池按照年份找到了自己父母遇害的那一年，然后一册册翻过，越翻越多，林池的心也跳得越来越快。

过去这么多年了，一夕之间，她什么都没有了。挣扎着活下来，最初的信念只是为了报仇，为了不让父母、亲人在泉下难以瞑目，哪怕那个时候的她什么能力也没有。

林池的手指停在一本书册上——《江南富商蔺氏》。心跳得几乎要跃出胸腔，太久了，久到她快要忘掉自己的真名了——蔺安乐。

安乐、安乐，一生安乐，这是爹娘对她唯一的期许，也是不求上进的她唯一的愿望，然而现在便是这个最简单的愿望也实现不了了。现在的她是林池，漂泊不安、被通缉、被追杀、背负着仇恨的林池。

林池将手指触上书页，却不敢再翻下去，打开，就会再次回忆起那个带血的日子。内心挣扎了许久，林池终于继续翻看下去……

砰的一声，门被暴力撞开，林池迅速将书册收入怀中，闪身躲了起来。

"就在里面！"女子的声音极其愉悦，"我的侍女看到那个林宛如潜进了这里，她一定是敌国的密奸，快给我抓住她！"

林池逆光一看，果然是那个凌燕，她就这么容不得人吗？

紧追而来的人拦道："凌姑娘，这里是不能进去的。"

凌燕冷冷一笑："那个人已经进去了，我是抓人，为什么不能进去？你知道我是谁吗？信不信再拦我，我叫你性命不保？"

那人挣扎："可是……"

"没什么可是的！"凌燕将视线转向殿中，神情隐隐带了几分得意，"她就在里面，给我搜！你就算认得大殿下又怎么样，哼哼，大殿下现在正陪着皇后娘娘呢，你可别想像方才那般好运气了！"

眼看侍卫就要搜到林池藏身的地方，林池眯了一下眼睛，快速出手，劈晕了眼前的侍卫，同时夺过侍卫手中的剑，然后脚下一旋，便朝着凌燕扑了过去。林池的动作实在太快，根本没有人反应过来，林池的剑已经架在了凌燕的脖子上。

"放我走。"林池简单地道。

凌燕气得肺都要炸了，但是碍于自己的命还在林池手上，只得压着气道："你若是敢动我一根手指，大殿下不会放过你的。"

闻言，林池掰了掰凌燕的手指。

凌燕暴怒："我要杀了你！"

林池又把剑朝凌燕的脖子贴近了几分。

凌燕压下气道："你先放开我，我就让你走！"

林池："你先让我走，出宫了我就放开你。"

凌燕咬牙："浑蛋浑蛋浑蛋！"她转头又道，"都愣着干什么，还不让开？难道真要我被她杀了不成？"

林池松了口气，架着凌燕朝外走去。

路途很长，变故太多，林池不得不集中精神。

凌燕突然问："你到底是什么人？你是怎么认识大殿下的？"

林池老实地回答："不想告诉你。"

凌燕冷笑一声："我告诉你，大殿下是我的，你想都不要想！"

好大胆的话。

林池恍惚了一下，问道："你喜欢大殿下吗？"

"喜欢？"凌燕也顿了顿，才嗤笑道，"你怎么会问这么可笑的问题？喜不喜欢有什么重要的，大殿下对我言听计从，我要什么他都给我，我要做什么他都同意，这才是最重要的！"仿佛意识到什么，凌燕的眼珠一转，道，"那你呢？你不会真的喜欢大殿下吧？"

"我……"林池一怔。

就在这一怔的工夫，凌燕的手肘突然猛地撞向林池的胸口，林池吃痛，手上一松，凌燕嗖的一下便从她的钳制中脱离了出来。

然而就在那一瞬间，林池的眼睛扫过凌燕因为挣扎而有些松脱的后衣襟，那白皙的脖子上有一个小小的菱花胎记。

"你是……"

林池的话还没说出口，侍卫已经将她团团围住。

凌燕怒吼着道："杀了她！"

林池霎时清醒过来，挥剑抵挡。然而人潮拥来，攻势一波接着一波，林池不禁微微皱眉：人太多了，这样下去，就算她不会被打死，也迟早会力竭而亡的。可是要想逃出去，皇宫这么大，她该往哪里逃呢？

她正思索间，一把刀帮林池挡住了攻势。

"我说，这么多人打一个弱女子，是不是不大好？本大爷实在看不过去了！"黄衣男子架着刀挡在林池身前，挑起眼尾，神情傲慢。

见状，凌燕皱眉道："凌书，你什么意思？"

凌书摸了摸鼻子，挑衅般一笑："就是说，本大爷要救这个女人。"

凌燕冷笑道："你要跟我对着干吗？就凭你一个人也想救人？"

"当然不止他一个人。"一个样貌温婉的女子走上前来，微笑道，"如果再加上我呢，凌小姐？"

凌燕倒退一步，道："你们是要同大殿下唱反调吗？"

凌书笑着摇头："蠢女人，我们只是看你不顺眼而已。同大殿下唱反调，你还真是看得起你自己，你真的以为自己会是我们的少夫人吗？"

凌燕怒极："你们等着、等着……"

凌书一脸不屑的表情,露出一个极其欠揍的笑容,随后扭了扭身子道:"等就等,你能拿本大爷如何啊?本大爷很期待呢!"

凌画没再理凌燕,而是转身看向林池,目光略显复杂: "你回来了?"

她知道自己是谁……林池立时僵住,不知道该怎么回答。

凌画叹了口气,走上前来抱住林池,语气里夹杂着庆幸、喜悦,还有淡淡的怅然:"你终于回来了,少夫人。"

自从林池自陌轻尘身边逃开后,凌画就再没叫过她少夫人,此刻突然听见这个称呼,林池也怔了一下。

"这次就算是不择手段,也……"

林池眨了一下眼睛: "什么?"

凌画笑得毛骨悚然: "也不能让你再这么随便丢下公子了。"

随即,林池后脑一痛,神志瞬息涣散。为什么这一幕这么熟悉,好像以前凌画也这样对她过,然后她就……

等林池睁开眼睛坐起身子,发现眼前一片黑暗,过了半天,她才看清楚眼前的情景。这里好像是一个房间,她正躺在里间的床上,覆盖在身上的被子是丝质的,很滑,空气里有股淡淡的冰雪气息,安静而寂寞。

大脑停止转动了几秒钟,林池才撑着有些眩晕的脑袋准备下床。以前她反应不会这么迟钝的,撞到脑子,果然有点麻烦。

林池正这样想着,可还没等她下床,已有人越过屏风走了进来。冰雪般的气息更加浓郁,淡淡的月光流淌进屋中,那个人的轮廓渐渐明晰,林池不禁瞪大了眼睛。

那个人很平静地走过来,很平静地掀开被子躺了进来,手指在触到林池的身体时猛地顿住,然后整个人坐了起来,水墨色的眸子紧紧盯着林池,小心地试探着问: "林池?"

林池的心跳骤快,一瞬间仿佛要蹦出胸腔。

陌轻尘的手指试探般又一次轻轻地触碰上了林池的身体,动作很缓慢,他像是在确定着什么,空气里立刻浮动着若有似无的暧昧气息。

林池咽了口口水,糟糕,好像呛到了: "喀喀喀……"

冰冷的手指顺着林池的脊背抚了两下,林池这才缓过气来,但之前的暧昧气息也一下消散了。

陌轻尘垂下手,问: "你为什么在这儿?"

185

这个问题我也很想知道……林池正想着，手抚上心口，突然脸色一变——那本书册呢？

林池这才发现自己身上的衣服也被换掉了，她连忙坐起身，不由自主地道："凌画，凌画呢？"

陌轻尘的神色变淡："是凌画送你来的？"

林池点头，又急道："她在哪里？我身上的东西不见了！"

陌轻尘深深地看了林池一眼，垂眸道："我带你去。"

林池忙感激地点头："多谢。"

然而林池却未防备陌轻尘突然伸过来的手，他猛然发力，一下便拽掉了林池脸上的那层易容面具，又看了一眼林池后，这才带着她出门。

因为急于找到那本书册，林池并没有留意到陌轻尘微微黯然的表情。

两个人不多时便来到了凌画住的地方。凌画倒是大方地承认了帮林池换衣服，换下来的衣服要么丢了，要么就是送去了浣衣局。林池连忙赶到浣衣局，翻前翻后，总算找到了自己的衣服，而那本书册正浸泡在水中，里面的字早被洇得看不清楚。

她辛苦了两次潜入皇宫，好不容易找到这本书册，却没想到会变成这样。一时间，林池只能紧紧地握着书册，什么话也说不出来。

不知过去了多久，从悲痛的情绪中清醒过来，林池站起身，卷了卷书册丢到一旁。反正她失望过不止一次，再多一次也没什么。

"这是什么？"

林池微微一愣，回首，便见到陌轻尘正站在她身后，一双眸子平静地望着她。

想了想，林池还是摇头，就算现在跟陌轻尘说又有什么用？想到这儿，她忽然想起白天所见，忍不住开口问："那个凌燕，她是……"

陌轻尘移开视线，淡淡地道："我能碰到她……和你一样。"

"我知道。"林池点了点头，然后低下头，"她……"

她话还没说完，就听见陌轻尘道："她很喜欢我，每天跟在我身边……不用担心，并不是非你不可。"虽然他还是平淡的口吻，可不知为何，林池总觉得从中听到了赌气般的意味。

赌气？也是，就算两年前两人分别，还是她排斥陌轻尘多一点，再加上她的无端离开，陌轻尘会生她的气也很正常。他并不是非她不可，只要能感觉到对方是谁，陌轻尘其实并不介意吧？

林池又点了点头，声音里有她自己都没察觉到的苦涩："嗯，方才在你的房间，你是将我当成了她吧？"所以在看见床上多了一个人时，陌轻尘才并不感到惊讶。

陌轻尘："对，她比你乖。"

林池道："我知道。"

"她不会忤逆我，不会讨厌我，不会对我冷漠，不会想逃开我。"

"我知道。"

"所以有没有你并不重要，就算你离开也没有关系。"

林池："……"这种话说一次就够了，他用不着说这么多遍的。

林池不想再谈下去，抿了抿嘴道："既然她这么喜欢你，那我也就放心了，你可以放我出宫吗？"

陌轻尘的回答干脆利落，还是那个简单冷漠的字："好。"

林池低声道："多谢。"

可是林池没有等到陌轻尘的回答，只看见陌轻尘突然闪身挡在她面前，像是极力压抑着什么，道："为什么不开心？"

林池茫然："什么不开心？"

陌轻尘死死地盯着她："我说可以放你出宫，你为什么不开心？"

林池努力地想要挤出笑容："没有，我挺开心的，真的。"

陌轻尘朝她走近了一步，斩钉截铁地道："你骗人。"

此时,浣衣局的宫女们早已入睡,夜空被云雾遮蔽,更显得夜晚寂静,落叶可闻。

林池往后退了一步，拙劣地辩解道："我没有……"

"你骗人。"陌轻尘看着她固执地道。

林池被逼得又往后退了一步，实在有些难堪，她的好脾气也终于压抑不住了，冲着陌轻尘吼道:"我骗不骗人、开不开心，和你又有什么关系？反正你也不在……"

"乎"字还没出口，林池的唇就被人堵住了，紧接着她便被陌轻尘一下拥入了怀中。他抱住她的手微微颤抖着，像是完全控制不住自己。

紧接而来的便是陌轻尘霸道的吻，毫无技巧可言，他只是固执强硬地想要吻着林池而已。浓烈的不安和深深的眷恋在唇齿间被逐渐放大，像是无穷无尽的贪婪的欲念，连灵魂都开始为之战栗。

哐当一声，一个铜盆被人踢翻，滚动了几下才落入水槽中。

林池的神志被拉回，她猛然推开陌轻尘，看向门口。只见凌燕正呆呆地站在那里，像是被抽空了魂魄般，全无方才的盛气凌人。

但也只是一刻，凌燕便迅速恢复平常的神情，大步走到陌轻尘身边，水润的双眸紧紧盯着他，像是只能看到他一样，委屈地道："定岚，我好讨厌这个人，可以杀掉她吗？"她用那样天真的口吻说着要剥夺他人性命的话。

林池怔了一下，道："你……"

凌燕连看都没看林池一眼，更加委屈地道："定岚，难道她比我还重要吗？"

林池："你为什么会变成这个样子？"

陌轻尘对凌燕的话却无动于衷，一言不发地站在原地。

凌燕回头，凶狠地对林池道："别一副跟我很熟的样子！"

林池张了张嘴道："我是安乐姐姐，你忘了吗？安雁……"

那个菱花胎记林池记得很清楚，分明是她的庶出妹妹蔺安雁身上的，而这张脸，虽然较当年变化了许多，轮廓却是与当年一般无二的。虽然她和这个妹妹的关系并不亲厚，可是如今家人尽亡，安雁算是林池在这个世界上唯一的亲人了。

"什么？怎么可能？你不是已经……"死了吗？凌燕的神情瞬间变得难以置信，"不，不可能！我不认识你！"

林池轻声道："安雁，我看到了你的胎记。"

凌燕的神情变得更加凶恶："看到又怎么样，难不成你还想同我认亲？我告诉你，绝对不可能！从小到大，我最讨厌的人就是你了！以前是，现在是，以后也是！"她转头又对陌轻尘道，"定岚！我只求你这一件事，杀了她好不好？"

陌轻尘的目光很平静，回答却是完全不假思索："不行。"

凌燕愤慨道："为什么？"

不知何时，凌画双手环胸地出现在众人身后，目光冷冷，带着讥诮："你还没看出来吗？我家公子喜欢的人根本不是你！赶走我算什么本事，要是真有本事，你不妨试试看，你和她谁在公子心里的分量更重。"

和凌画一起赶来的凌书也抄着刀闲闲地道："本大爷真受不了你的这个假名，姓什么不好，非要姓凌，真让人恶心啊！"

凌燕仍死死地盯着陌轻尘，仿佛还在期待陌轻尘会像过去无数次那样听从她的话，帮她做无论多么匪夷所思、可恶过分的事情。

只是这次她失望了，陌轻尘根本没有回应她的意思，而是径直走向了林池。

凌燕咬了咬牙，转身便走。

陌轻尘走到林池面前，低声问："你很难过？"

被人说讨厌，而且还是自己目前唯一的亲人，林池觉得这一刻的伤心实在是一言难尽。天知道自己在认出安雁的那一刻有多欢喜，然而……

微冷的手抚在林池的脑袋上，陌轻尘用他那独特的清雅低沉的声音道："别难过了。"

林池摇头："我没事。"

陌轻尘："刚才……对不起。"

林池："什么？"

陌轻尘用另一只手摸了摸自己的唇，林池的脸一下子红了，凌燕对她的打击，让她一时都忘了陌轻尘之前对她做了什么。

轻叹了口气，林池道："没事。"反正她也不是第一次被亲，何况更亲密的事情都已经做过了。

"我在乎。"陌轻尘突然开口。

隔了一会儿林池才反应过来，他是在回答她之前的那句"反正你也不在乎"。

"刚才我说谎了。"陌轻尘纤长浓密的睫羽扑扇了一下，落寞的阴影落在完美的脸颊上，"在房间里，我没有把你当成她，我只是……"把你当成了幻觉。

我并不是故意要说那些话让你不开心的，我只是觉得害怕，几年前的记忆以及你的不辞而别，都令我异常不安。

陌轻尘忽然停住，不敢再说下去了，他的神情也骤然恢复了刚刚重逢时的冷淡，转身就走。

林池："……"这又是怎么了？

凌画忙道："少夫人，你还不快去追啊？"

林池："追？"

凌画道："对啊！你打算让公子就这么意志消沉地走掉吗？"

林池："可是……"不是他话说到一半就撇下她，然后自己转身走掉的吗？

凌画推了推林池，"没什么可是的，再不追就追不上了啊！"见林池还没反应，凌画立即换上一副哀戚的神情，抹了抹眼角，声音哽咽道，"这两年，公子其实过得很不好，我们看着都很难过。少夫人，你只是稍稍安慰一下公子都不行吗？即使只是让他睡个好觉也好，公子他真的已经……"

看着林池远去的背影，凌书不由得感慨："阿画，你的演技是越发好了啊！"

凌画也感慨："唉，还是林姑娘好，真是怎么看怎么顺眼。"

凌书冷哼："喂，之前是谁一天到晚说林姑娘太冷淡、太平凡，根本配不上公子的啊？"

凌画咳嗽了一声，扭脸："有比较才有好坏嘛！"

林池追出去之后，并没有找到陌轻尘，想来也是，陌轻尘的速度哪是她追得上的。在宫里绕了几圈，找不到路，茫然了片刻，林池正想着接下来该去哪儿，就被一个人拦住了去路——她的妹妹蔺安雁。

"站住。"凌燕看向林池，眼眸里含着暗光，"你真的是我的嫡姐蔺安乐？"

林池不明所以，但还是点了点头。

见此，凌燕又问："那你和姬定岚到底是什么关系？"

林池不知道该怎么解释，思考了一下，才道："两年前，我同他的关系跟你和他现在的关系差不多。"

凌燕皱眉："原来你就是……"她的神色变得更加复杂，"为什么偏偏是你？"

林池不解："什么意思？"

凌燕突然走近一步，抓住了林池的衣袖，道："你能不能离开这里，离开姬定岚？"

林池："为什么？"

凌燕没有回答林池的问题，而是问道："你知道我为什么这么讨厌你吗？"

林池一怔，没有说话。

"因为从小到大，所有的好都是你的。你只要随便努努力，他们就会说安乐小姐好聪明、安乐小姐好厉害、安乐小姐是蔺家的骄傲。父亲喜欢你，奶奶也宠着你，那么多贵重漂亮的首饰和衣服总是让你先挑，所有人第一个看到的总是你，可你总是一副身在福中不知福的样子，好像你根本不在乎那些。"

林池："我……"

那时候她的确不在乎，因为生活太过简单美好，所以她根本不会去思考那些事情。

凌燕打断林池，情绪陡然激愤起来："可是无论我怎么努力，他们总是看不到，就算我再想要那些东西，娘亲都会告诉我，要我让着你，因为你是嫡女，你才是蔺家大小姐！我努力让自己更像个名门闺秀，去学你不屑一顾的琴棋书画，去讨好所有人，可你什么都不需要做，就能得到比我多得多的东西！"

林池："抱歉，我并不知道……"我不知道你是那么在乎那些东西。

凌燕抹了抹眼睛："所以当我从死人堆里爬出来，为了活着，丧失尊严、忍受屈辱的时候，我唯一感到高兴的是，以后再也不用生活在你的阴影下了。可你为什么没有死，为什么还可以这样平静地出现在我面前，抢走属于我的东西？"她的声音近乎咆哮，"又是这样，我拼命地接近姬定岚，拼命地讨好他，铲除一切可能的威胁，因为我只有他了，可你一出现就想夺走他，凭什么？凭什么？"

林池抿了一下唇："不是这样。"

"怎么不是这样？我讨厌你！我讨厌死你的性格了！为什么你这样一副什么都不在乎、什么都不去争取的样子，却偏偏还有人对你好？"泪水不受控制地涌出眼眶，凌燕死死地盯着林池道："我求求你，放过我好不好，把姬定岚让给我好不好？反正你也不在乎他。你离开他，走得越远越好，行不行？"

林池慢慢走近，伸出手一点一点地擦去了凌燕脸上的泪水。

"你的努力，过去我并不知道，可是现在，它是建立在伤害别人的基础上的。"林池叹了口气，沉下声音一字一顿地道，"如果我没有赶到，那个宫女是不是已经被你杀了？除了她，应该还有别人吧？要是我没记错的话，你刚才想让陌……姬定岚杀了我，是吗？"

凌燕抬起头来，眼中满是惊讶和惊恐地看向林池，这样的林池让她觉得好陌生。

"我的脾气是好，但也不是没有原则。我很高兴你能活着，但并不代表我同意你利用姬定岚仗势欺人去做坏事。"林池低头笑了笑，"能活下来，你不容易，我也没你想的那么轻松。过去我是真的不知道，也没想到你对我有那么大的怨愤，我本以为我们姐妹好不容易重逢，以后可以……我有一点失望，不，是很失望。可是，就算不是因为这个，我也不可能答应你。"

这次换凌燕用不解的口吻问道："为什么？"

林池："姬定岚是个人，他选择谁是他自己的意愿，他并不是一个能够让来让去的东西，而且……"林池的声音突然低下来，"我好像……喜欢他，比你更喜欢。"

话说出口的瞬间，林池感到自己内心的某个地方像是突然通畅了。因为陌轻尘强行把她留在身边，因为陌轻尘强暴过她，因为陌轻尘没有正常人的感知……这些心结让林池下意识地排斥陌轻尘对她的好，排斥陌轻尘为她所做的一切，甚至排斥自己对陌轻尘的感情。

然而，两年前被迫选择离开的时候，林池的脑海中闪过的第一个念头是——如果她这样离开了，陌轻尘会不会受伤、会不会难过？

无法解释的心悸、无法解释的感情，一点点随着时间沉淀，在两人再度重逢的那一刻，一下子变得汹涌而清晰。

在看到陌轻尘和凌燕在一起的时候，林池觉得难过；在听见陌轻尘喊她的名字的时候，林池觉得怀念；在被陌轻尘吻住的时候，林池的心跳会猛然变快，几乎无法呼吸……

她不是喜欢想太多的人，可喜欢就是喜欢，就算会受伤，就算陌轻尘只是因为能感觉到她才对她好，也无法改变她喜欢上他的事实。

"是……真的吗？"

林池点了点头，唇畔溢出一抹浅淡而苦涩的笑，却在反应过来说这句话的人是谁的时候，蓦然回头。

几步的距离，陌轻尘站在那里，依旧是倾国倾城的模样，银发被风吹散，发丝遮掩下是一张辨不清情绪的面容，唯独那双漂亮的眼睛紧紧地盯着林池，好似生怕眼前的一切都是幻觉。

林池的脸腾的一下红了起来，这种表白被抓现行的事情她还是第一次遇到，之前就算她再喜欢杜若，也只是憋着不敢说，可没想到……

在反应过来的第一瞬间，林池就想逃跑，可是陌轻尘的速度比她更快。林池还未来得及迈步，陌轻尘已经死死地拽住了她的手，把她一点点拉到了自己怀中。

陌轻尘那细长的墨色眼睛里漆黑无影，浓稠得犹如深渊，他低头看着林池，重复道："刚才……是真的吗？"

林池脸红道："松手。"

陌轻尘眨了眨眸子，却还是紧盯着她："你说你……喜欢我？"

林池的脸更红了："放开啊！"

陌轻尘摇头道："回答我。"

林池无力："能不能当我没说过？"

陌轻尘迅速回答道："不能！"

林池叹气："我喜不喜欢你，真的有这么重要吗？"

陌轻尘眨了一下眼眸，点头。

"定岚……"凌燕低声唤道，同时猛地伸手去推林池，林池闪身避过，凌燕差点摔倒在地，她突然放声大笑，笑容苦涩至极，"输了，我还是输给你了。"

林池抿了抿唇，弯腰想去拉凌燕。

"不用你拉！"凌燕狠狠地甩开林池的手，从地上爬起来转身便走。

林池轻声对陌轻尘道："她好像也很喜欢你。"

陌轻尘自始至终没有再看凌燕一眼，视线一直停留在林池身上，道："不一样。"

"什么不一样？"

陌轻尘握着林池的手，贴近自己的心口："这里不一样。"

就算再冰冷、再不像人，陌轻尘也还是有心跳的，此时正一下一下地快速跳动着。

"就算能感觉到她的触碰，可是这里没有感觉。"陌轻尘握紧林池的手，努力想着词语，"可是想到你，这里就很……你跟我说过的，痛！"

林池心里微微一震。

陌轻尘转开脸，长出一口气道："你走了，我很难过，但是也很庆幸。"

林池下意识地问："庆幸什么？"

陌轻尘合了一下长睫，缓缓地道："你不喜欢我，我很庆幸自己没做什么过激的事情。我不敢去找你，不敢去见你，甚至不敢离开这里。本以为找到一个喜欢我而且我可以感觉到的人代替你，但还是不够……"

林池："可是之前你见到我的时候……很……"很平静、很冷淡。

陌轻尘低头："我不敢说，因为我很害怕，害怕被你讨厌，害怕自己会像以前一样……"

林池："以前？"

沉默了好一会儿，陌轻尘才像下定决心般道："你不是我第一个能感觉到的人。"

"那第一个是谁？"

陌轻尘又合了一下眸，脸上竟然露出痛苦的表情："她叫竺颜，是我的师妹。"顿了顿，他才艰难地道，"可是我杀了她。"

"不用说了。"林池突然反抱住陌轻尘，轻轻地摇头，"不用勉强自己，你看起来……非常痛苦。"

就好像伤疤被硬生生地撕开，陌轻尘脸上的表情是那么脆弱，让林池觉得他好像轻轻一碰就会碎掉。

下一刻，林池再次被陌轻尘紧紧地抱在怀中，那种强烈的悲恸情绪混杂着恐惧和不安，让林池也为之一震——他到底在害怕什么呢？

"林池。"

林池回神，道："嗯，我在。"

陌轻尘又道："林池。"

"我在。"

"你真的……喜欢我吗？"

那么强烈的需要她的感觉，让林池的心完全软下来，这次，她不再避开话题，点头道："嗯。"

两人沉默了许久，她才听见陌轻尘渐渐恢复平静的声音："陪我去一趟祁山，我把一切都告诉你。"不说出来，我会更难过。

林池道："好。"

第十五章
往事如烟尘

跟索瞳和静王世子交代一番后，林池就跟着陌轻尘走了。

然而，等坐上马车后，林池自己都觉得有些不可思议。该做的事情她都没做，怎么就放下一切，莫名其妙地跟着陌轻尘一起去祁山呢？她费神地想了半天也想不出来为什么，只好怏怏地坐回马车里，看向车窗外。

祁山，林池自然听说过，那是武林中声望极高的一个门派，就连这届的武林盟主也是出自祁山，只不过……如果她没记错，陌轻尘不是在很多年前就叛出祁山了吗？为什么还要回去？

她正出神地想着，突然有人戳了戳她。林池回头，就见陌轻尘递过来一个食盒，掀开盖子，饭菜的香味立时扑鼻而来。

陌轻尘有些忐忑："我记得你以前喜欢……"

林池的眼睛登时一亮，一盒子美味啊！而且都是陌轻尘做的。

林池连忙道："不只以前，我现在也喜欢啊！"说话间，她已经用筷子夹了一块鱼肉放进嘴里，咀嚼了半天，却珍惜到不敢下咽。

陌轻尘弯起眼角："喜欢就好。"

林池的眼角忽然有些湿润，她不知道该说什么，更不知道该做什么。

突然，陌轻尘伸出手臂环住了林池，将线条优美的下巴放在她的头上，然后缓缓地开口，声音低沉到沙哑，依然带着悲痛，却比之前好了许多："边吃边听我说吧。认识竺颜的那一年，我才十多岁……"

多年前，祁山。

"他就是……可他看起来……"

"喂，你不要命了吗？那是妖怪啊！还不快走？被他碰到可是会死的！"

"快走啊！你不怕死吗？"

姬定岚在山脚站定，冰冷的眸子扫过那些四散消失的人，紧绷的小脸上没有任何表情。即便如此，那张脸依然漂亮得风华绝代、倾国倾城，无论从哪个角度看，都完美得不似凡人。

他一步步朝着山上走，刚才还在笑闹玩耍的孩子看到他后瞬间便安静下来，然后发出一声声惊叫，看向他的目光中满是恐惧，随后便四散逃开。

姬定岚明白这些人惊恐是因为什么。三天前，他刚刚把一个不小心触碰到他的少年摔了出去，少年被他摔断了七根肋骨，右手和左腿也被摔断，现在还躺在床上，奄奄一息。

其实，他并不是故意要伤害别人的，那只是在被人触碰的瞬间下意识的举动。他的身体没有任何感觉，所以他无法分辨对方的举动是出自善意还是恶意，身体才会不由自主地进行防御。可是他并不想解释，因为就算解释了也没有用，别人不会相信，反而会更加惧怕他。

对此，其实他早就习惯了，自打出生，宫里的人就用畏惧的眼光看他，不像在看一个人，而是在看一个怪物。自从他能够自如地操控自己的身体后，就再也没人近过他的身。

起初，他对自己的样貌并未在意，直到有一天……

"你有没有觉得大殿下真的好可怕啊？那么小的孩子，竟然连笑都不会，还有那银色的头发和妖怪一样的眼睛……"

"可不是吗？一被那双眼睛看到，我就觉得骨子里发冷，恨不得离他越远越好。"

自那之后，他还遭到过一次刺杀。

当时，他正靠在院中的大树下小憩，被侍卫的惊恐声吵醒后才发现呼吸困难，身体几乎无法动弹，低头一看，他的胸口插着一柄刀，鲜血大量喷涌出来。其实，他并不是没有察觉到异样，只是因为没有痛觉，所以才没有在意。若不是侍卫发现得早，他恐怕已经无知无觉地死去了。

此后，姬定岚失眠了许久，再不肯让人接近。再之后，他又遭遇了几次刺杀。而随着武功的精进，他便养成了下意识地攻击想要触碰他的人的习惯，不管那个人是否有恶意。

一直走到祁山的大殿前，姬定岚才略停下脚步，然后迈了进去。

"都学会了。"

姬定岚将书册丢下，祁山掌门计蒙微微一怔："这些秘籍你全学会了？"

姬定岚轻轻地点头，拔剑问道："要试试吗？"

计蒙叹气道："不用。这些常人要练三四年才能学会的武功，你只用了短短三天……这样的天赋……"却是在这样的身体里。

姬定岚并不在意他说的话，收剑问道："还有吗？"

计蒙抚额："祁山的秘籍都快被你学完了啊！"

姬定岚只是静静地看着计蒙，即便他什么也不说，依然会有浓浓的压迫感从他的身体里散发出来，也不知道他这么大的孩子到底是从哪里来的这么强大的气势。

计蒙又叹了口气，从怀中取出两本秘籍塞给姬定岚："好吧、好吧，给你。这次给我练慢点，听到没有？"

姬定岚收了秘籍，转身便走。

计蒙的声音从姬定岚的身后传来："我叫人送张桥去回春谷了，他的性命应该没什么大碍，不过他以后可能都没法习武了。"

张桥是那个被姬定岚打伤的少年的名字。

姬定岚的脚步定在原地，良久，他才继续朝外走："我知道了。"声音平静无波，犹如深潭。

直到走出大殿，姬定岚才垂下眼眸，取下腰间的剑，坐在殿前的台阶上。他用力捶了一下石阶，手掌一侧顿时红了一片，几许血丝溢出，却没有丝毫痛觉。他捏住手掌挤了挤，血滴便争先恐后地溢了出来，可他还是没有感觉。他有些沮丧，还有一些茫然，不想这样什么都感觉不到。

突然，一只风筝落了下来，被风吹到姬定岚脚边。姬定岚怔了一下，才慢慢拾起来。

远处传来娇细的女声："我的风筝、风筝……"

而后是渐次响起的男声："没关系，小师妹，我去帮你捡！"

"对，师妹，我也去！"

捡起风筝，姬定岚顺着声音走了过去。

"啊，你是……你是那个……"

"大家快跑啊，妖怪！银发妖怪！"

几乎在一瞬间，所有人都四散开了，只有一个人还站在原地。姬定岚不禁有些疑惑，走近了才发现一个少女扭到了脚，正惊恐地看着自己，像是快要哭出来："你别过来、别过来……风筝我不要了、不要了……"

就在这时，另一个人影突然出现，挡在少女身前："喂，不许伤害小若，听到没有？"

姬定岚抬起眸，眼前站着一个看起来比他还小的少女，一身祁山弟子服，黑发被一根系带绑在脑后高高地束起，表情生动无比，看起来很有活力。

姬定岚眨了一下眼眸，把风筝放在地上，转身就走。

"哎，你是来还风筝，不是来杀人的啊？"少女疑惑的声音自姬定岚身后响起。

姬定岚的脚步顿了一下，又继续往前走。

"可是他们都说你是杀人不眨眼的妖怪……等等，别走这么快啊你！"

突然，姬定岚感觉有人骤然接近自己，下意识地挥手，却在触碰到那人的瞬间猛然一怔，挥出去的手强行收了回来。那是一种比身体的自然反应更快的意志，难以置信得想要确定的意志——能摸到、触碰到、感受到，比梦境还要不可思议。

"喂，你做什么？快放开我啊！"

姬定岚拽着那人的手强硬地将她拉进了自己怀里，那种温暖和真实的感觉让他的灵魂都在震颤——居然能够感受到……

"你是谁？"为什么能让我感觉到？

少女挣扎得满脸通红："我为什么要告诉你？你这个登徒子，快放开我，我要被你勒死了！浑蛋！放开我，听到没有！"

姬定岚只简单地重复着："告诉我。"

少女挣扎不过，只得吼道："竺颜，我叫竺颜！好了，你可以放开我了吗？"

放开？他怎么可能放开？这可是他十多年来，第一次能够感觉到的人呢。

竺颜被迫留在了姬定岚身边。

她喜欢弹琴，姬定岚就寻了世上最好的名琴和几乎失传的名谱给她。

她喜欢漂亮的衣服，姬定岚就叫人给她做了成百上千套新衣随她挑选。

她想要什么，姬定岚都会用最快的速度帮她取到。

她不想看到什么，那样东西就会以最快的速度消失。

起初，这对于竺颜来说是个很新鲜的体验。姬定岚长得非常好看，他只要远远地站在那里，就会让人觉得整个世界都因他而变得苍白无色，都只能看到他的存在。细长的眼睛、薄薄的唇、精致的五官，无一不是神的杰作，而现在，姬定岚只看着她、陪着她。而她的所有要求，姬定岚都会满足，把她宠得犹如公主一般，她就像一夜之间坠入了幻梦，美好到不真实。

"定岚？"

"嗯？"

竺颜按着琴弦，歪头道："你说你想换个名字？"

姬定岚点头，他不喜欢现在的名字，不喜欢北周大皇子这个身份，更不喜欢那个皇宫。

"'陌轻尘'这个名字怎么样？"

"为什么叫陌轻尘？"

竺颜的眼神却有些落寞："因为你长得太漂亮、太耀眼了，我很有压力啊！陌轻尘、莫倾城，就是要你别这么倾国倾城嘛！而且你不觉得'轻尘'很好听吗？喂，你在听我说话吗？"

"陌轻尘。"姬定岚轻轻地念了一遍，然后淡淡地道，"好。"

"这样的日子能一直这么过下去就好了。"竺颜笑叹着抚动琴弦。

琴音自竺颜的指下流淌出来，流水般滋润人心。

那是他们最美好的时候。

只是这样近乎软禁的宠溺到底不能长久，竺颜去哪里，陌轻尘就跟去哪里，其他人也不敢再接近竺颜。她的世界里只剩下陌轻尘一个人，陌轻尘会答应竺颜提出的每一个要求，却唯独不答应放她离开。

陌轻尘是足够完美，可是他没有感情，不知道什么是爱什么是恨，只是单纯地想要将竺颜留在身边，不管她愿不愿意，也不管她真正想要什么。陌轻尘确实是只对她一个人好，可那种好是建立在能感觉到的基础上。陌轻尘本性残忍而冰冷，竺颜越来越觉得不安、害怕，整夜睡不好觉。

竺颜开始试图逃跑，一次，失败；两次，失败；三次，还是失败。

"为什么要跑？"陌轻尘又一次把竺颜抓回来，浅淡的墨眸平静地望着她。

竺颜笑得有些苦涩："你觉得我是为什么呢？"

陌轻尘："不知道。"

竺颜："那我问你，你喜欢我吗？"

陌轻尘一顿，眉头微微皱起："什么是喜欢？"

竺颜不禁大笑起来："你看，你连什么是喜欢都不知道……陌轻尘，那你为什么非要留下我？"

陌轻尘："陪我不好吗？"

陪你？可是你只是因为寂寞，只是因为能够感觉到我，才会让我陪着你。

竺颜笑出了眼泪，但是她一点也不想被这么留下，不想被这么留一辈子！

到了年节，陌轻尘必须回明都，竺颜则留了下来，陌轻尘便让所有侍卫都留下来看着她。

陌轻尘回来的时候竺颜没有逃掉，但是陌轻尘没想到的是，她身边却多了一个男人。陌轻尘看见竺颜隔着墙为那个男人弹琴，边弹还边隔着墙对那个男人微笑，神情是他从没见过的放松和喜悦。事后陌轻尘才知道，墙那边的男人也是祁山弟子，喜欢竺颜很久了，只是一直不敢开口。后来见竺颜独自住在这里郁郁寡欢，便每日采花隔着墙送给她，陪她说话，告诉她外面的趣闻，久而久之，竺颜也动了心。

陌轻尘觉得很不开心，竺颜是他的，怎么可以被别人抢走。但是竺颜挡在那个男人身前，清楚地对陌轻尘说，如果他想要伤害那个男人，就先杀了她。

那是陌轻尘生平第一次嫉妒，嫉妒竺颜护着那个男人，嫉妒竺颜会为了那个男人不顾一切，嫉妒并没有人这么护过他……

于是，陌轻尘说："跟我回去，不然我杀了他。"

竺颜答应了，但是从那以后，她再也不跟陌轻尘说话了，也再不展颜欢笑。不论陌轻尘怎么讨好她，竺颜都不再理他，讨厌他，不愿意留下。

竺颜日复一日地消瘦下去，翻滚着的负面情绪也让陌轻尘不安起来。

直到有一日，陌轻尘听见院中有轻灵的欢笑声，悄悄地走近，却看见那个男人正趴在墙头唱歌，唱的是民间小调，荒诞可笑，完全不成调子，听起来是那么滑稽，一直情绪低沉的竺颜却笑了，而且笑得那么开心。

陌轻尘转身离开，做了一件叫他后悔一生的事情——他喝了酒。

那是他生平第一次喝酒，书上说，酒能解愁，他想试试。

自厨房寻了两坛酒，陌轻尘便闭上眼睛猛喝起来，两坛子酒喝完，他的意识已经不再清醒，整个人感觉轻飘飘如抵云端。

陌轻尘是被惨叫声吵醒的，那个男人躺在血泊中，身上满是剑痕，而陌轻尘手里的剑还在不断滴着血……

那个男人死了之后，竺颜却一改之前的作风，她开始吃喝，并且恢复了之前的笑颜，消瘦的身体也逐渐长了肉。她会对陌轻尘微笑，会给陌轻尘弹琴，好像一切都回到了什么都没发生过的最初。

陌轻尘以为竺颜终于想通了，便放下心来，继续如从前那般讨好她。陌轻尘问竺颜想要什么，竺颜很干脆地说她想要琴曲，很多的琴曲，她想谱一首很好听的曲子。于是，陌轻尘竭尽所能地为竺颜找来了无数琴曲。

之后，竺颜没日没夜地伏案谱曲，终于有一天，她笑着对陌轻尘道："我写好了，可以弹给你听吗？"

陌轻尘自然点头。

竺颜笑道："你可以闭着眼睛听吗？这样听的感觉才更好嘛！"

陌轻尘道："好。"

悠扬的琴声响起，如泣如诉，幽怨落寞，夹杂着难以洗脱的怨恨之情，像火焰熊熊燃烧般一次性涌了出来，随着曲调渐渐升高，琴声凄厉得宛若杜鹃啼血。

陌轻尘这才感觉到不对劲，但更快他便发现自己的身体动不了了。陌轻尘猛地睁开眼睛，只见竺颜不知何时换了一身白衣，勾着嘴角微微笑着，眼角眉梢都是决绝，像是在用生命弹这一曲。因为太过用力，竺颜的十指都溢出了鲜血，顺着细若发丝的琴弦流淌下来……

一曲终了。

"终于弹完了。"竺颜冲着陌轻尘笑起来，笑容里满是冰冷，"好听吗？这里面包含的可都是我对你的感情呢。"

陌轻尘道："放开我。"

竺颜道："这种药粉只够麻痹你一会儿工夫，用不了多长时间你就能动了，不过……那要等我死了以后。"

竺颜从怀里取出一柄刀，放进陌轻尘的手里，仍笑着："因为能感觉到我，所以想一直让我陪在你身边对不对？"她握住陌轻尘的手，攥紧，然后将刀刺向自己的心口，"好啊，那我就陪着你，永远陪着你，到死都陪着你……"

竺颜就是这样的人，爱憎分明，强烈到决绝。

"不！"这一声惨叫连陌轻尘自己都没有意识到有多么令人恐惧和颤抖。

可是刀刃还是慢慢刺进了竺颜的心口："不？为什么不？你不是想让我一直陪着你吗？你应该很开心啊！"鲜血从竺颜的口中溢出，她大笑，"杀不了你，我就只能杀了我自己。不过这样也好，你就一个人活着吧，一个人痛苦地活着……

"陌轻尘，我诅咒你……

"诅咒你一辈子都得不到你心爱的人，就算得到，她也会马上离开你……

"哈哈哈，陌轻尘，我恨你！恨死你了！"

刀猛地全部插进了竺颜的心口，竺颜的身体颤抖了一下，紧接着她吐出一大口鲜血，握住陌轻尘的手也终于松开了。

竺颜慢慢地闭上了那双永远也不会再睁开的眼睛，从容貌上看，她依稀还是当初那个爱笑爱闹的少女，只是脸庞上多了浓重的怨恨……

——"陌轻尘"这个名字怎么样？

——为什么叫陌轻尘？

——因为你长得太漂亮、太耀眼了，我很有压力啊！陌轻尘、莫倾城，就是要你别这么倾国倾城嘛！而且你不觉得"轻尘"很好听吗？喂，你在听我说话吗？

——这样的日子能一直这么过下去就好了。

可是，再也没有了。

不知道该怎么安慰陌轻尘，林池放下筷子，拍了拍陌轻尘的手，小声道："别难过了。"

陌轻尘用力地抱住林池，道："我不难过，只是害怕。"

林池："害怕？"

陌轻尘动了动唇："我……"他的身体微微颤抖着，分明传递着一种不安。

林池旋即明白过来："是害怕会重蹈覆辙吗？"

所以他才在与她重逢的时候用那种态度对她，是因为不想接近她，害怕自己会伤害到她？

陌轻尘嗯了一声，闭上眸负气般道："而且两年前你跟别人走了，我以为你很讨厌我。"

林池笑道："我不是说过嘛，我没讨厌过你。"

她对他实在讨厌不起来，就算知道他做过那么多错事，就算他伤害过自己，可是对着这样小心翼翼的陌轻尘，就连厌恶、憎恨都变得无力。他不是故意要做错什么、要伤害谁，而是因为他不知道这是不对的。

这样想着，林池却又觉得好像哪里不对，顿了顿道："可是你以前从没有提到过这些事情。"

陌轻尘垂眸道："你离开之前，我才想起来。"

林池恍然了一下："原来是这样。"

难怪当时北周皇帝会那么肯定陌轻尘不会去找她，应该也是这个缘故吧？

陌轻尘更紧地抱着林池。

林池："别抱得这么紧啊，我都要喘不过气来了。"

却听见一声浅浅的笑在耳畔响起，林池奇怪地道："你笑什么啊？"

陌轻尘用下巴蹭了蹭林池的脑袋："你还在，我很开心。"

你没有因为我跟你说的这些事情而惧怕我，我很开心。

你没有因为我对你做过的那些事情而厌恶我，我很开心。

你说你喜欢我，我很开心。

真的，很开心……

"呃，这个给你。"林池把食盒里剩下的一半糕点递给陌轻尘。

陌轻尘不解地看着林池。

林池咳嗽了一下："很好吃，吃了心情会好一点，反正我是这样的。"

不等她说完，陌轻尘已经接过糕点，漂亮的眼睛弯了起来。

马车一路无事地朝着祁山驶去。快到祁山的时候，林池却有些犹豫起来："那个……不是说你叛出祁山了吗？这么大摇大摆地走进去没有问题吗？"

陌轻尘摇头道："没事，我们不进山。"

马车绕过祁山，朝着山后的山谷驶去，林池这才知道陌轻尘要去哪里——墓地。

她没有料错，下了马车后，陌轻尘带着林池径直走到了山谷深处。

他是要给竺颜上香吗？林池的目光扫过谷中的数个墓碑，最终停在了其中一块墓碑上，而陌轻尘的脚步也停了下来。

只见那块墓碑前正站着一个人，一个看起来约莫三十岁的男人，剑眉星目，容貌俊朗，嘴角噙着若有似无的笑意，眉目间却含着淡淡的倦意。

"我以为今年她的忌日你不会来了，去年你就没有来。"男人看着陌轻尘道，低沉的声音带着磁性，很是好听，他转眸看向林池，"这位是林池林姑娘吧？在下是祁山掌门计蒙，也是陌轻尘曾经的师父。"

竟然是祁山掌门，他和陌轻尘的关系不是很恶劣吗？至少师父和一个打伤自己还叛出门派的弟子之间不应该这么平静吧？林池虽然觉得奇怪，但还是点了点头。

计蒙微微颔首，对陌轻尘道："我已经上过香了。"他又转头对林池道，"林姑娘，如果觉得无妨，能不能陪我走走？我想跟你聊聊。"

林池看出他是有话要对自己说，点了点头："好。不过既然来了，我也给竺姑娘上一炷香吧。"

计蒙的眼中闪过一抹异色，但随即他便笑起来："好。"

燃了香，插进香炉中，林池轻声道："竺姑娘，虽然有点过分，不过，呃……愿你在天之灵能够安息。陌轻尘真的不是坏人，这样恨一辈子也是件很辛苦的事情吧？能忘就忘了吧！"

林池和计蒙走出了一段距离后，计蒙才缓缓地道："说真的，你刚才说的话让我感到很惊讶。"

林池："嗯？"

计蒙笑了笑道："我以为他跟你说了那件事情后，你会觉得陌轻尘很可怕，会对他产生恐惧之心，至少会对竺颜产生排斥感，毕竟她是陌轻尘第一个能感觉到的人。"

林池摇了摇头："我所认识的陌轻尘不是那么可怕的人，所以无论他以前做了什么，都对我没有影响。"顿了顿，她又道，"竺姑娘已经死了。"

计蒙失笑："你的脾气怎么这么好？"

林池疑惑："脾气好不好吗？"

"不，很好。"计蒙笑道，"那能不能告诉我你对这件事情的看法？你就一点都不害怕吗？万一有一天陌轻尘对你做出了同样的事情……"

林池想了想，老实地道："我很同情竺颜，可到底没法感同身受。我不是她，就算遇到相同的事情，我也不会让局面糟糕到那种程度。"

计蒙愣了一下，怔怔地看向林池。

林池感到莫名："怎么了？我说的有问题吗？"

计蒙突然大笑起来。

林池更加莫名："你笑什么啊？"

林池稍觉郁闷，她说的话很可笑吗？

"我是在开心，如果陌轻尘能早点遇到你就好了。"计蒙叹了口气道，"竺颜的性格和你完全不一样，她是个孤儿，从小便被收养在山上，小时候常被人欺负，寻常女孩要么哭哭啼啼，要么咬牙忍了，她却一定要报复回去，疾恶如仇，受不了半点委屈和伤害。出了那件事情后，我也感到很意外，但这确实是她会做出来的事情。若是我能早点预料到……"

林池："呃，别难过了。"不得不说，她安慰人的话非常匮乏。

计蒙竟又笑了："还让你来安慰我，实在不好意思。不过，那件事情对陌轻尘的打击真的很大，你应该知道他原本是没有这段记忆的。因为竺颜死了之后，他受到了强烈的刺激，有一段时间他的情绪很不稳定，根本没法控制自己，就像喝醉了酒一样。他应该也跟你说了，他喝醉酒后完全变成了另外一个人。不得已之下，他的父皇才找人用金针帮他锁住了记忆。"

林池垂下头，道："嗯。"

陌轻尘醉酒后的样子她当然知道，完全是另外一个反面的陌轻尘爆发。

计蒙叹道："两年前他恢复了记忆，我知道是因为你。可是，不光他的父皇、母后害怕，我也很害怕。他没有记忆，不知道自己曾经做过多么残忍的事情，而你又不喜欢他，还另有心上人，若他一时没控制住自己，只怕又会让悲剧重演，所以他的父皇才会强迫你离开。"他顿了顿，忍不住道，"他的父皇也不是坏人，只是爱面子。这几年，最心疼陌轻尘的人恐怕就是他了，因为陌轻尘这孩子比他小时候还惨，他一直想做个好父亲，却一直失败……我今天会跟你说这些，也是陌轻尘的母后拜托我的，她说皇帝陛下这两天睡不好觉，老是半夜跑到东宫偷窥，又怕被发现，只好又跑回来泡茶……"

林池："为什么啊？"他不是陌轻尘的爹吗？

计蒙挑眉，一脸嫌弃地道："怕当年棒打鸳鸯的事情被发现后被儿子讨厌呗，不过，反正他儿子已经很讨厌他了，再讨厌点也无所谓的。他那个人只是看起来像那么回事，最爱做的事情就是作茧自缚，自以为是地搬起石头却砸了自己的脚，其实蠢得不得了，就算后悔得内伤了，也死撑着不肯说实话，当年他就……"他刹住，然后道，"喀喀，我扯远了。"

他说的那个人真的是皇帝陛下吗？林池回忆起那个气势逼人的皇帝陛下，只觉得他很让人敬仰崇拜啊！

计蒙拉回话题："所以，你也别太讨厌皇帝了。"他默默扭头，低声嘟囔，"帮他说好话，真是件很令人不爽的事情。"

"嗯，不过……"林池点点头，实在忍不住，问出了她一直想问的问题，"陌轻尘不是在武林大会上重伤了你，然后又叛出师门了吗？你为什么……"还这么积极地帮他解释？

"呃，你说那件事啊。"计蒙咳嗽一声，然后别开脸去，"那是意外，算是我对不起他，当年他杀了竺颜的心上人的事情，是我一不小心泄露给竺颜的，我理亏嘛，就让着他了。叛门也就叛了，反正我也没什么可再教他的了。"

真相竟然是这样吗？林池有点不敢相信："可是传闻……"

计蒙道："传闻只是传闻而已。好了，我们也该回去了。"

林池咽下惊讶，慢慢消化着计蒙的话。

计蒙又道："虽然没什么立场，不过，我还是希望你能好好对待陌轻尘。其实我一直不喜欢那孩子，可又忍不住同情他。他要的其实不多，他的本性也不是残暴嗜杀的，只是缺乏正确的引导罢了。你若对他没有感情，便早些离开，若是真的喜欢他，就给他多一点爱吧。"

林池愣了一下，然后点了点头。

计蒙："你猜他今天为什么要带你来这里？"

林池摇头："不知道。"

计蒙笑了笑，视线投向远方，语气有些缥缈："陌轻尘恐怕正在……"

墓碑前。

陌轻尘一动不动地在原地站了许久，才慢慢走近墓碑，用手摸着墓碑道："收回诅咒可以吗？"唇微微抿起，他漂亮的脸蛋显得有些暗淡，"恨我，就冲着我来，怎样都可以，但是别让她离开。"因为太过用力，墓碑的一角被陌轻尘捏成了齑粉，散落在地上，"我已经知道什么是喜欢了。"

陌轻尘侧眸，忽然发现林池不知何时已经站在他身旁，他立刻按住了怦怦乱跳的心口。

喜欢——他喜欢看林池开心的样子，喜欢看林池吃东西的样子，喜欢陪着林池、抱着林池，最重要的是，如果林池讨厌他，就算他再难过，他也会放开她，因为林池被伤害，他会更难过。

第十六章
安乐何处归

正是落英缤纷的季节，陌轻尘和林池在祁山吃了顿午饭才往回走。

林池掀开车帘，沿途种了成片的桃树，此时桃花开得正艳，不时有花瓣无声地坠地。如织游人的声音远远传来，林池不自觉地绽开笑容，美景如斯，近在咫尺，令人心旷神怡。

"你喜欢？"陌轻尘问。

林池点头，感叹道："好漂亮。"

陌轻尘想了想道："喜欢回去种。"

林池摇头："很麻烦吧？"

陌轻尘迅速道："不麻烦。"

反正不是他种。

林池："还是算了，下次想看再来便是，而且……"她接住一片飘落的花瓣，语气中满是遗憾，"这花也不能吃。"

陌轻尘默默地转身，掏出一个糕点盒："桃花酥。"

桃花酥芳香可口，咬下去，口感松脆，而后桃花馥郁的香甜滋味便溢满了唇齿，好美味！

陌轻尘微扬嘴角："喜欢吗？"

林池拼命地点头。

陌轻尘揽过林池，让她靠在自己怀里。林池小小地挣扎了一下，但陌轻尘的怀抱实在舒服，再加上她的注意力已经全部放在了那盒桃花酥上，她便干脆窝进陌轻尘怀里，心满意足地边吃边舔手指。

陌轻尘一只手环住她，一只手轻轻挑开了车帘，视线由林池移向窗外，心口像是被什么填满了一样，非常温暖。

林池是除非事情近在眼前，否则什么都不会去想的人，这样一路跟着陌轻尘，直到快到明都，她才觉出有些不对头。

林池抓了抓头："那个……我好像还被通缉着。"

陌轻尘握住她的手："没事。"

她又抓了抓头："我把和州刺史的千金打晕了，然后冒充她去参加选秀的。"

陌轻尘把林池抱在怀里，道："没事。"

林池："而且我还没跟师姐、静王世子和索瞳交代，还有凌燕和你父皇……"

陌轻尘摸了摸她的头发："没事，回去后我给你做好吃的。"

林池："……"为什么他完全不担心啊？

可是听陌轻尘这么说，林池竟莫名地觉得很安心。呃，那她也不用担心这么多了吧？还是再多睡一会儿好了。

有陌轻尘在，无论是入城还是进宫都无人盘查，就这么吃吃睡睡，林池跟着陌轻尘回到了东宫。

吃饱饭后，林池便躺到床上睡了一觉，可是还没睡醒，便有人来打搅她了。

"你……"林池揉了揉眼睛，"安雁，有什么事情吗？"

凌燕："你这几日……"

林池打了一个饱嗝。

凌燕顿时气炸："我在跟你说话！"

林池揉了揉肚子："我知道，我在等你继续说啊！"

凌燕明显会错意，立即看向她的肚子："你的肚子……是因为定岚……"

林池痛苦地点了点头。

陌轻尘做的菜实在太好吃了，结果她吃得太多，现在肚子撑得有点难受。

凌燕倒退两步，捂住嘴："怎么可能？定岚他怎么会做……"

陌轻尘做菜，听起来好像是不大可能的事情。

林池只好点头道："但是真的……"

凌燕的身子立时摇晃起来，好像随时都会倒下。

呃，她是没吃饱吗？林池想了想，忍痛从身后取了一样东西，刚回过头，便看见凌燕又一次泪流满面。

"喂，等等……"

凌燕已经跑远了。

林池："……"

她正准备好心地分一点点心给凌燕，毕竟对方是自己的妹妹嘛，不过……算了，还是她自己吃吧。

随后，林池又倒在床上继续睡，正睡得迷迷糊糊，又有人走了进来。

"少夫人！"温婉的女声中气十足地道。

接着便见人影一闪，凌画已经凑到床边，紧张地问："少夫人，那个凌燕有没有来找过你？"

林池迷迷糊糊地道："有……"

凌画立即打断她："我就知道！公子准备送她离开了。这个讨厌的女人，一定是来找你求情的是不是？啊，你这种脾气，一定答应了对不对？你怎么能答应呢？好不容易才把这个讨厌的女人赶出去呢！"她来来回回地走动着，裙摆在地上扫来扫去。

听到凌画的话，林池立刻清醒了："那个……"

凌画将右拳击在左掌中："这样好了！你千万不要去找公子，我先去跟公子告黑状，这次一定要让她翻不了身！总之，有她没我，有我没她！"

林池："她没……"

凌画："好了，我走了！少夫人，你好好休息哦！"

林池："……"她根本不想听自己说话啊！

待凌画走远，林池叹了口气，又倒回了床上。只是这次她怎么也睡不着了，正辗转反侧时，门再一次被撞开了。林池不禁疑惑，这次又是谁？

"出来！"魔音穿耳。

林池无奈至极地撑着额头坐了起来，只见一袭华衣的清秀少年站在她面前，在看到她时，少年顿时眼若铜铃，道："怎么是你？"

林池："哎，你不是……"

"我还说呢，我哥又从哪里带回来的狐媚子，没想到竟然是你！"二皇子姬定峦用不乏酸涩的口吻道，"你不是两年前就走了吗？现在还回来做什么？"这口气怎么有点像正室盘问小妾的感觉？

林池："我……"

不等她说完，姬定峦就朝她逼近一步，双手叉腰气势汹汹地道："哼，你不要以为有我哥护着你，你就可以像那个讨厌的女人一样为所欲为，你跟那个讨厌的女人根本就是一丘之貉。"

林池："讨厌的女人？"这话好耳熟，"你是说凌燕？"

一听见这个名字，姬定峦顿时露出一副苦大仇深的表情："对，就是那个女人！真是气死我了，要不是我哥不许，我早就捶死她了，捶死、捶死……"他握手成拳捶向身边的床柱，"啊，手好痛！"

林池："她很过分吗？"

姬定峦揉着捶痛的手，怨妇般控诉道："当然啦！她天天黏着我哥，跟我哥撒娇，恶心死我了！也不看看自己长什么样，丑死了，身上还总是涂脂抹粉的，难闻死了。最可恶的是，她不许我哥接近我，还说我坏话，说我会抢我哥的皇位。开玩笑，怎么可能？真是浑蛋……啊，手疼……"

林池看着姬定峦捶得通红的手，好心地问："二殿下，你的手……我这儿有伤药，你要吗？"

"要！不对……"姬定峦狐疑地望着林池，"你对我这么好干什么？想讨好我？告诉你，不可能的！哼，你根本配不上我哥，我哥是我的，听到没有？"

林池："呃，二殿下，你的假发歪了。"

姬定峦立即尖叫一声，捂着自己的头发，想要将其扯正，不料一扯之下，假发整个掉了下来，立刻露出了头上根根竖起的短毛。

林池："其实……"

姬定峦白了林池一眼，凶神恶煞般道："不许说！再难看你也不许评价！你什么都没有看到，听见没有？"然后他抱着头，夹紧屁股一溜儿小跑着消失了。

林池："……"其实她想说那短毛挺可爱的。

林池缩回被窝，想再睡个回笼觉——这下不会再有人了吧？

可是她还没睡到一刻钟，门吱呀一声又被推开了。

林池："……"

我就知道会是这样，不管了，我要睡觉！

打定主意，林池将整个脑袋都缩进了被窝里，同时双手捂住耳朵，身子蜷曲，用被子把自己裹成了一个球。

那个人走进来后并没有吵闹，而是慢慢地朝林池走了过去。林池更用力地捂住耳朵，死死地闭上了眼睛。

感觉到身侧的被子陷了下去，想必是对方坐在了床榻上，林池默念：无视、无视……

那个人倒也不吵闹，只是坐在那里，林池不动，那个人也不动，极有耐心的样子。大概过了半刻钟，还是没有一点动静，林池不禁疑惑，难道对方已经走了？

她悄悄地从被窝里探出半个脑袋来，正对上了那双闪着光的细长眼睛，只听对方道："醒了？"平静的声音里透着淡淡的温柔。

装睡不成，林池只好把整个脑袋都露了出来。

陌轻尘将林池连着被子抱起来，柔软的银发一缕缕垂下，拂过林池的脸颊，绸缎般凉凉的、软软的，很舒服，不知道摸起来是不是也这么舒服。

林池探出手，轻轻地抓了一缕银发，然后在指间一点一点绕着。银发如流水般，在阳光下不断折射着熠熠的光，她不由得感叹道："好漂亮！"

任由她把玩着自己的头发，陌轻尘弯起眼眸，在林池的额头上印了一个吻，而后问道："要不要出去？"

林池惊讶地道："啊？"

陌轻尘眨眼："不想出去？"

林池立即狂摇头，又疑惑地道："去哪儿啊？"

陌轻尘："你想去哪里？"

林池抓头："也没有特别想去的地方，呃，哪里有好吃的？"

陌轻尘低头沉吟了一下，抱了抱裹成一团的林池道："那跟我出去吧。"

反正也睡不着了，林池从被子里出来，慢吞吞地穿着外衫，穿完了她才想起来问："你为什么突然要带我出去啊？"

陌轻尘："呃……"

半个时辰前，书房里。

"那个……"陌轻尘想了想道，"和喜欢的人在一起，应该做什么？"

凌书闻言，邪恶地一笑："当然是做喜欢做的事情了！"

陌轻尘直接问道："什么是喜欢的事情？"

凌书笑得越发邪恶："当然是……"

陌轻尘："不行，会被讨厌的。"

凌书泄气："不然，公子你想做什么？"

陌轻尘瞟他，意思是"要是知道，我还问你吗"。

凌书叹气："那就去约会好了。"

陌轻尘："什么是约会？"

凌书："公子，你不会吧？看了那么多书，难道里面都没有提到吗？"

陌轻尘面无表情地道："你给我的那些书里只有做喜欢做的事情……"

凌书瞪大了眼睛——不是吧？我连一本正常的书都没给过公子吗？

想了想，林池又问："几个人去？"

陌轻尘回答得很快："两个。"

林池笑了笑，点头。这样也好，她也不想跟着一大帮人出门。

对于进明都，林池还是挺感兴趣的，毕竟来了几次，都没有机会在城中好好地逛上一回。

可是，如果和陌轻尘一起出门的话……她还记得很久以前和陌轻尘一起流落到某个小镇时的情景。呃，他们真的能出去逛吗？不会被围观吗？

转念又想到陌轻尘那种纵然被围观也泰然自若的态度，林池不禁叹了口气，在自己的衣柜里翻找了许久，终于摸出两片薄如蝉翼的东西。将其中一片贴在自己脸上，黏好，林池又凑过去，将另外一片贴在了陌轻尘的脸上。

陌轻尘没有感觉，所以自始至终只是眨着细长的眼睛看着林池。

林池也看着他，脸倒是变得很平凡，可是他那双眼睛也太漂亮了吧？脸跟眼睛根本不配啊！甚至脸将那双眼睛衬托得更漂亮了！

林池又在衣柜里一顿翻找，终于翻出一个遮单眼的眼罩将陌轻尘的一只眼睛遮上，然后又用纱帽兜住了陌轻尘的银发，这回他总算看上去不那么显眼了。可是……林池默默地看着陌轻尘，怎么有种作孽的感觉呢？

陌轻尘抱着林池，纵身几跃就出了宫，没惊动任何人，不得不说，武功逆天有时候还真是很方便。

站在宫门外，林池有点茫然，可是还没回过神来，她就被陌轻尘牵着手慢慢往前走了。陌轻尘的手很温暖，上面还有练剑时留下的薄茧，让人觉得非常安心。

日薄西山，天边染上了一抹夜色。

没过多久，林池就站在一条热闹的巷弄里，叫卖声不绝于耳，不断有食物的香气迎面飘来，光是闻，就让人食指大动。

摊头第一家是卖杏仁饼的，林池想也没想便掏银子买了两块，一块塞进嘴里两下吞掉，另一块则转身递给了陌轻尘。

陌轻尘拿着饼，眨了一下眼睛，林池这才想起来："我都忘了你吃不出味道了，要不……"

她还没说完，就见陌轻尘已经咬住饼，也许是因为戴着眼罩，他的表情显得有些呆滞，但也出乎意料地可爱。

心情大好，林池忍不住绽开了笑颜，陌轻尘的表情却变得更呆了。

林池顿时大笑起来，当即再不管其他，拽着陌轻尘一个个摊铺逛过去。街上都是卖各种小吃的，林池每样尝一点，好吃便多买些，不好吃就交给陌轻尘……喀喀，反正陌轻尘不挑食，而且林池喂他什么他就吃什么。两人一路走来，倒是从没有过的轻松惬意。

直到林池吃得肚子有点撑了，才想起来问："你怎么知道这里的啊？"陌轻尘这种人，应该不会知道这样的地方吧？

陌轻尘犹豫了一下，从怀中取出一本小册子递给林池。林池接过一翻，上面详详细细地写着明都所有适合男子和女子幽会的地方，吃喝玩乐之所应有尽有。除此以外，甚至哪里适合做那种事情都写得清清楚楚，好像生怕看的人不明白。在书册的末页，是一行极为潦草的字迹：属下尽力了！凌书。

林池："……"

陌轻尘："不对吗？"

林池沉默了一会儿，挠了挠头："也没有……算了，我们再看看还有什么好吃的。"

两人走着走着，突然几滴雨落在了肩头上，林池拉着陌轻尘忙躲到一间茶楼的屋檐下。

雨来得悄无声息，却又势不可当，一会儿工夫便大雨倾盆而下，噼啪声不绝于耳，整个世界都笼罩在了雨幕中。街上的人立刻奔跑着寻找躲雨的地方，摊贩们个个手脚麻利地收摊走人，整条街迅速安静下来，只有哗哗的雨声响在耳畔。

林池不禁在心中怨念：喂，我还没吃完呢，怎么都走了？而且雨下得这么大，我们要怎么回去啊？

没等她怨念完，就听见陌轻尘在她耳边道："等我。"随后陌轻尘的身影迅速消失。然而眨眼工夫，林池便看到陌轻尘已经撑着一柄青竹伞，缓缓地朝她走来。

两人回来时，雨小了，落寞轻寒。陌轻尘那倾城的容貌、无双的银发、慑人的气势都在林池的巧手下遮掩了起来，此时的陌轻尘看起来和所有人都一样，只是万千世界芸芸众生中平凡而普通的一个。

莫名地，林池竟又一次听见了自己心跳加快的声音，她忽然有些明白竺颜的心情了。陌轻尘光芒耀眼的时候，站在他身边，纵然他只对你好，仍然叫人觉得不安。但这一刻，漫天雨幕中，谁也没有注意到他们，他们只有彼此，她忽然有种安心的感觉。

"要回去吗？"陌轻尘望了一眼天际。

林池摸了摸鼻子，笑道："再走一会儿吧！"

两人撑着一把伞，并肩走在一起，再平凡不过的画面，再温馨不过的场景。雨下得越来越大，雨水打在竹伞上发出噼啪的声响，林池的心情跟着这雨声，抑制不住地欢快起来。

公子倾城

著 维和粽子

下册

青岛出版社
QINGDAO PUBLISHING HOUSE

第三卷

轻尘坐白首
不相离

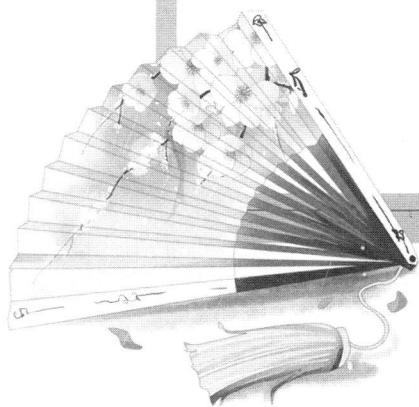

第十七章
庙宇避冷雨

两人不知不觉走到了城郊，目之所及，有一间庙宇。

"在这里休息一会儿？"

陌轻尘点头。

林池伸了一个懒腰，正想说点什么，突然发现陌轻尘半个身子都湿透了。她一怔，道："你方才撑伞的时候……"她身上一点湿迹都没有，一定是陌轻尘把伞都打到她这边来了……

陌轻尘也像是才发现，对林池弯了弯眸："没事。"

"什么叫没事啊！"林池忍不住道，"万一染了风寒怎么办？你……"她突然想起两年前陌轻尘受的那次风寒，不禁狐疑，"喂喂，你不会是故意的吧？"

陌轻尘眨了眨眼睛："什么故意？"

"就是……"他不会已经忘了吧？林池泄气地道，"算了，先进庙里，看能不能生火给你烤烤衣服。"

陌轻尘走近林池一步，拖住她的手，低声道："这次不是。"说完，他就打了一个喷嚏。

他果然还是受寒了。林池无奈地道："别说了，快进去。"

但他们刚一进去，林池就发现有些不对。

庙里好像还有人在说话，外面雨声太大，她方才并没有听清……

林池觉得不能这么沉默下去了，实在太尴尬了。她斟酌了一下，正要开口，突然听见陌轻尘的声音："竟然是真的……"

林池下意识地问："什么真的？"

陌轻尘简洁地回答道："书。"

书里竟然真的会有人这样说吗？

林池跟不上陌轻尘的思维，只好继续问："什么书？"

陌轻尘的长睫飞快地合拢又掀开，他望向林池："你感兴趣？"

林池："也不能说没有，呃，稍微有那么一点吧。"

陌轻尘又合上眼睫，用极低的声音报了几个书名。

林池："……"我嘴贱！我为什么要问！

陌轻尘打了一个喷嚏，揉了揉挺直的鼻梁："你若是感兴趣，我可以找给你……"

林池飞快地道："不用了，谢谢！"

不远处一对野合的男女仍在旁若无人地做事情。

陌轻尘眨眼："阿嚏……"

林池退后一步："我们还是快走吧！"

不等林池出门，只听得一道方才还在抵死缠绵的声音道："两位看得可过瘾？"

"不知两位怎么称呼？如此雨夜又怎会出现在这里呢？"男子不紧不慢地走向两人。

林池："我们只是路过而已……"

"哦，路过？"男子勾起一抹邪笑，"谁信？你信吗？"他看向陌轻尘。

陌轻尘："我信。"

男子怔了一下，面上冷了冷，才道："既然两位不愿意说，那就让我来猜吧……"他指向林池，"一个富家千金。"然后他又指向陌轻尘，"一个瞎眼下人。"

他摸了摸光滑的下巴："你们是出来私奔的对不对？定然是你们两人两情相悦，但是千金的父母不同意，并想害他，于是你们俩携手在一个雨夜私奔，恰好出现在这里……哈哈哈，本公子果然聪明过人，不愧是明都第一才子。"目光闪了闪，男子用摸自己下巴的手摸向林池，"小美人，这个半瞎子有什么好的，本公子……"

林池干脆利落地抬腿踹人。男子瞬间被直直踹到庙墙上，再从墙上重重地摔下来。

男子默默吐血，他是惹上什么不该惹的人了吗……

林池按了按手上的关节，咯吱作响，声音令人毛骨悚然，而后她嘟囔道："好久没动手了，还是活动一下比较舒服。"

男子强撑着脸上的表情："你知道我是谁吗？"

林池又一拳揍过去。

男子捂脸泪奔："壮士！我错了！壮士，饶命啊！"

陌轻尘靠着墙："阿嚏阿嚏……"

好像真的受风寒了，他走到女子身边，平静地问："可以把被褥借我一下吗？"

林池："……"

揍完，林池才想起来问："呃……那个，你到底是谁啊？"

男子捂着脸："呜呜呜……"

林池："你别这样，好像我欺负你了一样。"

男子将脸捂得更紧："呜呜呜……"

倒是旁边怯弱的女子低声道："他是……"

男子低喝道："别说！"

林池道："说！"

女子低垂着眉眼打量了一下两人，吞咽了一口口水道："他是顾丞相之子顾渊……"

咦……为什么有点耳熟？林池想起好像在秀女的驿馆听说过……

"你就是那个英俊倜傥潇洒不凡的明都第一才子顾渊？"林池试探着问。

男子哽住一口气："要打便打，不要再羞辱我了！"

林池："我没有……"

男子："你有！"他好想吐血……

林池叹气："好吧，我有。"

男子："……"他更想吐血了，这是怎么回事……

林池有点抱歉："那个……对不起，我不大喜欢被别人碰，再加上刚才手有点痒，就……"

男子别过头，面对着墙，决定不理林池了。

庙外风雨飘摇得越发厉害，狂风急雨间一道闪着金光的雷骤然劈下，林池登时眼前一白，天际骤然亮如白昼，随之雷声轰隆而至，震天动地。

当真是一个电闪雷鸣风雨交加的夜晚……

林池又叹了口气，看向陌轻尘："咦，你哪里来的被子？"

陌轻尘老实地指着女子道："她借给我的……阿嚏……"

女子裹着单衣瑟瑟发抖，一脸惊惧地望着林池。

她有这么可怕吗？林池摸了摸鼻梁道："你还是还给她吧，她看起来比你还冷。呃，我生点火吧……"

还好庙中有前人用过的枯木堆，林池从怀里取出打火石，摆弄了一会儿，便燃起火来。

陌轻尘自然而然地坐到林池身边烤火，只是一边烤火一边还不停地打喷嚏。

林池有点心疼，便道："你先把衣服脱下来烤着吧，呃……顾公子，借你的衣服一用没事吧……"

顾公子闷声不理人，林池当他默认。地上的包袱里正摆着一套干净的衣衫，显然是他们为了"事毕"以后换的。

闻言，陌轻尘倒是没什么意见，乖乖便要动手脱衣服，林池咳嗽了一下："那个，你……"

喂喂，这里不止两个人啊，你怎么就这么脱了！

"嗯？"陌轻尘不解地看她。

林池扭头："你去后面换吧。"

陌轻尘似乎不大愿意，但还是绕到后面去了。

林池用木棍拨弄着火舌，一时只能听见火舌燃烧的噼啪声。

此时只有她们两个人，未免有些尴尬，林池只好没话找话地问女子："那……你是谁啊？你们怎么会此刻在这里？"

女子裹着被褥，依然惊惧得颤巍巍道："小女子……小女子……"她咬着唇，怎么也不敢说。

见状，林池也不好勉强，只好换个话题："你和顾公子……"

女子立即捂住脸，露出一副羞愤欲死的样子："呜呜……"

林池："……"喂喂，别这样啊……她真的有这么可怕吗？

"林池。"

忽然听到陌轻尘的声音，林池回头，顿时鼻腔一热，她连忙捂住鼻子。

只见不远的地方，陌轻尘正侧身立着。光亮透过庙门直射进来，勾勒出他的轮廓，又瞬息暗去，但只那一刻便也足够让人看清他如今的模样——陌轻尘的手肘上正挂着换下的衣衫，同时身上套着他的外袍。松垮垮的白色外袍并没能遮住陌轻尘的身躯，莹润而白皙的胸膛若隐若现，光滑的肌肤散发着如玉般淡淡的光泽，发丝垂下，柔顺地滑过肩膀，但重点不是这个！

重点是：陌轻尘的另一只手正拿着掉下来的易容面具！那张倾国倾城的脸蛋此时正没有一点阻隔地对着林池，再配上那样一副任人蹂躏的模样……

林池霍然转过头，捂住鼻子道："你先把……把衣带系上！"

她一直都知道陌轻尘有多好看，可是刚刚才适应陌轻尘平凡的样子，却突然间见到这般景象。强烈的反差加上陌轻尘如今的样子，她的脸颊和耳根不受控制地红了起来，火辣辣一片。

不对啊，明明刚才那个顾渊也是这么一副样子，为什么她都没觉得有什么大不了的？

陌轻尘平淡的声音里似乎带着些苦恼："我的手没空，你帮我系。"

林池道："不要。"

陌轻尘："为什么？"他顿了顿又道，"你为什么转过头去？"

林池转回来："因为我……"

在目光触及陌轻尘的瞬间，林池再次捂住鼻子，飞速转身。

还是……好……好刺激……

在看到对面的女子时，林池立即找到了平衡——对面那个女子的反应明显比她还强烈：两管鼻血流了出来，女子却似浑然未觉，只是呆呆地看着陌轻尘。

不过……等等，为什么她会有点不爽啊？！

林池沉吟了一刻，果断地道："把湿衣服丢给我，系好衣带再过来！"

陌轻尘闷闷地嗯了一声，把衣服丢给她。

定了定神，林池摊开陌轻尘的衣服烤了起来，但没过一会儿，林池就又听见陌轻尘略低的声音："系错了……"

林池抚额："……"

将衣服放下，林池起身绕到后面，就见陌轻尘的衣带上下扣错……也是，虽然同是男装，但顾渊的这件衣服和陌轻尘的外衫并不一样，陌轻尘大约只穿得惯自己的衣服。

低垂着头不看陌轻尘的脸，林池把注意力集中在衣带上，手指灵活地解开，又一一重新系上。

直到她系到最顶端，她的手被人抓住了。

林池："喂喂，你……"

她一抬头，便见陌轻尘正看着她，细长的眼睛在夜里泛着好看的光，流光溢彩得让人几乎没法直视。他的手指修长而骨节分明，有淡淡的凉意，就像陌轻尘眸中那令人分辨不清的情绪，微凉而沁人，透过眼眸，直入心扉。

为什么心跳会加快……

漂亮的眼睛直勾勾地盯着她，陌轻尘微微垂下头，唤她的名字："林池。"他清淡的声音有些低哑，却也因此带了几分难以言喻的性感。

林池想挣脱开，但是……糟糕，为什么她动不了了？！

电闪雷鸣，大风呼啸。林池眼见陌轻尘的脸越靠越近，暧昧的气息也越发浓烈。

陌轻尘："阿嚏！"

林池："……"

陌轻尘扭过头："再来一次……"

"再来个头啊！你都受风寒了！"林池不容分说地拽过陌轻尘的手臂，同时将面具重新贴在陌轻尘的脸上，道，"既然衣服已经换好了，就快来烤火！"

两人坐在火堆前，气氛从两个人的沉默变成三个人的沉默。

林池一脸平静地看着火堆，陌轻尘的表情略显挫败。

女子抹了抹鼻子，又揉了揉眼睛，才像是如梦初醒般道："您……您是那位殿下吗？"

陌轻尘眼也没抬。

女子却还是盯着他，喃喃地道："肯定是吧，不然怎么可能长成这般……"

像是想起什么，陌轻尘抬起了眼皮。女子立即猛吸一口气，卷了卷被子问："您要吗？"

陌轻尘摇头，眸中没有半分涟漪。

女子一下红了脸，恢复到羞愤欲死的状态，但又忍不住偷瞄陌轻尘。

"这事怎么做才会……"陌轻尘拧了一下眉。

顾公子立即一笑，露出一副内行人的表情："这事你就问对人了。"

林池："喀喀……"

顾公子滔滔不绝。

林池抽搐着嘴角道："你可以别说了吗？"

顾公子爱抚着怀里的女子，斜睨了她一眼："我不是说给你听的，是这位公子想听。"

陌轻尘想了想，道："嗯。"

看着陌轻尘认真的表情，林池克制了半晌，道："那我先出去看看外面。"

但很快她就后悔了，尤其回来之后看到陌轻尘还是一副认真听讲虚心学习的模样。

顾公子依然在激昂亢奋地指点江山，那女子已经像水一般融化于他的怀中了。

林池："你……"

顾公子转头，俊眉轻挑，神采飞扬："怎么了？"

林池："你是假冒的吧，你根本不是明都第一才子吧！"

顾公子："……"他明明就是！但为什么他突然有种暴露了不敢承认的感觉……

林池转头问陌轻尘："听完了吗？"

陌轻尘："差不多了……"

林池好脾气地对顾渊道："那麻烦你回去吧。"

顾公子不情不愿地搂着自己的女人坐回了角落。

外面的雨没有丁点儿变小的意思，林池看了一眼窗外，忍不住打了一个哈欠。

陌轻尘："困了？"

林池点头。

陌轻尘张开手臂。

这是林池很熟悉的动作。两年前，她其实已经和陌轻尘睡得很习惯了，习惯陌轻尘身上的味道，习惯了陌轻尘的温度，甚至习惯了陌轻尘的身体，温暖而柔软。明明之前并不是那么喜欢的事情，但不知道为什么此时她竟然有些怀念——怀念那种两人抱在一起相濡以沫的感觉。

只犹豫了很短的时间，林池便在陌轻尘身前坐下，陌轻尘的手臂自然而然地环住林池，林池的背脊也顺势抵住了陌轻尘的胸膛。

他好像……瘦了……

是她的错觉吗？

但很安心的感觉一下子回来了，冰雪般的气息在周身弥漫，她也……并不讨厌被陌轻尘抱着睡觉。

困倦无声来袭，眼皮一合，林池很快就睡着了。

醒来的时候发现脖子有点痒，林池侧眸一看，才发现陌轻尘的唇正贴在她的颈侧，若即若离。

林池："你在做什么？"

陌轻尘想了想，道："亲你。"

庙外的雨已经停了，天空放晴，明媚无云。几丝微风吹动她的额发，也吹散了她身体里莫名的感觉。

她不是讨厌他，就算她心理上已经承认了喜欢他，但身体还是会下意识地排斥。这好像不大好，可是……

林池有点沮丧地揉了揉自己的脸颊。

走回庙中，林池不去看陌轻尘，只简单地道："雨停了，我们走吧。"

陌轻尘不敢强迫她，便微微点了点头。

良久，陌轻尘："阿嚏……"

果然……他还是受风寒了。

跟着林池回去，一路上陌轻尘都在不断地咳嗽打喷嚏。回到东宫后，照顾陌轻尘的工作自然又落到了林池身上。

熬夜、喂药、照顾人，对林池来说都不是问题，但麻烦的是这个病人一点也不配合她。他明明正在风寒中，却不肯老老实实地躺着休息，非要跟在林池身边，而且喂药的时候更是不自觉就往林池身上靠，一副欲求不满的样子。

林池忍无可忍："你不是没有感觉吗？"

陌轻尘点头，又垂眸："可是很想试试……阿嚏……"

他是病人他是病人……

林池把药碗递过去，终究只憋气地道："先把病养好再说！"

出了陌轻尘的房间，林池迎面撞上了一只雪白的猫。

林池一怔，才认出是两年前陌轻尘时常抱着的那只波斯猫，两年不见，猫比之前肥了足有两倍，林池差点没认出来。只是她也没想到它会在陌轻尘身边待这么久，觉得有点亲切……

林池心头一软，弯下腰抱起猫。

那只波斯猫只略挣扎了一下，就伏进了林池的怀中。

猫毛柔顺而温暖，抱起来非常舒服，林池不想惊扰到它，便在院子里坐下，安静地抱着猫。

不知过了多久，她才听见有人道："原来在这里。"那声音很温和，如阳光般暖意融融。

林池回头，有些惊讶："其墨？"

一身宝蓝色衣衫的男子微笑着走近，摸了摸波斯猫的脑袋："它还是很黏您呢。"其墨语声稍停，"没想到您会再回来。"

林池有点不好意思。

其墨却在她对面坐下，取了些东西给她，道："通缉令已经撤销了，州刺史千金的事情我已经问过贵师姐了，陛下表示不予追究，您可以用原本的面目示人了。您师姐和皇后娘娘都想见您，您可以选个时间去见她们一面。"

林池更不好意思了："麻烦了……"

"没关系。"其墨笑了笑，"我只是想知道，您是真的愿意留在公子身边吗？"

没想到最温和的人问的问题却最犀利。林池想了想，道："可……我还有些事情要做。"

其墨道："那就把事情交给属下吧。除了这个呢？您愿意留在公子身边吗？"

林池想了更长的时间，最终点点头道："是。"

她不喜欢想太多事情，因为清楚地知道自己喜欢陌轻尘，所以想要留在他身边，这是再简单不过的事情。更何况已经到了这一步，她已经知道在陌轻尘心里，自己不仅仅是个能被触碰到的人，已经体会到自己曾带给他的伤害和悲哀，心底更深切地想要留下来。

"这样便好。"其墨像是松了一口气，霍然起身，大幅度弓腰，对着林池行了一礼，道，"林姑娘，属下保证，只要您坚定信念，即便死，属下也不会让两年前的事情重演。还有，真的非常感谢您。"

林池怔了怔，对他微笑："不用说什么感谢的话了，我该感谢你才是。"

因为她留下来，不仅仅是为了陌轻尘，也是为了她自己。

这次陌轻尘的风寒很快好了，黏林池的行动紧接着又开始了。

没法用病做借口，林池有点苦恼——说起来，两个人两年前就已经成了亲，如今更是剖白了心迹，又承认了对彼此的感情，做什么其实都不算过分，可还是像有什么挡在中间。

林池也知道这种事情对男子来说未免有些不够人道，但转念想了想，反正陌轻尘没有感觉，应该也不会有这种不人道的感觉……便又心安理得起来。

好在陌轻尘黏归黏，却并不强迫林池，只要她不愿意，陌轻尘都会很快停下。只是被那双漂亮的眸子静静望着，林池总有些心虚，对于亲亲抱抱之类的行为也都睁一只眼闭一只眼。

只是这几日两人朝夕相处，又住在一起，难免会有肢体接触，陌轻尘便在林池的默许下一点点得寸进尺着。

偏生陌轻尘就连做这种事情都是一副理所当然纯真无邪的样子，让林池连驳斥的话都说不出口。而且他时不时地就提到那一晚在庙中的事，不知是那位顾公子的豪放举动刺激到了他，还是顾公子的言传身教让陌轻尘产生了男女交合实属寻常之事的想法，现在他做起这种探索别人身体的事情，完全没有半点心理障碍，并且还兴致勃勃。

林池终于忍过了临界点，在陌轻尘再一次一本正经地耍流氓的时候攥住了他的手，狠狠地道："你能不能别再这样了？！"

陌轻尘抬眸："这样？"

林池："对啊！你就不能不对我做这种事情吗？"

陌轻尘："为什么？"

被用同样无辜的口吻问太多次，林池实在忍不住了："因为我不喜欢啊，我很讨厌啊！陌轻尘，你让我留在你身边就是为了做这种事情吗？你想过我的感受没有？"

陌轻尘微微动了动唇，没说话，脸上的表情好像有点受伤。

林池也觉得自己说得有点过分，想再说点什么，陌轻尘已经默默起身走了。

林池握了握拳，叹了口气，刚想追出去，脚却被什么绊了一下。

她低头一看，是波斯猫。

林池抱起猫，坐着沉默了一会儿。

她并不是真的讨厌，只是留在记忆里的那种事情始终是残忍可怕的。她记得在青楼里那些被肆意玩弄的女子在午夜凄惨的呻吟，记得那些肮脏的嫖客脸上露出的猥琐表情，记得流浪中见到的那些更加令人作呕的事情，潜意识里便觉得那件事可怕。再加上第一次时那实在称不上美好的记忆，都在她心里筑上了堡垒。虽然不会像两年前那样只是亲吻就令她作呕，可她还是有那么点无法接受——为什么一定要做那种事情，明明那么可怕那么疼痛。

林池咬了咬唇，像想要汲取温暖一般，更用力地抱紧了猫。

第十八章

今夕是何夕

之后的几天，林池发现陌轻尘不再黏着她，见到陌轻尘的机会也少了许多。

林池知道，她那天的话到底还是伤害到了陌轻尘。

她有点抱歉，可是陌轻尘话少，她也不是废话多的人，一直没能找到机会道歉，再加上陌轻尘除了不再黏她对她做亲热的事情，其余的一切如常。见此，林池以为陌轻尘想通了，也暗暗松了口气。

只是不知是不是她的错觉，林池总觉得这几日宫女们看她的眼光都有些奇怪，尤其是凌书、凌画，总一副欲言又止的样子。

直到几天后，她意外碰到了之前她从凌燕手里救下的宫女宛青时，才从对方口中知道其他人为什么有这样的反应——

陌轻尘最近时常不在东宫。

他是出了宫没错，而去的地方，是醉烟阁。

那是全明都最出名的——青楼。

"林姑娘你不用担心，大殿下他最在乎的定然是你，在青楼肯定也不过是逢场作戏什么的……"宛青头疼地解释，但心虚得连她自己都无法说服。

这几日宫中传闻大殿下明显对林姑娘冷淡了，说不准什么时候就腻了？之前凌燕被那样宠爱着，不也只因为大殿下一句话就被送出了宫？对这位又是自己救命恩人的林姑娘，宛青一直十分感激，可是没想到……

想到这里，她不由得忐忑地望向林池。

林池闻言神情倒是很平静，点点头道："嗯，我知道了。"

她这也太平静了！宛青更加忐忑："林姑娘，您要是不高兴就说出来，不要憋着……"

林池笑道："我没有啦。"

宛青咬咬牙道："林姑娘，不然您打晕奴婢，穿着奴婢的衣服出去，去醉烟阁……"

林池摸了摸她的头："不用了，我想出去不用这么麻烦的……真的没事，反正大殿下他碰不到其他人不是吗？"

宛青眼睛都红了："可是……可是万一有呢……"

入夜，林池吃过晚膳，抱着猫赏了会儿月，就去睡觉了。

她睡得迷迷糊糊，发现有人躺下，只是躺在了她的身侧，没有抱她也没有对她做什么。淡淡的冰雪气息涌了过来，她不用睁眼也知道是陌轻尘，只是除了冰雪气息，他身上似乎还有一缕不易察觉的脂粉香气。

她知道陌轻尘肯定不会做出那样的事情，但也大约能猜出陌轻尘是去做什么了，林池心里抑制不住地闷疼了一下。

可真要开口说，她又不知道该说什么。明明是她自己气跑陌轻尘的，陌轻尘也按照她的意愿做了……她不该说什么了吧？

于是，林池合上眼继续睡。

睡梦中，她感觉到自己的手好像被人攥住，很小心很小心地一点点攥住，然后不再放开。

第二日林池醒来的时候，陌轻尘已经不在了，晚上依然如此。

第三天、第四天……

凌画砰一声撞开门："我受不了了！"

林池揉着睡得迷离的眼睛，茫然地道："啊？"

凌画手掐着腰，一脸的难以置信，用仿佛憋了几百年的语气道："你们到底在搞什么啊？我都快要急死了！你怎么还这么淡定啊！你不是都知道了吗！你怎么不吃醋、不难过、不伤心？最起码你也要跟公子聊一聊吧，你怎么能什么都不做啊！还睡得这么安稳！"

林池："呃……"

"少夫人！你多少有点脾气啊！"凌画恨铁不成钢地看了一眼林池，立即道，"来人，快帮少夫人换衣服！"

接着，一群宫女冲上前来，迅速将林池穿戴上妆完毕。

凌画满意地打量了一会儿，道："我们走吧。"

林池被拽得莫名，问："走？走去哪儿？"

凌画斩钉截铁地吐出三个字："醉烟阁！"

林池本以为自己平生再没有踏进青楼的机会，因此被凌画气势汹汹地拖进去的时候还有些愣怔。

凌画倒是完全没有半点不自在，接连撞翻几个迎上来的护卫，直直揪住老鸨的领子问："公……陌公子呢？"

老鸨脸上的脂粉扑簌簌地往下掉，颤声道："三楼、三楼最后一间。"

噔噔噔，凌画又拉着林池上了三楼："好了！你进去吧！"

林池："进去？"

凌画悍然地点头："对！"

林池更莫名其妙："进去做什么？"

"进去当然是……"凌画一拍脑袋，"跟你说都是废话！你进去就好！"说着，她用力一推，将林池整个推进房间里。

林池刚一进去，房间内的丝竹之声一下停了，随即她怔住。

因为房间里不止陌轻尘一个人，有很多人。

在房间一侧抚琴的是个气质温婉容貌秀丽的素衣女子，乌发垂在肩头，衬着

231

窗外清冷的月光显得越发清丽出尘。除她以外，房间里另有两个女子：一个红衣女子神情妩媚，五官气质无一不娇艳魅惑；另一个青衣的则小家碧玉，微微垂头，颊边一抹红晕，似乎还有些赧然。

此时所有人都在瞬间看向林池，林池的第一反应就是转身跑，但她还没走出一步，就听见一个似笑非笑的声音："哎哟，这是来捉奸的吗？"

林池随着那声音看去，入眼的便是顾公子那张英俊的脸，只是此时他的神情轻松中带着促狭，全然一副看好戏的模样。

"这位是？"靠在顾公子怀中的红衣女子掩唇娇声道。

顾公子朝一侧挤去一个眼神："那位公子家的。本公子身世清白，既无婚约，也无悍妻，美人你大可以放心。"

"林池。"这次是陌轻尘的声音。

林池："我先走了。"她正想推门出去，却发现那门已经被死死抵住。

衣袂擦地的声音伴随着点点脚步声靠近，陌轻尘握住她的手腕，声音平静地问："林池，你生气了吗？"

"没有，我……"林池想挣脱陌轻尘的手，但显然是徒劳。林池有点挫败，无论什么时候陌轻尘的力气都比她大得多。

"看样子该是我们走了。"

顾公子揽住怀中女子的腰，又冲房间内另外两个女子招招手，才施施然自林池身侧走过。

这次门被轻而易举地打开，临出门前顾公子摸了摸自己的下巴，在林池耳畔邪笑道："暴力小美人，连自家的相好都管不住，还让他天天往青楼里跑，你也够失败的。也是，你这样毫无女人味既不温婉也不妩媚性格暴力又糟糕的女子，怎么会有人真的喜欢。"语气里恶意满满，他分明是在记恨林池之前对他的暴打举动。

但林池听完他的话，身体不由自主地僵了一下。

下一刻，那门再度合上，并且伴随着上锁的声音……

林池看着地面，低声道："放手。"

陌轻尘又问了一次："你生气了吗？"

林池低头："都说了没有！放开我，是凌画拉我过来的，我先回去了……"

陌轻尘却还是固执地问："你生气了吗？"

她看不见陌轻尘的表情，心里却莫名涌出了烦躁的情绪——房间里的女子不但在顾公子怀里，在她进来之前，这里应该还有丝竹歌舞之类……陌轻尘不让女子近身，也只是因为他不愿意而已，倘若他愿意，其实也未尝不可……

这样的念头不受控制地在脑海里翻涌着。

知道是一回事，亲眼看到又是另外一回事……但是，是她拒绝陌轻尘的，就不该有什么怨言吧……

她没有生气，只是有点难过。

林池咬了咬唇，语气近乎哀求："放手，让我回去。"

陌轻尘像是听不懂她的话，手指攥住她的手腕将她转过来，直直面对着他。

他的语气依旧平静，仿佛单纯出于好奇："你不生气吗？就算我和其他女人上了床，你也不生气吗？"

那么纯真的语气，说着这么一针见血的话。

林池张口低低呼吸了一口气，用尽量轻松的口吻道："放手。"可惜她再怎么伪装，脸上快要哭出来的表情根本掩盖不住。

眼前突然多了一片漆黑的阴影。陌轻尘弯下腰看着她，墨色瞳眸从来没有一刻这么明晰过，他说："既然不生气，为什么你的表情这么难过？"

林池还想嘴硬："我没有……"

陌轻尘的手已经按住了她的眼睛："你不愿意对不对？你喜欢我对不对？"

明明是那么平静的声音，但此刻林池听来像是一种诱拐，一种蛊惑。

被遮掩住视线，她的所见所感只有黑暗以及陌轻尘身上的味道，那种清淡得几乎闻不出来的冰雪一样冷冽的气息。

这曾经是她所厌恶的气息，不知何时，变成了一种安心得可以让她放下防备的味道。

林池终于承受不住，像是崩溃了一样，轻轻点了点头。

陌轻尘掩住她的视线的手松了松，声音里掺杂着一丝失落："那为什么……不愿意和我做那种事情呢？"

林池没想到绕了半天竟然又回到这个问题上了，更没想到陌轻尘折腾了这么多，想问的竟然还是这个。

他有必要这么执着吗？

林池顿觉一股无力感袭来，道："你为什么就一定要……做这个？"

陌轻尘轻声道："我问过你，'你喜欢他，如果是他，你会答应洞房对不对？'"

林池想了想，才忆起那是他们成亲之后，她遇到杜若之后，陌轻尘问她的问题。

沉默了一会儿，陌轻尘又道："你默认了。"

"我……"

林池继续回想，的确……那个时候她的想法是要和心爱的人做最亲密的事情，所以她没有否认陌轻尘的话，只是岔开了话题。

这都是多久以前的事情了，陌轻尘有必要惦记这么久吗？

她还没想完，陌轻尘就回答了她："我很在意。"他的手一点点从林池的眼睛上移开，"并不是一定要和你做那件事，只是，总是我觉得你没有那么喜欢我，我还是比不上那个人吗？"

陌轻尘垂下眸，淡淡的黑翳落在了眸下："我总是想起你的排斥，你冲我怒吼，被我亲过之后会恶心到吐……所以没有办法安下心来……"陌轻尘的声音很轻，鸿毛一样拂过林池心头，带着浅浅的伤感。

林池有些惊讶，怎么也没想到陌轻尘这样做会是这个原因。她知道两年前那个醉酒的夜晚发生的事不能只怪陌轻尘，可是那件事仍然像是一根针扎在她的心头。她没料到，这根针不仅仅扎在她的心上，也扎在陌轻尘的心上。

她为了自我保护而选择排斥陌轻尘的亲密，对陌轻尘而言，其实也是一种伤害吧。

陌轻尘的手彻底垂下，有些无力地滑落在身侧。

"对不起。"他道，声音低而黯然，"我并不是故意要让你难过……我也没有碰过其他的女人……来醉烟阁是因为顾渊说这里可以学习怎么满足女人，而且他说可以刺激你说实话……"

"笨蛋。"话没说完，他就被林池抱住了。

陌轻尘微微睁大眼睛，神情呆滞了一瞬，但林池抱住他的感觉是这么真实，真实到几乎让陌轻尘不敢相信。

林池抱住陌轻尘的腰，头埋进他的怀里，只觉得眼眶一下子热得没法控制。

陌轻尘迟疑了一下，才缓缓地小心抱住林池。

明明她之前才被自己气哭，怎么……嗯……还是先抱紧好了……

其实就连林池自己也不知道为什么会有这突如其来的情绪。她就是觉得难过，比刚才还要难过。

刚才的难过仅仅是因为自己，而此时的难过是为了陌轻尘——她不够好，不够聪明，不够漂亮，不够优秀，可陌轻尘为什么要这样……这样委屈自己？

之前她还有的那一点点心防，像是一下子消失了，空落落的一点不剩，只剩下堵在喉间的哽咽和鼻腔里无法倾泻的酸涩。

是的，倘若当年是杜若，她根本不会这么排斥吧。

她有那种可怕而排斥的潜意识，只是因为陌轻尘，因为和陌轻尘那一段不愉快的过去。

可她不是已经决定放下了吗？

她已经决定喜欢陌轻尘，已经决定放下，已经决定要陪在陌轻尘身边，那么那些伤害痛苦和可怕的记忆也迟早要去面对。

林池脑海中闪过那天祁山掌门同她说的话："你若对他无感，便早些离开吧，若是真的喜欢他，就给他多一点爱吧……"

喜欢，她是真的喜欢……

明明知道陌轻尘是个多么不安的人，她却还是为了自己的胆怯排斥他，那又怎么称得上是喜欢他呢？

在自己决定喜欢的那一刻，不就等于同时选择了接受所有可能会有的磨难了吗？

自己若是真的喜欢他，就给他多一点爱吧……

想到这里，林池用力握住拳，微微退开一些，然后闭上眸，豁出去一般狠狠吻上了陌轻尘的唇。

这是她第一次主动去亲陌轻尘。

陌轻尘的唇很薄，有些冰冷，就像他的人，但触感意外地好。酥麻的感觉沿着唇蔓延开，不只陌轻尘，连林池自己也一下僵住了。

但在林池清醒过来之前，陌轻尘已经迅速揽过林池的腰，加深了这个吻。

疑惑、惊讶、难以置信通通被狂喜压制到了后面，陌轻尘只知道一件事，那就是——林池主动亲了他！

他懒得去想为什么，陌轻尘用力把林池按进自己的怀里，越发使劲地吻住林池，像是要把林池整个吞下去。

林池的大脑瞬间一片空白，她没想到陌轻尘会这么配合……

可即便唇瓣亲吻到滚烫，陌轻尘吻住她的动作还是带着小心和谨慎，他像是生怕眼前的一切只是梦境，这种近乎怜惜的对待让林池的排斥感一点点退去。

待陌轻尘微微松开她的唇瓣时，林池发现自己已经被陌轻尘放倒在床上。桃红的床帐骤然落下，床榻立时沉入一片暧昧的昏红中。

两人鼻息可闻，背脊陷入柔软的被褥中，林池侧着头轻微喘息，因为亲吻得太过激烈，脸颊和唇瓣上都有不自然的红色，领口不知何时被扯开，露出干净纤细的锁骨，随着呼吸而起伏……

陌轻尘垂头看着林池，听见自己的心跳声一下强过一下，从心底涌起了一种陌生但又热烈的情绪……

这就是……情欲吗？

他的手指不受控制地轻轻触碰上林池的肌肤，细细摩挲，感受着那种奇妙的感觉。

林池的身体一下变得僵硬。

陌轻尘察觉到她的变化，手指也一下停住。

林池合了一下眼眸，红晕飞上脸颊，声音轻到几不可闻："我没事，继续。"

虽然这么说，可林池还是忍不住闭上眼睛，垂在身侧的手不自主地攥紧。

陌轻尘的吻很轻很轻地落在她的眼睫上，抱住她的手臂收紧，在狭小的空间里有种令人窒息的感觉。

但陌轻尘并没有做什么，只是唇静静地贴着她，一动不动，像是要维持这个动作到天荒地老。

紧张的感觉一点点退去，林池的身体也在熟悉的气息下逐渐放松。

相濡以沫——林池莫名地想起这个词。

眼睫上柔软而温热的触觉让林池感觉有些痒，她眨动了一下眼睫，睫毛刷过陌轻尘的面孔，近到鼻尖好像能触到陌轻尘。她才发现陌轻尘竟然也闭上了眼睛，容颜在静谧中平添了几分稚气。

她的心无声地柔软下来。

陌轻尘这才徐徐睁开那双漂亮而细长的眼睛，垂眸道："不愿意也没关系。"

他的睫毛却在垂眸的瞬间触到林池扬起的嘴角，林池笑了。

陌轻尘有点奇怪地看着她。她突然张开手臂抱住陌轻尘，唇在陌轻尘的颊边蹭了一下，轻声道："我真的没事，也没有不愿意……只是有点不适应而已。"

眼前这个小心翼翼生怕她不开心、不愿意的陌轻尘已经不是那时候强迫她伤害她的人，他不会再伤害她。

她对自己说：林池，别害怕。

陌轻尘像是受到鼓励，嘴唇自林池的脸颊移向肩窝。

忽然门外传来了一阵声响，林池如梦初醒，动了动手指，轻轻戳了一下陌轻尘。

陌轻尘用唇蹭了蹭林池，道："我们回去吧。"

林池："啊？"

陌轻尘已经裹起她，纵身自窗口飞掠出去。

林池在半空中按住额头。她被陌轻尘抱得很紧，大半的风都被挡在了外面，只有发丝被风吹动。

淡淡的月光下，从她的角度可以看见陌轻尘近乎完美的轮廓，精致得像是只有画卷中才可能出现。明都的百家灯火都成了衬托陌轻尘的背景，银发逆风飞舞，斑斑驳驳的光打在那张脸上显得变幻莫测，唯一不变的是那双水墨氤氲的眸和无论看多少次都令人惊艳的容貌。

"我说……"林池低声开口。

陌轻尘不知何时已经慢下脚步，而后飞速跃入屋中，把林池放在了床上："什么？"

"那个……"林池边想边道。

陌轻尘已经脱了鞋袜，爬上床，眼神认真地看着她："我们继续。"

林池忽然不知道该说什么了……

但陌轻尘的唇已经径直来到她的颈侧，温柔地蜿蜒过一路水色。

林池不自觉地微微仰起脖颈，陌轻尘的手轻轻取下她的发带，便去解她的衣带。天气不冷，林池穿得也并不多，他解开外衫和中衣的带子后，里面只剩一件束胸。

夜风拂动，腰间微凉，但很快那丝凉意就被淹没，因为陌轻尘已经光裸地贴了上来。

光裸……他是什么时候脱的衣服？

林池微讶，就见夜色下，陌轻尘轻轻松松地扯了扯自己的衣服，那件质地柔软的绸缎白衫就顺着他的肩膀如流云般滑落下去，伴随着蜿蜒的发轻飘飘地落在腰间。随之映入她的眼帘的便是光洁圆润的肩头和完美得没有一丝瑕疵的白皙肌肤，身体线条优美得宛如雕刻。

那一片薄薄的月光旖旎地掠过陌轻尘的背脊，散发着如玉的光泽，令人根本不敢伸手去碰。因为太过美好，生怕一旦触碰就会立刻消失破碎。

他真的是……很好看的人。

这似乎是她第一次认真地看陌轻尘裸身的样子，每一寸肌肤都美，美得超越了性别，让林池甚至没有意识到眼前这人是和她性别不同的存在。

等林池清醒过来，才发现自己已经彻底被陌轻尘扒光了，当然他也把自己扒光了。

不知道是不是从不让人近身的缘故，陌轻尘对于脱穿衣服这件事相当熟练，就好像已经练习过许多次一样。

林池默默无语了一下。

伏在她身上的人在她的锁骨上咬了咬，然后抬起头来，疑惑地问："你为什么没反应？"

林池僵硬了一下道："我需要配合一下吗？"

陌轻尘又想了想，道："算了……"然后他继续埋头亲她。

一炷香后。

林池觉得整个身体都在发热，眼神有些迷离："呃……你还没有亲好吗？"

陌轻尘眨着眼睛抬头："你没有反应……"说着他移开视线，微微喘气，"是我做得不对吗？"

林池："呃……你在做什么？"

陌轻尘简单地道："前戏。"

林池眨了眨眼睛："哦。"

半个时辰后。

陌轻尘轻声叹气，声音隐忍："还是没有反应。"

林池："这次又是什么反应？！"

陌轻尘看了看林池，低头道："算了……"说着，他又要俯下身去。

理智的那根线重新接起来的时候，陌轻尘已经记不得是什么时辰了。

林池靠在他的怀里沉沉睡去。房间里弥漫着还未散去的情欲气息，被汗水浸染的被褥散乱地堆在身前，连空气里都好像还回荡着之前令人脸红心跳的声音。

林池醒来的时候，只觉得自己睡了很长很长的时间。

窗外还是一片稀薄的微光，分辨不出是黄昏抑或清晨，她刚想起身去问，就被身体里蓦然涌出的酸涩感召回。

酸涩？为什么会有酸涩感……

林池奇怪地转了一下头，正对上一张恬静的睡颜。

那张脸离得实在太近了，林池吓了一跳，脖子稍稍向后退了退，才看清那张脸的主人是谁——陌轻尘。水玉色的薄被覆在他的身上，白皙光洁的手臂和大半肩头裸露在外，浅光游曳过玉瓷般的肌肤，令他美得有些不真实。

林池不自觉地屏住呼吸，顺便努力回想他们为什么会这样躺在这里，却一下被陌轻尘的动作打断。

陌轻尘浓密的睫羽颤动了一下，细长的眼睛微微眯起，他伸长手臂连着被子一起抱住林池，而后在林池的脸颊上轻吻了一下。林池僵硬了片刻，陌轻尘已经又垂下头睡去，完全状况外的样子。

林池被过分亲密的接触刺激得头皮一跳，之前那晚做过的种种瞬间冲进脑内。

他们就真的这么做了吗？

可……她还是有种不真实的感觉。

林池望着床帐顶端愣怔了一会儿，再一次侧过头，看见陌轻尘的银发有些蓬乱地堆在脑袋边上，一缕被压弯的头发微微翘了起来。这让他显得有些孩子气，没有淡漠冷酷和不近人情，就像个再简单不过的人。

不讨厌呢……这样静静地躺在陌轻尘身边，她觉得一点也不讨厌他。

如果能一直这样下去，其实也不错啊……

嘴角不知道什么时候扬了起来，林池收回视线，靠进陌轻尘怀里，一阵疲倦袭来，她又一次合上眼睛。

林池再醒来的时候陌轻尘已经不在了。

她有些失落地揉着脑袋爬起来，就见眼前一闪，有人冲了过来。

"少夫人醒了？"凌画笑得一脸诡异，"快，伺候少夫人洗漱。"

林池洗漱完从床上爬起来，凌画已经挥手屏退宫女，脸上的兴奋之情溢于言表："少夫人，这一觉睡得可好？"

被那样的目光注视，林池顶着巨大的压力道："还……好。"顿了顿，她还是道，

"你家公子呢？"

"我已经叫人通知公子了，他应该很快便到。"

凌画以手帕掩着唇，完全笑得合不拢嘴："少夫人，大前晚感觉如何？"

林池一愣："大前晚？"

凌画点头道："距离我带你去醉烟阁那一晚，已经过去三天了。"

林池呆呆地看着凌画："也就是说，我……睡了三天？"

凌画边继续点头，边掩嘴笑："公子果然是公子……"

林池从呆滞中慢慢回神，揉了一下肚子："难怪肚子会这么饿……"

凌画："……"你为什么就想着吃！想着吃！想着吃！

林池转头："怎么了？"

凌画低叹了一口气，又像是妥协："没什么……算了，知道少夫人你这个性子改不了了，不过眼下公子和少夫人总算是解开心结了。"她的语气有些怅然，"你不在的这两年……"

"林池。"门外响起清雅而有些低沉的声音。

凌画立刻抽身，朝林池眨了一下眼睛，便退到屋外。

"饿了吗？"

随着陌轻尘的话，林池的视线瞬间移到他提着的食盒上，她立即狂点头。

陌轻尘一进来便将食盒放下了。食物的香味让林池一下提起精神，陌轻尘打开食盒，里面的菜色丰富而诱人，甚至还配了一份桃花酥做糕点，光是看着都让人流口水。

林池饿得不行，眨眼间便大快朵颐起来。

"好美味。"林池不禁幸福地眯起眼睛。

陌轻尘弯起眼睛看着她，顺手帮她倒了一杯清茶递过去。

等林池吃饱了，陌轻尘才略垂下眼睛，似乎有些不好意思："我做得怎么样？"

林池露出笑脸，毫不吝啬地夸奖："很好吃！"

不知道是不是她的错觉，陌轻尘的表情好像垮了一下，然后他道："不是这个……"

林池不解："啊？"

陌轻尘径直伸臂把林池拖过来，以迅雷不及掩耳的速度在她的唇上印上一吻，又舔掉她嘴角残留的糕点屑。

"是这个。"他盯着林池的眸子认真地道。

林池僵掉了……

见林池不说话，陌轻尘不大自信地移开眼眸："我还在学。"

林池机械地重复道："学……"

陌轻尘点头，更加认真地道："我没经验，多练习应该会好很多。"他想了想又道，"下次不会让你睡这么久，还有……你比较喜欢什么样的？"

林池还是有些呆怔："什么意思？"

陌轻尘从房间的书柜顶层取下一摞书，摆在林池面前，淡淡地道："顾渊给的。"

陌轻尘继续点头，仿佛怕林池担心，又补充道："我还没看完……不过很快就能看完了。"

林池有种不祥的预感："为什么要都看完？"

陌轻尘抬起静谧而无尘的眸子，一脸正直地看着她，没有半点开玩笑的意思："我打算都试一次。"

那么厚一摞……都试一次……

林池沉默了一瞬，果断地用手挡住书："别看了！"

陌轻尘困惑地问："为什么……"他又解释，"很实用。"

林池急中生智："你没看过一句话叫'尽信书不如无书'吗？"

"可是……"陌轻尘更困惑，"这不也是书里写的吗？"

"总之别看了！"林池抱起书，猛地将其塞回书柜。

她有预感，如果任由陌轻尘看完，她很可能会死在这堆书上……

但她又怕陌轻尘多想，踌躇了片刻，回头低声道："那种事情……不需要完全按照书上说的做，情之所至便好……"

等了一会儿，她才听见陌轻尘声音略低地回答："我怕做不好，让你讨厌。"

薄唇抿出好看的弧度，陌轻尘微微侧颜，小半张脸都沉在阴影中："第一次我做成那样……不想让你讨……"

话还没有说完，陌轻尘就看见眼前突然放大的面庞，接着唇被轻柔地触碰了一下。

林池退开，对着他微笑道："不会，我不会讨厌你。"因为我知道你是什么样的人，所以无论你做什么，我都不会讨厌。

光线倦懒的清晨里，林池的大半身子沐浴在浅金的阳光下，然而她脸上的笑容比阳光还要温暖，像一道强光，瞬间驱散了陌轻尘心里的阴郁。

他带着颤抖和小心翼翼将林池的身体轻拥入怀，长睫濡湿。

从来没有一刻，陌轻尘这么切切实实地感觉到自己的存在，存在于另外一个人的眼中心里。

他几乎是怀着感激紧抱着她。

什么都不想要，他想守住的只是这份温暖而已。

经过凌画拐弯抹角的提醒，林池才想起自己似乎还要去见陌轻尘的母亲，那位和蔼的皇后娘娘。

她想一个人去，但陌轻尘说什么都要陪着她，无奈之下只好两个人去。

两人跟着宫女，还没见到皇后娘娘，林池倒先被人叫住："林池，你是叫林池吧？"

林池点点头，就看见一个陌生的碧衣女子，她样貌清丽，神色淡淡，却并不让人生厌，只是身上倦懒而闲适的气质与皇城有点格格不入。

女子笑了笑道："我叫沈知离，是回春谷的谷主，当然，你叫我神医谷主也没问题。嗯……按辈分算我应该是你的嫂子吧。"

林池不知道怎么接话，只好呆呆地嗯了一声。

沈知离上上下下打量着她，颇有审视病人的味道。最后在林池快撑不住的时候，她拍了拍林池的肩，叹然道："真不知道该说你幸运还是不幸运。不过能跟他走到这一步，我相信你是个好姑娘，好姑娘会有好报的。"

林池有些莫名，但沈知离已经转向陌轻尘："效果好像还不错，看样子可以继续。"她像是想起什么，顿了顿，幽幽地道，"啊，对了，就算你现在不住无墨山庄了，每个月的租金也记得要交，少交一个月的话后果自负哦。"

说罢，她毫不留恋地转身就走。

林池觉得更加莫名，想去问陌轻尘，却见陌轻尘令人意外地勾起嘴角，并不解释，只是拉着她的手朝里走。

不等林池再问，她已经看见了皇后娘娘。

皇后娘娘还是那般气质雍容模样温婉的样子，只是看着就让人觉得亲切。

看见林池，皇后娘娘先尴尬地咳嗽了一声，好像不知道怎么面对她。

之前发生的事情本来也不能算在皇后娘娘的头上，更何况，林池看见她便不由自主地想起了自己的娘亲，心软了软，率先道："那个……参见……"

皇后娘娘忙道："不用了不用了……"同时一把将林池拉到她身边坐着。

她有些担心地看着林池："你不讨厌本宫吧？"

皇后娘娘的话让林池一下想起陌轻尘，扑哧笑了，接着摇头。

皇后娘娘似乎松了口气，又道："那你是……真的喜欢我家定岚吗？"

林池这次点头点得很快。

"那本宫就不说虚话了。"皇后娘娘握住林池的手，完全用看媳妇的眼神看着她，直截了当地道，"我们来说筹备正式婚事的事情吧。"

林池想抽回手，可惜没拔出来："……"

她好像……突然知道陌轻尘的作风是跟谁学的了……

从皇后娘娘那里出来的时候，林池一直有种世界观崩塌的感觉。

忍了忍，她没忍住，问陌轻尘："你母后和你父皇……他们感情还好吗？"性格看起来完全不搭啊……

陌轻尘沉默了须臾，回答道："不知道。"

林池霎时怔住，这次的见面太过平和，以至于她都忘了陌轻尘同自己的父皇母后关系并不好。

她想要说点什么，一时却无从开口。

回廊曲折，沿途尽是假山流水，宫人若流水般袅袅而过，只是不知道是不是林池的错觉，那些宫人远远地便避开了他们。林池观察了一会儿，发现……这些宫人竟然真的是在绕开他们。

"以前就这样吗？"林池突然觉得心疼。

陌轻尘的语气中有淡淡的疑惑："什么？"

林池低声道："大家故意避开你，绕着你……"

陌轻尘点了点头："有什么不对吗？"

"那你以前都没有伴读侍童玩伴吗？"

陌轻尘似乎想了一会儿道："以前有，不过都走了。"

林池："为什么啊……"

陌轻尘的声音很平静，他并没有多难过，像在阐述一个与己无关的事实："因为我感知不到，所有靠近我的人都会被我打伤。"

不止一个，几乎每个人都是这样。

他无法感受到别人，也无法判断对方是好意还是恶意，不得不全盘排斥。竺颜是他幼年时唯一遇见的例外，又落得了那样的下场……

林池笑了笑道："那我是不是应该庆幸自己能碰到你，不然我恐怕刚认识你时就被你打伤了。"现在想想，她第一次在马车里见到的陌轻尘的确是很疏离的样子。

"不是。"陌轻尘微微蹙眉，突然一把握住林池的手，"不是因为能触碰到才……"

林池："啊？"

陌轻尘停下脚步，很认真地看着她："你不是第一个，也不是最后一个，但我喜欢你，只喜欢你。"

林池愣了一下，才点了点头："嗯。"

像是怕林池不信，陌轻尘细长的眼睛定定锁住她，道："是真的……"

林池笑得很轻松："我相信。"

陌轻尘低头又重复了一遍："是真的……"

不一样，就算他同样能触碰到林池，她和凌燕甚至竺颜都不一样。

他只有对林池才会有这种小心翼翼的感觉，很害怕被讨厌，害怕被舍弃，害怕自己会伤害到林池，喜欢到明明没有知觉的心脏都开始疼了。

他握紧林池的手，道："你会知道的。"

他的脑中回闪过之前那个自称他嫂子的贪财女神医的话："如果没弄错，你这种特异体质应该与你父皇体内残余的毒素有关。你父皇年幼时被人加害服下毒药，虽然后来我师父替他调养了身体，但也只是压制住毒素，没想到毒素会潜藏着遗传到你的体内并且发生变异……我师兄帮我查过，这种毒素来源于南疆一种奇毒无比的植物，当年南疆也有因为中毒而将毒素遗传给子嗣的，症状与你相似，银发妖容、天生阴冷的双瞳以及对外界无感，但那些婴孩大多早夭，像你这般拥有强大学习能力的人更是异数，万人，不，百万人中恐怕都未必有一个……

"只是，毕竟是毒素潜藏，再加上这般逆天的天赋，你的寿数恐怕不会太长，我查看过你的经脉，像你这般年纪轻轻武功又如此高的人，经脉定然宽阔浑厚处于巅峰期，但你的经脉对你的年纪来说未免太老了，也就是说你现在的武功是建立在消耗自身生命力的情况下练成的，而其他部分也是如此，你的身体老化得比常人都要快……

"我可以想办法帮你驱除毒素，这样不仅可以延长你的寿数，甚至让你没有感知的症状也大大改善……不过我也得提前告诉你，我驱除毒素的方法有些蹊跷，不但可能危及你的性命，也很有可能会让你身体里因为毒素产生的其他异变消失，武功、能力甚至容貌，都会发生变化。当然我会尽量将这些影响降到最低，可风险也不小，你愿意试试吗？"

他微微一愣，那是第一次有人告诉他，也许他能真实地触碰到一切。

沈知离没有勉强他，只是叹了口气，像是意料中一般道："我只是告诉你一声而已，你不愿意也没关系。虽然寿数减少了，但只要你少用武功，多喝药克制毒素，活到四五十岁还是很有可能的……而且，我知道你喜欢的那个姑娘是能触碰到你的，所以……"

"不。"他淡淡地道，"我愿意。"

这次换沈知离发愣，她虽然常年隐居回春谷，但也知道陌轻尘有多出名——江湖上的各种传闻，足足将陌轻尘传成了神仙一般的存在，比当年她家那个十二夜公子还要出尽风头。十二夜公子若为武林至尊，陌轻尘就是超过至尊的存在。

但完美到难以想象的容貌、强大到逆天的武功和只是静静站在那里就逼人的气势，这所有的光环，都倚仗于陌轻尘的强大。

高处不胜寒，在高处待得太久，不会有人再喜欢回到凡尘中。

"为什么？"沈知离忍不住问。

陌轻尘只淡淡地道："为了安心。"

失去林池，他身边又多了一个凌燕，可正是凌燕让他意识到林池对他来说不单单是个能触碰到的人。不是每个他能触碰到的人都能够带给他那样的温存。他宠着凌燕，满足她的一切要求，听着她没有心的表白，看着她贪婪的样子，却一点也填满不了心房，那里越来越冷，也越来越空寂。

他甚至开始怀念林池，没有目的的林池，简单的林池，干净的林池，很容易满足、喜欢吃他做的菜的林池，甚至是喜欢杜若的林池都让他莫名怀念。

所以，他不想再冒失去她的风险而这样活着，哪怕这有可能让他没法再做回强大的陌轻尘。

反正没人敢接近，林池牵着陌轻尘的手一路走回了东宫。

她的手很温暖，心也很温暖。

到了东宫，林池才突然想起秀女这档子事，想起她在驿馆里认识的两个女子，有些好奇："不知道选秀女的结果怎么样了？"

陌轻尘想也不想地回答："问凌书。"

"咦，为什么是凌书？"她还以为要去问其墨呢……

陌轻尘简单地回答："他很关心。"

林池奇怪地道："关心？"

陌轻尘点头，面无表情地道："他去偷窥过很多次。"

林池："……"

拜托，不要面无表情地说这种冷笑话好不好……

不过，林池还是去问了凌书，凌书果然对这届的秀女十分有研究，一听林池问话，立即唰的一声展开一张卷轴。

只见卷轴上画着形态姿势各异的女子，身侧有详细的各项数据以及最终落入谁家的记录。

紫衣和蓝衣女子都没留在宫中，一个嫁给了尚书之子，一个嫁给了将军之子，凌书说都算是不错的归宿。

见此，林池也放下了心，毕竟相识一场，她还是希望那两个女子能幸福。

她再往下看，瞅见一行小字写着：赐婚给丞相之子翰林院侍郎顾渊。

林池立即对这个女子充满了同情，好奇之下去看那个女子的长相，然后……

她震惊了："这个……画师是和这位姑娘有仇吗？"

凌书不满地道："这是我画的！"

林池抖着手指着画道："那这个女子为何……"

凌书扫了一眼，思忖道："她啊，少夫人，我保证我已经尽量美化她了，但是这个女子实在长得十分……猎奇……"他叹气，"就连本大爷的画技都难以描绘出她容貌的万分之一的惊悚……"

林池又看了一眼画像，安慰自己肯定是看多了陌轻尘才会对别人的容貌这般无法接受。半晌，她道："不过，她嫁给顾公子，也……"挺叫人同情的……

"少夫人，这你就不知道了，那是她自己想嫁的。"凌书咂咂嘴，有些得意地八卦道，"她和那顾公子顾渊从小相识，对顾渊一见钟情情深似海。但你也看到了嘛……顾渊口味再重也不可能看上她，结果她死缠烂打了许多年。听闻当年皇后娘娘也是死缠烂打求来的姻缘，因而她让娘亲带她进宫跟皇后娘娘把此事一说，皇后娘娘当即对她大为同情……"他咧嘴道，"喏，就赐婚了……"

林池："……"这信息量好大……

算了，林池摇了摇头，各人有各人的造化。

再往下看去，林池突然一惊："为什么……为什么有女子嫁给静王世子？"

凌书："怎么了？这不是很正常吗？其他世子也大多被赐婚了……"

卷轴上的女子容貌秀美，看起来弱柳扶风，很是惹人怜惜。

可是……裘宛呢？静王世子若是娶了这个人，那裘宛呢？

想到这里，林池再也坐不住了。

凌书见林池如此，不禁又问："怎么了？"

林池摇头："没什么，但是我现在想出去见我师姐一面，可以吗？"

凌书犹豫了一下，点头，递过去一个腰牌："拿我的腰牌吧，一路都不会有人拦你的。"

"多谢了。"林池接过令牌，先一步冲了出去。

然而，她没想到，这一走竟差点回不来了。

第十九章
师父闯祸了

"我师姐呢？"林池喘着气，单手撑住桌沿问。

因为担心裘宛，打听到静王世子住在哪里之后，她连门都没敲就直接翻墙进来了。

可惜她没找到裘宛，只找到了在书房里呆坐着看书的静王世子。

静王世子放下书，若有所思地看着桌面："她走了。"

林池下意识地问："去哪儿了？"

静王世子摇头："不知道。"

林池的声音里少有地掺杂上了怒气："你怎么能不知道？"

静王世子站起身，随手将堆放在榻上的粉色长衫丢弃，语气里透出些古怪之意，让人辨不出喜怒："她大约是不会回来了。"

林池的手慢慢握成拳："为什么？"

为什么？

姬君笙自己也想知道。

两天前，书房。

满天阴霾，乌云密布，暗沉若夜。

“能告诉我这是怎么回事吗？我的静王世子殿下！”裘宛一拳捶在身侧的墙面上，顷刻间墙面裂开一道裂纹，顺着两侧延展，发出咯吱咯吱令人毛骨悚然的声音，而她脸上的表情冷静得可怕。

姬君笙连忙拉住裘宛的手，心疼地道：“我可以解释……”

裘宛毫不留情地抽出自己的手，冷冷地道：“解释？你要解释什么？有什么可解释的？”

“我……”

“你要娶别人，对不对？”

姬君笙垂头，滑落下的手掌还残留着裘宛的温度：“你也知道，这不过是政治婚姻，我连那个女子长什么模样都不知道，对她更是没有丝毫感情。可我的身份……”

“你要娶别人，对不对？”裘宛的语气一次比一次咄咄逼人。

姬君笙终于发现裘宛根本不想听他的解释，她只想知道结果。

他抿了抿唇，一言未发。

屋外的天空越发阴沉，不见半丝光明。

“我知道了。”裘宛冷冷一笑，随手抄过桌上的茶壶狠狠掷过去，“去娶你的世子妃吧！老娘不陪你玩了，骗子！”

说罢，她转身干脆利落地朝屋外走去。

“我没有骗你。”

姬君笙的身形动了，他瞬间闪到裘宛身前，神情挣扎至极：“我对你的感情一直是真的……”

裘宛怒极反笑：“那那件事呢？你以为我不知道吗？我掉落悬崖后一路怎会如此艰难？简直是叫天天不应叫地地不灵，而偏偏在我最落魄的时候你就那么巧地出现！你真的以为我会蠢到以为这些都是意外？”

姬君笙身体一僵。

"你设计我在先，可谁让老娘真的看上你了，这些我都忍了！但是……"裘宛忍不住一脚踹过去，"你现在告诉我你要娶另外一个女人！我直接告诉你——就算老娘这辈子孤老终身，也不可能和另外一个女人分享一个相公！门都没有！"

"是，这是我的错，可是……"

姬君笙没躲开，那一脚踹在他的大腿上，姬君笙立刻痛得单膝跪地，嘴上却仍一边抽气一边道："可是，我为你做的这么多事你都看不到吗？娶她也只是个名分而已，我不会碰她，也不会……"

"骗鬼呢？到时候她是你明媒正娶的夫人，我什么都不是，你想碰她我能做什么？你还指望我做小伏低给你为婢为妾，然后再委曲求全只为了能留在你身边？你的脑袋被门夹了吗？"裘宛越想越气，又一脚踹上去，"真是恶心死我了！"

姬君笙被裘宛用全力连踹两脚，疼得直冒冷汗。

屋外的仆从听闻声响，均见怪不怪地继续忙自己的。

这次再没人可以阻拦裘宛出门。抬腿迈出书房时，她像是想起什么，回眸语气无限恶毒地道："对了，还有，其实我一点也不喜欢粉色的衣服，更不喜欢穿粉色衣服的男人，你穿粉色衣服的样子真是难看又恶心，像一坨粉色的鼻涕一样！尤其你的性格也软得像鼻涕一样，简直比我还女人，我都不知道我是怎么瞎了眼才看上你的……"

话音一落，裘宛就逆着光迅速地消失在沉沉的夜色里，空气里似乎还回荡着她的恶毒言语……

姬君笙："……"

好痛，他好心痛……好像被攻击得体无完肤。

回想到这里，姬君笙觉得心更痛了。

林池却实在没时间跟他耗，见从静王世子这里问不出消息，便直接问："师姐走了多久？向哪个方向走的？"

静王世子沉着面色，无力地抬手虚指了一个方向："已经走了两天了。"

"两天！"

林池一惊，二话不说就要冲出去。

静王世子却道："等等。"

林池顿下脚步，问："怎么了？"

静王世子霍然抬头，眸中一点亮光骤然扩散开来，他一字一顿斩钉截铁地道："我跟你一起去！"

不知为何，那一瞬间，她想起了上次见到静王世子的时候，他在灯影摇晃中轻念"宛儿"的温柔神情。那时候她还在羡慕他和裴宛的两情相悦，没想到……

世事无常，真让人唏嘘感慨。

林池抿了抿唇，点头道："好。"

裴宛走了两天，以她的轻功应当跑不了多远，只是林池不知裴宛会去哪里。

她不担心裴宛会想不开，只是担心裴宛会受刺激做错事，裴宛有多讨厌男人她很清楚，这次又被静王世子伤到，难免会做出过激之事。之前裴宛就干过路遇负心汉直接上前阉了对方然后扬长而去的事情……

这实在，没法让人不担心。

乔装改扮后，林池准备了马和一点干粮打算上路，上马的时候突然想起：她不应该这么简单就走了吧，至少也该和陌轻尘说一声。

静王世子也翻身上了马："怎么了？"

林池将包袱丢给静王世子，道："等一下，我去有点事！很快回来！"

她转身朝皇宫跑去。

她跑了一段，眼前突然闪过一个熟悉的人影。

林池还没来得及看清来人，已经被对方拦下来："小姐！"对方的声音非常急切。

林池一愣："索瞳。"

黑衣黑发的青年抑制不住地攥住林池的肩："那天之后你……"

林池："啊？"

那天？想了一会儿林池才想起上次她还是靠着索瞳引开侍卫才得以找到卷宗，只是现在实在不是说话的时候："索瞳，我现在有急事，能不能……"

索瞳："什么事？"

林池简单地道："大师姐被静王世子气跑了，我去追她。"

索瞳微微皱眉道："你的方向反了……"

"我知道！我先去和陌轻尘打个招呼！"林池说完，突然道，"等等，你知道师姐在哪儿？"

索瞳点头道："她去找你师父了。"

林池："啊？师父？"

索瞳报了一个城名，声音低沉地道："我是前日见到她的。你师父惹了些麻烦，她去救你师父了。她昨夜走的，你走得快，应当没多久就能追上她。"顿了顿，他又道，"似乎麻烦还不小，你若要去追最好现在就走吧，我还有事要留在这里，解决完了我便去追你们，跟陌轻尘打招呼的事情就交给我吧。"

林池权衡了一下，就算她现在进宫，一时半刻也未必找得到陌轻尘。她点了点头，转身朝着城门口跑去。

"解决了吗？"静王世子问。

林池颔首，同时道："我知道师姐去哪儿了。她昨夜才走的，我们快追。"说着，她便策马而去。

静王世子闷闷地嗯了一声，尾随其后。

林池以为最多不过一日就能追上裴宛，却发现自己实在太小看裴宛的速度了。他们沿途几乎没有休息，边问路边跑，跑到第二日傍晚才算打探到裴宛的消息。

"你说那位姑娘啊，对，她是住在小店里，不过方才出去了，不知何时才会回来。"

林池几乎精疲力竭，静王世子也累得够呛。反正裴宛总要回来，两人做好了守株待兔的准备，在裴宛隔壁订了房，又叫了晚膳，便坐在大堂一直等着。

林池狼吞虎咽地吃着，直到填饱了肚子才发现对面的静王世子正忧郁地握着筷子，面前的饭菜还一点没动。

"不合胃口？"

静王世子："我只是担心……"

林池擦了擦嘴，有些犹豫："你真的要娶那个什么……小姐？"她想半天没想起对方的名字。

静王世子看着客栈外的人来人往，眼神有些迷茫："我不知道……"

林池不由得问："那你追出来做什么？啊，对了，你就这么出来都没关系吗？"

"没事，我本来也要回封地了。"静王世子垂下眼睫，"为什么追出来我也不知道，我只知道……不能让她走，她这一走恐怕真的不会再回来了。"他苦笑道，

"我太了解你师姐了，她那种性格……算了，小池，你先上去休息吧，我一个人在这里等你师姐就行了。"

林池犹豫了一下："等下半夜，我们换班好了。"

静王世子点头，笑容很浅："嗯。"

下半夜，林池爬下楼时，漆黑的大堂里只有静王世子一个人的身影，被窗外的月光拖得老长，显得寂寥而孤单。

他见林池下来，嘴角勾出了一个不怎么好看的弧度："下半夜了？"

"嗯。"

于是，两个人对坐着。直到日出破晓，裴宛也没出现。

林池的头已经点到了桌上，静王世子的脸上也只剩一片木然。

"回去休息吧。"静王世子虚弱地笑了笑。

林池看了一眼客栈外已经热闹起来的早餐铺，捂着肚子道："等一下，我先去买一份早膳……"

买了六个包子，林池一边吞咽一边往回走时，一下愣住了——一袭素裙也难掩芳容的裴宛正俏生生地立在客栈门口，而在她身边一位靛蓝华服的公子轻摇折扇，模样文质彬彬的，正同她交谈着什么。裴宛不时掩唇低笑，两人站在一起极为登对。

而另一边……

林池转移视线，那边因为熬夜而神情憔悴苍白的静王世子正呆呆地看着这一幕，脸色难看到了极点。

这太、太狗血了啊。

林池不由自主地倒退了一步，突然被人扶住。

林池条件反射地挥拳回头："咦……"

索瞳按了按鼻梁，面瘫状道："小姐。"

林池不好意思地挠挠头，转念想起另外一件事："对了，你跟陌轻尘说了吗？我解决完事情马上就回去。"

沉默了一下，索瞳才点头："嗯。"

林池松了口气，转回头去看狗血场景，却没发现索瞳眼中一闪而过的晦涩暗光。

林池实在不知道该偏向哪方，迟疑间，听见了裴宛的声音："小池？"

那位靛蓝华服的公子微微一笑便闪身告辞，这厢裴宛已经双手环胸，下巴示意林池走近。

林池犹豫了一下，刚走近，就被裴宛敲了一下脑袋："笨小池，现在才想起你师姐，早去哪里了？也不来报个信。"

林池抱着头，犹豫了一下，转头去看身形已经摇摇欲坠的静王世子。

裴宛顺着她的视线看去，目光滞了一下，便轻描淡写地转了回来。

"宛儿……"干涩的唇轻轻开合，静王世子艰难地吐字道。

裴宛根本连看也没看他，揽过林池，又对对面的索瞳道："你们带的东西多不多？快收拾一下，我们现在就走吧。"

林池不禁问道："走？去哪儿？"

裴宛按着太阳穴，似乎很烦恼："当然是去救我们那个麻烦师父了！他捅大娄子了，得罪了毒妖花久夜，现下正被追杀往魔教呢。"

林池："师父他到底……"做了什么啊？

"说来话长，别多问了。"裴宛截断了她的话，干脆利落地道，"再不快走，只怕我们到时候只能给师父收尸了。羽公子已经准备好了马车，我们这就上路吧。"

"宛儿……"

裴宛充耳不闻地道："小池，听到没有？"

林池被那一声哀怨又低弱至极的声音引得恻隐心大动，忍不住道："师姐，你就稍微听世子说两句吧，他昨晚等了你一夜没睡……"

"去收拾东西！"同时裴宛再次转头看向静王世子，吐出的却是轻飘飘的一句话："你回去吧。"

静王世子的身子晃了晃，他似乎已经站不稳："别这样……别这样对我。"

裴宛却只是冷冷地道："我们不适合，你回去吧。"

静王世子伸手想要抓住裴宛的手腕，可惜还没碰到就被裴宛躲开。

林池叹口气，上去收拾包袱。等她下来的时候已经不见静王世子的人影，客栈大堂里人来人往，只见裴宛独自抱臂倚在门口。

"师姐，静王世子真的很喜欢你……"

"我知道。"裴宛淡淡地道，"我也相信他喜欢我，但是想娶我只有这点器量是不够的。他太优柔寡断也太过温暾，真的跟着他，我下半辈子绝对会过得无比憋屈，长痛不如短痛……算了，你小孩子不懂的。收拾好了？我们走吧。"

林池跟在裴宛身后走出客栈，还是觉得有点不能理解："师姐，你也太……"绝情了吧……

裴宛摸着她的头，露出一个浅笑："爱得死去活来，那都是话本里的故事，这世上本来也没有谁离了谁活不了。"

可是……

在这一瞬间，林池脑海中不受控制地涌出陌轻尘安静出尘的样子，感觉心忽然像被什么抓了一下……

她好像……有点想陌轻尘了。

不出所料，那位靛蓝华服的公子就是羽公子，他准备的马车都是上好的，车行得极快，却半点不颠簸。

林池垂眸出了一会儿神，才问："师姐，我们要多久才能回来？"

裴宛道："这我可说不准，若是我们能在师父进魔教之前拦下他，差不多一个月就能赶回来了吧；若是运气不好，师父进了魔教，那就麻烦了……"

"师姐，真的要去魔教啊？"

裴宛挑眉："那还有假吗？不过你不用担心，有羽公子在，一路上不会有麻烦的。"

林池下意识地问："羽公子是？"

"等会儿你就知道了。"裴宛淡淡地道，转眼又有些苦恼地扶额，"只是这次师父得罪的是教主的男人，事情就有点麻烦了。"

"教主的男人？"林池咽了口口水，有点震惊。她之前看话本里说魔教教主都要练那种威力强大但是不男不女的武功，然后爱慕的对象也会逐渐由女子转为男子……这竟然是真的吗？

裴宛摩挲着下巴，似乎有些好奇地道："不过听说那毒妖花久夜样貌俊美至极，也不知道是个什么模样……"

"花公子的样貌自然不俗。"温文中略带磁性的嗓音在马车外响起，"裴姑娘，介意在下进去吗？"

裴宛笑道："为什么要介意？"

说着，那位羽公子已经掀帘进车，靛蓝华服行云流水般一转，便已席地而坐。

马车里很宽敞，多他一个人也不显得拥挤，林池却一下僵住："你……"

羽公子揭掉脸上的面具，浅浅勾起一个略带苦涩的笑："林池，好久不见。"

林池怎么也没想到这位羽公子会是杜若，说起来两人也已经两年没见。杜若的容貌没有大变，依然清冷而带有禁欲气息，只是五官更显成熟深邃，气质也沉淀下来，不再像过去那般凌厉。

林池看着那曾经让她无比心动的脸庞，心底已经掀不起半点涟漪。她很平静地笑了笑，道："好久不见。"转而她又疑惑地道，"可是你怎么会……"

杜若苦笑："说来话长。"

林池："那就慢慢说！"

杜若咳嗽了一下，才道："那我还是长话短说吧。"

林池："……"

原来杜若离开后，因为没有去处，便在边境游走，恰巧救下因为出任务而中埋伏的魔教大长老羽连。羽连见他没处去，便将他留在身边。杜若闲不下，便帮羽连做了不少事，因而羽连在去年正式收杜若为义子。本名不好再用，杜若干脆化名"羽若"。

林池顿了顿道："可是这次我师父是……"

杜若抿唇思虑了一下，才道："确切来说，也算不得你师父的错，只能怪他运气太差……被教主和花公子的女儿看上……"

林池大惊："女儿？"

杜若："怎么了？"

林池："他们……不都是男的吗，怎么可能有女儿？"

杜若嘴角抽搐："谁跟你说的？"

林池："呃……我猜的。"

"你……"杜若转头看向林池——她依然是干练的打扮，如云长发高高扎在脑后，宽袍窄袖衣袂宛如流云，五官线条流畅而精致，脸上表情通透得一眼即明，只是已经长开的五官让人再不会将她误认作男子。

而她看向他的眼神清澈得就像在看一个久别重逢的朋友，除此以外，别无其他情感。

杜若轻叹了口气，道："叶教主是女子。此事的重点在于叶教主和花公子的女儿今年才七岁，她偷跑出魔教追你师父去了，如今下落不明。花公子好容易找到你师父，却发现他女儿不在你师父身边，自然怒不可遏……"

林池结巴道："七、七岁？"

杜若颔首，唇边漾出一个苦笑："不过若真的把她当一个七岁女童看，只怕你会后悔死。总之，尽量劝吧。花公子地位超然，我也不能担保他会卖我这个面子，更何况他看你师父不爽已经很久了……"

林池点头："我知道，多谢了。"

杜若笑道："何须客气，我欠你一条命，此事不过是举手之劳。"

两人客客气气地说完后，一时无话。

倒是一直沉默的裴宛突然插话道："我说，你们就不打算叙叙旧？"

林池一愣："叙旧？"

杜若已经习以为常："裴姑娘，别取笑我们了。"

"可是你们……"裴宛似乎还想再说什么。

林池往后退了退，靠在裴宛身边道："师姐，我有点困，先睡会儿。"

裴宛："你……"

她的话还没说完，林池已经合上了眼睛，显然是不想继续刚才的话题。

裴宛无声地叹了口气，对杜若无奈地扬了扬眉。

杜若轻轻笑了笑，便又退了出去。

裴宛摸了摸林池的头："别装了。"

林池睁开眼睛，默默咬了下唇："师姐，我最迟什么时候可以回去？"

裴宛："我不知道……但是，你这么放不下那个陌轻尘吗？之前不还……"

她当然知道林池的心意，可是当日是当日，现在是现在，她没想到林池竟然对陌轻尘动了真心，裴宛实在无法想象她的小池留在宫中做后妃的样子。杜若已经不是朝廷官员，林池也不再是通缉犯，其实未尝不……

林池再次点头，语气很坚定地道："师姐，他对我很重要。离开他，我会难过。"

裴宛目光复杂："算了，我知道了。"当真是个死心眼的孩子。

百里外，东宫内院。

"公子，都是我的错！您惩罚我吧！我是当真没料到少夫人会出城……"凌书跪在地上，双手抓着自己的耳朵，就差没磕头认错了。

陌轻尘看也不看他一眼，盯着其墨问："查到她去哪儿了吗？"细长的眼睛微微合着，他仍旧面无表情，只是细微处透着不易察觉的脆弱和受伤。

其墨也是一筹莫展："林姑娘的师姐早一日便走了，属下只知道是往北方走的，却不知是要去哪里。属下已经派人去追，但是尚无消息……等等，公子您要去哪里？您现在不能随便离开明都……"

陌轻尘已经冲了出去。

"快！快追公子！"几乎同时，其墨和凌书都腾起身追了出去。

饶是其墨脾气再好，这个时候也忍不住想痛骂林池——她怎么能在这个时候离开？公子现在正接受沈神医的治疗，关键时期身体随时可能有异变。公子现在离开，一旦路途上有什么问题，那就糟糕了！

第二十章

轻尘受重伤

在马车上昏昏沉沉地睡了几日，林池一行终于接近了魔教的边境，遥遥望去便是那遮天蔽日的黄沙，辽远而一望无际，只剩滚滚烟尘辉映着苍茫的天穹。

"明日便能到魔教两大边城之一的辉月城，今日两位先在这里休息，到时我去打听你们师父的下落。"杜若笑了笑，气质温文尔雅。

林池因为在车上睡得太久，躺在榻上反而没多少困意，而且比起冰凉的榻，她总是止不住地怀念陌轻尘温暖而柔软的怀抱。

林池辗转数次，深夜的饥饿让她爬了起来，摸进厨房给自己煮了碗粥。

她灌下去一碗粥后，胃里的空洞被填满，心里的空洞却更深……离开越久她越觉得不安。不知道陌轻尘现在在做什么？他会不会很生气？……

想着，林池垂下了头。

"好香。"

厨房的门被推开，靛蓝华服在月华下沉淀出幻蓝的光，杜若的笑容都被映衬得有些不真实："原来是你做的，还有多的吗？"

林池起身，将碗筷收好，轻声道："没有了。"而后又道，"我回去了。"

"等等。"杜若忽然开口道，"林池，你是在躲我？为什么？"

林池顿了顿，想否认，但实在没法做到若无其事地说谎，她的确……是在躲杜若。

杜若苦笑："我果然被讨厌了吗？"

"没有。"林池摇头道，"我不讨厌你，只是……"

杜若帮她接了下去："只是你现在喜欢陌轻尘，所以哪怕他不在，你也想要跟我避嫌，是吗？"

林池有点不好意思地低下头。因为杜若是她曾经喜欢过的对象，两人再黏在一起的话，很容易被误会吧？而不论真假，如果陌轻尘知道……他会难过吧？

"傻丫头。"杜若的笑声在林池的头顶闷闷地响起，驱散了林池心头一直压着的尴尬，"我只是来报恩，并没有别的意思，你不用担心。只是你这么避着我，我有点受伤而已……"

明明之前是林池挡在他身前，用命帮他拦住陌轻尘的剑，如今却仿佛颠倒过来。

"抱歉……"林池又低声道。

"何必抱歉。"杜若仍笑道，"该说抱歉的应当是我，如今……你便当我是你兄长吧。"

杜若说得很轻却也很认真。林池不由得也笑了，刚要点头，外头突然响起索瞳的声音："小姐，找到你师父了！"

林池丢下碗冲了出去："哪里？"

索瞳简单地道："辉月城外，你师姐已经追出去了。"

林池跟着索瞳急冲了百米，远远就望见城外密林中火光熠熠，在夜色里分外惹眼。走到近前，林池第一时间便去寻找师父，很快找到了目标。

师父被裘宛扶着，被人群重重包围，身上的伤口无数，衣衫褴褛，喘着粗气，整个人狼狈到了极点。

"我说花公子，我是真的不知道你女儿在哪里，你就不能放过我吗？"师父一边喘气一边道。

林池这才看向另外一个人。色彩浓重得仿佛要淹没进黑夜的玄色长袍，绛色的纹路顺着领口蔓延而下，衬着妖异而冷漠的细长眼睛，让人分辨不出年纪，只觉他美得令人胆战心惊。

毒妖花久夜，也是现任魔教教主的夫君。

他摸了摸手里环绕着的蛇，露出一个近乎让人觉得惊悚的微笑，干脆利落地回答："不能。"顿了顿，他又笑道，"继续跑吧，就是狩猎才有意思嘛。"

"还来！"师父忍不住道，"你已经追了我十天，整整十天了！这十天我都没睡过一个好觉，没吃上一顿饱饭，连一次澡都没洗过，只要稍微停下来就被你揍！而且揍完继续催着我跑！我快要疯了啊！大侠，我错了，我求求您，您高抬贵手，放我一马行吗？"

这还是林池有生之年第一次看见师父如此低声下气地求人。

花久夜仍旧笑道："你拐走我女儿的时候不是很开心吗？"

"谁开心了啊！不对，是谁拐走她了啊？"师父咆哮，"明明是她拐走我的啊！而且拐完，自己就跑了……"

他还正庆幸终于摆脱了那个难缠的小魔女，结果没乐上一天就被千里追杀了啊！他冤死了好不！

"闭嘴！"花久夜的笑容里掺杂进一丝冷意，"她才七岁！那么单纯……"

师父继续不满地咆哮："她哪里像七岁了？还有单纯什么……喂喂，你不要再自欺欺人了，我比她单纯得多好不……"

"让你闭嘴！"花久夜阴冷的视线射向师父，杀气瞬间狂飙开来，师父果断闭嘴。

"果然还是杀掉你比较好吗？"花久夜舔了舔唇，"这个游戏我也有点玩腻了呢。"说着，他的手掌中滑出一柄匕首，直取师父的咽喉，幸亏裴宛反应灵敏，在匕首接近之前就扶着师父一个闪身避开了。

"你也要……陪我玩吗？"男子魅惑的声音仿佛挠过她的心尖。

裴宛紧蹙秀眉开口，但气势完全被对方的强大气场压制："花公子，您非要如此吗？"

杜若也终于姗姗来迟，拱手行礼，声音恭敬地道："花公子，晚辈羽若，不知前辈能不能卖在下一个面子，放他一马。"

花久夜看了一眼杜若，目光闪了几下，动唇道："抱歉，敢动我女儿的，我一个也不会放过。"

杜若叹气："那在下只好……得罪了。"

在"好"字刚落音的瞬间杜若已然飞速挥出手中的折扇，折扇在他手中翻飞，不断折射出锋利的光，他如今的身手早不再是当日可比。

花久夜像是早有预料，掌心的铁笛也一下闪了出来，挡住杜若攻过来的铁扇。

"你们先走。"裘宛把师父丢给索瞳，对着林池道。

林池点头，不再多话，与背着师父的索瞳朝外跑去！

花久夜忙着应付杜若和裘宛，冷冷吩咐同他一起来的黑衣人："追！"

林池已经很久没有这么紧张过。身后追兵的脚步声和衣袍掠风的声音犹在耳边，她觉得心脏几乎要蹦出胸腔，只能勉强跟在索瞳身后，一边掩护他一边跑。

魔教边境本来就是一片荒芜，跑出密林之后就是荒漠，少了遮蔽，后面的人追得更紧。

更令人头疼的是花久夜带来的人中有两个弓箭手，在追击中不断放箭，即便林池极力挥剑抵挡，也偶尔会有漏网之鱼。

"小姐，先解决他们吧。"索瞳道。

林池咬牙嗯了一声，脚步急停，同时抬腿踹向紧随而来的两个黑衣人。

放下师父，索瞳拔剑迎敌，剑法没有丝毫花哨的地方，只有纯粹简单的杀意。

对方来追的足有七八个人，武功都不算弱，林池应付起来越来越觉得吃力。终于，一个疏漏，对方的剑笔直地朝着林池的手臂刺来。林池一惊，但已来不及躲避，不过瞬息工夫，剑刺入肉，她却并不觉得痛。林池一怔，就看见索瞳挡在她身前，手臂上血迹斑斑，此时他低喘着气，声音痛苦地道："小姐……你先走，我挡一会儿。"

这怎么可能！

正在林池惊愕之际，耳畔传来一道宛若天籁的声音。

"小池！师姐来了！"

裘宛高高举剑，动作若舞蹈般流畅动人。她一到，两方的处境立刻颠倒，没多久，几个人便被林池和裘宛解决。

林池连忙去看索瞳的伤口，方才他受伤还坚持动武，伤口肯定崩裂得很可怕。

果不其然，索瞳手臂上的伤已经撕裂开来，血流了一手臂，看起来非常吓人，连素来忍耐力极强的索瞳都忍不住在林池撕开手臂处布料的时候闷哼出声。林池忙从怀中掏出金创药，又撕了两块布料下来替他包扎，等处理妥当了，才擦了把汗，道：“师姐……那个花久夜呢？”

裘宛满不在乎地道：“没事！”

林池惊讶地道：“解决了？”

裘宛：“还没，不过，呃……肯定没问题。”她话音一转，“啊，那个，我们先送索瞳去休息吧。”

见裘宛吞吞吐吐，林池隐约有些奇怪的预感：“为什么……到底怎么了？”

“也没什么。”

“没什么是什么？”

裘宛迟疑着看了林池一眼，叹气道：“陌轻尘来了。”

大概此时没有比这五个字更牵动林池的心的了。

她从离开时就一直在想他，只要清醒着便无时无刻不想，连在陌轻尘身边时都没有这么真切地意识到她有多在乎陌轻尘。而在她听见他的名字的瞬间，像有什么在她的心口决堤，被水流冲散，她的心软得一塌糊涂。

林池起身想走，却发现衣角被人扯住。

索瞳用没受伤的手攥着她的衣角：“小姐……”他的脸色因失血而苍白，神情显得很脆弱。

他想让她留下来。

索瞳为她受了伤，她留下来照顾他似乎是天经地义的。

可是……林池怎么也忽略不了内心的渴望，强烈得简直让人无法抑制。

她已经……有半个月没见到陌轻尘了。

将索瞳的手指一根根拽开，林池低下头，不敢看他的表情：“对不起，我……师姐，索瞳就交给你了。”

裘宛没说什么，只点了点头。

下一刻，林池已经掠出去数米。

她的所有不安和心虚在见到陌轻尘的瞬间全部化为飞灰，他就静静地站在那里，雪白长衫被风掀起，随着银白的长发舞动，倾国倾城的脸上是一如既往的淡漠表情，平静到让人分辨不出任何情绪。

“林池，你怎么回来了？”杜若的声音突兀地打断她的思绪，他显得十分急躁，“快回去！”

他正挥剑挡住花久夜的铁笛，说话间手上一震，身形向后急退两步。

林池摇了摇头，看向那个银白身影，轻声吐字："陌轻尘。"

站在花久夜对面的陌轻尘像是才留意到她，缓缓转眸，目光沉沉如水，没有丝毫涟漪，唇翕动了一下，没有出声。

"那个……你怎么来了？"林池小声问道。

"林池，小心。"

林池吓了一跳，被杜若拉着向后跃了一步，而她所在的位置已经被花久夜的蟒蛇占据。蟒蛇去势不减，继续朝着陌轻尘扑去。

陌轻尘的反应比她想象中的还要快，林池甚至没看清他是怎么出手的，那条蛇已经飞快地飞了出去。

花久夜脚尖一点，一个旋身接过自己的蟒蛇，目光霎时冷了下来。"我说……"他扯了一下嘴角，语调拖长，无比阴冷地道，"我真的生气了。"

他反手吹响了笛子，蟒蛇伴随着笛音舞动起来。

陌轻尘的身子突然毫无征兆地软了下去。林池的心跳骤停一拍，她连忙朝着陌轻尘冲去。

"危险！"杜若想拉住林池，可惜慢了一步。

林池到了陌轻尘身边，才发现他的手腕上正趴着一条极其细小的蛇，蛇身盘踞处有一个小小的血口正不断渗着黑血，而陌轻尘的眉心也渐渐浮现黑紫的煞气，显然是中毒的征兆。

意识到这点，林池立即回身道："解药！"

但回头的瞬间，她发现杜若竟然也倒在了地上，手腕上同样有一个血口。

花久夜合了一下眼眸，踢开杜若的身体，有些烦躁地道："真麻烦，浪费了我两条蛇。"说完，他就朝着林池师父逃走的方向走去。

"等等！"林池跑到花久夜面前，伸出双手拦住他，"解药给我。"

花久夜摸着蛇头，干脆利落地道："不给，让开。"

林池也不说废话，狠狠一脚侧踢过去，同时单手直取花久夜的咽喉！

花久夜没想到她会突然发难，距离极近的情况下，他愣了一下，只来得及躲开那一脚，咽喉竟在瞬间被制。林池看起来不大，力气却不小，虎口紧紧锁住花久夜的脖子，没有半分颤抖，仿佛随时能捏断花久夜的喉骨。

双眼定定看着他，林池问："怎么样你才肯给我解药？"

花久夜也镇静下来，目光冷冷地斜睨着她："就你现在这样，你觉得我可能给你解药吗？"他顿了顿又道，"而且我告诉你，这毒是我特制的，全天下能解此毒的人不超过三个，至于现在有解药的，只有我一个。两个时辰内不解毒，你就帮他们收尸吧。"

林池："那你要怎么样？"

花久夜轻轻启唇，戏谑地道："求我。"

林池毫无障碍地道："求你给我解药！"眼睛紧紧盯着花久夜，手上的力度没有减少一分。

花久夜的嘴角抽了一下："你这是求人的态度吗？"

林池："呃……那该怎么求？"

花久夜冷笑："当然是跪下求我。"

"跪下求你……你就给我解药？"

花久夜还是冷笑："对，跪下给我磕三个响头……"

他的话还没说完，林池已经伏下身，在地上重重磕了三下头，而后她迅速站起来，对着花久夜伸手："解药。"

花久夜倒是一下怔住，看向林池的目光也变得微妙起来：这种事情小姑娘怎么可能做得这么干脆？多年前，他在南疆被迫卑躬屈膝时的那种耻辱感他一辈子都忘不了，可是这个小丫头……

"你难道不觉得屈辱吗？"花久夜不自觉地脱口问道。

林池点头。

花久夜更不解地道："那你还……"

林池垂眸，扯着嘴角笑了笑："对我来说，他们的性命比这点屈辱更重要。"她已经不再是小孩子了，这世上没有不付出就能得到的东西，只是一点无关痛痒的屈辱就能换来解药，其实再划算不过。

花久夜目光复杂地看着她，视线扫过陌轻尘，像是想起了什么。

林池误解了花久夜的愣怔，紧张地道："你不是要赖皮吧……"

闻言，花久夜晒笑道："我怎么会耍赖。"冷哼一声，他从怀中掏出一个小瓶子丢给林池。

林池连忙接过，打开瓶子，却发现里面只有一颗药丸："为什么……只有一颗？"

花久夜摊手："因为我只做了一颗，要救谁你自己选吧。"

"怎么这样……"林池攥紧手指，"求你……把他们俩都救活，可不可以？"

花久夜："不是我想救一个还是两个，是我的确只有这一颗药。"他勾唇笑了一下，眼睛里分明有看好戏的意思，"这两个男子都对你很重要是吗？那正好，今天你做了决定之后，就不用再烦恼了，反正到时候只剩一个……"

陌轻尘和杜若都已经动弹不得，暗淡的色泽已经蔓延过他们的肢体，红润褪去，只剩苍白。

林池的指甲深深嵌进了手心——杜若，她喜欢了那么久的杜若，那个明明之前还在跟她说着他只是想来报恩，让她把他当作兄长的人；而陌轻尘……对她来说，那么珍贵的陌轻尘，想一想她就心疼的陌轻尘……

做这样的决定，对她来说，会不会太残忍？

"林池……救他吧……"杜若吐字艰难地道，虚弱地冲着林池笑了笑，依然那般光风霁月，"没关系，其实我早该死了。别管我了，我不怪你。"

林池看向陌轻尘，而陌轻尘只是淡淡地移开了眼眸，一言不发。

好……奇怪……

为什么从刚才到现在，陌轻尘一个字也没有说过？他好像是在躲她一样，不跟她说话，不跟她笑，甚至连看也不看她一眼。

明明……分别前他不是这样的。

——"你不是第一个，也不是最后一个，但我喜欢你，只喜欢你。"

离开之前他才这么对她说过的，不是吗？

林池的心跳快了两拍，她抑制不住地走向陌轻尘，"陌轻尘……"手指一点点朝着陌轻尘的脸颊触过去，"你……为什么不理我？"

陌轻尘侧头避开她的手指，终于开口："让开。"

他的声音沙哑至极，根本不似平日清雅低沉。

惊讶变成了慌张，林池道："怎么了？陌轻尘，发生了什么？"

陌轻尘根本不看她，银色的长发覆盖住一侧的面颊，只露出弧度优美的唇一开一合："救他，然后走！"

"他？你说谁？杜若吗？他只是帮我救师父才顺路的，我们没什么……"林池一怔，"你为什么……"

陌轻尘像是终于无法忍受林池，低吼道："滚。"

沙哑的声音凝聚起来，震得林池心口微微发疼。

她不明白发生了什么……

为什么陌轻尘要这样？

林池固执地握住陌轻尘的一缕头发，声音第一次那么急切地道："发生了什么？为什么……"

陌轻尘抬手用力打开她的手，双目沉沉地掩在银发之下，黑寂得令人心颤。他压抑住不耐道："毒对我没用，用内力很快可以将其驱掉。跟他走，我不想见到你。"

他合上眼睛，已经蔓延到手臂的毒素果然一点点退下去，速度虽然慢，但确实是在消退。

也是……陌轻尘的武功是当之无愧的天下第一，若是这点毒就能要了他的命，那么当年来讨伐陌轻尘的武林人士就不会那么惨淡归去了。

可是……正在林池发愣的时候，身后的杜若突然俯下身猛吐出一口血，他身上的毒素已经蔓延到了唇上，整个人像是被蛇毒吞没，显得十分恐怖。

已经容不得她再想，林池转身扶住杜若。杜若靠在她的肩膀上，唇畔的黑血触目惊心。

"能不能先带我走？"杜若的声音虚弱而颤抖地悄然传进林池的耳中。

林池一愣，转头去看陌轻尘。陌轻尘闭目斜靠着她，并不看她一眼，而他身上的毒素正在一点点消散。

林池咬了咬牙，扶起杜若纵身跃了出去。

不知跑了多久，确定花久夜已追不上，林池才放下杜若。手心里的解药已经被沁出的汗濡湿，林池只觉得自己牙关都在打战。她握着药，低头挣扎着。

"林池。"杜若叫她。

林池抬头："嗯？"

杜若挤出一个苦笑，声音轻到细若游丝："我怀里……第二个……暗囊……喂我……"

林池立即照办，从他的怀里摸出一个小瓶，倒出丹药塞进杜若的口中。杜若吞下，身上的毒素总算不再扩散，他也松了口气："这是义父知道我要对付毒妖给我的，虽不能解毒，但能暂时克制花久夜的蛇毒……"

林池："那你刚才……"

杜若摇头："若被花久夜听到，恐怕那枚解药他都不会给你……"杜若轻叹

267

口气道，"义父同我说过，花久夜的性情极为恶劣，我猜他定然不止一颗解药，只是你刚才的威胁得罪了他，他才故意让你抉择……"

林池突然紧张起来："那陌轻尘还在那里！"

说完，她就想回去。

杜若却一下扯住她的衣袖，道："不用担心。你在明都应该见到为陌轻尘看病的神医沈知离了吧，花久夜是她的师兄，他不会伤害陌轻尘的，只是……你最好等会儿再去，不然只怕他会再为难……"

林池拨开杜若的手，定定地道："被为难也没关系，我不放心陌轻尘，而且……"陌轻尘的样子实在是太不对劲了。

数里外。

"吞下吧。"

花久夜从怀里取出一颗药，递到陌轻尘唇边。

陌轻尘只微微掀了眼皮，没有动。

花久夜嗤笑："你还装什么？你的内力要是能驱毒，何必躺到现在……不过，还真不知道你怎么想的，那个丫头明明很在乎你，你却非要把她赶去另外一个男人身边。"

陌轻尘无声地咽下那枚解药，仍旧一言不发。

花久夜的耐心耗尽："好了，我还要去追人，毒应当一会儿就散掉了，就算武功变弱，自保应该还不成问题，你好自为之吧。"

他的声音伴随着快速掠动的身形消失。

陌轻尘按着额，抿了抿唇，那双被称为妖瞳的眼睛睁开，然而，他只能看见稀薄的光影。

沈知离没有料到的副作用出现了——他失明了。

陌轻尘不知道自己坐了多久，眼前光影摇曳，依稀还是模糊的样子。

他靠在一棵树下，怔怔地望着那片薄光。

不知道坐了多久，毒素渐渐被驱散，疲倦的感觉涌了上来，身体里可以调动的内力前所未有地少，这让他有些不习惯。耳边响起沙沙的细密声音，陌轻尘分辨了好一会儿，才意识到是下雨了，可惜他意识到的时候全身上下似乎已经湿透，躲不躲雨都变成了可有可无的事情。

他正愣怔间，听见一个透亮的声音穿过雨幕直直射来："陌轻尘，你怎么不躲雨啊？"

那个声音伴随着脚步声很快接近，然后来人抓住他的手臂就准备拖着他跑。

是林池吗？

他的视野里只剩下不甚清晰的一个轮廓，朦胧轻软得就像梦一样。她为什么回来？她不是……跟着杜若离开了吗？

林池的声音迟疑了一下："你怎么了？"握住他的手臂也松了下来，她语气忐忑地道，"你在生我的气吗？为什么……你都不开口……到底发生了什么？"

"不，没什么。"陌轻尘轻轻转开头。

淅淅沥沥的雨水顺着陌轻尘的额角滴落，一缕缕耀眼的银发凌乱地伏在肩上，让他显得狼狈而憔悴。

他移开视线，眼神冰冷而没有焦距。

不安仍然在继续，可是林池又看不出哪里不对，叹了口气道："无论如何，先跟我去躲雨吧。"

陌轻尘没有回答，林池便当他是默许。

在客栈里擦干身子换过衣服，林池正想去隔壁房间找陌轻尘，推门一看，却发现不见了陌轻尘的踪影。

大概是回去了吧，林池有些失落地想，陌轻尘生她的气也情有可原——是她又这么丢下他离开，刚才还为了救杜若丢下他……可是，她怎么也没法放着师父和杜若不管。

林池将头抵在门框上，又叹了口气，才缓缓下楼。

无论如何，她要先找到师父，不知道师父现在有没有被花久夜抓住……

外面的雨已经逐渐止了，小镇沿街点起了一盏盏灯，空中腾起淡淡寂寥的味道。

林池不知道上哪儿去找裘宛，只好无目的地朝着一个方向走去。

她刚掠动一下，就听见风中飘过一道很轻很熟悉的声音，随之而来的还有浅浅的血腥味。

林池滞了一瞬，当即转身朝声音发出的巷子跑去。

她越接近，血腥味越浓重。

这里是魔教附近的城镇，不在官府的管辖范围内，所以林池听说这里常发生打家劫舍的事。

只是……林池突然顿住身形，所有的思绪在刹那间变成了空白。

怎么会……

怎么可能……

她完全不相信眼前看到的事情。

血顺着纯白衣袂滴落下来，一滴一滴汇聚成一摊。

陌轻尘……受伤了？

他身边围着不少人，都用贪婪的眼神看着他。

"不用怕他——你看，他也就是虚张声势，他是个瞎子！"

"就是。看他腰上的玉佩和发冠，我告诉你，光那些东西的价值都够我们吃上好几年了，更别说他身上的银子了！"

"而且你看他这长相，我就没见过人长成这样！"

"哑哑，长得再好看，打伤我们这么多兄弟也不能放过他。"

陌轻尘站在中间，衣衫未干，依然潮湿地贴在身上，发丝黏在一起，整个人显得孤寂而冷漠，像是周围的一切已经与他无关。

"陌轻尘……"林池的声音轻到连她自己都几乎听不到。

那头的陌轻尘像是从梦境中挣扎出来，徐徐转过头，颊边还有不正常的薄红。他茫然到可怕的神情在听见她的声音的那个瞬间变了变，紧接着是一闪而逝的脆弱。

可是……他的眼神还是没有焦距……

那双漂亮得犹如水墨的眸子中是一片空洞。

陌轻尘他……看不到了？

眼见一个人低喝一声，挥刀朝着陌轻尘砍去，林池立即冲了出去，飞身抬腿狠狠将人踹倒，同时用力劈砍了一下对方的手腕，劈手夺过刀后，狠狠架开对方的武器，拉着陌轻尘就朝远处跑。

后头的人连忙追来。林池刚想说话，身体一下腾了起来，耳畔是陌轻尘淡而没有情绪的语调："哪个方向？"

林池愣了一下，道："往右边跑。"

陌轻尘的速度依然很快，身后的景色如浮光掠影，只是眨眼的工夫他们就把人远远甩开。

林池忙道："行了，把我放下。"

抱住她的人顿了顿，而后若鸿毛般脚尖点地，落地，将林池放开。

林池轻巧地跃下："陌轻尘，你……"她有太多想要问的事情，然而在开口的那一瞬间彻底蒙了——

只听砰的一声，放下她的陌轻尘，已经重重摔倒在一边！

陌轻尘受伤了，而且发了高烧。

林池不敢走远，在附近找了户民居，把陌轻尘背了进去。也许他是因为刚才抱着她使用轻功才导致伤口撕裂，他手臂上的伤比林池想的还要严重，烧也迟迟不退，但最重要的是……林池一直担心着陌轻尘的眼睛。

"这些我来做就可以了，实在麻烦了，你们去睡吧。"

林池接过布巾，对好心的村妇道。

民居里没有药，林池只好煮了些姜汤喂给陌轻尘，用身上带着的金创药处理过他手臂上的伤，林池便一遍一遍地用冷水替陌轻尘擦额头。直到额头上的温度退去，陌轻尘仍没有醒来。

她用身上的碎银子简单换了点东西吃，然后便一直守在陌轻尘身边。

看着陌轻尘憔悴的脸庞，林池心里的惶恐每一刻都在加深，她无法控制地觉得恐惧，像心口的某个地方被掏空了一样，只剩空荡荡的寂寥。

她只有一遍一遍地告诉自己陌轻尘没事，一定会醒过来，才能觉得安慰一点。

这样一直强撑到第三天夜里，陌轻尘终于醒转过来，睫羽颤了颤，修长的手指缓缓抬起。

"你感觉怎么样了？"林池握住陌轻尘的手，忙问道。

陌轻尘似乎怔住了，动了动唇，却没出声。

"我扶你起来喝点粥？"林池又问。

陌轻尘没说话。

林池扶起他，盛了一碗锅里热着的粥，吹凉再喂到陌轻尘唇边。

一碗粥喝完，陌轻尘还是没说话。

窗外安静得听不见丝毫多余的声响，只剩飒飒夜风吹拂。

又过了一会儿，林池放下碗，终于还是低头问道："陌轻尘，你看不见了吗？"

陌轻尘沉默了更久的时间，才轻轻点了点头。

林池："什么时候的事情？"

陌轻尘："两天前。"

林池抑制不住地激动起来："那天遇到花久夜的时候你已经看不见了？为什么不告诉我？既然看不见为什么还要来……"

陌轻尘低下头，不去看她。

被陌轻尘这种小孩子一样逃避的态度弄得无奈，林池握住他的手，用几乎是肯定的语气道："那你那天赶我走，是不是因为怕我发现你看不见了？"

陌轻尘嚅动了一下唇："对不起。"

"对不起什么……"

"不该对你那么说，我……"陌轻尘的气息有些消沉，"我只是不知道该怎么办。"

因为太过措手不及，连他自己也没预料到会出这种状况，甚至有一点害怕告诉林池——失明并不可怕，可怕的是失明以后他什么也不能做了，林池……会不会嫌弃他？

他抿了抿薄唇道："我看不见了，你会讨厌我吗？"

"笨蛋。"林池突然俯下身抱住他，眼眶无法控制地热了起来，"笨蛋笨蛋，我怎么可能会为了这种事情讨厌你？你知不知道我有多担心你？你一个人看不见还敢到处乱跑，万一出了什么事情……"

"林池……"陌轻尘怔怔感受着贴在身前的人，像个做错事的孩子一样不知所措。

林池抱得越发紧，虽然隔着被褥，暖意还是一点点传了过来。

"陌轻尘，陌轻尘……"她一次一次念着陌轻尘的名字，好像这样才能安下心来。

陌轻尘起初还有些茫然无措，但听到这样的声音，神情也平静下来。他回抱住林池，下颌在林池的头上蹭了蹭，林池身上熟悉的味道透过衣衫传来，纵然看不见她，他也觉得满溢的温暖几乎要破出他的胸腔。

"林池，你不在乎吗？"陌轻尘在林池的耳畔问道。

林池将头埋在他的胸口处，干脆地道："不在乎。"

陌轻尘像个贪得无厌的孩子，靠近林池,语气忐忑而又略带一丝难以自持地问:

"就算我变老变丑，没有武功，也不会做菜，无论变成什么样子，无论发生什么，你都……还会喜欢我吗？"

因为竺颜的存在，他始终还在害怕吧。

林池低笑一声道："当然，我……"

在下一句话出口之前，全部的声音已经被陌轻尘的唇堵住。

他的身上散发着强烈的情感，几乎是渴求般吻着林池。脆弱却又激烈到令人窒息的气息，透过唇齿的缠绵，再深刻不过地传了过来。

不好多打扰停留，等陌轻尘的烧退了，林池就跟他一起离开了。

只是她身上带的银子本来就不多，买了马车雇了车夫，又留下一些给民居里的夫妇，已经所剩无几。林池算了算路途，从魔教出来，六七天后能找到官府，到时候有陌轻尘的身份在，剩下的问题都可以迎刃而解。

想着，林池靠在马车里沉沉睡去。

她醒来时发现自己在陌轻尘的怀里。他也闭着眼睛，面容恬静，不染尘垢。

林池坐起身，见陌轻尘垫在她脖子下的手臂渗出血迹，嘴角抽搐了一下："陌轻尘……"

陌轻尘抬起手臂摸向她："怎么了？"

他的视线空落落地停在不知何处，散乱而无焦距。

林池只觉心头一紧，抱住陌轻尘轻叹道："别动……我给你换药。"

入夜。

"抱歉，我实在瞧不出贵夫君的眼睛是什么问题。"大夫放下帘子，轻轻摇头，"料想会不会是受了什么刺激？不然便是劳累所致，兴许养几日就好了？"

林池失望地谢过大夫，又转回屋中。

眼睛对上陌轻尘没有光亮的眸子，难过一下哽上喉头，但她不想在陌轻尘面前表现出来。

整了整脸上的表情，林池轻笑道："大夫说你的眼睛没有大碍。这边的药材不好，等回到明都，让太医帮你看，你很快便能重新看见的。"

陌轻尘轻轻摇了摇头，弯起眼睛道："我没关系。"

即便他的眼睛没有光泽，但只是看着他嘴角弯起的弧度，林池依然觉得无比心安。

此心安处是吾乡。

半夜睡到迷糊，林池肚子有点饿，便爬下床想去客栈膳房找点吃的。未料她还没找到，就听见有人敲客栈门的声音。

客栈掌柜开了门，几个佩剑的男子快速进来，为首的丢过去一两银子，道："给我们准备些好酒好菜，顺便收拾几间上房。"

掌柜接过钱，忙叫醒小二去准备，同时边倒茶边殷切地道："几位客官还有什么吩咐吗？"

当中一位男子道："没了没了，我们这儿商量大事呢！"说完，他喝了一口茶，压低声音道："关于那个人瞎了眼睛武功大减的事情是真的假的？消息到底可靠不可靠？"

另一人道："应该不是假的，有人亲眼所见，那人的脸即便是有人想假冒都假冒不了的……"

"不过光凭我们几个能拿下他吗？毕竟他可是……"

"这有什么？得到消息的不止我们一派，同那个人有血海深仇的其他武林人士只怕也不会少，至多不过几日应该都会赶过来。哼，谁让那个人那么嚣张，当年那次围剿，各大门派去的长老及高阶弟子可都不少，他竟一个不剩地杀了个精光。"男子握了握腰间的剑，道，"再说……若是真能杀了他，那可真是在江湖中一夜成名了！"

没等听完，林池就急匆匆上楼，拉起陌轻尘便道："我们现在得走了。"

陌轻尘还有些迷茫，不解地道："怎么了？"

林池苦着脸说："有人来追杀你。"

来的路上她忘记遮掩，陌轻尘那一头银发简直比路标还要招摇，完全是个活动的靶子，只要稍微打听一下就能顺藤摸瓜找过来！

越想越着急，林池忍不住又问："陌轻尘，你在这附近有仇家吗？不对，你大概有多少仇家啊？"

陌轻尘："什么是仇家？"

林池："就是你得罪过……或者杀过的人的家人。"

陌轻尘想了一会儿，认真地道："太多了，记不清。"

林池抱头蹲下："怎么办？"照这样下去，他们想平安无事地寻到官府恐怕会很困难。

陌轻尘直起身，摸了摸她的头："我不会让他们伤害你的。"

"重点不是我啊！是你啊！"林池抓住陌轻尘的手，"你现在看不见，还能打过这么多人吗？而且……"而且陌轻尘的手臂才受过伤，伤口好得这么慢……如果再受伤……

陌轻尘抿起唇，接着弯起眼睛道："没关系。"

那些都没关系。

他没好意思告诉林池，之前她给他上药的时候，他感觉到痛了，虽然只是很轻微的感觉，但至少他有感觉了——那么很快，他应该可以感觉到更多东西，不再只是没有知觉、没有感情的存在，他可以实实在在地变成一个人……

林池叹了口气，没说话。

她早该知道再怎么跟陌轻尘说危险可怕，他都根本不会明白的啊！

次日一早，林池就去买了一些用冬青叶和鼠尾叶制成的黑色染料，然后在马车上替陌轻尘把一头银发染成了黑色。陌轻尘倒没什么意见，当然，他对什么事都没意见，甚至在林池用手指一点点替他染发的过程中，他还颇为享受……

林池也想过买假发，可是一则实在找不到配得上陌轻尘的假发，二则若是佩戴不牢脱落下来就糟糕了，所以她干脆作罢。

不过，除了染得林池一手黑汁，头发干了后的效果倒是意外地好。

一直以来她见到的都是陌轻尘银发的样子，缥缈出尘，不似凡人，可将头发染成黑色之后，那一层浅浅的疏离一下淡去，他身上少了几分冷淡，多了几分亲切，纯粹而深沉的黑色让林池忍不住盯着陌轻尘多看了几眼。之前他还像是仙侠志怪话本里的仙人，现在却只像是一个普通的世家贵胄公子，干净，纯粹，让人心动。

陌轻尘看不见，半天听不到林池说话，有点忐忑地问："很难看吗？"

林池果断把头摇成拨浪鼓："不！"

说着，她两下把陌轻尘的头发扒拉下来，盖住额头，又觉得不满意，从边上扒拉出一个眼罩给陌轻尘戴上，这才满意地点了点头："行了。"

陌轻尘扬起嘴角。

反正……林池说行了就行了。

一路林池的运气都算不错。陌轻尘的银发太出名，染了发色之后，他们倒是没遇到多少陌轻尘的仇家，少有的几次也因为林池反应快先下手解决了。她还有些遗憾，来得匆忙没有带易容面具，不然陌轻尘戴上易容面具后被发现的可能性应该会更低。

不敢再入城，林池便带着陌轻尘驾车从城外绕路，等到夜间再独自去城里买了酒菜和干粮回来。

两人对坐在马车里用餐，林池狼吞虎咽地吃完，再习惯性地端起饭碗一勺勺喂给陌轻尘。

陌轻尘看不见，只靠着车壁安静地一口口咽下食物，黑发垂在肩膀上，漏进来的月光半笼住他的面颊，像是给他镀上了一层浅银的薄纱，令他看起来美好到有些不真实。

说起来，似乎三年前刚认识陌轻尘的时候她就是这样喂他吃饭，只是那时候的心情和现在截然不同。那时她只是想着得过且过，没想到有一天会真的心甘情愿地陪在陌轻尘身边。

林池放下碗道："陌轻尘……"

陌轻尘："嗯？"

林池低头，有些不好意思："我……"

砰！

马车门被整个撞开，只听一个雄浑的声音带着兴奋高叫道："陌轻尘就在里面！我跟踪他们两天了，绝对没错的！"

瞬间，几十根火把同时燃起，照得城外一时间亮如白昼，围着他们的人也一一显露出来。

那人冷笑一声道："放箭！"

数十支火箭齐刷刷地对准了马车。林池想也不想，掉转车头向反方向跑去。

一边跑，林池一边心急如焚——这么多人，她一个人想打过是根本不可能的！

怎么办？！

林池咬了咬唇。

"林池……"陌轻尘的声音轻飘飘地飘过来，显得有些虚幻。

林池忙道："没事的！我一定能带你冲出去的！"

陌轻尘："你……"

好几支火箭射上马车，燃烧的烟尘滚滚袭来。林池掩住口鼻，压低声音，急促地道："等会儿你先弃车，我引开他们，一会儿找你会合。"

陌轻尘："我……"

"快！来不及了！"林池打断他，仿佛怕陌轻尘不肯，喘了口气，又补充道，"我一个人肯定逃得掉！"

正说着，林池突然觉得腰间一紧，整个人腾空飞了起来。

她惊讶地回过头，发现陌轻尘正一脸平静地御着轻功往前跑，半空中衣袂轻摆，汹涌而来的箭镞瞬间便被打偏，整个过程轻描淡写如行云流水，像是早已演练过多次。

林池结巴起来："你、你、你……"

陌轻尘抱紧林池，声音有些委屈："我是想说我能带着你跑掉……"

林池忙道："早说！"

陌轻尘："……"你没给过我机会……

即便比之前慢了，但陌轻尘的速度依然快得犹如闪电，林池看到身后的追兵已经被远远甩开，终于放下心来，反手抱过陌轻尘，视线也随之移了过来。但她还没说话，整个人就僵住了。

"陌轻尘！停下！"

陌轻尘歪头，暗淡的眸子眨动了一下："什么？"

"停下来……啊……"

陌轻尘："嗯？"

一只小白鸽优哉游哉地扑腾着翅膀从她身边掠过，林池绝望地闭上了眼睛。

陌轻尘跑得太快……眼前，是悬崖……

他们现在……

腾空了！

第二十一章
世外桃花源

　　林池觉得她已经快要习惯跳悬崖这件事了，反正……正常情况下他们是不会死的，只是总会遇到一些很窘的事情。

　　比如上一次她摔到脑袋，记忆发生偏差，耽误了一年的时间；再比如这次——她醒着，可陌轻尘还昏迷不醒。

　　她身上的摔伤倒不太严重，当然主要原因是陌轻尘垫在她的身下。

　　她醒来的时候，入眼的只有沉沉夜幕，夜虫鸣叫声响清脆，在空谷里悠然回响。

　　林池叫了陌轻尘好几声，没有得到回应，反而嗅到淡淡的血腥味。因为不知道是自己的血还是陌轻尘的，林池也不敢贸然移动陌轻尘，绕着周围走了一圈，摘了些野果才又回来。

　　陌轻尘依然没有反应，林池扶着他坐起，在附近的小溪弄了一些水，小心地喂给陌轻尘，自己则吃了一些野果。疲倦袭来，她就这么靠在陌轻尘身边睡去。

即便是幕天席地地睡，也不能改变在陌轻尘身边让她觉得安心这件事。

第二天天亮，林池才明白为什么陌轻尘一直没有醒来——他的腿上和后脑都有血迹渗出来，因为她之前没有检查过，并不知道他的伤居然这么重。

天边聚起了乌云，是将要下雨的征兆。

林池急匆匆起身，跑了很长一段路，才在一处隐秘的丛林后找到一个浅浅的石洞。林池松了口气，又跑回去，小心地背起陌轻尘，再朝着石洞的方向一步步跑去。陌轻尘不胖，但成年男子的身体怎么也不会轻，跑了一段，林池就觉得有些吃力。可是天色渐阴，雨随时可能落下来。陌轻尘现在已经这个样子，如果再淋雨，只怕后果不堪设想。

林池咬着牙，闭着眼一直往前冲去。

山路泥泞，疲累交加的林池没注意脚下，被石头一绊，身子便朝前倾去。若是一个人，她大可以闪身躲开，可是背后背着陌轻尘，她闪开了，那么摔下去的就会是陌轻尘。

电光石火间，林池想也不想，就用自己的身体挡住了陌轻尘。

砰的一声，林池摔在了地上。

疼痛的感觉顺着关节处骤然袭来，让她瞬间几乎站不起来。只是她一向很能忍痛，只闭上眼忍过最剧烈的疼痛，便又摸着石块吃力地站起来。陌轻尘还在她的背上，并没有被摔到。

运气不错，她蹒跚着走到了石洞里，雨才姗姗来迟地落下。

林池小心地将陌轻尘放下，才喘着气一屁股坐在地上。

她只觉四肢都在痛，更难受的是胃部，消耗了大量体力却得不到补充，饥肠辘辘的滋味无论什么时候都不好受。

林池从怀里摸出仅有的一瓶金创药，小心地蹭到陌轻尘身边。他的白衣沾染上了泥土和尘埃，整个人显得有些狼狈，但他神情静谧，脸上没有痛也没有伤，甚至连眉头也没有皱一下，好像只是在沉睡。

林池握住他冰凉的手指暖了暖，才开始检查陌轻尘的伤口。他后脑的伤口被掩藏在发丝间，林池不是大夫，也不懂医术，迟疑了一下，便转去看陌轻尘的腿。

她顺着他的腿骨轻轻摸下去，摸到断裂的位置时，心里像是有什么咯噔一下断开了。

直到手指紧攥到指节发白，她才慢慢松开手。

林池小心地撕开陌轻尘腿上的布料，把伤口一点点清理干净，再涂上金创药。其实这些是她做习惯了的事情，可从没有一次这么认真细致过，就算明知道陌轻尘昏迷着，感觉不到痛，可她还是忍不住将动作放轻柔。

等上完药，她才发觉自己的伤口也疼得快不能忍受了。

简单处理过伤势，石洞外的雨渐渐小了，林池出去找了些能吃的野果咽下，又喂给陌轻尘一些，第二日就这么过去了。

第三日，林池寻了一些木头，正了陌轻尘的骨位，小心将木头绑在他的腿上，同时用两块打火石生起了火。

林池不敢离开太远，恢复体力后，在小溪里叉了两条鱼放在火上慢慢烤，自己吃了一条，又给陌轻尘留了一条。

只可惜，等到鱼凉了，陌轻尘还是没有醒来。

林池这才开始思考，若是陌轻尘一直醒不来她要怎么办。

第四日，林池用随身携带的匕首削了几块木板，用拧在一起的粗草绳将其拼起来。她试了试，直到草绳能够承载住陌轻尘的重量，才把陌轻尘放到木板上，拖着陌轻尘朝外走。

陌轻尘的腿上固定了木头，她再像之前那样背着他显然是不现实的，而且她也没这么多体力确保能安安稳稳地背着陌轻尘出去。

第五日，林池盘算过，她已经走了四五里的路，但还是没有看见城镇。

陌轻尘还是没有醒，林池尝试着喂陌轻尘一些其他东西，但是昏迷中的陌轻尘只能简单吞咽流食。林池挣扎了一下，把咬下的鱼肉用舌头顶进陌轻尘的咽喉，再用水喂下去，这至少可以保证陌轻尘不会再那么急剧地消瘦下去。

第六日，烈日炎炎，林池拖着木板，汗一直顺着额头流淌，眼睛可见的事物变得有些迷离，同时口干舌燥，身体的反应也变得迟缓起来。

夜间，靠在树下休息时，林池摸着自己滚烫的额头，发现自己好像病了。

但这种时候，她怎么能病？

如果她病了，谁来照顾陌轻尘？

第七日，又下雨了。

林池没能找到石洞，只勉强找到一棵茂密的树遮掩住陌轻尘，但依然有细雨落在他的身上。林池的头越发昏沉，她忍不住掩住唇咳嗽，一声重过一声，像是要把胃都咳出来。她的全身上下都像是灌了铅，疲倦的感觉几乎淹没一切。

不知道睡了多久，林池才挣扎着爬起来，怀里还有采摘的野果，尽管味道不好，她还是用力咽了下去。

她需要进食，需要体力走出去。

她眼前一片暗沉，像极了很多年前那个灰暗到极点的夜晚。

虽然很累、很痛苦……但无论如何，她还是想要活下去。

就当是为了母亲拼死的掩护，就当是为了她还没有看够的世界，为了那些她还没有吃过的美味，她也不想就在这里放弃。

林池一直是个懦弱的人，不够强势，随遇而安，不管是什么样的环境、什么样的条件她都能泰然处之，有时候连她自己也觉得自己真的很没原则，可就是这样的性格让她一直活了下来。

可是活下来了又能做什么呢……她好像从来没想过。

不知道，她就干脆不去想，但此时……她伸出手指触到了陌轻尘，轻轻握住他的手，触感微凉，心口却骤然被温暖填满。

她不再是一个人了。

她不只是为了自己在努力挣扎，也是为了陌轻尘。

她想陪着陌轻尘，想和他在一起，就像有了责任，自己做的一切也都有了意义。

雨水淅淅沥沥地打在叶片上发出滴答的声响，像敲击在心房上的声音。

冰凉的液体从额头上滚落，滑过面颊，拖成了一条湿痕，宛若泪痕。林池合上眼睛，俯下身趴在陌轻尘身上，慢慢扬起了嘴角。

第八日。

林池实在撑不住，晕倒在地上。

只是这次她花了很长时间都没能再爬起来，太累了太困了，眼皮沉得完全动不了，脑袋里混沌一片，不复清明。

她咬着牙想，我只是再睡一会儿，睡一会儿我就起来……只睡一会儿就好……

可是陌轻尘……林池死死睁大眼睛看着陌轻尘的方向，手肘竭力想要撑起来，但只是一会儿，就再一次沉了下去，指甲在地面上划出深深的划痕。

怎么办？

她会死在这里吗？

这是林池最后的一个念头，接着，她就陷入了一片黑暗。

那黑暗来得如此之快，让她甚至没有发现木架上陌轻尘微微屈起来的手指。

林池做了一个梦。

那是个很长的梦，在梦里她一次次地想要逃离晦暗阴森的世界，但那些阴冷痛苦的梦在午夜里不断地上演，几乎要击溃她的神经，可还是一直一直地回溯，一次次不带感情地撕裂包裹严实的伤口。

不要……她不要再一次失去……再一次失去所有……

林池骤然坐起身，冷汗无法控制地从颤抖的身体里冒出。

她惊醒以后，眼前的一切逐渐清晰起来。

那些绝望的旧时光，都过去了。

林池一眨不眨地睁大眼睛——眼前不再是那片好像永远也走不完的丛林，有干净的床板和食物的香气，以及……清醒着的陌轻尘。他依旧有着完美到夺人魂魄的脸庞，微微弯着眸，显得恬静而美好。

泪水刹那间夺眶而出，大概连林池自己都没有预料到，她会这样哭起来。

但眼泪还是不受控制地大颗大颗滚落，像是委屈的孩子见到了自己的父母，有好多话想要说，可第一时间竟然什么也说不出口，不知从何讲起，更不知要怎么表达强烈到满溢的情绪。

但下一刻，她已经落入陌轻尘的怀抱。

陌轻尘的声音在她耳边响起，轻而低沉，对林池来说却宛如天籁："对不起。"

林池哽咽着，抬起无力的手环住他。陌轻尘身上冰雪的味道变得很浅淡，但只那一点浅淡的味道，就让林池的心口一阵阵地疼。

"太好了。"林池吃力地开口，声音沙哑，"你没事。"

"太好了太好了……"她一连说了不知道多少声，陌轻尘都只是紧紧地抱着她。

直到情绪稍微稳定一点，陌轻尘才微微松开她，道："吃点东西。"

说着，他从一侧取出一碗热粥。

林池接过，大口吞咽，很快一碗粥就喝完了。她刚想把碗还给陌轻尘，手突然顿住且颤了一下，手中的碗差点跌落地面："你……"

陌轻尘的头发变回了原来的颜色，只是……那不是从前流光溢彩的银色，而是已近衰败的白——这让陌轻尘看起来像是一下子苍老了。

而林池方才没有留意，陌轻尘的动作好像也比过去迟缓了一些。

陌轻尘抿了一下唇，对她勾起唇笑："我没事，腿过几天就好。"

腿！

林池这时才愕然地发现陌轻尘并不是坐在她的床沿，而是坐在一把木轮椅上，那双眼睛依然暗淡无光。

压住心中呼之欲出的惊愕，她颤着声音问："你是怎么把我带回来的？"

大概是发现林池声音里的颤抖，陌轻尘迟疑了一下，开口问："怎么了？"他的声音很轻，就像飘在空中。

林池竭力保持平静地道："让我……看一下你腿上的伤。"那么多天里，她只来得及在最初的几天给他上过药，后面几日根本没精力去过问陌轻尘的腿。

"不用。"陌轻尘轻轻拂袖，让开了一些距离，托着林池吃完的碗，道，"我再去盛一碗。"

他单手推着轮椅出去，木轮在地上发出咯吱咯吱的声音，空寂中显得寂寥而落寞，连陌轻尘的背影也似乎瘦削了许多。

一缕冷风掀起陌轻尘的白发，若牵丝的蝶翼，越显单薄。几片落叶坠于陌轻尘的肩上，脆弱的叶片在肩头盘旋片刻落入碗中，他也像是浑然未觉，只推着轮椅渐渐走远。

林池只觉心脏瞬间被揪紧——他还是……看不见吗？

房间里有淡淡的潮气，窗棂和墙面都泛起姜黄痕迹，陈设也相当简陋与陈旧。林池不知道陌轻尘是怎么找到这里，又是怎么带她来的。

他看不见，腿不能动，没有知觉，而且他……

林池用手背抵住唇，这样才能稍微克制心里蔓延成灾的心疼。

陌轻尘是为了来找她，才会变成这样。

"轻先生，要帮忙吗？"

门外响起声音，林池抬眸看去，一个身着蓝布衫的少年正立在那里。

陌轻尘盛完粥出来，神色平静："不用了。"

少年刚想说什么，看见林池后啊了一声才走到她身边，大眼睛好奇地眨了眨："你醒了？你真的睡了好久啊，我还是第一次见人睡这么久呢！"

林池："呃……"

少年满脸八卦地继续道："喂喂，你和轻先生是什么关系啊？你是他的娘子吗？"

林池："呃……"

"出去。"陌轻尘淡淡地道。

少年有些不满，嘟起嘴道："别这样嘛，轻先生，我只是好奇而已啊……"

"出去！"陌轻尘再一次重复，语气更不耐。

少年吓了一跳，又嘟囔了几句，抵不过陌轻尘的威严，只好怏怏离开。

再一次把粥碗放在床边，陌轻尘微微移开脸道："喝粥。"

他的手只从袖中露出一个隐约的轮廓，但林池一下捕捉到了些什么，下意识地想要握住陌轻尘的手，却被陌轻尘闪过。

"为什么……不给我看你的手？"

陌轻尘将指尖往袖中缩了缩，还是那句回答："没什么，喝粥。"

那片落叶还坠在碗中，深绿一片，在粥水里显得有些突兀。随着粥水饮入，咀嚼出的苦涩滋味一直蔓延进林池的心底。

他们所在的地方是个不大的村子，人烟稀少，偏僻至极，放眼望去，不见亭台楼阁，只有低矮的一座座民居。一条溪流自村外流淌而过，数株荷花于水面盛开，淡淡荷香四溢，清浅而淡雅。

傍晚时分，村中升起袅袅炊烟，烟雾缭绕，遥遥看去，倒似一幅晕染的水墨画。

林池出门在村中转了转，很快找到了那个少年。

她叫住他，问："我……睡了很久吗？"

少年见是她，立即道："当然啦！三天！你睡了整整三天了！还不够久吗？轻先生一直在照顾你呢！"

"陌……他是怎么带我回来的？"

少年快步跑过来，一脸期待地看着林池："你想知道？我都告诉你啊！不过我跟你说了之后，你能不能告诉我你们是什么关系啊？"

林池愣了一下，终于点头。

少年的叙述很简单：三天前一身血衣的陌轻尘抱着林池冲入村中，起先村长还以为是敌人来袭，却不料对方只是托着林池让大夫救她。村长一时心软就留下了两人，还将一个废弃无人住的院落给了陌轻尘。陌轻尘看不见，腿上似乎也受了伤，可固执地不肯让人近身，即便对大夫也是如此，就连照顾林池也是亲力亲为，所以村里人大多以为他们是夫妻。

不过……少年眼神闪烁："轻先生刚来那日满身血污，白发披散，谁都没看清他的样貌，等他洗换过之后，喀喀……"他顿了一下，才道，"全村的姑娘家都不这么想了……"

林池怔了一下，点头："我理解。"陌轻尘那张脸无论在什么地方都出众得过分。

少年眨了眨眼："对了，那你到底是不是轻先生的娘子啊？"

是不是？

有些问题其实不需要答案，只要顺从自己的内心便好。

林池的心忽然快跳了一拍，她轻轻点头，吐字清晰地道："是。"

少年扁了扁嘴："果然知道秘密就没有趣味了……不过还真奇怪，既然你们是夫妻，轻先生干吗一直不肯说？啊，轻先生……"

林池霍然回头，就见陌轻尘正坐在离她不远的地方，神色难辨。

少年见状，说了声告辞就一溜烟消失了。

陌轻尘推着轮椅一点点接近林池。

林池突然有些手足无措，舔了舔唇，道："我……"

话音未落，她猝不及防之间已经被陌轻尘拥入怀中。

陌轻尘紧闭的眸轻轻颤着，泄露了他并不如表面那般平静的情绪。温热的唇在林池的脸颊边蹭了蹭，他才叹息般道："娘子。"

他的声音低沉，若盘旋的落花，轻飘飘地落在心湖中央，打碎一池春水。

林池之前的担心急切紧张情绪荡然无存。

只要身边这个人还在，即便天崩地裂又怎么样？

身上的金创药用完了，林池不得不去村里的药铺买伤药，再回来给陌轻尘上药。

陌轻尘起初还有些不愿意，但是在林池的强迫下，只得答应。

裤脚被卷到膝盖之上，若玉石般完美无瑕的修长双腿上此刻满是伤口，有些已经愈合，有些还流着血。林池实在不能想象，她昏迷的这些日子，陌轻尘就是用这样的腿来回奔波照顾她的。

她心疼地小心给他上着药,明知陌轻尘不会有感觉,还是下意识地问:"疼吗?"

陌轻尘轻轻摇头,弯起眼眸道:"不疼。"

可她还是忍不住埋怨道:"笨蛋,这种时候还在乎什么能不能触碰,让大夫帮你看看伤口不好吗?早一日上药早一日治好,笨蛋笨蛋笨蛋啊。"

陌轻尘的眼眸弯得更深,细长眼睛即便无神也美得无可挑剔:"嗯,我是笨蛋。"

林池仍然觉得不爽,又嘟囔道:"哪有人说自己是笨蛋的。"

陌轻尘只扬唇不说话,表情透露的意思分明是"你说什么便是什么,我都没有意见"。

面对这样的对象,连言辞攻击都变得无力。林池叹了口气,看着伤痕累累的陌轻尘的腿,指尖轻轻摩挲两下,突然忍不住轻轻吻上陌轻尘的膝盖。

她的力道很轻,鸿毛一般,表情怜惜而认真,却被陌轻尘躲开。

林池奇怪地抬头:"怎么了?"刚才她给他上药都没见他有什么反应。

陌轻尘躲开林池探究的视线,尽量平静地道:"没什么。"

他没法告诉林池刚才在她吻上他的膝盖的那一刻,他的心脏快要蹦出胸腔,感觉比以往更加清晰。因为看不见,那种亲昵的感觉在一瞬间将他整个人都包围了,黑暗里他只能感受到林池的唇瓣柔软而温热,弧度优美,比什么都更诱人。

这是之前都没有的情况。

他的感觉的确是在一点点地恢复。

与这一刻的欣喜比起来,之前在丛林中因为腿脚不便又无法视物而不断撞壁,因为迷失方向不知如何是好的那些沮丧,似乎也变得不值一提。

陌轻尘的腿好之前,林池打算先留在这里。

这里虽然不大,但环境优美,越住越觉得有种世外桃源的感觉。

身上的银子渐渐用完,快到入秋,林池就干脆接了份帮忙收割田地的活。她习武,身体好,动作也比常人灵活许多,做这样的工作毫无难度。陌轻尘则偶尔帮人誊写文书,他虽然看不见,但只要对方念上一遍,他便可以一字不漏地誊写下来,字迹工整严谨,完全看不出誊写之人其实目不视物。

那个少年也来林池这儿帮过几次忙,后来见林池做的饭菜好吃,就干脆改为过来蹭饭。

林池倒没觉得如何，她的爱好是美食，美食从来都是要同他人分享的嘛，更何况不知是不是水土的问题，这里的食材明显要比别的地方新鲜美味上几分。反正不急，林池变着法子研究怎么做好吃的，然后开心地向陌轻尘炫耀，一样样描述过来。只是不知是不是她的错觉，她总觉得陌轻尘好像也能尝出那些美味来。

因为去其他人家去得多了，林池闲来无事琢磨着在自家院子里面也种点什么，最好另外再养点牲畜。

其实这是林池一直以来的愿望：和心爱的人在一个世外桃源一样的地方过着简单的生活——耕两块地，养点鸡鸭，日出而作，日落而息，闲暇时候可以泡上一杯茶，坐在院中随意地翻一本话本，累了便干脆在院中睡去，不用担心什么也不用想太多，就这样过着简单平静而不被打扰的日子。

如今这样的生活提前实现，虽然她明知不能一直这样下去，但私心里还是希望时间能更长久一些。

日薄西山，林池推着陌轻尘的木轮椅在村郊绕了一圈，橙红尽染的夕阳沉坠入地平线。

林池弯腰坐下，脑袋靠着陌轻尘的膝盖，就这么一直坐到天黑，再推着陌轻尘回去，日复一日，丝毫不觉得腻。

唯一美中不足的大概就是隔三岔五就有年轻的姑娘往她家的院子跑，这个要写信那个要抄书，张口闭口"轻先生""轻公子"的……

因为实在过得太闲适，林池终于有机会学会另外一项技能——吃醋。

这实在怪不得陌轻尘，即便他的如瀑银发已经变成了苍苍白发，双腿还受伤，眼睛更是看不见，可那张脸依然能够招蜂引蝶。尤其是在这样闭塞的村庄里，陌轻尘过分精致完美的脸孔与质朴悠然的田园风简直格格不入。他只是静静坐在那里，什么也不做，周身就好似有飞花翩跹，简陋屋舍也像是一下变成了华贵殿宇。

林池思前想后，决定去买只狼狗看家。

然而，她还没动手，就被一件事打乱了阵脚……

有一天，陌轻尘敛起长晖，修长手指攥了攥垂在肩头的华发，轻声问她："我现在……是不是比之前难看很多？"

林池一怔："没有啊，你怎么突然问这个？"

陌轻尘抿唇不言，他方才听见两个人议论，说他除了一张脸可看之外，又瘸又瞎，尤其一头白发比村里的百岁老翁还显苍老。

他看不见，自然不知道自己如今的模样，而且陌轻尘对外表从来没有什么概念，但二十多年来，这是他第一次对自己的外貌感到不知所措。

"你这几天郁闷……不会是在纠结这种事情吧？！"林池的声音里透出一丝不可思议的意味。

轻风渐起，掀起陌轻尘的发。他半垂着头，脸部线条流畅，无可挑剔，微微抿起的唇无论形状、弧度都美好到不可思议，白得近乎透明的肤色在浅淡的光线下，有种虚幻而不真实的味道。

陌轻尘松开手指，放下头发，声音极低："有点。"

看着陌轻尘那张好看的脸上浮现出明显的抑郁之情，林池忍不住噗一声笑了起来。

虽然他是白发没错，可是顶多给人一种年龄莫测的感觉，哪里会难看？

没等她停下笑，陌轻尘逆着她的方向转过脸，默默推着轮椅走了。

"喂喂……"林池止住笑刚想解释，那边陌轻尘的身影已经消失了。

林池也没想到陌轻尘竟然会为了这种事情跟她生气，而且一气就是好几天不见人影。偏偏那几天是秋收的日子，林池去帮几户人家收麦打穗，根本没精神留意，耽搁之下，才发现竟然几天都没有见到陌轻尘。

一做完手头的工作，林池就想赶快抽身离开，倒是雇她帮忙的刘二哥叫住她："林姑娘。"

林池："啊？"

刘二哥递过来一根黑色的手杖，做工有些粗糙："那个……我做的，对看不见的人可能会有些帮助……"

林池欣喜地接过，没想到对方会准备这个，忙连声道谢。

刘二哥摸着头，笑得很憨厚："不客气不客气，能帮上忙就好，你哥哥看不见，行动不方便，有了这个大概能方便点吧。"

林池刚想走，闻言愣了一下："他不是我哥哥……"

刘二哥眼里顿时浮现疑惑之情："可轻先生刚来的时候便这么说……"

他还记得第一次看见那个容貌出色到让整个村庄都黯然失色的男人时，他撑着一根木棍摇摇欲坠地站在那里，怀中揽着一个同样狼狈的昏迷女子，脸苍白得毫无血色，干枯的唇抿着，眼眸沉沉没有一丝光。但即便是如此模样，他身上还是莫名有种让人觉得畏惧的气场，好像不照他说的做，就会发生什么很可怕的事情。

"救救她。"他紧紧环住怀中女子，像是抱着什么珍宝般小心，略显冰冷的声音停顿了一下，"她是我……妹妹。"

没人看得出他已经是强弩之末，甚至没人发现他的眼睛已经看不清了。

刘二哥原本对相貌出众的人最没好感，但这一次，他竟也不由得对这个人肃然起敬：当真是个令人折服的好兄长。

林池抿了一下唇，抬头定定地看着他道："不，他不是我哥哥，他是我夫君。"再次脱口而出这话时，她已经不需要犹豫。

刘二哥顿时又是一愣。

林池握着手杖，问道："那个……你知道他现在在哪里吗？"

过了好一会儿，刘二哥才摇头。

林池嗯了一声，逐渐走远，背影融在夕阳中，单薄而秀丽，偏又带着几分固执的倔强。

从村尾一直走到村头，都没有找到陌轻尘，眼看天色又要黑下来，林池不禁更急。想着陌轻尘说不定已经回去了，她又折返回他们住的小屋，还未进屋，就听见两个阴阳怪气的声音——

"又是那个轻尘，跟没见过男人一样，一窝蜂地都跑去！"

"哼哼，那个瞎瘸子有什么好的？老子还比他多双眼睛多条腿呢，不就长着一张小白脸，又不能当饭吃。看他那样子肩不能挑手不能提的，根本养活不了媳妇，真不知道这群娘们怎么想的！"

林池停下了脚步。

"别说这个，我倒是很好奇，你看他的腿都成那样了，下面指不定能不能用呢……"

"哈哈哈，说得是！那群女人要是知道他只是个中看不中用的，哈哈哈……"

两人的声音小起来，笑声却越发猥亵。

林池的手指骨节在咯吱作响。

杀掉他们！

唇被紧紧咬住，林池一瞬间愤怒得想要杀掉眼前的人，然而转瞬像有什么从心口漏出来，空荡荡地痛。

林池情绪起伏，无法抑制……

"你、你……你怎么打人！"

林池清醒过来，才发现自己的拳头已经挥了出去。

村夫捂着流血的鼻梁一脸惊惧地看着她，却见林池神色一顿，继而纯黑的眼睛深深盯着他："收回你说的话，道歉。"

她的声音像从牙缝里一点点挤出来的。她是脾气好，只要没触到她的底线，她就可以当作什么都没发生。

别人怎么说她都没关系，只是……不要这么说陌轻尘，哪怕一句也不行！

因为那是个那么那么好的人，好得几乎让她觉得心脏揪疼。

"原来是你。"村夫见她只是个女子，不由得大起胆子道："我要是不收回呢？哼，我说的可都是实话。老刘，你说没错吧？！"

另外一个村夫也附和道："没……"

林池又一拳打了过去。这一次她有意识地用上了全力，几乎是同时，对方被打得摔倒在地上好半天爬不起来。另一人忙去扶他，起身时看见地上有斑驳的血迹和一颗被打落下来的牙齿。

林池握紧拳，看着他们冷冷地道："收回你们说的话，道歉！"

她的声音冷了下来，血液也好像变得冰凉起来。

此时的林池在村夫眼中已经残暴可怕。抱起自己的同伴，村夫一边后退一边道："你发什么神经啊，我、我惹你了吗？他本来就是那个样子……"

他的声音很大，小村落里很快就有人投来视线。

林池却还是固执地拦住他们，声音里有她自己都没发现的哽咽："收回你们说的话，道歉！"

"你这个疯女人，是不是脑子有问题……"他的话没有说完，就停住了。

林池耳边响起了木轱辘的声音。她愣愣地回头，只见小屋的门打开了，沉下来的夜色里，陌轻尘的白发显得那么刺目。屋子里没有点灯，她只能看见他在淡淡月光下隐约的身形，单薄瘦削，像是一阵风就能吹倒。

原来……陌轻尘已经回来了，那刚才的话……

林池抹了一下眼睛，快步走过去："你怎么出来了？"

她握住轮椅的手柄就想把他推回去——她不想让他听到那些话，一点也不想。

手却一下被按住，陌轻尘的手有些冷，继而微凉的手指触到林池的眼睛，掠过她耳畔的声音依旧清雅低沉，只是不知何时带上了陌生的怜惜和紧张："他们欺负你了？"

林池拼命摇头，但这一刻在眼眶里打转的泪怎么也憋不住。

为什么她会突然想起第一次见陌轻尘时候的样子？

或许别人看到的是他华美犹如绸缎般的银发、优雅勾起的薄唇、似笑非笑的表情，抑或是眼睛里淡漠得停驻不下一片云彩的样子……那样的风华的确是怎么也无法描述的。

可是对她而言，那些都不再重要了。

那个进入马车的瞬间，那个小小的空间，那次毫无特色、普通的初遇……是对她而言，一生中最无法替代的瞬间。

那时，他轻而易举地把她按倒在马车里，连喘息也没有，平静得像随手擒住一只猎物——没有感情，波澜不惊，就连卸掉她的手脚关节都没有一分一毫的犹豫。

他美丽、强大、风华绝代，是天下闻名的魔头陌轻尘。

他没有弱点，因为他不在乎任何人。

她知道，那时的他和现在这个骨瘦如柴的人没什么不同。她相信全天下没人能懂他，没人能像她这样，在他人生最低谷的时候陪着他。

可是，为什么她还是会觉得难过呢？

听见那些人说的话，她会很愤怒，想要证明给他们看，他不是这样的。她听见他被人如此指责、羞辱，比自己被骂了还难受。

林池趴在陌轻尘的膝盖上，肩膀因为抽噎而微微地颤抖着。她厌恨自己的自私与贪婪，总是渴望他再好一点。他握着她的手不再光滑，有着许许多多因为看不见而摸索时造成的细小伤口，林池知道他的身上还有更多的伤口——是因为她而造成的。

"讨厌我了吗？"

林池继续拼命摇头。

陌轻尘的手指一点点抚过她的发，声音越发紧张："那为什么要哭？"

林池仍不说话。

隔了一会儿，她才听见陌轻尘的声音在她的头顶响起，有些僵硬："因为他们的话？"

林池蓦然抬头："你……"听见了？

陌轻尘抿了抿薄唇，好一会儿才笑道："我们回去吧。"他非常拙劣地转移着话题。

——我现在……是不是比之前难看很多？

陌轻尘的话突兀地在林池的脑内回响。

他是早就知道了吗？

其实她知道不该继续和他讨论这个话题。他不直接回答，是因为不想自己看见他的难堪。

那么她就接着他的话说下去吧……

可是，她的头脑像是充血了一样，失去了思考能力。

回想起自己应对陌轻尘的话，她突然更加难过，趴在他的肩上："对不起……"

陌轻尘迟滞了一下，问道："为什么……说对不起？"

"没什么，就是对不起……"她不知道怎么解释，已经不想他再受到任何伤害了。

林池伏在陌轻尘的膝前，像是初生的小动物一样顺从。不知道为什么会一直想要流泪。明明她受到再大的创伤和磨难都不会哭，但一想到这个人是陌轻尘——那个曾经强大到只要站在他身边就会让她觉得无所畏惧的人，她的眼泪就无法控制了。

陌轻尘敛下眸，有些手足无措，又有些无奈，最后轻叹了一声："没关系，不要哭。"

他第一次学会叹息，竟然是在这样的情况下。

不过……如果妥协能够做到一切，他不介意一直妥协下去。

连他自己都讨厌起自己了，明明有了感情，为什么还是觉得有些事情好像做不到？

他消失的那几天里，只是在发呆。

——"陌轻尘，我诅咒你……"

——"诅咒你一辈子都得不到你心爱的人，就算得到，她也会马上离开你……"

——"哈哈哈，陌轻尘我恨你！恨死你了！"

他无法遗忘。

他并不是在乎自己是否好看，也不是真的有多自卑，只是害怕睁开眼她就会消失，害怕她会藏起真实情绪。

所以他想要一次次重复着确认林池是否真的愿意留在他身边，更何况现在自己比过去差了那么多。即便再三告诉自己林池和竺颜并不一样，林池是真心喜欢自己，是会留在自己身边过一辈子的人，他还是无法心安。

想到这里，他忽然呆了一下——林池喜欢的到底是怎样的自己？

是那个优秀强大无可匹敌的陌轻尘，还是现在的……

他一遍遍问自己，得到的答案却越来越令人沮丧。

可即便是这样的情况下，他还是不想看到她哭泣，好像只要她开心，就算他被放弃也是没关系的……

真糟糕。

不知过了多久，林池才像想起什么，从陌轻尘的腿上爬起来。

"这个给你。"她把手杖递过去，"可以用来探路，在你的腿好之前先用这个吧……"

陌轻尘摸索着手杖，点头："嗯。"

垂眸的瞬间，林池看见陌轻尘的衣摆皱了些。她想也没想，便想动手去将其抚平，没料还没碰到已经被他躲开。

林池的手一僵，随即慢慢垂下来："吃饭了吗？"

"还没。"

"那我去做，等我一下。"

"好。"

晚饭时间，少年照例来蹭饭。

吃完，少年先偷偷对她说："你今天打人了？"

林池点头："怎么了？"

少年用惊叹的眼神看着她："好厉害！我就说姐姐你果然不是普通人！"

林池："……"这样被夸，感觉好奇怪……

少年又问："那样的人你大概能打几个？"

林池掰着手指算了算："一二三四……呃，同时的话八九个吧。"

少年的眼睛像星星一样闪烁："没问题了。"

见少年想走，林池叫住他问："等等……你没问题了，但我有。"她看了一眼屋内的陌轻尘，压低声音问，"是不是有很多人在非议……他？"

少年几乎是不经思考就回答："肯定的啊！人长成这样能不被非议才奇怪呢！"

林池："我是说不好的方面……"

少年的眼神又闪了闪："那个……没有啦……"

林池诱导他道："不说的话以后来就没有吃的了哦。"

少年一脸苦恼："他不让我说的啊。"

林池："我已经看到了……"

少年："那你还问我……好吧好吧，我跟你说，但是别告诉他啊……"

第二十二章
惨变惊人心

不知道从什么时候起，陌轻尘在林池的记忆里就是强大而且完美的——有倾国倾城的容貌、让人称羡的家世，还有强悍到逆天的武功。

她始终记得那个夜——她被人按在地上，被掐住脖子几乎要窒息，陌轻尘的剑和陌轻尘一同出现。

那是她第一次看见陌轻尘杀人——月光下的陌轻尘宛若嗜血修罗，剑光一闪，便扬起了一片血花。

他看向她的眼神冷到近乎死寂，飞溅的血液染上陌轻尘的白衣，灼人而刺目。身后的一轮新月妖异猩红，却夺不去他一分的风华。

他丢下剑，隔着重重晕染开的温暖血色和摇曳灯影，一步步朝她走来。

一步一血花，一步一莲华。

是那样动人心魄。

　　林池推开屋门，见陌轻尘正合着眸躺在床上，看不出是睡是醒，苍白的面容脆弱至极，白发散乱在身侧，和雪白的月色连成一片，凌乱而沧桑。

　　林池默默爬上床，怕吵醒他，便只是在床沿处躺下。然而许久睡不着觉，她转过头看见黑暗中的背影，终于忍不住一寸寸靠过去，将头倚在他宽阔的背上。隐约察觉手下的触感不同以往，她有些不确定地伸出手臂抱住他。

　　在完全将他环住的瞬间，她整个人都呆住了——或许是因为骨架修长舒展，光看外观的话，他只略瘦了一些，可是真正抱着他的时候，她才发现他已经瘦成了这个样子。

　　以前的他不是这样的，他有力的手臂可以轻而易举地抱住她，她躺在他的怀里，觉得柔软而安逸。

　　而现在，他不仅瘦得厉害，连曾经温暖的体温也降低了，即便躺在被褥中依然冰凉。

　　她悄悄地撑起身子，在他的脸颊上轻轻吻了一下，然后将头埋入他的肩窝里，小心翼翼地呼吸着，在黑夜中沉默地湿了眼眶。

　　还好他的气息还在，还好他还在。

　　夜很深，蝉鸣声已一去不返，只剩下沙沙叶片的颤动声响轻漾于风中。

　　不，一切会变好的。

　　林池用手背抹去眼角的湿痕。

　　他腿上的伤可以养好，眼睛可以回明都找神医看，头发可以重新保养染色，人也可以再养胖：其实情况并没有那么糟糕。

　　无论什么样的逆境，总会有好起来的时候——这是林池在绝境中也一直坚信的事情。

　　最重要的是，无论陌轻尘怎么变，她还是喜欢。

　　"轻尘……"她不自觉地轻声念，好像只要在口中念着这个名字，就可以安下心来。

　　林池收紧手臂，更紧地抱着陌轻尘，困意袭来。

　　屋子的木门突然吱呀一声被推开了。

“就是她！就是这个泼妇！”

从屋外一下拥入了七八个手持农具的村夫，为首的农夫嘴角还有尚未消退的瘀青，恶狠狠地盯着两人：“今天说什么老子也要出了这口恶气！村里的人都已经睡熟了，没人救得了你……啊……”

语音未落，农夫已经被林池干脆利落的一个侧踢踢翻在地！

“你……”

林池利落地翻身下床，反手夺过砍来的柴刀，膝盖用力再顶上对方的胃部，接着用刀背击飞身后跟过来的两人。她微微一滞，猛地向后撤躲开第五个人的攻击，同时飞起一脚毫不留情地将人狠狠踹了出去。

瞬息之间，林池已经打趴了六个人。

虽然很久没动手，不过好像身手还没有生疏，林池边拍手边想，还剩下几个？

就在她思考的时候，耳畔传来狠狠的一声“让开”，林池刹那间脑内一片空白。

“把刀放下！别动！不然我就杀了他！”

林池缓缓转身，一个农夫正面色狰狞地将柴刀斜斜架在陌轻尘的脖子上。

陌轻尘的面容苍白得没有一丝血色，看不见东西的眸子轻轻合着。

林池缓缓放下了手中的刀。

农夫见林池乖乖听话站住不动，不由得露出得意之色：“想要他的命就照我说的做！”

从林池的方向可以看见陌轻尘微微敞开的领口里露出的一截白皙脖颈，距闪着光的刀刃只有咫尺距离，纤细得好像随时会被切断。

“怎么样你才能放开他？”她缓缓开口。

林池站在那里，即便是风餐露宿和一路奔波，仍无法掩盖住她清亮的眼眸，柔韧的轮廓也渐渐清晰起来，像是粗糙的画卷里骤然显出的精细工笔，干脆简洁，美得浑然天成。

夜风掀动发梢，勾勒起微微卷起的弧度，配上她脸上淡淡的表情，莫名地叫人心痒难忍。

她和这个男人一样，在乡野地方显得过分精致。

然而越是这样，越让人止不住地兴奋。农夫不自觉地咽了口口水：“那你就先把衣服脱了。"

林池顿了一下，在农夫的眼睛里，她看见了很熟悉的东西——情欲。

她可以轻而易举地制伏对方，却没法保证能在农夫伤害到陌轻尘之前做到，而且不知何时另外一个农夫也站到了她的身边。

林池的眼眸微微暗了下来。

但……也不是完全没有办法——人总是有疏忽的时候，而那个松懈的瞬间是……

农夫屈手让刀离得更近了些："你怎么还愣着，给老子脱啊！难道你不管他了吗？"

尖锐的刀锋在陌轻尘的脖子上划开了一条血线。

几乎在他动作的那个瞬间，林池拉开了衣襟。

农夫贪婪地望着林池裸露出来的肌肤，散发着淫邪光芒的眼睛一眨不眨。

林池用手一点点扯开外衫。

另外一个农夫已经忍不住把手伸向林池……

血噗的一声爆溅开！

林池尚没有反应过来，就看见那个熟悉的身影慢慢坐直起来。

"为什么？"有个声音在问。

晦暗的月辉洒在陌轻尘的长衫上，白衣浸透了猩红，陌轻尘被笼在黑暗中，神情难辨。他的右手微微抬起，上面放着一颗有着无数血丝的红褐色物体，血液一滴滴从他的指缝间落下，在地面上汇成了一摊难堪的污迹。

他空洞的双眼慢慢睁开，染了血污的脸颊透出无法言说的凄艳之美。

林池无法形容在她看到眼前这画面的那一瞬间的感受。

手还放在林池身体上的农夫已经吓得面无血色，发出一声短促的惊叫后，转身就想跑。陌轻尘已经随手拾起落在地上的柴刀掷了过去，刀锋稳稳地劈向对方的肩部。

铛的一声，农夫触碰过林池的手臂随着柴刀落地！

瞬间四周安静得没有丁点声响。冰冷的夜风无声无息地拂过面颊，冻得人血液都宛若停止了流动，凝结成冰。

暗色的乌云漫过窗棂，血衣色泽沉暗，冰冷阴寒。

伴随着清晰的吱呀声，陌轻尘推着轮椅缓缓来到对方身前。

农夫捂着断臂，像是看到修罗一样神色惊恐涕泗横流，双腿软得根本跑不动："放过我，放过我，求求你不要杀我……"

林池回过神，脱口道："轻尘！"

陌轻尘却像完全没有听见，手平静地伸向农夫。

"不要……"林池握住陌轻尘的手臂，心里的情绪一时间复杂得连自己都分辨不清，"我没事……已经够了……"

"让我杀了他。"

陌轻尘的声音低沉而寒冷，没有一丝一毫起伏，只听着就让人觉得遍体生寒，配上他身上斑驳的血迹，更令人毛骨悚然。

林池抱住陌轻尘，伏在他的肩上。

这时候她才发现陌轻尘咬着唇，连他的身体都因为不知名的情绪微微颤抖起来。

林池不敢再去看他，闭上眼睛，音色轻柔，仿佛怕惊到什么："我真的没事，轻尘……"

农夫像是这时候才反应过来，连滚带爬地逃了出去。

陌轻尘的手还维持着在半空的姿势。停滞了一会儿，他转身面向林池，抬起干净的左手摸索着替她把衣服整理好。然后，他抬起头再一次问她："为什么？"

明明刚才亲手做了那么残忍的事情，可他墨色的眼睛看起来还是这么纯粹、干净，剔透得犹如一望无际的天空，就像吃饭睡觉一样稀松平常。

林池心跳加快，想要解释："不是这样的，我本来打算……你没必要……"杀人的。

斑白的发垂在陌轻尘的肩上，衬得他越发瘦削单薄："你觉得我没有办法保护你吗？"

他的声音依然是平静的，但散在风中后不自觉地微微颤抖起来，这让他的声音听起来这么的……难过。

"不是……"

陌轻尘的手狠狠捶在了墙面上，像是愤怒，又像是无声的发泄。

这是林池第一次看见陌轻尘有这么剧烈的情绪波动，她却不知道陌轻尘为什么要这么生气。

猝不及防地，林池的唇被吻住了。

她触碰到的唇是冰冷的，已经吻过很多次，却还是头一次在陌轻尘的唇上尝到如此苦涩的滋味。

即便苦涩，依然让她留恋。

喜欢陌轻尘这件事情，她已经确定到不用去思考。

陌轻尘的手触在她的肩侧，林池突然觉得不对，推开陌轻尘，碰了下他的右手，才发现那沾满血的手上竟然也有很多伤口。

她知道陌轻尘的体质，虽然他武力强得变态，但无论是伤口愈合的速度还是病好的速度都比寻常人慢上许多，如果不及时处理，伤口会很久才愈合。

顿了一下，林池凝神道："我先帮你包扎伤口。"

"不用。"

"陌轻尘！"

陌轻尘挥开林池的手："我说了不用！"

话一出口，不只是林池，就连陌轻尘自己也好像被吓到了。

林池镇静了一下，依然好脾气地道："现在不想，就等会儿再包扎，这里我们也不能久留了。"

他们是不能久留了——连人都杀了，明天一早，不，说不定等会儿，兴师问罪的人就要来了。他们必须尽快离开这里。

尽管在不久之前，她还有杀了这个人的冲动，但真的看见他以如此惨烈的方式横尸在自己面前，心脏仍会不由自主地震颤着痛。

多年前那个尸横遍野的晚上最终还是给她留下了不可磨灭的记忆，她不喜欢死人，更不喜欢杀人，这是无论在怎样的情况下都不会改变的事情。

可是，这样的情形下，她根本无法对陌轻尘怪罪出口。

她紧握的手心慢慢松开，房门的钥匙从指间滑落。

平静的日子到底是结束了。

林池深吸一口气，推门出去，简单收拾着他们并不多的东西。

陌轻尘一言不发地坐在屋子里，空气里有浓重而挥散不去的血腥味。当然，对他而言，即便是那么浓重的气味，也只是浅浅淡淡不仔细分辨甚至察觉不到的气味。

明明他闻到的只是清浅的味道，为什么感觉到的痛苦和愤怒却这么强烈？

听见耳边林池忙碌的脚步声，他想要去道歉，却发现挪动不了一步。

他怎么会有这么矛盾的情绪？

但他很清楚，那些情绪都是来源于之前发生的事情——为什么林池不向他求救？为什么林池要向那些人妥协？

他看不见，只能从听见的声音里辨别，他根本不知道他看不见的时候那些人对林池做了什么，强烈而冲动的情绪让他毫不犹豫地出手杀了那些人，可有什么用？

林池还是觉得现在的他很没用吧？

这样很快她就会觉得他是累赘，然后……

夜鸦一片片掠过空中，苍茫夜色尽头泛起了一抹不甚明显的白痕。

林池从院子里进屋的时候，陌轻尘还保持着刚才的动作。背好包袱，她最后检查了一下屋子，想了想，自柜子里取出一块薄毯盖在陌轻尘身上，最后看了一眼他们住了不短时日的小屋子。

屋子陈旧而简陋，那么不起眼，她却在这里过了她一生中最满足的日子。

林池慢慢收回视线，推着陌轻尘便朝外走去。

小村庄的山路很不好走，一路颠簸，陌轻尘没说一句话，林池也没有。

路实在很长，林池有点饿，但又没什么胃口吃东西，一低下头就看见了陌轻尘。

他歪着头，靠在自己的肩膀上，似乎是睡着了。白发蜿蜒在臂弯上，有些散乱，些许发丝漏下遮住脸庞，显得很是静美。

林池停下，走到陌轻尘身前，用手指微微拂开陌轻尘的发别到耳后，又把毯子往上披了披，正巧看到陌轻尘从毯子下面探出的手，血迹斑驳。

迟疑了一下，她还是小心地把陌轻尘的手摊平，然后从包袱里取出药酒和湿布，小心地处理起陌轻尘手上细小的伤口。

她稍微想想就明白陌轻尘不愿意让她帮他处理伤口的原因——恐怕是自尊心作祟。以前，在他真正强大的时候，又怎么会自尊心强烈到她一碰就触雷？

林池机械地做着熟练的事情，思绪不知道为什么一下子就飘远了。

那还是他们刚认识没多久的时候——

林池从陌轻尘的怀里醒来，感受到陌轻尘手掌中的热度，平安度过月事的愉悦让她不自觉地放松起来："陌轻尘，以后你受伤或者病痛的时候要我帮忙，我一定不会推辞的！"

陌轻尘维持着动作，微微掀起眼皮："不用。"

林池："啊？"

陌轻尘："我不会受伤。"

林池不满地嘟囔："喂喂，这可不一定啊！"

陌轻尘顿了顿道："更不会痛。"

那时候她还没有喜欢上陌轻尘，看着他面瘫而没什么起伏的表情，心里暗想：等这个浑蛋受伤的时候，她一定偷偷使坏让他多流点血什么的！这种面无表情的炫耀太可恨了啊！

可是现在……

林池忽然宁可是当年，至少那个时候，她用不着像现在这样，这样心疼。

处理完伤口，林池继续推着陌轻尘上路，动作太快，没有发现坐在轮椅里的陌轻尘咬住下唇，眉头微微蹙起，另一只蜷在袖口里的手也不知何时攥紧起来。

林池推着陌轻尘走了数个时辰，到了另一个小村镇上。

为了防止再发生麻烦，林池订下客栈，就出门想去买两套尺寸合适的男子衣衫。她觉得自己扮作男子怎么也比女子打扮安全一点。

林池选好衣服，刚想付账，突然听见一声熟悉而急切的声音。她还没来得及反应，整个人就被拥入了一个怀抱里。

"小姐，我终于找到你了！"来人尾音里带着无法掩饰的颤抖和激动到几乎哽咽的情绪。

林池刚想挣扎的动作停了一下，犹豫了一瞬，才试探着问道："索瞳？"

"小姐……"

索瞳力气大得像是要把她勒死，颤抖的语调里交织着担忧、不安、恐惧。

林池和索瞳认识很久，还是第一次见到索瞳这么不安。

也是，自从她去找陌轻尘之后，两个人就再无联系了……想到这里，林池才恍然发现，这些日子自己竟一次也没有想过陌轻尘以外其他的事情。

她是不是有点过分了？

想到这里，林池不由得有些不好意思："抱歉，索瞳，我……"

"小姐、小姐、小姐……"索瞳一次次地重复着这两个字，一声比一声恳切，一声比一声沉重，语气里的惊惶让林池想忽略也忽略不了。但是当街这样抱着也明显不成体统，她无奈地道："索瞳，你先放开我，有什么我们慢慢……"

温热的液体滴落在林池的肩窝里，她这时才留意到索瞳的样子有多憔悴——眼里是浓重的阴郁，下巴上的青楂覆盖了薄薄一层，衣衫上染了风尘，再不是平日里衣冠楚楚的模样。

"小姐，对不……"索瞳的声音渐渐低了下来。

"咦？"

话还没说完，高大的男子已经身子一软，倒在了林池身上。

好在林池反应快，及时托住了索瞳的身体。她侧头一看，不觉怔然——索瞳竟就这么靠着她睡过去了。

林池自然不可能不管索瞳，迅速结账买好衣服，半拖半抱着把他带回了客栈。因为有照顾陌轻尘的经验，她倒也不觉得太麻烦。

擦了擦头上的汗，林池给自己倒了杯水。

她订的房间是个套间，陌轻尘已经独自进了里间。

林池想了想，终究没进去打扰他，只是坐在外间一点一点慢慢咽着茶水。

微凉的茶水顺着咽喉滑落，淡淡的苦涩在舌尖上蔓延开，就像陌轻尘的唇给她的感觉。

或许连她自己都没有发现自己的疲倦，不知何时林池已经趴在八仙桌上沉沉睡去。

昨晚发生的事情，耗尽的不只是陌轻尘一个人的心力。

大脑思绪纷乱，她又做了一个梦——

陌轻尘躺在血泊里，脸庞惨无人色，水墨氤氲的眸子空洞无神地望着她。

她的身体沉重得像是灌了铅，连抬起手指都要竭尽全力，无论如何都触碰不到他，只能眼睁睁地看着那刺目的猩红顺着陌轻尘的四肢渐渐将他吞没。

然而那双眼睛到底逐渐合上了，再也看不见，也接触不到这个世界……

林池在梦境中反复挣扎，直到满头大汗，耳边恍惚听见了索瞳呼唤的声音："小姐、小姐……"

睁开眼睛，缓和了好一会儿，林池才想起自己是在哪里，又是在做什么。

索瞳手里拿着一块湿润的毛巾，担心地看着她。

"我没事。"林池摇摇头，刚想站起身，大脑一片眩晕，又倒回了椅子上。

索瞳扶住她的肩膀，又替林池倒了一杯茶。

"小姐，你需要好好休息！"他的情绪已经没之前那么激动，但话语还是带着担心。

"我没事。"林池再一次固执地重复，只是大脑还是乱得无法思考，她不得不按住脑袋减轻眩晕感。

她回想了下刚才的事，遇到索瞳对林池来说是意外之喜，多一个人总归是多一个帮手。

从索瞳口中得知师父和杜若都平安无事之后，林池总算彻底放下了心。幸好没有因为她的任性而连累到别人。

索瞳轻叹了一口气，问："小姐，你这些日子都是……怎么过的？"

略去不太想说的部分，林池简单地交代了一下这段时日发生的事情。索瞳抿唇听完，才道："小姐，那你之后打算怎么办？"

林池低头，想了想道："先送陌轻尘回去，他需要明都的御医。"她站起身，走向里间，"我去叫他。"

然而，刚推开里间的门，林池便僵在当场——

里间没有人！

床上没有！哪里都没有！

林池根本来不及思考，瞬间陷入了巨大的惶恐之中。

陌轻尘现在这个样子还能够去哪里？

他一个人万一出什么事情怎么办？！

不、不是万一，是绝对……

脑中突兀地联想到那个梦，林池只觉得头皮发麻，手脚冰凉，想也没想转身就朝着门外冲去。

索瞳的声音在后面响起："小姐，这窗户没有打开的痕迹，他应该是在我们来之前就离开了。"

天色已晚，客栈大堂里只有店小二一个人。

林池冲到他面前便问："你有没有看到跟我一起来的那个坐着轮椅的人？"

小二想了想，道："啊？那位客官啊，他几个时辰之前就已经出去了啊，怎么，还没回来吗？咱镇虽然治安不错，不过这晚上还是有些……往哪个方向？好像是北边……喂喂，客官，您慢点……"

街上只有稀稀疏疏的行人，林池到处都找不到陌轻尘的身影。

"轻尘、轻尘！"

林池漫无目的地边跑边叫着陌轻尘的名字，心口像是有一个漏了风的口子，凉意一阵阵灌入，嘶嘶地抽痛。

她从没有一刻这么害怕过，害怕失去那个人。

那个哪怕已经不再风华绝代，已经不再完美无缺，却是她唯一爱着的人。

零散的灯火在夜空中孤寂地飘摇，甚至无法照亮道路。

街上的人越来越少，林池觉得自己真的快要疯了。

陌轻尘看不见啊！而且陌轻尘的腿伤还没有痊愈！手上的伤口也没有好好处理！偏偏他又长着那样一张显眼的脸，一旦遇到……林池不敢想下去，可那些让她肝胆俱裂的念头还是不受控制地钻进了脑子里。

细雨如织，毫无预兆地落了下来。

冰冷的水滴打湿了林池的发，顺着颈脖滑进林池的衣衫里，带来彻骨的寒冷。

林池扶着墙壁，大口地喘息着。

她精疲力竭地弯下腰，努力克制着情绪，不让自己哭出来。过去对林池来说再简单不过的事情，此时却几乎用尽她全身的力气。

陌轻尘。

陌轻尘。

怎么样都好，陌轻尘，你快回来！

耳边噼啪的雨水滴落声响依旧，只是她不再有被淋的感觉，雨水顺着身体两侧轻快地滑开。

林池猛然回头："轻尘！"

她只觉视线模糊，仿佛有人站在她的身侧，撑着一柄青竹伞。

如同记忆里那场突然下起雨的约会，庙会的摊贩们慌慌张张地收拾着东西，小孩子在雨里玩乐笑闹，行人如织。而她跟在陌轻尘身边，陌轻尘撑着伞微微侧首，对她轻轻扬起嘴角，眼神清澈，就好似一池莲花齐齐对着林池绽放一般……

"小姐，快回去换衣服。"那个人又将伞往林池那边放了放，语气依旧是冷硬中夹杂着关怀，"你身上都湿透了。"

来人是索瞳，不是陌轻尘。

"帮我找陌轻尘。"像是抓住了救命稻草，林池拽住索瞳的衣袖，眼睛里满是无助和脆弱。

"小姐，你冷静一点！"索瞳深吸一口气，"小姐，他走了好几个时辰了，若是出事早就已经出事了！若是没出事，也不急于这一时！你现在这个样子就算再急也找不到他的！"

索瞳说得对。师父也教过她，遇事切忌慌张，越是紧要关头越要冷静，否则绝对会倒大霉的——这点师父深有体会。

可是……她要怎么才能冷静下来？怎么才能不去担心？

"小姐，如果你实在想现在就找他……"索瞳道，"那就冷静下来想想他可能会去什么地方？"

"还有他是自己离开的还是和人一起走的？"

"他有没有得罪过什么人？"

林池几乎是下意识地想起昨晚的惨状。

那个村庄、那些人……还有她放跑的农夫……

"如果小姐想好了，我们现在就买马追过去，总比你跑得快。"

通往村庄的路比离开时还要漫长。

索瞳策马追在林池身后，泥泞的小路不断顺着身侧远去。

晨雾昏暗，前途迷茫。

林池终于又看见了那个村庄。

夜深人静，村子里没有点灯，显得寂静而安谧，同过去每一个她和陌轻尘度过的夜晚没有任何差别。

林池下马，推开屋门，屋内陈设依旧，地上还有没彻底洗净的血迹，一切都和她离开的时候一样。

陌轻尘并不在这里。

她摸了摸刘大哥做给陌轻尘的那根没来得及带走的黑色手杖，突然想起她可以去向一个人问陌轻尘的下落。

循着记忆走到少年家，林池莫名觉得心头一慌——安静，实在是太安静了，以至于这份安静里隐约透着几分诡异。

她推开了门。

浓重的血腥味扑鼻而来，空气里散发着淡淡的腐臭味道，蚊蝇围绕着尸身来回盘旋着。

前两日还在她家蹭饭笑得一脸志得意满的少年此时已经倒在地上。

林池跑到少年的身侧按了一下他的颈侧，手随即垂了下来——已经没有脉息了。

满地的鲜血在深夜里散发着幽暗的光，林池垂下眼眸，深藏在脑海里的记忆犹如开闸般汹涌地冲了出来——

年纪还很小的她从衣柜里慢慢爬了出来，背上的伤口一阵阵地发痛，眼前的一切无一不在冲击着她的神经。

温柔的娘亲躺在血泊里，眼睛圆瞪着，手还死死抓着砍进自己身体里的刀，因为不想那把刀砍进林池的身体里……

疼爱她的嬷嬷死在了水池边，血染红了半池的水；照顾她的翠姐姐被扯烂衣裙，衣衫不整地倒在她最喜欢的大铜镜前，腹部的血口正潺潺冒着鲜血……

曾经她想待一辈子的府上已经一个活人也没有了。

那是林池最糟糕的记忆，也是最不愿意去回想的记忆……

"小姐，快走！"

索瞳拽住林池的手臂，一下子将她拖出了屋。

浓烟顺着村头的位置冒了起来，随之而来的是滔天的热浪和灼人的火焰。

有人纵火！

林池像是瞬间清醒过来，甩脱索瞳就朝着火焰的方向冲了过去，身体在意识到来之前已经开始行动，根本无法控制自己。

"小姐，别去，我刚才查看过，已经没有活人了。"

"放开我！"林池怒吼道。

他怎么能明白这种切肤的疼痛？！多年前幼小的她没法阻止这样的事情，以至于到了今日都无法报仇——这种无力感，她不想再经历第二次了！

砰。

林池觉得脑袋一阵眩晕，意识很快涣散。

"小姐，抱歉了，我们快离开吧。"索瞳抱起林池飞身离开。

林池歪下脑袋，太远的距离让她只能看见隐约的轮廓，却看不清那些纵火人的样子。眼皮沉重，她不得不缓缓合上眼眸，在最后的一瞬间，瞳孔急速收缩。

那是……

林池醒来的时候，已经又回到了客栈。

干净的房间，淡淡的薰香味和药汁味让她有种不真实的恍惚感，甚至第一时间她没能反应过来自己到底为什么会在这里。

索瞳："小姐，这是压惊的。"他递了一碗药汁给林池。

林池咕咚两口咽下，猛然将碗翻下，掀开被褥就要下床，手却一下被索瞳按住："小姐，已经来不及了。"

林池僵了片刻："我晕过去多久？"

索瞳："差不多有四五个时辰了。"

"为什么要阻止我？"

索瞳合了一下眸："没有意义，而且我们人太少，他们……"

索瞳的声音停顿住。林池用双手捂住眼睛和额头，替索瞳把接下来的话补上："他们又是……是官兵，对吧？"

因为被追捕过太多次，所以对官家的服装林池只要远远看上一眼，就能认出来。

但这不是重点，重点是为什么官兵要来这么一个小村寨屠寨，又刚刚好是在他和陌轻尘离开了之后？

要屠村的那个人……

"既然小姐你看到了，那我就直说好了，我觉得那个人是陌轻尘。"索瞳睁开眼睛，黑色的眸紧锁着林池，"你们被村里的人袭击，他不可能不生气。更何况，他有那样的身份，是不会愿意让这些知道他不堪的人存在的，而且……

"而且……他原本就不是在乎人命的人。"

"够了，不要说了。"

索瞳皱起眉。

"如果他真的去找了官府……"林池声音微沉，出口的话异常坚定，"我要去见陌轻尘。"

"小姐！"索瞳忍不住出声，"小姐，若真是他的话，他恐怕会对你……"

"那就让他杀了我。"

"小姐，你知不知道自己在说什么？！"以索瞳的性格，这样拔高的音调已经是极其激动的时候才能发出的。

林池缓缓把手放下："我要亲口听到他说是他做的，否则我不信。"

"他说的你就信，万一他说谎呢？"

林池摇头："陌轻尘从来没对我说过谎。"没有，一次也没有。

她其实也并不是完全不信索瞳的话，陌轻尘杀人不眨眼这点她也亲眼见识过，但是……那些不是陌生的人，那是他们生活了数月的地方，虽然有欺辱过他们的人，但也有帮助过他们的人：那个寒冷的冬天，他们的口粮不够，村长特地拿了多余的粮食分给他们一些，刘大哥给陌轻尘做了手杖，李大嫂则教了她如何缝补衣裳，少年会陪着林池说话，偶尔也会拿些点心过来，还有村里的人知道陌轻尘无法劳作却能书写，隔三岔五便会来找陌轻尘写信。时日长了林池怎么可能发现不了那些乡亲并不是这么频繁地要寄信，只是想多让他们赚一些钱罢了……

最重要的是，陌轻尘知道她不喜欢杀人，更不喜欢滥杀无辜。

"那……小姐，你不去见你师姐和师父了？"

林池抬起头："他们在哪儿？"

索瞳："离这里不远的地方，找到小姐之后我就已经通知了他们，他们应该不久后便会到。"说完，他便转身朝着门外走去，反手带上门，"小姐，你还是先休息吧。"

这是林池第一次听到索瞳用这么僵硬的语调说话。从林池救下索瞳到现在也有不少年月了，索瞳对其他人冷淡，偏偏对林池照顾得像个老妈子。林池不是不感激，甚至也想过等报了仇之后，干脆嫁给索瞳就这么过一辈子算了，反正他们已经在一起生活了这么多年，彼此早已经像亲人一样。只是她没有料到后来会发生这么多事情，这些念头也早已搁下。

林池知道索瞳关心她，可是经历了这么多，她和陌轻尘之间的联系根本不是这么容易斩断的。

就算……就算那些人真的是陌轻尘杀的，自己大概也没办法真的恨他吧……

林池无奈地叹了口气，合上眼睛想睡，可是一闭上眼睛眼前就浮现村中人惨死的画面，还有记忆里蔺府被灭门的场景。

辗转多时，林池最终还是起了身。

索瞳应该在门口守着她，林池并不想和索瞳争执。她思考了一下，果断拉下床帏，咬牙推开窗户，猫着腰小心翼翼地爬了出去。

她折腾了一夜，又睡了几个时辰，外面已经是白天。

林池问了几个人，一路摸索到了府衙，轻车熟路地翻墙进去了。

府衙里人不少，可是并没有她的陌轻尘。林池失望之下离开了衙门，却突然在衙门口看到一个熟悉的身影。

林池忍不住叫道："静王世子……"

刚刚从轿子里下来的人侧目，显然也看见了她，眼睛里露出惊喜的光芒："林池，原来你在……你师姐……算了，你先跟我进来再说吧……"

林池跟着静王世子进了衙门，坐定才听静王世子开口，此时他的表情敛了许多，语调也沉了沉："你师姐这些日子找你找疯了……为了找到你，她甚至低声下气来求我帮忙……"

"抱歉……"想到裴宛，林池不由得愧疚起来。

其实面对静王世子，她也有些愧疚——当初两人是一起离开明都的，虽说是结伴同行，但静王世子一路照顾她良多，而她在裴宛狠狠拒绝了静王世子后，便丢下他直接跟着裴宛追师父去了……也不知道后来他如何了。

"我不知道你们后来发生了什么，但是你师姐很担心你。总之你先不要离开，我找人通知她来。"

"谢谢……"林池张了张口，"那个，世子，你知道陌轻尘在哪儿吗？"

静王世子闻言，顿了顿道："他已经在回明都的路上了。不瞒你说，我这次来就是接他回去的。原本是二皇子吵着要来，不过我恰好在附近，便先过来了。"

陌轻尘是安全的。

在确定了这件事后，林池只觉得整个人都卸下了一口气，身体疲惫得像是坐都坐不住，直往下滑，她不得不扶着桌子稳住身体，问："他怎么样了？"

静王世子皱了一下眉道："不太乐观。与我随行的有云郡的大夫，不过这种棘手的状况恐怕只有回春谷那位才能解决。"

林池看向静王世子，声音忐忑："我……我可以去看他吗？"

"这恐怕不行。"静王世子缓缓摇头，"我得先把你交给你师姐，还有……陌轻尘他说，他现在不想见你。"

"什么……"

静王世子笑了笑:"你能明白的吧?他现在这个样子怎么会愿意你看到……你若想见她,等和你师姐会合了之后,再去明都见他便是;而且现在我要是放你离开,你再出什么事情,你师姐恐怕会疯了的……"

林池想了想,点头应下。

其实只要确定陌轻尘没事就好,至于那件事……等见到陌轻尘她再去问吧。

陌轻尘不会对她撒谎,倘若真的是他做的,他也不会否认,更何况……林池潜意识里觉得那不会是陌轻尘做的事情。

而且在那样一晚之后,恐怕陌轻尘也不想这么快见到她。

她不用这么急着去见陌轻尘。

那个时候的林池是这么想的。

她放下心,才留意到静王世子一身月白色华服,金丝暗线沿衣边盘桓,时隐时现,腰间的环佩碰撞隐隐作响,发髻和头冠更是无一不华丽,跟过去的打扮很不一样。

"静王世子,你同我师姐……"

"已经没关系了。"

"啊?"

静王世子垂下眼眸:"我的亲事已经开始筹备了,三个月后成亲。"

不等林池开口,静王世子先打断她,温声道:"好了,我们不说这个了。你这一路恐怕也辛苦了,有什么要求尽管提。想吃点什么?还是想先沐浴休憩?你师姐一时半刻恐怕还来不了,有精神的话我带你在城里转转,买点喜欢的……"

"小池!"

门被暴力撞开,铛的一声从门框掉下来重重砸在地上。来人却根本没管,直接冲上来狠狠抱住林池:"笨蛋小池!再不出现师姐都以为你死了知不知道?没事不知道回来报个平安的啊?!"

"师姐……松、松开一点,我喘不过气了……"

裴宛根本没听林池的话,反而抱得更紧了。

林池认命地叹气。

"多谢静王世子了。"另外一个温和却又略显清冷的声音突兀地响起。

林池望过去，果不其然杜若正风姿楚楚地立在那里。

静王世子只看了他一眼，简单回了一句冷冷的"不客气"，便转身走了出去。

杜若摸了摸鼻梁，无辜地笑笑："我好像被讨厌了。"

不是好像，是肯定被讨厌了！

林池在心里默默说着，却不经意间发现自己的嘴角扬了起来……表情有些僵硬，是因为太久没有做这个表情了吗？

找到了裴宛，林池觉得就好像找到了可以安顿的地方，所有的责任都可以暂时放下了。

林池靠在裴宛身边睡了美美的一觉，没有梦，直到天亮。

她醒来之后，有裴宛煮的热乎乎的粥，虽然味道不那么尽如人意，不过林池还是一勺一勺地吃着。温热的感觉熨烫着胃部，简简单单却让林池觉得无比满足幸福。

"傻丫头，瘦了好多。"趁着林池喝粥，裴宛有一搭没一搭地摸着林池的脑袋，"这些日子，你都是怎么过的？"

已经预料到裴宛会问，林池依然是略去苦难的部分，简单地叙述了一遍。

裴宛沉默了一下道："那你是说陌轻尘现在真的眼睛看不见，腿动不了，武功也……"

林池咽下最后一口粥，点了点头。

"我还当那些传闻是假的，原来……还真难为陌轻尘了。"裴宛又摸了摸林池的头，"这就是你一直没出来跟我们联系的原因？也是……想把陌轻尘杀之而后快的人不在少数。

"不过，还是个傻丫头……"

林池放下碗："师姐……"

"嗯？"

"你又把糖当成盐了。"

一个拳头砸在林池的脑袋上，裴宛恼羞成怒："有的吃就不错了，还挑三拣四的。"

她砸得一点也不疼，林池摸着脑袋，想了想道："师姐，你喜欢杀人吗？"

"废话，当然不喜欢。"

"那如果你喜欢的人杀了很多人呢？"

"那就要看情况了，若他杀的是我的仇敌，或者与我无关的人，那便无所谓了。"裴宛眯了眯眼睛，"如果他敢动我的家人朋友，我就亲自杀了他报仇！再把他五马分尸！"

"师姐，你的表情好可怕……"

裴宛温婉一笑，咧嘴露出一排森森白牙："我开个玩笑而已！"

林池丢下索瞳离开，不出所料地看到他青了脸色，接着是几乎称得上唠叨地怪罪着她。

她自知理亏，垂头任由索瞳教训。

"好了，索公子，她也只是……"杜若想打圆场。

"羽公子管好自己的事情便是。"

杜若被噎了一下，失笑："我还真是被讨厌了。"

他低头看向林池，她的眼睛里已经没有他了。也是，从摒弃杜若这个名字起，他早就已经是多余的人了，更没必要掺和他们的事情。

"不用担心，既然找到你了，那我这就回魔教。"他又笑了笑，"你师父还在魔教里，他最后还是被花久夜抓到了，不过好在大小姐也出现了，你师父终归逃过一劫。只是他现在在魔教，估计也过得挺……"杜若停顿了一下才道，"所以我还是回去吧。"

杜若离开了，一行只剩下林池、索瞳和裴宛。

索瞳依然坚决反对林池回明都，不过最终拗不过裴宛的铁拳和林池的坚持，只得不情不愿地跟着她们回明都。

为了安全，三个人跟静王世子一路同行。世子身份尊贵，一路均由官府出面招待，路程便拖得久了些。

林池起初还有些奇怪为什么静王世子会跟他们一起回去。

裴宛用非常可怕的表情和更加平淡的口气回答："自然是去明都下聘。"

她那表情实在太可怕，林池连再提一次静王世子的勇气都没有。

虽然大家一路同行，但有什么事情，往往是静王世子略过裴宛直接跟林池说，裴宛亦然。于是一路上两人自始至终没有再说过一句话，彼此就算见到也只当对方是陌路人，擦肩而过，仿佛从不相识。

然而，这两个人又不是完全不在乎对方。

静王世子同她说话的时候，提到裴宛，情绪总是不由得变得很低落，而裴宛只要是白天见过静王世子，晚上必然会去厨房里狂剁鸡鸭鱼……

林池在遗憾之余，却也无可奈何。

裴宛的事情不是她能够过问的，更何况她现在唯一想做的……只是见到陌轻尘而已。

不知道他现在怎么样。

她很想念他，很想念。

只是林池怎么也没想到，回到明都之后，得到的第一个消息会是陌轻尘被监禁了！

原因是，他重伤了姬定峦。

时局一下变得很微妙：因为这一代只有两个皇子，虽然陌轻尘是皇长子，不过大家都知道他能继承皇位的可能性非常低，更有可能继承皇位的反而是次子姬定峦，然而陌轻尘居然重伤了姬定峦……

从静王世子那里得来的消息是，姬定峦重伤至今仍旧昏迷不醒，任何人不得去探视陌轻尘。

陌轻尘的府邸已经被封锁起来了，戒备森严，就算是静王世子也没有办法进去。

林池甚至托静王世子找了皇后娘娘，得到的依然是否定的回复，其墨、凌书、凌画留在了陌轻尘的府邸里，她根本联系不上。

无可奈何，林池只有硬闯。

虽然就连天牢她也越过，但那是谋划已久且有人接应的，现在根本没有这个时间。更何况，如果让索瞳知道了这事，他一定会阻止自己。

林池只考虑了很短的时间，就只身闯向陌轻尘的府邸。靠着敏锐的直觉和迅捷的速度，林池躲过了在府邸外训练的守备军，但悲剧的是，她找不到路，更不知道陌轻尘住在哪里，不出所料地被抓住了。

林池被关在了地牢里，其间越狱三次，都因为迷路又被抓了回来。

第四次，她总算遇到了熟人。

宝蓝色长衫的俊秀男子看了林池一眼，不出所料地道："少夫人，果然是您。"

久违了的称呼让林池莫名有些怀念："我要见陌轻尘。"

其墨示意官兵放开林池，半垂下疲惫的眸道："回去吧，少夫人。"

"我要见陌轻尘。"仿佛没有听见其墨的话，林池重复道。

"公子不想见您。"

"我要见陌轻尘。"

"少夫人，不要这么固执。"

"我要见陌轻尘。"

"抱歉了，少夫人，我真的不能答应您。"

"我要见陌轻尘。"

其墨抬起了眼睛，无奈地道："少夫人，我很感动于您的执着。可是，现下真的不适合让您去见公子，公子他……"

"我要见陌轻尘。"

其墨："……"少夫人您只会说这一句话了吗？

林池睁着眼睛，眼神自始至终没有一丝动摇："我要见陌轻尘。"

良久，其墨合上眸子："那……只能看一眼。"

林池默默攥紧手："谢谢。"

两人隔着非常远的距离，远到林池只能依稀看见那个身影。

隔着重重叠叠的飞花片叶，隔着半遮半掩的朱红木窗棂，隔着薄薄的透明色纱帐，林池看见了那一抹不甚明晰的银白色身影。

他靠在床上，像是已经死去一般寂静。

药汁浓烈而苦涩的味道将整个府邸淹没。

"他……怎么了？"

话音未落，就看见一个浅粉色的身影急速倒飞了出来，狠狠撞在假山上，侍女发出一声短促的惨叫，才滑落至地面。

随之而来的，是熟悉又陌生的声音，低哑到极致："滚。"

不知道该用什么样的语言来形容看到这一幕的心情，但林池能够确定的是自己很难过。言语哽在咽喉处，像是被什么噎住了。

"我想过去。"

"少夫人！"

"让我过去，求你了其墨！怎么样都好，让我过去看看他！"她只有用最快的语速才能够掩盖住声音里的哽咽。

其墨叹气："少夫人，你不要……"

在其墨回答之前，林池已经纵身跃了过去。

摔在假山上的侍女昏迷不醒地被人抬走，陌轻尘的房间门开着，却没人敢再接近。

林池放轻了脚步，朝里望去——灰白的发长长垂下遮掩着陌轻尘的脸颊，让人看不见他的表情。

血，陌轻尘的手上全是血。

"出去。"陌轻尘的声音平静得有些诡异。

林池没有动。

他依然是平静得像吃饭喝水一样的口吻："不出去，就杀了你。"

话音未落的瞬间，陌轻尘猛然抬起头，朝着这个方向转了过来。

不等林池再做什么反应，她已经被人拽着离开。但在最后一刻，她看见了陌轻尘的脸，美丽到妖异的容颜衬上灰白的发色，像是开在死亡之地的绚烂花卉，冶艳得惊心动魄，偏偏那张脸上毫无表情，神情空洞而虚无，无形中的狰狞让人觉得心脏好似被揪紧了狠狠碾碎，连痛的感觉都没有，直接消失殆尽，什么也不剩。

其墨松开拽住林池的手，松了口气："幸好公子现在看不见。"

林池低着头一言不发，其墨见状不由自主地锁起眉宇："少夫人，所以我说你不适合现在见他……公子的情绪不是很稳定，他也并不希望你见到他这个样子。"其墨按了按眉心，继续道，"最近的确发生了很多事情，而且治疗的情况也……"

他的絮絮叨叨骤然被林池打断："他的腿和眼睛怎么样了？！"

其墨轻轻摇了摇头："沈神医说腿伤的问题倒不是太大，只是眼睛的问题……"他顿了顿，看向林池，"公子之前受到过什么很大的刺激吗？"

林池的脑海里立即回闪过那个阴暗而充斥着血色的夜晚。

她无法说出口。

不等林池出声，其墨已经先道："罢了，公子身体如此，会发生什么我多少也有些预料……少夫人，你还是先回去吧，等公子好些了，再……"

"姬定峦的事情又是怎么回事？"

这次换作其墨沉默，他敛了敛目光，叹道："公子的样子你也看到了……二殿下如此喜欢缠着公子，会被……"顿了一下，他又说，"二殿下现在还昏迷不醒，沈神医这几日一直在那边忙着。之所以不让人进来我想少夫人你也明白，任谁看到公子现在这个样子恐怕都会……而且倘若二殿下真的有个三长两短，公子他……"

"会怎么样？"

其墨的声音越发沉重："王子犯法与庶民同罪。"

陌轻尘这么多年任性妄为，倚仗的不仅是逆天的武功，也有他逆天的身世。

或许说来有些不公，但这个世道便是如此。

那场围剿虽然陌轻尘杀了不少人，朝廷上下只说是江湖人争斗，不予追究；再加上原本也是江湖人主动找上陌轻尘，那件事才被这般压了下去。后来陌轻尘伤人，也都是朝堂出面抚慰。好在陌轻尘鲜少出门，事情也不算太难处理。

只是这一次出事的是北周的二皇子，与陌轻尘地位相当的二皇子，无论是朝堂上下还是皇帝、皇后，都庇护不了陌轻尘了……不，或者说正好相反，姬定峦是由北周皇后亲自抚养，眼见着在膝下一点点长大的，陌轻尘则自小就被送到了祁山。两相比较，亲疏立现。

就算再怎么说公平以待，心里总还是有着偏向性的：一边是冷漠残暴从不亲近自己的大儿子，一边是可爱活泼会撒娇会耍赖的二儿子，皇帝和皇后会选谁再明显不过。

二皇子姬定峦昏迷不醒的日子里，皇后娘娘守在他身边几天几夜难以成眠，却一次也没有去见过大皇子姬定岚。

弹劾大皇子、控诉大皇子的奏章折子如雪片一样涌了上来——

绝不姑息，定要严惩！

兄弟相残，如何得了！

像是积压了许久终于爆发的山洪，遏制都遏制不住，甚至有老臣在阶前长跪，望圣上不要为了一己私情徇私枉法。

不只是陌轻尘做得过分，更重要的是——北周从来不需要这样一位大皇子，没有比现在更好的机会赶走他。

被后世誉为北周英主的皇帝陛下也为此事愁白了不止一根头发。

客栈里。

"小姐，你还相信陌轻尘吗？"

索瞳放下剑，将特地买来的糕点放下。

"什么？"

"关于那个村子里的人是不是陌轻尘杀的。"索瞳看着林池道，"不要再自欺欺人了。"

"我知道。"

索瞳将糕点取出来推到林池面前："离开吧，小姐。"

"不。"林池抱着膝盖坐在榻边，回答却出乎意料地干脆。

从林池偷跑出去找陌轻尘那一天回来后，她就变成这个样子了。索瞳低头看着糕点，那是林池过去最喜欢的糕点，以往自己没少替她买，而且几乎是每次买回来，都能看见林池狼吞虎咽地将它吞下去，有时候甚至连包糕点的油纸都难逃毒手。

但这一次林池没有，或者说她连看一眼糕点的兴趣都没有。

现在她心里只有陌轻尘一个人。

从什么时候开始，她变成了这个样子……

索瞳的手指一根根攥紧，再一根一根慢慢松开："小姐，不要任性。"

"沈神医，公子怎么样了？"

沈知离刚从姬定峦那里赶过来，连续的通宵让她的脾气糟糕到了极点："你家公子又不让我检查，我怎么知道？"

深谙对方脾气的其墨只得道："沈神医不用担心诊金……"

"我当然知道不用担心，国库就是你家的。"

其墨被噎到，顿了顿才道："以毒攻毒是沈神医的法子，现在除了您也没有人……"

"我知道我知道。"沈知离打断他，"那是谁让你家公子到处乱跑的？跑就算了，还把自己搞成这副样子，搞完自己还去搞自己的弟弟……你以为我有这么多闲工夫陪你们折腾吗？我很忙的好吗？要不是他们俩都是苏沉澈那个浑蛋的表弟，我才懒得管……"

凌书不耐烦地拔刀："你这个女人怎么这么难伺候！让你给公子看病，就给公子看病！本大爷……"

不知哪里来的一根银针迅速射入凌书的身体里，凌书立刻倒地。

沈知离理了理衣袖，一脚踩在凌书的脑袋上。

凌书怒目："浑蛋！放开本大爷！你这个丑老女人死庸医！"

沈知离用脚使劲在凌书的脸上揉了揉："信不信庸医能让你生不如死？"

"呸！有本事你就让公子变回原来的样子啊！"

"不好意思，激将法对我没用。"

凌书赤红着眼睛，吼道："那怎么样都好！要是你能让公子变回原来的样子，随便你怎么对本大爷都没关系，就算是要了本大爷的命也可以！"

他也好几天没有睡觉了，不是不能睡，而是放心不下公子。他和凌画轮番守着公子，因为现在府里上下只有他们俩和其墨敢接近陌轻尘。原本敢接近陌轻尘的人就少，如今府中的侍女更是宁可被撵出府也不肯靠近陌轻尘的院子。

关于陌轻尘要失势的传言也越演越烈，府里越发人心惶惶，连偷拿钱财出逃的人都有。虽然其墨严惩了几个，但也只是勉强止住事态的恶化而已。

没法招新侍女进来，府里的人越来越少。

更重要的是公子的身体仍旧没有好转。

沈知离顿了一下，缓缓收回脚，转身道："都说了不是那么容易的事情……"她放低了声音道，"你家公子能活这么久本来就是个奇迹，他的体质太特殊……只是他坚持，我才肯尝试让他恢复感觉，但终归这只是第一次，所以我也不知道后遗症会是什么样的……其实现在已经算不错了，我料想最糟糕的状况是他就此死去。现在只是眼睛暂时看不见、武功衰退和头发变白，而且等毒素全部排出之后也未必不会复原……"

"如今最大的问题是，他的心理状况太糟糕，就算我用药也收效甚微。我原本以为他是受了太大刺激，毕竟他变成现在这个样子，不知那期间发生了什么，他自己也表示不想见那个丫头……"沈知离按着眉角，"但现在我觉得可能还是错了，你家公子不是那种饱经世事的老油条，他的思想太过纯粹，表达方式也直白得可怕……"

她扭过头看着其墨："你能想象出他现在这个见人杀人见鬼杀鬼的样子只是因为他觉得自卑会被嫌弃吗？"

其墨一脸挫败："……"

他知道这个理由很难令人相信，但有什么办法，就算是这么简单的事情，当发生在陌轻尘身上的时候就会变得无比棘手。

沈知离放下摸额角的手，指尖点在桌面上："也许用更加简单粗暴的方式比较好……对了，那小丫头住哪儿？"

第一次做这种类似于拉皮条的事情，沈知离给自己心理建设了很久，才一脚踏入客栈。

顺着给的房间名称摸到了林池的房间，沈知离咳嗽了两声，才敲响房门。

"什么人！"

沈知离刚想开口，却赫然看见眼前站着一个高大的男子，脸长得倒还行，就是表情实在臭了点。

"抱歉，走错了。"沈知离当机立断，刚想走，瞄到门牌，"等等……林池是不是在这里？"

男子更加戒备地看着她："你是什么人？"

"你又是……等等……"沈知离看着他上下打量，突然有种不祥的预感，"你跟林池什么关系？我去……不会这么夸张吧……这才多久啊，林池这就……别告诉我你是她失散多年的兄弟？"

男子的脸色更难看："不是。"

沈知离试探地问："那是失散多年的爹？"

男子："……"

只听见砰的一声，门板被暴力地合上了。

那么看来不是……

沈知离头疼地抬腿踹门，现在的陌轻尘跟这个男人比起来前景实在是不太乐观啊，林池那个小丫头不会真的要爬墙吧？虽然陌轻尘那堵墙也没什么好惦记的，但毕竟是他们家的墙，再怎么说也不能让人这么简单地撬走！

越想越觉得是这个道理，沈知离抬腿更用力地踹起门来。

"你到底想做什么？"男子打开门，声音带上了怒气，"她刚睡着。"

"睡着？"

"是。"男子握住腰间的剑，剑眉轻挑，声音却完全不容拒绝，"所以你请回。"

十分有男子气概啊，沈知离感慨，不过……这更糟糕了好吗！

跟他比起来，自家那个除了脸蛋就一无是处的表弟完全没有竞争力了！而且眼前这人还是个有着黑色长直发忠犬属性的男子，再配合上冷峻的面容，杀伤力也倍增了啊！沈知离回想起陌轻尘——脾气暴躁，手段残忍，以自我为中心从不接受别人的意见，最近又面临被废黜、腿半残、眼半瞎，真的除了脸就没有拿得出手的优点了……而且脸从来也不是最重要的东西啊！

"你有钱吗？"

男子皱眉，不解地道："什么？"

沈知离："你是哪里人氏？家住哪里？父母是否健在？有几处房产田地？"

或许是沈知离气势太强，男子又皱了皱眉，不由得回答道："四海为家，父母已亡故，田地房产……尚有几处。"

有房有地，父母双亡，身高六尺，相貌堂堂……

沈知离不死心地继续问："那你是何时认识的林池的？你跟她关系如何？"

男子眉皱得更深："相识……已有六七年。关系……视若亲眷。"

居然还是青梅竹马，原来陌轻尘才是插进来的那个小三吗？

太悲惨了吧……难怪陌轻尘会这么自卑……

"你到底有什么事情？"男子明显已经有些不耐烦。

沈知离灰心丧气地挥手："没事了、没事了……我走了……"

索瞳看着沈知离的背影，脑中只冒出四个字：这人有病。

沈知离离开了客栈，出门左拐，不等其墨上来询问，就拽住他的领子道："快！给我找几个能干的死士。"

其墨不解："沈神医，你这是要做……什么？"

"废话！抢人啊！"危机感简直令她要爆炸了，沈知离拽着其墨的领子摇晃，"再不抢就被人拐走了啊！不对，是再不抢就没希望了！"

其墨的大脑跟不上沈知离的思路："等等……您说什么？"

"今晚就找人把那个林池绑到陌轻尘的床上去！"

"啊？"

"先造成生米煮成熟饭的假象。"

"呃，那个其实已经……"其墨的脸红了起来，他忙别开脸去。

沈知离："……"

"而且两年前就已经煮过了……"

沈知离转身，扭头，痛心疾首地道："真是世风日下，人心不古，他们才多大啊？现在的小男女真是……啧啧啧，那就再煮一次好了！"

其墨："……"这之间有什么联系吗？

沈知离拍拍其墨的肩："总之快去做，你家公子的腿暂时没问题了，其他的部分问题也不大……嗯，我去翻翻看，师兄有没有留下什么能派上用场的药……"

其墨："您不要开玩笑……"

沈知离回头，双眸漆黑，神色一下沉了下来："谁跟你开玩笑了？"

这种事情开得了玩笑吗？

陌轻尘都为了林池那个小丫头把自己折腾成这个样子了，而且以目前的状况来看，也不会有第二个对陌轻尘这么重要的人了，怎么可以让人这么轻易地把林池抢走！

就算是用抢的，她也要把人先抢下来再说！

吃了睡、睡了吃的生活到底有什么意义？

林池一觉醒来，巨大的空虚感充斥着身体，她迫切地需要找点事做来驱散这种糟糕的感觉。

她抱着膝盖发了一会儿呆。

片刻后，林池醒悟过来——自己大概是饿了。

夜晚很静谧，没有点灯，只有昏暗的月光弥漫在室内。

她试探着叫了一声："索瞳。"

没有人回应，大概索瞳已经睡了吧。也是，自己醒得这么不是时候，也不知道现在是几更天。

她揉了揉眼睛，四肢并用地想要爬下床。

但是——这张床为什么这么长？

房间里好像还有熟悉的气味，林池用力地吸了吸鼻子，那味道仿佛就在脑海边，只是一时想不太清楚。

迟滞了一下，林池摸到一个冰冷而柔软的东西，似乎是……手……的样子。

索瞳在边上睡着了吗？

林池呆愣了一下，没等回头，突然腹部锐痛起来。疼痛瞬间牵回了林池所有的神志——

她来月事了！

她捂住腹部，弓起身子，连长发散开都没注意，一味地闭眼咬牙忍着腹中尖锐的绞痛。

这些日子她过得并不好，所以这个毛病始终也没有好。虽然她对痛苦的忍耐力在增强，但疼痛同样越发强烈。

林池把头埋进被子里不断在心里重复着：快睡着快睡着快睡着，睡着了就不疼了，一觉醒来就好了！

然而不知是不是她太过期待的错觉，有什么温暖的东西贴上了林池的腹部，起先只是微弱的温暖，而后越来越强烈，熨烫着腹部，让整个身体都温暖了起来。也因为如此，那冰冷的痛楚一下消退到了能够忍耐的程度。

"啊，多谢了。"林池擦了擦额头上的汗，刚擦完她就猛然愣住——她在跟谁道谢？

她僵硬着转过头，一缕白发擦过她的脸颊。她能感觉到沉在黑暗里的面容是那么熟悉，他的每一条轮廓线她都极其熟悉。

他全身散发着淡淡的冰雪气息，混杂着药味，苦涩到令人无法形容。

大概是察觉到林池的视线，陌轻尘沉默着移开了脸。

两人僵硬地维持着这个姿势，谁都无法开口。

但即便是沉默，源源不断的温暖还是透过衣衫蔓延而来，一直暖到她的心房，就像陌轻尘的心，就算他什么都不说，林池还是能够感觉到陌轻尘那小心翼翼的感情——他环住林池的手呈现着保护的状态，却又颤抖着不敢紧贴；下唇被轻轻咬住，泛起了些微白色；纤长而美丽的睫羽轻颤着合拢，脸上是有些茫然无措的神情。

一瞬之间，林池被他的这种小心翼翼戳到心口，鼻腔酸涩到无法呼吸，想要哭的感觉涌了上来。

"陌轻尘。"她再一次念出这个名字，语调带着她也没有预料到的颤抖，"我想你了。"

其实两人也并没有分离多久的时间，至少比起那两年来说，实在是微不足道。

可是……她从来没有这么深地体会到这种让人发疯一样的想念在身体里苏醒，每一刻都更加强烈。

她想要抱住他，想要告诉陌轻尘他变成什么样对她来说根本一点也不重要，只要他是陌轻尘就好，是那个会在来月事时帮她温暖身体，会替她学习怎么做菜，会为她改变自己，会抱着她说一些很傻却异常可爱的话的陌轻尘……

无论他的外表怎么改变，她还是喜欢他。

她无可救药地，喜欢着陌轻尘。

"很痛吗？"房间里突兀地响起陌轻尘的声音，很轻，不像过去那么清雅，而是更加低沉沙哑，空荡荡地回响着，空灵得像随时会飘散。

然而这就如同压倒骆驼的最后一根稻草。林池摇了摇头，突然转身，猛地抱住陌轻尘。

陌轻尘还没反应过来，就被她压倒在床榻上，因为惊讶而发出了短暂的惊呼。

环住他的双臂越发紧，没有丝毫松开的意思。

就这么紧紧地抱着他，头枕在陌轻尘的肩窝里，林池觉得自己像是抱住了全部，自己拥有的全部东西。

就算这个姿势并不舒服，陌轻尘也并没有挣扎。黑暗中，他静静地抱着林池，不知道多久，才发出一声轻微到不易察觉的长叹。

林池再次醒过来的时候，眼睛已经能看到明亮的光线。

是白天了吗？

林池这么想着，伸出手挡住眼前的光。

下腹传来很微妙的感觉，哦，对了……昨晚她来了月事，然后……然后……

林池猛然睁大了眼睛，绣着复杂图案的精致四角床帐、雕刻了镂空花纹的床柱，然后是……那张漂亮到无论她看多少次都会震撼的脸，白发稍稍遮掩住半边的面颊，自一侧流泻而下，一双细长的眼睛轻轻合着，眼皮下有浓重的阴影。

昨晚光线太差，到现在她才看见陌轻尘脸上的憔悴。

林池轻手轻脚地从陌轻尘怀里爬出来，却又依依不舍地望着陌轻尘。

"喵喵。"一只微肥的雪白波斯猫轻巧而熟练地爬上了床，优雅地踩着床头的枕头，一步步迈到陌轻尘身边。它在陌轻尘的手臂和身体之间寻了一个舒服的位置，蹭了过去，然后蹲下身子在陌轻尘摊开的手掌上有一搭没一搭地舔着。

陌轻尘被惊扰到，嘴里发出了细碎而轻微的声音。

林池记得起初陌轻尘好像还很排斥它，是因为自己说过它对陌轻尘没有敌意，而是喜欢陌轻尘，陌轻尘才把它留了下来养着，后来好像也经常抱着它出来，关系倒是意外地好。

林池蹲在地上，看得移不开眼睛。

好一会儿，陌轻尘终于醒过来，睁开空洞的眸子，先是迟疑了一下，再摸索着床柱坐直了身体，最后伸手摸索着把肥猫抓到自己的怀里。

肥猫似乎也已经习惯，完全不排斥陌轻尘的动作，甚至很乐于窝进陌轻尘的怀里。

陌轻尘修长的手轻轻抚摸着猫毛，略微调整了一下姿势，将猫在怀里摆正，便又继续抚摸它。肥猫享受地眯起眼睛，舔了舔自己的爪子，又转过头去舔陌轻尘的手指。

对此，陌轻尘也只是微微睁大了眼睛。

雪白漂亮的猫躺在白衣白发的陌轻尘怀里，这场景犹如一幅倾城画卷，美好得让人不自觉地屏住了呼吸，生怕打破这个画面。

猫又在陌轻尘的怀里蹭了蹭，高高竖起的尾巴扫啊扫地扫到了陌轻尘的下颌。陌轻尘微微扬起嘴角，声音低沉动听："昨晚好像做了个梦。"

"她说想我了。"陌轻尘的声音轻得像叹息，落在林池的心上，却比什么都显得沉重。

陌轻尘闭上了双眸，浅金色的光线顺着他的鼻梁划过，落下深深浅浅的阴影，即便他抱着猫扬起了嘴角，身上依然有挥之不去的寂寞冰冷之色。

林池颤抖着手，一点点伸向陌轻尘，再轻轻地覆上他的手，他手背上的温度是那么冰冷。林池握住他的手，贴在自己的颊边。

陌轻尘的身体剧烈地颤抖了一下。

林池低声道："不是梦。我想你了，轻尘。"

她的声音空荡荡地在室内回荡，显得空旷却又清晰，字字铿锵地压入陌轻尘的心里，仿佛掀起惊涛骇浪。

他睁大细长而漂亮的眼睛，茫然地看着虚空的地方。

陌轻尘动了动唇，似乎连话都不会说了。半响，林池才听见他的声音："我也是。"

陌轻尘怀里的波斯猫扭了扭，似乎有点不满意手被抢走了。陌轻尘察觉到，用另一只手温柔地顺着猫毛。

他的本性从来不坏，而且他从来没有对她说过谎。

下定决心，林池抬起头，看着陌轻尘道："陌轻尘，我能不能问你一个问题？"

正在逗弄猫的手僵硬了起来，陌轻尘微微拧起眉，神情有一些不安："可以不回答吗？"

林池轻轻地摇了摇头："抱歉，不行。"

陌轻尘抿了一下唇，像是做了什么重大决定一样，合眸道："你问吧。"

"那个村子，就是我们住了一个冬季的村子……"林池断断续续地说着，"所有的人都被杀了，村子也被烧掉了……是你做的吗？"

"村子？"

"对，你在那里替好些人写过书信，刘大哥还给你做过一根木杖……你还记得吗？"

"记得。"

"那是你做的吗？"林池霍然抬头，看向陌轻尘。

陌轻尘轻轻摇头："不是。"

这两个字像是一下子把压在林池心口的重石卸掉，她松了口气，整个人毫无力气地趴在陌轻尘的膝盖上。

"真是太好了……太好了……不是你……"她毫不迟疑地相信着他。

真的太好了。

灭了村子的人不是陌轻尘。

发现腿上突然多出的重量，陌轻尘手足无措了一会儿，才缓缓按住林池的肩，迟疑着道："我……"

"陌轻尘，我爱你。"轻飘飘的话语从林池的口中吐出。

陌轻尘的呼吸一下子停滞住，他以为自己出现了幻觉。

但林池紧接着说的话，让他连心跳几乎都要停下来了："无论你变成什么样子，我都爱你。不管是你的眼睛看不见了，腿无法走路了，头发变白了，或者什么其他的，对我来说一点也不重要。因为我爱的只是你而已。"林池抱住陌轻尘的腰身，吐出的每一个字都缓慢而坚定，"所以你不要难过，不要觉得不如过去，无论是过去那个呼风唤雨倾国倾城的陌轻尘，还是现在这个你，都是我爱着的。就算这个世界上所有的人都抛弃了你，我也会陪在你身边，因为我比这个世界上任何人都爱你。"

"所以不要这么消沉啊……"那个暴躁发火、静静躺在床上宛若死去的陌轻尘仿佛还在林池眼前，她不想看到，一点也不想看到那样的陌轻尘。

"不要哭。"陌轻尘的手指在林池的眼角轻轻擦拭。

"我没有哭……"

"可是有眼泪。"

林池抹了一把眼睛："擦掉就没有了！"

"眼睛好红。"

林池揉了揉眼睛："不红了。"

她听见一声很低的轻笑，不怎么清晰，却动听得宛若天乐，让人的心都为之一颤。

林池抬头只见陌轻尘弯起眼睛，接着一个吻便落在了她的额头上。

"再说一遍好不好？"他小心地问。

"不要。我已经说过一遍了。"

"第一句就好。"陌轻尘移开脑袋，脸上的表情有些不自然，"我没听清……"

她第一次看见陌轻尘要赖，可是……好可爱。

林池妥协似的叹气："陌轻尘，我爱你。"

"再说一遍。"

"喂喂，你要我说几遍啊？"

"再一遍……"

"陌轻尘，我爱你。"

"再一遍……"

"……"

这样的话，他听多少遍都不会腻。

他本来以为永远不可能听到这句话，恨不得就这样让她一直一直重复下去。

曾经有个叫竺颜的人狠狠地在他的心口捅了一刀，告诉他他这辈子不可能爱上任何人，也不可能被任何人爱上，而眼前这个叫林池的人，一点点填满了那个被捅穿的窟窿。

"喂喂，够了啊……别再让我说了……"

"林池，我很开心。"

"嗯……"

"开心得……"陌轻尘有些笨拙地开口，像是竭力在寻找词语来表达几乎要破出胸膛的情绪，"像是随时会死去一样。"

虽然林池的告白很令人感动，但是她很快就意识到自己现在的状况其实很糟糕。

不，应该说是非常糟糕。

幸好府上还有凌画在，无论什么时候她都活力无比，语速惊人。

凌画边按着林池洗澡，边简单叙述了为什么林池会出现在这里，然后她又表示反正林池已经出不去了，不如安心地留在这里，她会通知林池的师姐。最后她让林池换上干净的月事带和衣服，又让林池喝完满满两大碗红枣枸杞银耳羹，才放林池倒头睡去。

当然，林池是睡在陌轻尘身边。

虽然已经不知道在陌轻尘身边睡过多少次，但林池还是第一次有这么安心的感觉，像是母亲的怀抱，温暖缱绻。

林池一觉睡到日上三竿，醒来时，腹部已经完全不痛了。

醇厚而浓香扑鼻的味道飘过鼻端，林池的肚子不出意外地叫了起来，她睁开眼眸，眼前是满铺的金色阳光，明亮灿烂到刺目。

刚醒来还不适应这种强光，林池刚想用手挡挡，身边的床榻就陷了下去，熟悉的气息袭来。

"饿吗？"

接着是一个大大的拥抱，贴着额的吻轻若蝉翼，带着无限的珍视。

林池老实地点头："饿。"

话音未落，林池就看见眼前多了满满一桌的菜肴，方才的味道就是五珍乌鸡汤散发出来的。

在扑上去之前，林池突然意识到一个问题，"等等，这是谁做的？"

陌轻尘干脆地回答："我。"口气里不无淡淡的骄傲。

"你的眼睛，还有腿！"林池抓狂，"你怎么能下厨啊？把手伸给我看看！"这个笨蛋！

"腿没事，我能走路。"仿佛为了证明自己的话，陌轻尘站起身，翩跹的衣袂在空中旋出动人弧度，顺直的白色长发随之漾起，颀长的身形笔直地立在屋内，谪仙般缥缈动人，美得犹如幻象般不可思议。

"你……你、你的腿什么时候好的？"

"半个月前。"

"那……那你怎么还一直躺在床上？"

"不想下来。"

"为什么？！"

陌轻尘淡淡地道："不知道下来做什么。"

"等一下，那你的眼睛也能看到了吗？！"

陌轻尘顿了顿，轻轻摇头，片刻后又补充道："这里我很熟悉，不用看也知道。"

"这样啊……"林池掩藏不住口气里的遗憾，旋即又抬起语调道，"那手也伸给我看，看不见你怎么可能做菜？绝对又把手弄伤了吧……"

陌轻尘把手拢进袖中，只露出短短一截指尖："不要。"

"给我。"

"不要。"

"为什么不给我？"

陌轻尘沉默了一下，道："反正会好的。"

他果然就是受伤了！

林池整个人扑上去抱住陌轻尘，双手顺着陌轻尘的手臂攥住他的手，指尖在陌轻尘的掌心轻轻触碰，又心疼又生气地道："你是笨蛋吗？看不见就不要下厨了啊！又不是不知道你受伤了伤口好得有多慢，你不心疼我心疼啊笨蛋笨蛋笨蛋……"

"想做点什么……"陌轻尘垂下眸。

"啊？"

"我也爱你，所以想做点什么……"

林池撸了一下鼻子，眼睛发酸，明明不是这么容易被感动的人，为什么变得这么容易就难过？

果然还是因为她陷进去了吧，深深地陷进了这个名为陌轻尘的牢笼里，心甘情愿。

门外。

"咱们还要进去吗？"凌书抖着身上的鸡皮疙瘩问。

"废话，这时候进去你想被驴踢吗？！"凌画耳朵贴在窗棂上，脸颊激动得绯红，双拳默默在胸口握紧。

凌书咳嗽了一声："那个，你有没有发现，一跟林……啊不，一跟少夫人在一起，公子就变得好……单纯？"明明前两天公子还阴沉到连靠近都让人颤颤巍巍的，现在这个样子……根本……

"你那么多话本真是白看了！这有什么！"凌画抹了抹眼角因为感动流下的泪水，"爱情的力量真伟大！"

凌书叹了口气，莫名想起曾看过的一句话：女人啊，总是在别人的故事里，流自己的眼泪。

凌画转身，拽凌书的衣领："怎么了？你有意见吗浑蛋！我这是为公子高兴，你懂吗？你懂吗？不哭是吧，姑奶奶揍到你哭！"

"揍本大爷？还不知道是谁让谁哭呢！"

"哼哼。"凌画冷笑。

"死女人！你在攻击哪里啊，那是本大爷最重要的部位之一啊啊啊！"

再外面一点。

"抱歉了沈神医，这里实在聒噪了些。"其墨看着不远处的两人，叹了口气，有些抱歉。

沈知离毫不在意："没关系，我家里还有个更聒噪的。"而且那位的爱好是天天"知离""知离"地叫，更要命了！

"总之成效不错。"沈知离拍了拍其墨的肩，"我们回去吧，这下子你家公子总该听话了。让他晚上来我这儿报到，他的眼睛问题和身体问题无论如何还是要解决的。"

就算陌轻尘看不见，手艺也一如既往地好。

林池满足地吃完，靠在陌轻尘的怀里。

午后的阳光很温暖，照在林池的身上，让她越发不想动弹。林池随手从陌轻尘的书架上抽了一本书，翻了翻，是本话本。

"你看话本吗？"

陌轻尘平静地道："凌书给的。"

林池蓦然就想起了几个非常耳熟的书名：《强娶良家女》《监欢孽爱》……

她再朝着话本封面看去——《孤女情仇恩怨录》。

呃……不管怎么说，两年多过去，凌书的品位稍微提高了那么一点嘛……

反正没有要紧事，林池就靠在陌轻尘的怀里缓缓念着话本。因为自己惯常的位置被抢，波斯猫用爪子捋了捋毛，最后决定靠在林池的怀里。

毛茸茸的白猫躺在怀里，感觉温暖又舒服，林池禁不住浅浅地微笑起来。

陌轻尘搂着她，很乐于听她念故事。

这是一个非常恶俗的故事，家破人亡的少女被族叔偷送出府，从此卧薪尝胆誓要替家人报仇。几年后，少女先是遇上了白马良人男二号，又遇上了风流公子男三号，最后邂逅了英俊深沉的男一号。女主角被男主角深深吸引，男主角同样对女主角一见倾心，然而命运可耻地捉弄了他们，男主角的父亲正是那个害得她家破人亡的人，然而男主角的父亲已经亡故，她能够报仇的对象只能是男主……

林池唏嘘道："好可怜。"

陌轻尘轻声问："可怜在哪里？"

林池："你爱的人却是你的仇人，不是很可怜吗？"

陌轻尘似懂非懂地点了点头，顺手往林池嘴边放了一块糕点。

林池一口咽下，边嚼边继续读：于是女主在爱情与仇恨中挣扎纠结，其间穿插男二男三若干英雄救美儿女情长的戏份，当然，这些并没有动摇女主的心。她在经历了许多次和男主相爱相杀的痛苦磨难后，始终难以忘怀仇恨，最终忍痛一刀刺向了男主……

陌轻尘举手提问："她不是喜欢他吗？为什么要杀他。"

"因为他们有仇啊！"林池回答，"正是因为喜欢所以她才挣扎啊，不然二十章前就可以刺了。"

陌轻尘："可是……她的仇人是他父亲。"

"男主的父亲已经死了嘛。"

陌轻尘："那就再杀一次。"

林池喷泪："都死了怎么可能再杀一次？"

陌轻尘想了想，很认真地回答："可以鞭尸。"

林池："……"你这都是什么想法啊！

陌轻尘用下颌在林池的额头上蹭了蹭，平静却笃定道："喜欢就要在一起，没有原因。"

头顶微微发痒的感觉和陌轻尘孩子气的任性让林池不自觉地翘起嘴角："好吧。"

阳光正好。

耳畔鸟鸣雀啼，声声清脆动人，浓绿的罅隙间跳跃着缕缕光斑，让人恍惚得不知今夕是何年。

暖融融的阳光包裹着身体，像母亲的怀抱一样温暖。

儿时母亲也常这样抱着她坐在院子里，叶片窸窣摆动，微风轻柔地拂过面颊，耳畔是母亲低哼的歌谣声，仿佛可以听一生。

那怀抱是那么温暖，让她倦懒地栖息着，不愿醒来。

"少夫人……林小姐……林池……"

林池翘起嘴角："嗯，我在。"转头她又把脑袋埋进怀里，"让我再睡一会儿。"

"晚饭时间到了。"

"啊啊！"林池立刻蹿起来，两眼发光，"在哪儿吃？"入眼的是陌轻尘温和的面容和其墨略显无奈的表情。

"少夫人，顺着这条路直接走便是。"

林池马上跟上去，刚走了一步，又回头对陌轻尘道："我带着你去。"

其墨不着痕迹地挡在陌轻尘身前，弯腰对林池道："公子有些事，少夫人您先去吧。"

林池虽然觉得有些奇怪，但还是依言点了点头。

等林池走远，其墨才转身对陌轻尘道："公子，已经准备好了，跟属下来吧。"

陌轻尘缓缓起身，跟在其墨身侧，步伐平稳，白衣飘然。若不是事先知道，恐怕很多人察觉不出他的眼睛竟然已经看不见了。

夜已渐深，灯光微暗的房间里只有几根银针闪烁跳跃。

良久，沈知离收针，用热水洗净手指，再带上门出来，从始至终，不忍回头再看一眼。

偏僻的院落中，极低的呻吟压抑地响起，像是有人拼命忍耐，却还是无法克制地痛吟出声。

其墨站在门外，无声地攥紧了手："沈神医，一定……要这样吗？"

沈知离点了点头，低叹："如果可以，我也不想用这种办法，但是他实在拖太久了。检查过我才发现，他的状况真是糟糕透了……之前的毒素淤积在身体里，如果不疏通，别说是感觉了，其他的……像是眼睛之类的恐怕也很难恢复……"

其墨望了一眼屋内，黑影趴伏在床榻上蜷缩成一团，双手紧紧地抵着胸肺，整个人陷进被褥中一动不动，仿佛在无声地挣扎，却痛得没有半分力气。

"那……能不能开些止痛的药剂？"

"不行。"沈知离摇头，"我给他用的毒叫'罹刵焚心'，可以和他体内原本的毒素相克，更何况这种毒原本就是越压制越强烈的，不过……这种办法虽然简单直接，却也是让药性发挥得最好的方式。"她顿了顿，"还有一点……让他恢复感觉……需要用极度的痛感来刺激神经，不能没有这一点……他现在有了那个丫头的陪伴，心态同之前大不一样，应该是可以撑过去的……"

其墨抿了抿唇："那要持续多久？"

"至少一个多月。"

"每晚如此？"

"是……喂喂，你别这么看着我，又不是我想折磨你家公子！"

"我知道，可是……"其墨转身背对着屋子，面色沉沉地看向远处，而后缓缓垂眸，脸上却掩不住担忧的神色，"公子丧失知觉这么多年，现在要让他承受这样突如其来的痛苦，只怕比常人多出数倍的痛……"

何止数倍。

陌轻尘在承受痛苦这方面的神经犹如婴孩……这般接二连三地承受疼痛……

沈知离笑了笑："能熬过去的。无论什么样的痛苦，只要有人陪伴，心里有足够的希冀，就完全没有问题……"

沉吟了一下，沈知离又补充道："这件事越少人知道越好。不用告诉那个丫头，让她平时多陪陪陌轻尘就好。"

"在下……知道了。"

厅堂内。

"你来了？"林池揉了揉眼睛，从座位上起来，"菜好像都凉了，等我一下，很快回来！"

陌轻尘合眸坐下，脸比寻常要白上一些，不过他原本就白，倒也不太看得出异样来。

府上剩下的仆役不多，大晚上又不好打扰人，林池干脆自己在厨房里忙前忙后。好在她之前在村子里照顾了陌轻尘好些日子，这些都是做熟的事情。不多会儿，林池就把饭菜都重新热好，甚至多做了一个蛋花汤。

把饭菜都堆到陌轻尘面前，林池扬着笑脸道："我刚才都试过了，这两道菜特别美味，啊啊，还有这个排骨……来，我夹给你。"

陌轻尘点了点头，握住筷子，手指不易察觉地颤了一下，一根筷子掉到了地上。

林池忙又拿了一根筷子，刚想递给陌轻尘，想了想又道："那个……我喂你，好不好？"

陌轻尘有些迟疑。

林池握着筷子笑道："我们刚认识的时候，你还强迫我非要让我喂你吃呢，就当是重温……"她夺过陌轻尘面前的碗，夹了饭菜，递到陌轻尘的唇边，一脸期待地道，"所以，答应我吧答应我吧……"

陌轻尘呆了一下，最终还是认命似的张开了嘴。

林池满足地喂着陌轻尘，他明明是个那么强大厉害的人，但有时候又像动物一样纯真可爱。

她的视线不自主地扫到陌轻尘的身上："咦，你换衣服了啊？刚才是去沐浴了吗？"

陌轻尘僵了一下："嗯。"

他是沐浴过了，也不算说谎。

林池并没有留意到陌轻尘的僵硬，视线盯在陌轻尘的身上，长叹道："为什么就算是这样，你还是这么好看？"

"好看？"

"好看！"林池狂点头。

林池甚至感觉他比她第一次见到他的时候还要好看，无论哪个角度去看都漂亮到完美无缺，越看越舒服，简直要印进心里。

"啊啊啊啊啊。"林池放下碗，抱住陌轻尘，脑袋在他的肩窝里使劲蹭，声音带着焦躁和一点点烦恼，"陌轻尘，我越来越喜欢你了怎么办，我喜欢你喜欢得心口都疼了……"比那时候喜欢杜若还要来得强烈，无法抑制。

陌轻尘反手环住林池："我也是。"

掌心的温度和将人拥抱在怀里的踏实感，驱散了陌轻尘所有的痛楚。

怎么样都无所谓，只要这个人还在，他就觉得比任何人都要幸福。

只是……为什么，他还是会觉得不安？

第二十三章
昔年灭门恨

浓黑袭来，林池揉了揉眼睛，茫然地看着眼前，迟疑了一会儿，脑袋才迟钝地反应过来——对了，陌轻尘怎么不在？

外面喧哗起来，但是因为离得有些远，林池也听不清声音。

她翻身下床，想去找点吃的，手却蓦地被人握住。她迟滞了片刻，就听见耳边响起低沉冷硬的声音："小姐，跟我走。"

是索瞳。

林池被拽了两步，才忙道："你是……怎么进来的？"

索瞳挑眉，简单地道："声东击西。"

"先放开我。"

"小姐。"索瞳冷冷的语调里有着不满情绪。

林池甩开索瞳的手，揉着手腕道："我暂时不想离开。"

"为什么？"索瞳顿了顿，抿了抿薄唇，"因为……陌轻尘？"

林池嘎嘴了一下："因为菜很好吃。"

索瞳面无表情地道："小姐，你以为我会信吗？"

她想撒谎撒得真实一点，就不要低垂着头不敢看他的眼睛，一副做贼心虚的样子。

林池抬起头："你回去吧。"

索瞳冷冷地道："小姐，你都忘了吗——你是为什么回到明都的？"一字一顿，冷冽而不留情面。

她为什么回到明都？

两年前她掉落山崖，明明已经远离了这个地方，也远离了陌轻尘，又是为了什么才回来的？

——报仇，找出当年杀死蔺府全家的人。

这的确是她的初衷没错，但经过了太多事情，她的心情已经和之前不大一样了……

"小姐，你是自由的，不适合在这里。"

索瞳看向林池，被一身黑衣衬托得更加漆黑的双眸中透出了淡淡的说不出的情绪："两年前我来接你的时候，手刚触到你的肩膀你就反应过来了。而今我拉着你走了那么长一段路，你都毫无反应。"

是的。林池垂眸看着自己的手掌，过惯了风平浪静的生活，她连身体都变得僵硬迟钝。

可是……

"索瞳，我放弃了。"林池轻轻摇头，低声道，"爹和娘已经死了，就算报仇也没法让他们活过来了，现在，我只想留在这里。"她想留在陌轻尘身边，过再简单不过的日子。

"这真的可以吗？让杀了你全家的仇人逍遥法外？"索瞳抬起林池的下颌，迫使她与他对视，字字紧逼，"小姐，你辛苦了这么多年是为了什么？就这样放弃吗？那要如何告慰已经死去的先人？怎么对得起疼爱你的生养父母？"

自私。

这的确是很自私的念头，她忘记了父母的仇怨，只想着自己幸福。

林池握紧手指，挣扎着回答："仇以后也可以报，现在我想……留在这里。"

"说谎。"索瞳毫不留情地道，"留在这儿你只会越来越软弱。跟我走吧，小姐。"

林池退了一步，眼神渐渐坚定起来："不要。"

无论如何，这个时候她都不能离开陌轻尘。如果她离开了，陌轻尘会不会又变回那副样子……

她的脑海里闪过陌轻尘像死了一样躺在床榻上的模样。

"索瞳，你回去吧。"她咬唇道，"也……不用再跟着我了。"其实本来索瞳就没有一定跟着她的道理，她不过救过他一次而已。

"小姐，你不要我了吗？"索瞳的声音带着难以置信。

林池不敢看他的眼睛，动了动唇轻吐出一句"对不起"，转身便走。

"那我……"背后的声音突然冷了下来。

还没有走出两步，林池突然感觉颈脖剧痛，紧接着便眼前一黑，身体向后仰去。

在她失去知觉前的最后一刻，看到的便是索瞳有些狰狞的面孔。

"那我……也没必要再伪装下去了。"

痛，她的头好痛。

"饿了吗？"索瞳的声音响起，大概他们是在马车里，这声音有些颠簸颤抖，"我们已经出了明都，很快就到地方了。"

林池睁开眼睛，发现自己确实正身处一辆马车里。

索瞳一身玄衣，坐在她的对面，单手撩开车帘向外望去。外面已经是一片漆黑，只有隐约几点灯光亮起，微弱的光线映在索瞳的侧脸上，斑驳中她看不清他脸上的表情。

"索瞳。"

"怎么了？"索瞳缓缓放下手，转头看向林池，那张英挺的脸上挂着从前绝不会有的似笑非笑的表情。

不对……索瞳怎么可能会有这样的表情？这一定是她的错觉，一定是她醒来的方式不对。

林池摸了摸额头——一睁开眼睛看见陌轻尘坐在那里才是正常的吧。

"不想见到我吗？"索瞳笑了，"没有关系，以后我们会一直在一起的。"

林池立刻再次坐起身："索瞳，你到底在说什么？"

索瞳轻轻拥住林池，在她的耳边道："就是你所理解的那个意思。"

这种感觉实在太奇怪了。林池挣扎着从索瞳的怀抱中退开，抬头看着他，皱眉道："不对，你不是索瞳，你是谁？放我回去！"

索瞳并不在意林池的挣扎，唇边依旧挂着笑："好像离第一次遇到你的时间已经很远，不过我还是记得的……"他伸手捿住林池的一缕头发，"那时候我在被追杀，已经躲在杂物堆里两天了，然后你对我伸出手……"

林池打断他道："既然你是索瞳，那就放我回去啊！"

"你总是这样，从某种角度来说，还真的是残忍呢……"索瞳垂下眸，几乎是瞬息之间，握住林池的手腕用力一捿，下一刻，林池便被他按在了马车上。

马车里垫着柔软的毛垫，她并不觉得很疼，真正让她难以忍受的是索瞳突如其来笼罩过来的气息，带着侵略意味和浓烈的危险气息。

明明是她这么熟悉的人，却在这一刻变得如此陌生。

"连听都不肯听我说完？

"我为你做的明明比那个人要多得多。"索瞳的手指顺着林池的额头划过眼睛、鼻梁、唇畔，"无论如何……无论如何你都不放弃陌轻尘吗？"

林池拼命挣扎起来："放开我，索瞳。"

"回答我。"

除了面对陌轻尘，面对任何人林池都有信心在力气上拼上一拼，此刻也不例外。眼见林池要挣脱自己的钳制，索瞳想也不想，垂头狠狠吻上了林池的唇。

大概想了太久，索瞳的唇甚至还有些颤抖。

时间持续了短短一瞬。

砰——林池毫不留情地一拳打在索瞳的脸上。

索瞳的脸被打得侧了过去，脸颊通红，嘴角微微渗出血迹。

林池用手背抹了抹嘴唇，一言不发地就想要跳下车去。

手腕再次被捿住，这一次林池有了防备，又一拳挥过去。索瞳侧身避开，拳风擦过束发的缎带，索瞳的黑色长发顺着肩膀滑落下来，遮盖住了半边面庞。他低着头，林池只能看见他毫无温度的嘴角。

"放开！你打不过我的，索瞳。"

索瞳轻笑了一声，语气轻飘而诡谲："你想回到陌轻尘身边，对不对？

"如果我告诉你，杀了你全家的人就是陌轻尘，你会怎么样？"

眼前的一切都好像瞬间变缓——不论是随着风轻漾的车帘、索瞳慢慢落在马车上的发带，还是他脸上复杂莫测的表情。

"我不信！"

指腹轻沾了沾嘴角的血迹，索瞳直视着林池，敛去笑容，语气平静无澜："当年蔺家也是江南出名的富商，即便是当地官府也要让上三分，是谁能够一夜间屠光蔺家的人？又是谁可以一夜之间毁尸灭迹，让人追查不到？

"还有，为什么被压下的资料需要到宫中去找，又为什么资料会被封存？"

她曾去找刘知府追问，得到的结果是：刑部有些秘而不发的卷宗是藏在大理寺的。

她一路追回明都，找遍大理寺也没有寻到卷宗，最后终于在宫中的旧殿里找到那卷记载着蔺家血案的卷宗，却被水浸泡……

林池的手慢慢地垂了下来。

"如果你还是不信，那么这个呢？"

索瞳打开马车的暗格，从中取出一个卷轴递给林池。

林池接过，轻轻拧开卷轴，从中掉出了一册薄薄的书册，因为陈旧书页已经有些泛黄，最外面写着几个字：江南富商蔺氏。

没错，就是这卷东西，和她从宫中得到的那一卷卷宗一模一样。

那时候她没有来得及翻开卷宗，然而此时此刻，没有任何人会打扰，她随时可以将其打开。

然而……她的手指突然颤动着不敢翻阅。

"你是从……哪里得到的？"

"看下去。"索瞳淡淡地道，"我可以用性命担保它是真的。"

"什么时候得到的？"

"数月前。"

"那为什么……为什么……"不早给我？

索瞳合眸，轻声道："我不想你难过。"

林池没有理由不相信索瞳，她认识索瞳那么多年，两人默契到不用言语她就知道他想要表达什么，如同亲人般，可是……如今站在索瞳对立面的是陌轻尘，是她已经认定爱着的陌轻尘。

心头一瞬间涌上强烈的窒息感，她呼吸急促，头皮发麻。

她不知道怎么翻阅，怎么继续下去，哪怕那是她追寻了数年的答案，哪怕她等这一天已经太久太久了。

心底有个声音不断地对她说：不会的，陌轻尘不会的……

但连自己都觉得有些心虚。她敢相信现在的陌轻尘不是屠村的人，可是过去的……过去的陌轻尘是什么样子，她不是不知道，光是江湖上的传闻，就足够骇人听闻——冷血无情，残暴不仁，视杀戮为家常便饭，看见不喜欢的事情就干脆利落地叫人杀了对方……

"不对。"林池握紧书册，轻声道，"不可能……"

"没有道理……"她霍然抬起头。父母虽然经商，但都是本本分分的商人，从不做伤天害理的事情，也不会得罪权贵，同陌轻尘更是完全没有交集，陌轻尘无缘无故为什么会……

索瞳从林池手中拿过册子，伴随着沙沙的声响，他将册子翻开来。

"要我读给你听吗？"他轻挥手，点亮马车中的灯盏，昏黄的灯光摇曳，宛若鬼火。

"江南富商蔺氏灭门一案……"

"不用，我自己看。"林池打断索瞳，从他的手里抢过册子。

如果她一定要面对，那不如自己去看。

林池一目十行，只觉触目惊心。她的手指划过父亲母亲的名字，停留在自己的名字上，她依稀还记得母亲握着她的手一笔一画地在白纸上写着——蔺安乐。

母亲不求她荣华富贵，只求她一世安乐，那般浅笑晏晏，那样如沐春风。

"屠戮""残忍""血溅满府""尸身腐烂多日"……如今林池却只能看到

这样的字眼接在后面。

林池竭力保持着呼吸，快速向后翻阅。

马车已经停了下来，索瞳没有提醒林池，只是静静等着林池一行一行往下看，他甚至还抬手耐心地替林池泡了一壶茶。

茶香四溢，马车内泛起一片浅浅的暖意。

林池的脸色却越来越难看，在灯光下脸上血色尽褪，像纸片一样单薄惨白。

茶水沸腾，水汽袅袅飘散升起，在小小的马车内腾起了淡淡的雾气。

索瞳抬眸，一桌之遥，林池的表情脆弱到让人不忍去看。她睁大眼睛，唇无意识地翕张，脸上的表情像是僵住了，不知是哭是笑。她这种仿佛天崩地裂的模样他已经预料到了——他很清楚那份书册里记载的东西会让林池多么无法接受，但这其实并不是他的本意，他并不想把林池卷进来，也不想看到她难过。

林池合上了书册。

"小……"索瞳顿了一下，决定换一个他早就想叫的称呼，"小池，下马车了。"

林池并没有留意到他的称谓变化，缓缓将书册放下，双手抱膝，声音低哑中带着颤抖："等等，让我一个人静一下。"

索瞳没有勉强她，从马车里取了一块毛毯放在林池的膝盖上，才转身道："我一会儿再来叫你。"

他对林池的感情有多深，就有多了解林池。

林池很坚强，却也很脆弱，坚强得无论遇到怎样的困难和险境都绝对不会退缩、不会示弱、不会依赖任何人；脆弱到只敢在一个人的时候才放纵情绪，就算再用贪吃迷糊洒脱的个性掩盖，她到底还是个普通的女孩子，会受伤，会沮丧，会觉得难过，会觉得痛苦。

打发了车夫，索瞳就抱着剑单腿撑墙，斜靠在不远的地方看着马车。

夜凉风寒，凉意透体袭来，阴风吹乱了索瞳的黑发，他也浑然未觉。

时间一刻一刻地溜走，林池在车里蹲了多久，他就看了多久。

索瞳感觉有些倦了，半合上长眸。

陌轻尘，只是念及这三个字，他的恨意就犹如侵蚀肌理的毒液，不受控制地沿着心口滋长起来。

手指握紧剑柄，索瞳无声地想，无论如何林池都不会原谅陌轻尘——书册上写得很清楚，数年前杀戮的仇恨源于某个女子，她在陌轻尘面前惨烈自缢了之后，陌轻尘精神受创，以至于性情大变，几乎痴傻。后来他偶然遇见了随夫入明都的蔺夫人，双方发生争执，蔺夫人受到惊吓连夜和夫君逃回了江南，仍不幸被找到，陌轻尘怀恨在心，于是于当夜屠戮了蔺氏满门。

几十口的人，一个没留。

因为陌轻尘的身份，哪怕死了这么多人，引起了那么大的震动，这桩案子最后还是被压了下来。

没有人能够淡定地面对和自己有如此仇怨的人。这也就意味着，林池不会原谅陌轻尘。

马车上传来声响，索瞳放下剑走过去，林池已经从马车上缓缓走下。

"索瞳，我饿了。"她的声音里有不自然的沙哑。

已经太过于习惯听从她的吩咐，索瞳立刻点头道："我去弄些吃的。"

林池平静地道："好。"

转身刚走出数步，索瞳就隐约觉得不对，扭头一看，林池果然已经不在那个地方。

索瞳握紧剑，当即追了过去。夜深人静，林池的身影很是显眼。几乎没多久，索瞳就看见正在朝着明都方向猛奔的林池。

他加快速度一把攥住林池的手腕，狠狠地将她拉住。

"放开我！"林池怒道，"快放开我！"

"放开？"索瞳的声音也染上了怒意，"你要去做什么？"

"报仇！"

"你杀不了他。"

"就算死，我也要去！"

林池用尽全力甩开索瞳的手，却反被对方带进怀里，紧紧抱住："小姐，我不会让你死的。"

林池控制不住情绪，狠狠一口咬在索瞳的手臂上。她咬得极用力，隔着布料牙齿嵌进肉里，隐约有血迹印在衣料上，索瞳也毫不在意。

两滴温热的液体落在索瞳的手背上。

"为什么？"林池松开了牙齿，嘴里含含混混地说着凌乱的话，这个时候恐怕连她自己都不知道自己到底在说些什么，"为什么要告诉我？如果告诉我，又为什么要阻止我？！如果不去，我该做什么？我能够做什么？为什么会是这样……"身体里的力气像是一瞬被抽空，林池缓缓地跌坐在地上。

她的脑海里全是陌轻尘——陌轻尘呆呆的样子，陌轻尘茫然的样子，陌轻尘受伤的样子，陌轻尘开心的样子。

恨意无处安放，爱亦没有立场，她怎么做都是错。

林池细细回忆起来，其实自己对陌轻尘并不是全无怀疑，只是刻意不去面对，不去相信罢了——毕竟……她要怎么去面对自己深爱的人杀了自己全家这个事实？

"先跟我回去好不好？"索瞳弯下腰，单膝跪地停在林池身侧，声音前所未有地温柔。

林池垂着头。

索瞳把手伸向林池，指尖几乎要触到林池的肌肤。瞬息之间，他的手臂上一阵麻痹的痛楚。索瞳低头，林池正把一根银针刺到他的手臂上，不等他再反应，那阵麻痹就顺着手臂蔓延到了整个身体里。

"对不起，索瞳……"

林池收起那个叫沈知离的大夫给她的银针，扶着索瞳，将他靠着树放平。

"就算他是我的仇人，我也要去见他最后一面，如果他真的是我的仇人，我就杀了他，然后再……"

最后两个字被林池咽进了喉咙里。

她合了合眼眸，握紧手，头也不回地冲进了夜雾里。

明都依旧。

林池回到明都的时候天色刚亮，沿着地面极目远眺还可以望见稀薄的晨辉，一线光亮顺着城墙攀爬而上，这座城池还是这样恢宏，并不曾因为她的心境而产生丝毫变化。

她在这个地方认识了陌轻尘，厌恶了陌轻尘，也爱上了陌轻尘。

那是多久以前？两年前，还是三年前？

她记不清了，额头胀痛得像是要裂开。

"姑娘，你……是不是不舒服？"城门口卖早点的大嫂犹豫着问。

林池摸了一下脸，才发现整个脸都热得不正常。想来是舟车劳顿，她身心俱疲又连夜吹风所致。接近一天没有吃东西，她疲累交加，又染了风寒，总不能这样就去闯陌轻尘的府邸。

林池翻了翻身上带的银子，随便找了家客栈点了好几个菜嚼蜡般咽下，又抓了药，熬好后一饮而尽，最后在兵器店买了一柄小匕首，又沉沉睡了一觉，才朝着陌轻尘的府邸走去。

林池想了好几个闯进去的方法，没料到刚走到府门外，远远就看见凌书朝她跑过来。

"少夫人！可算找到你了。"

林池一愣，下意识地将匕首往袖子里藏了藏。

凌书完全没有留意到，擦了擦额头上的汗，"小墨子和凌画一早就跑出城找您了，我马上找人通知他们，您可别再随便往外跑了。"说着，他把林池推向府里，随手指了一个丫鬟道，"快领少夫人进去。"

其实并不需要人领，林池记得陌轻尘的房间的位置。

"就在前面。"丫鬟停住脚步，不敢接近。

林池点点头道谢，一步步朝着陌轻尘的房间走去。汗水沁湿手心，她的呼吸急促起来，胸腔隐隐泛起了缓慢而叫人不安的疼痛。

她推开门，房间里一片漆黑，寂静无声，屋内空无一人——陌轻尘不在房间里。

林池提起来的一口气骤然松下，她瘫软地坐在床上，空气里只有她轻微的喘息声。熟悉的属于陌轻尘的冰冷气息在这个房间里越发清晰明显，桌上还放着那天她看过的话本——《孤女情仇恩怨录》。

她当时看的时候只是唏嘘，然而事情真的发生在自己身上的时候，她才发现竟是这么难以承受。

就在林池出神的这一刻，门吱呀一声响起来。

林池闻声回头，那一抹银色身影已经飞快地闪到林池面前，冰凉的手指握住了她的手。

"你回来了。"陌轻尘的声音里起伏并不明显，但林池还是能听出里面的欣喜和紧张。

透过并不算明亮的光，林池看见了陌轻尘的脸，细长而冷冽的眼睛在长发的掩映下显得十分柔和，而且不知是不是她的错觉，在月色中，那苍白的发色也泛起了久违的银光，流丽宛转，漂亮极了。

林池一点点从陌轻尘的手里抽出自己的手，唤他的名字："陌轻尘。"

对比陌轻尘的语调，她的语气显得更加冷硬。

夜风停滞。

"我能不能问你一个问题？"这和不久前林池见到陌轻尘时问出的问题一模一样。

陌轻尘轻咳了一声，漂亮的睫羽覆盖住眼帘："你问吧。"他的回答也一模一样。

"是你吗？很多年前，杀了江南蔺氏满门的人，是你吗？"

"林池……"陌轻尘轻声道。

"回答我！回答我啊！"林池反握住陌轻尘的手，指尖颤抖，看向陌轻尘的眼睛里闪烁着连她自己都没有发现的急切希冀，"说不是你，只要说不是你就好！"

陌轻尘垂下眸，沉默不言。

空气里的沉闷越发叫人窒息。

他为什么要沉默？为什么不说话？

世界倾覆的感觉再度来袭，林池只觉得唇间苦涩无比，大脑内轰鸣作响，她几乎是哀求着开口："说话啊，陌轻尘。"

陌轻尘的手指冷得像冰，寒意直逼进林池的心房："对不起。"

林池听见自己在用已经不像是自己的声音问："什么叫'对不起'？"

陌轻尘合上眼眸，苍白的唇微微抿了起来。不知是汗还是水，沿着他漂亮到完美的脸蛋滴落下来，此时的他看起来是那么陌生。

林池松开他的手，倒退了两步，像是从不认识他一样。

"为什么？"

为什么你要这么做？

为什么会是你？

这个人与她的距离从近在咫尺瞬息间变作远隔千里，不再是那个她依赖着、安心着的存在，以往的一切都变成了罪恶。

林池紧紧握着袖中的匕首，好像那块冰凉的铁器能带给她一丝力量。

她已经不知道还有什么是可以相信的，什么是可以依靠的了。

陌轻尘发现她退后，下意识般伸出手想要阻拦。

他的指尖从林池的衣襟边滑过，林池已退出去，陌轻尘的手悬在了空中。

他抬眸，目光茫然，看不到她的方向，像被水墨色晕染的眸子看起来是那么悲伤，可林池已经感觉不到了。

在陌轻尘伸手过来的瞬间，林池抬手将那柄匕首猛然刺了过去。

扑哧——匕首入肉的声音清晰而干脆。林池连一丝一毫的迟疑都没有，接着便看见鲜血从陌轻尘的身体里涌出。

然而，愣住的却是林池。

也许是陌轻尘留给她的固有印象太过强大，她从没想过会这么轻易地伤到陌轻尘，事实上，最初是他伤害她比较多，她根本连他的一根手指都碰不到。

可此时此刻，那柄匕首真的伤到了陌轻尘。

它重重地插了进去。

陌轻尘似乎没料到，又似乎料到了而没有反应过来，他迟钝地用手指触向自己的伤口，唇无意识地翕张，吐出两个无声的字……

血很快浸透了他的衣衫。他想站起来，但撑着墙柱，身形摇摇欲坠，无焦距的眼睛看向了林池。

林池才发现眼前这个男人已虚弱至此，他的身体绵软无力，脸色惨白，连呼吸都显得那么微弱。

她只要握住那柄匕首，再往里深入几分，刺穿他的心房，陌轻尘就会死，不会再说话，不会再笑，不会再呼吸，不会再有任何反应。

林池抬起手，握住匕首柄。

匕首上沾满了陌轻尘的血，黏稠温热的触感令人有些恶心，但这种液体还是不断涌溅到她的手上。

刺进去，刺进去一切就可以了结。

父母的仇怨得报，她也可以忘记仇恨，不用再背负那么多的东西，可以过上她想过的简单生活，可以像师父师姐一样随性而为。

可是——

"轻尘，你摸摸看摸摸看，这只鸡生蛋了！真的生蛋了！好圆好大！看起来就好好吃的样子！"她蹲在地上抱着膝盖歪头看向小院落里简单的鸡窝，同时火速把刚生出来的蛋递到陌轻尘的手上。

陌轻尘接过，摸了摸，很认真地下定论："不是圆的，有点扁。"

"大概是圆的嘛！不要计较啦！晚上给你做鸡蛋羹！"林池抢过，一蹦一跳地朝着厨房走去，"对了，我们要不要再养点别的？要是能养头母牛的话，还可以喝牛奶！啊啊，我也好久没吃羊肉了……"她说着，口水好像都快滴落下来了。

"羊肉？呃，你刚才说的是牛。"

"喂喂，你能不能不要老是关注这些不重要的部分啊？"

晚上。

林池扛着打好的柴，准备回院子里生火，一进院就看见倒在院子里死得异常悲壮的母羊一只。

"这羊……哪里来的？"

"你说想吃。"

"哪里弄来的？"

陌轻尘以手掩唇，微微咳嗽了一声道："出门右拐第三间。"

林池抓狂道："啊啊啊啊啊啊，笨蛋，那是刘二哥家的羊！要是被他娘知道我们就完蛋了啊！"

陌轻尘一脸坦然地道："我注意了，没被发现。"

林池："……"啊啊啊，你是明知故犯！

陌轻尘扭过脸。

林池叹了口气，掂量了一下荷包，扛起羊丢进厨房将其大卸八块。

第二天，她打了一个羊肉饱嗝，带上银子到刘二哥家赔礼道歉。刘二哥的娘亲正在院门口破口大骂，得知真相之后边忙不迭地收下银子，边对着林池噼里啪啦地教训起来，直到陌轻尘推着轮椅过来接她，刘二哥的娘亲才两眼发直地气势弱了下来。

回去的路上，陌轻尘淡淡地道："她好讨厌。"

林池丧气地道："没办法啊，我们理亏嘛。下次不要这么做了啊，我给了她三两银子，都够买一只半的羊了……"

"没关系。"陌轻尘抬手，丢了个东西到林池手上，"顺手拿的。"

林池接过一看，是刘二哥娘亲的钱袋。

"……"林池瞪着某个完全没有犯罪自觉的人，继续抓狂，"陌——轻——尘，武功不是用来做这个的啊！"

以后就不再有陌轻尘。

所有回忆在一瞬间粉碎。

林池想哭，但是眼睛已经涩痛得连泪水都流淌不出来了。

为什么是陌轻尘，为什么偏偏是陌轻尘？！

如果注定要报仇，那么……赤红的血色染上林池的眼眶，恍惚间她又像回到了那个充斥着血腥味和杀戮的夏夜。

林池握紧匕首，像是为了记住什么，深深地看了陌轻尘一眼，而后用力捅进陌轻尘的心口。

陌轻尘闷哼一声，瞳孔瞬间散乱，整个身体毫无支撑地向后仰去，视线迷茫没有着落。

林池一刻也未迟疑，把匕首从陌轻尘的心口拔出来，手指灵活地掉转匕首，而后将匕首刺入自己的心房。

很痛，她的身体一下子变得冰凉，似乎连意识也渐渐远去。原来这就是死亡的感觉，她忽然有些想告诉陌轻尘这是什么样的感觉，可她好累，已经开不了口。

疲惫的眸子扫到了陌轻尘，她伸手想够他，但是指尖探出，却被一指的距离阻隔。

手掌虚握，捞空，她看着陌轻尘的脸颊，忽然反应过来之前他嘴唇翕动时说的两个字是——好痛。

陌轻尘也有感觉了吗？

林池勾起一侧嘴角，缓缓合上眼眸。抱歉，如果注定是这样的结局，那不如……我们一起死好了。

耳边似乎还有喧嚣的声音，但林池已经听不到了。

第二十四章
索瞳大变身

这是哪里？

我死了吗？

林池想要起来，但只一动就全身上下牵扯着痛，但最深的还是来自胸腔的绵延不绝的隐痛。

原来，鬼魂也会痛的吗？

不，不只痛，她还饿。

腹中熟悉的空空荡荡的感觉不是饿是什么？

有只手轻轻抚摸着林池的脸颊，延伸至额头，轻轻撩开她的额发，一个轻轻的吻落在上面。

这个吻给她很熟悉的感觉，仿佛很久以前也曾经有过。

她的背部被人抬起，温热的药汁透过瓷碗壁涌入口腔，虽然不怎么可口，但到底填补了一些胃部饥饿的感觉。

瓷碗被搁下，但那人并没有放开林池，将林池揽入怀中，温暖而宽广的胸膛透过衣衫传来阵阵暖意。他用手指揉着林池的头，同时连续不断地轻吻着林池的发，像是抱着什么珍宝，小心而怜惜，力道轻柔。

这种温柔的对待让林池的警惕心一点点消退。

不知多久之后，在暖洋洋的环境中林池再一次陷入沉睡。

"殿下。"

被称作殿下的人比了一个噤声的手势，把视线从怀中女子身上移开，压低声音冷淡地道："人找来了吗？"

来人看着眼前堪称有伤风化的画面，欲言又止了一会儿，才把已经到嘴边的谏言压下去，只道："那位大夫就在外面。"

红颜祸水，美人误事，更何况他实在没看出这个脏兮兮、血淋淋的小丫头有什么好的，甚至让殿下冒这么大的风险硬闯去救她，但这也不是他能过问的。

"让他进来。"

来的据说是颇有名气的大夫，长须白发，看起来倒有几分仙风道骨的味道。大夫放下医箱，上前替昏睡女子诊脉："这位大人，可以容许在下查看一下伤口吗？"

得到迟疑的肯定答复后，医者仔细看了看林池胸腹处的伤口，拧了拧眉道："那一刀刺得极深，虽然保住了脉息，但伤及肺腑，恐怕要躺着将养好一阵子……这些日子切勿受风寒，多喝些滋补营养的汤药……"

大夫的话被打断："她什么时候能醒？能不能痊愈？"

"醒……这几日应该就可以，不过痊愈……"大夫摇了摇头，"恕小人无能为力，这位夫人之前就受过旧伤，尚未痊愈，此次之后恐怕她都不得再做剧烈的活动，不过只是将养在府中小心伺候，应当问题不大，不过……"

"这样也好……"床榻上揽着女子的男人目光眷恋地望着怀中的人，显得那么温存，却令人忍不住毛骨悚然，"那我就一直养着你好了。"

大夫神色微微一凛，硬生生把后半句"若是去回春谷或有一救"给咽了下去，匆匆开了方子就逃也似的出去了。

不过，对这一切，昏睡中的林池毫无所觉。

她在做梦——梦里娘亲做了她最爱吃的点心，精致可口的糕点散发着诱人的香味，她兴奋地扑上去，嗷呜嗷呜吃了个干净。吃饱了之后，躺在娘亲怀里的林池咂着嘴沉沉睡去，可肚子还是饿，她挣扎了一下，只好睁眼准备再找娘亲要点吃的。可是她刚一睁开眼就尖叫起来，因为抱着她的娘亲已经不再是温柔慈爱的模样，七窍流血，身上有着一道道伤痕，在阴惨的夜色中对她咧开嘴，圆瞪着的双眼直勾勾地盯着她。

她再一看，整个蔺府已尸横遍野。

冷汗涔涔地滑过额角，林池骤然惊醒。

她转过头，想确认自己在什么地方，转眼便看见一个男人靠在她的身边，黑衣黑发，长发束在身后，面容冷峻。

林池怔了好一会儿，才迟钝地反应过来："索瞳……"

索瞳几乎同时睁开眼睛，道："是我。"

"我……"林池回忆着开口，脑袋迟缓地运转，一点点回忆起之前发生的事情，表情由平淡到震惊再到茫然，像是一下子失去了思考能力："我为什么……"

"我把你救了回来，你流了很多血。"

真的是很多血，多到索瞳甚至害怕林池再也不能被救回来。索瞳在看见林池躺在地上，身体上深深插着匕首，似乎再也不会醒来的时候，心脏几乎停止跳动。

他知道林池不会放弃报仇，却没料到林池真的能做到这么决绝的程度。

在她的眼睛里，其他所有人都抵不过一个陌轻尘吗？

"陌……"

她果然还惦记着陌轻尘。索瞳合眸，道："他死了。"

"是……是吗？"林池道，声音很轻也很微弱。

"已经发了讣告。"

这次林池连"是吗"都没有说，只是呆呆望着床帐顶。

夜色正深，四周都很寂静，听不到半点声响。

索瞳扶起林池放进自己的怀中，身体虚弱的女子没有任何反应，像是一下子被抽空了灵魂，只剩下一个躯壳。

索瞳抱着林池，吻点点落在她的发上，一切都好像停滞了。

两年多前，他和林池在悬崖下也是这么度过的，简单、安静，远离一切。

那时候林池失去了几乎全部的记忆，单纯得就像个孩子，记不住事情，也不会去思考。他日复一日地照顾她，陪着她，成了她唯一的依靠，她所记得的唯一的人也就只有索瞳一个。

那些时日似乎还在眼前——

"索瞳索瞳，我什么时候可以出去啊？"

他想了想，道："等你彻底恢复。"

她比画了一个很奇怪的姿势，以表示自己已经很强壮："我已经完全没有问题了！"

"不行。"他很简单地拒绝，顿了顿，又道，"为什么要出去？"

林池噘嘴："你给我的话本里有好多好好吃的菜，我想去吃吃看……"

完全不出所料，他叹道："我去买食材。"

索瞳又购入了多本菜谱，练习多次还没有林池第一次下厨做的好，最后他只好放弃，看着林池不厌其烦地尝试各种美味，最后吃饱喝足地靠在他的怀里安然睡去。

"索瞳索瞳，肚子好痛啊。"

他皱眉问："痛？是哪里又受伤了？还是吃坏……"

林池抱怨："还流血了……"

他一下红了脸，扭开脸道："不是已经跟你说过了，那个并不是受伤……我去煮些红糖水。"

"记不得了嘛！"林池捂着肚子，痛得脸上冷汗直流，在床上翻来覆去地打滚，"好痛好痛好痛。"

不得已，他只好边喂林池喝红糖水边抱着她，一夜在她的耳畔轻声抚慰。

"索瞳索瞳，我们去抓鱼好不好！我好想吃鱼啊！"

他带着她到不远的小溪边，溪水碧绿清澈，岸边几棵垂柳，有风袭来，清浅浮动。

"小心点。"他道。

林池脱了鞋袜，想也不想地蹚进了河里。

他无奈地道："你的伤刚好，不要着凉。"

林池冲他摆了摆手，笑靥如花："没关系没关系的，我抓两条肥的，晚上做着吃！"

结果半只也没有抓到，林池蹚出的水花太大，还没接近，就已经把鱼吓跑了，她噘着嘴坐在河边，两只小脚丫不甘心地划着水。

他咳嗽了一声，反手拔剑，眼睛看向溪底，干脆利落地一剑刺入，一只活蹦乱跳的鱼就被叉了上来。

林池立刻不满："喂喂，你这是作弊啊！我都没用工具！不行，把剑借我！"

她抄过剑，流着口水用力叉了下去。

结果……她还是没抓到。

"索瞳，你真好！"

"索瞳，你果然很有用！"

"索瞳索瞳……"

那半年多的生活里，她叫了无数声他的名字。他不止一次地想，如果当初他没有放她离开，而是一直保持着那样的状态会怎么样？

可是……没有什么如果。

已经做了的决定，无论怎样都无法更改。

回忆，从来都是最没有用的东西。

林池的伤很重，即便醒来，她也无法动弹，当然她自己或许也没有动的意愿。

每天只醒来短暂的时刻，那时候她大多是望着窗外，眼睛里有着分辨不出的情绪，然后再沉沉睡去，好像这样就可以逃避掉所有的现实。

索瞳经常会陪着她，因为太过熟悉，他对怎么照顾林池非常得心应手。

他会给林池带各种各样的美味，就算林池不怎么想吃，也半强迫着林池吃下去。

不过他更喜欢的还是吻着林池的额头，静静将她抱在怀里。她的身体很柔软，抱起来非常舒服，而且因为受伤，林池不会乱动，只会乖乖蜷缩在他的怀里，安然地醒来或睡着。有时候她会和索瞳说些无关紧要的话，但更多的时候是沉默着的。

然而，就在索瞳以为会继续这样风平浪静下去的时候，林池自杀了。

刚刚恢复一点体力的林池用落在房间里的簪子狠狠戳向自己的咽喉，动作干脆决绝。

所幸她到底力气不够，也没有戳中致命的位置，最终还是活了下来，只是短期内无法开口说话。

索瞳握着那支沾染了血色的簪子，冷冷地问："为什么要自杀？"

林池的颈脖裹着厚厚的布，让她整个人显得很臃肿，但林池本人对此完全不在意。她侧着头，视线不知落在何处。

"为了给陌轻尘殉情吗？"索瞳强迫林池看向他，深黑色的眼眸中闪烁着痛苦的光芒，"为什么？你杀了他给家人报了仇，应该开心不是吗？为什么要死？"

林池缓慢地转过头，目光闪了闪，反应迟缓了许多。

她无法说话，缓缓抬起手蘸了杯中的温水，在桌面上一笔一画地写着：难受。

陌轻尘死了，她却没有死。她越是让自己克制，就越是会想到那个人，那柄匕首没有杀死她，却反复地在她的心口穿刺，一遍一遍，令她比死更难受。

她艰难地继续在桌上写：让我死。

"林池，你清醒一点！他是你的仇人！"索瞳挥手扫乱那一行字，道，"你要丢下你师父、师姐还有我吗？"

林池摇摇头，又点点头，师姐、师父没有她也可以过得很好，但是陌轻尘……

她知道他是她的仇人，可那又怎样？陌轻尘欠她父母欠她家人的，却并不欠她的，他甚至死前还欣喜地握着她的手，以为他们终于可以就这样天长地久地过下去。

没有了陌轻尘，她一个人活着好辛苦。

索瞳握住她的手，突然道："而且你的仇人不止陌轻尘一个，你不恨吗？那些畏惧于权势不敢处理他的官员，那些任由你的父母家人死去的人，甚至没有多少人知道你的家人是怎么死的……你该恨的不止陌轻尘一个，还有整个北周，整个北周的皇室，是他们的纵容和维护让你父母死不瞑目，连个墓碑都没有，让你流浪了这么多年……"话至最后，他越发激动。

林池茫然地看着索瞳。

"不报复回去，你甘心就这么死了吗？"他开口，却是咬牙切齿的语气，浓烈到不用掩饰的恨意从字句里一点点溢了出来。

林池呆怔了一下，在桌上写：你为什么这么恨他们？

索瞳见林池问，低头怔怔地看了那一行字片刻，低笑起来。那低回的笑声隐约透出些轻嘲和微妙的味道："因为我的父母是被当朝皇帝杀掉的啊。"

这是林池第一次听见索瞳提及他的身世，哪怕认识这么多年，索瞳也从不向她提及过去或者身世之类的事情。他不愿提及，林池自然也不想勉强，只是没想到会是这样……他的身世竟然和她如此相似，只是，比起她，索瞳想要报仇恐怕更难。

林池忽然有些难过——这么多年来，她尚且有师父、师姐可以帮她分担，索瞳却只能一个人默默承受。

索瞳的手抚上林池的脸颊："陪着我，好吗？

"不要死。

"活下来，好不好？"

索瞳的声音里带着哀求，触着林池的手指颤抖着。

活下来？

可是她好累好痛苦啊。

林池垂下眸，没有回答，也不知道该怎么回答。

"活下来，至少看到我复仇成功，也当替你的父母报仇，好不好？"

林池仍旧低着头，没有任何反应。

"你还是想死吗？"索瞳轻笑了一声。

林池不敢去看他。

"来人。"索瞳高声道，说完，就有侍女一路小跑进来。

林池认得那是索瞳不在的时候负责照顾她的侍女。

索瞳看着侍女道："你伺候的小姐不想活了，怎么办？"此时，他的语气与和林池说话时截然相反，冷漠冰寒。

侍女也知道林池自尽的事情，当即诚惶诚恐地对着林池跪下道："奴婢、奴婢会守着小姐，不让她再有机会……"

"可是你没办法每时每刻看着她……"索瞳的语调毫无变化。

侍女惊道："奴婢会尽力、尽力……"

"尽力有什么用？如果她注定会死的话……"索瞳弯下腰，冰凉的手指触上侍女的颈脖，语气平淡无比，但越是平淡越是叫人不寒而栗，"那……你就先去死吧。"那口吻像是说吃饭睡觉一样平常。

侍女收紧手指，脸色一下变得苍白。她拼命抓着索瞳的手，但力气差距太大，几乎没过多久，她的咽喉里就只剩下悲惨的咕噜声。

索瞳是真的要杀了她。

这是林池完全没有见过的索瞳的另外一面，他一向是沉默冷淡不善言辞却异

359

常稳重的样子，可靠、安稳，让人觉得安心。可是这一刻，索瞳完全颠覆了过去他在她心中的印象，他看起来危险偏激以及可怕……

又或许，这才是原本的索瞳。

林池焦急起来，但是怎么也说不出话，她只好把手边的石枕朝着索瞳丢去。

索瞳侧身闪开，石枕落在地上摔了个粉碎。他的手指松下，侍女立刻滑坐在地，惊魂未定，边大口呼吸边拼命地捂着脖子咳嗽。

他看向林池。

林池蘸着水，在桌上飞快地写：我不死，不要杀她。

"真的？"

林池立刻捂着脖子点头。

索瞳挥手让侍女离开，勾起嘴角走向她。

林池用完全陌生的眼神看着他。索瞳似乎有些受伤，但很快握住林池的手，平静地道："你活着，我就谁都不杀，如果你死了，我就杀光这个宅子里所有的人。"

他完全不像开玩笑，更何况索瞳本来也不是会开玩笑的性格。

这个宅子她已经住了好些日子，除了方才的侍女，仍有好几个负责打扫下厨的人。如果因为她牵连别人的话，那……

她合上眸，轻轻点头表示知道。

身体觉得更加疲惫，林池之前积攒的力气好像一下子都已耗尽。

索瞳坐在林池的床边，展臂抱住无法动弹的林池，下巴枕在她的肩膀上，声音冷冽，用平时绝不可能用的语调诉说着："不要离开我，林池，我只有你，也只剩下你了。如果连你都不在了，我不知道自己会做出什么事情，所以不要离开……"

他既脆弱，又可怕。

林池没有问过索瞳要怎么复仇，也不知道他怎么才能报复庞大的北周王朝。

他依然每天来，还像过去一样照顾她。

如果不是因为威胁事件，林池或许还会同情他，但此刻只觉得不安和防备。

照顾她的侍女伺候得越发诚惶诚恐，房间里所有能够自伤的物品都消失殆尽，甚至连吃饭林池也用的是木勺。

这样的生活之下，就连时间都变得缓慢起来。

无法说话，无法交流，无法动弹，林池不知道自己还能做什么，总是很容易就入睡，然后不知过了多久再醒来。

林池猜到索瞳在她每天的饭食里下了药，容易昏睡而丧失意志的药。

她开始偷偷减少进食，嗜睡的症状果然好转了一些，林池才明白索瞳是想囚禁她。

得出这样的结论后她并不比不知道好多少。所以说，死去果然比活着要轻松，至少如果死了的话，她就不用考虑接下来该怎么做。她不想留在这里，但也不想有人因为她而死。

但也许是因为这样，索瞳不再对她隐瞒他的一切。不时有人进来找他，他们叫他"殿下"，说着林池完全不明白的话。

林池稍稍留心了一下，捕捉到关键词——"联系""策反""逼宫""屠戮""报仇""计划"……

将这些莫名其妙的词拼凑起来，林池依然不知道是什么意思，索瞳自然也不会对她解释。

事情的转机发生在索瞳带着林池要搬离的时候。

索瞳匆匆而来，简单吩咐过这里的人收拾之后，就轻声对林池道："我们可能要离开这里了，你的身体……"

林池摇头表示没关系。

索瞳勾起唇，似乎笑了笑，同时俯身连着被褥抱住林池，径直将她抱上宅院外的马车。

这才是林池第一次看到这座宅子的全貌，不大，也很不起眼，里面的陈设较外面要好上不少。她不知道索瞳是什么时候买下这座宅子的，又是哪里来的钱买的。到今日林池才发现自己过去实在是太马虎了，她曾经以为索瞳是她最熟悉的人，此时却发现自己似乎从来不曾真的了解他。

马车里垫了柔软的垫子，车行得也很平稳。

林池靠在车窗边，撩开车帘朝外看去，阡陌纵横自眼底迅速溜过去，看不出是什么地方。

她用手指蘸了水，在车中的小桌板上写：为什么要离开？

索瞳揽着她，俊挺的眉皱了皱，道："那个地方不安全了。"之后他便不肯再说。

一两个时辰后，马车停在一个小城镇上。

林池只吃了很少的东西，就说倦了，想去休息。

索瞳点头，把她送进了客房。

他陪了她很长一段时间，直到确定林池入睡才离开。

几乎索瞳刚走，林池就睁开眼，小心地推开窗。幸亏她住的是二楼，并不高。林池在柜子里找出床单，系成一条垂下，再从后门逃出。以往很简单的事情，却费了林池很大的功夫。

逃出去之后，林池做的第一件事就是随便在路上找到人问："这里是哪里？"

得到答案后，林池立刻在脑内回想，突然一呆：这不就是她曾经和陌轻尘流落过的地方？

那还是两年前的事情，她刚逃离陌轻尘身边，因为月事到了反而被歹人擒住，陌轻尘救了她，两个人莫名其妙就逃到了这里。她还记得那时客栈里的众女子都为陌轻尘的容貌倾倒，她就做了菜安静地坐在一边吃饭，陌轻尘还觉得委屈……

林池咬了咬唇，继续问："那你知道明都的事情吗？"

"明都？"

"就是大皇子……"

对方有些奇怪她为什么会问这个，但还是想了想，压低声音道："这两天都传得沸沸扬扬的，听说大皇子他……"对方比画了一个安息的手势，"那个了，上头伤心过度，好像也重病了，最近几天明都乱得很，小姑娘还是不要去了……"

那个了……是指死了吗？林池晃了晃，身形几乎站立不稳。

开始怀疑索瞳时，她在心里也暗暗希冀过他说陌轻尘死了只是谎话。

可是……陌轻尘真的已经……

林池原以为自己的心已经痛得麻木了，现在才知道无论何时何地，只要提到这件事，她的心口还是会绞痛得无法克制，就像无法愈合的伤口，每一次撕裂都会伴随着更加剧烈的疼痛。

林池弯下腰，就连牵动伤口也已经无法顾及，大口地呼吸，无声地哽咽。

渐渐昏暗的天色里，雨水倾泻而下，天际那最后一抹微光被晕染成了暗淡的藏青雾色，云席卷了整个天空，不复明晰。

细雨不断落在她的头上身上，冰冷的雨珠滚过颈脖，滑进衣襟里，更加寒凉。

身体潮湿，心脏也潮湿起来。一串串水珠像是隔绝了她和这个世界，只剩下那个阴冷潮湿的角落……

不知道过了多久，林池头顶传来了索瞳抑制不住怒气的声音："为什么……你还是要跑？"

"一次两次，这已经是多少次了？林池，你还要我忍耐到什么时候？"

林池抬眸，索瞳的脸在夜色里铁青一片。她才忆起自己忘了回去，原本只是想出来打听一下消息而已，并没有想着逃跑。现在解释似乎已经来不及，更何况，她也没有力气解释了。

林池摇晃着站起身。索瞳对她伸出手，林池侧身躲开。

索瞳的脸色越发难看："伤口流血了……你难道还想死？你不顾他们的生死了吗？"

林池笑了笑。

索瞳悚然一惊。

接着，他便看见林池闭上眼睛，整个人直直倒进他的怀里。

伤口撕裂，重症风寒，林池病得更重。

索瞳喂了林池很多药、很多补品，林池都安静而乖巧地吃了下去，完全不反抗，但她还是一天天消瘦下去。

不用大夫说，索瞳光是看就知道，再这样下去，她不用自杀很快就会憔悴地死去。

索瞳跟她说什么都无法再刺激到她，唯一能让她有反应的词是：陌轻尘。

无计可施，索瞳终于带着林池再次出门，这时林池已经瘦得他只用一只手就能抱起来。

她并没有问他去哪里，直到见到明都的城楼，才呆滞地望向那座缟素的城池。

往日热闹的明都如今一片安静，众人就连说话也是轻声细语，街面上再看不到色彩斑驳的服饰，取而代之的尽是简单朴素的黑白衣衫。

去哪儿？她用手指轻轻地写。

这次索瞳并没有回答她。

马车继续驶动，远远停在陌轻尘的府邸前。

不再像之前封锁着，此时府门大开，门口站着林池熟悉的人影——其墨和凌画。他们皆一身素色，脸上是沉重而悲伤的表情，尤其是凌画，她脸上的妆花了一半，似乎是因为哭过多次，两个眼睛都有些红肿。

不断有人进去出来，他们只站在门口静静地迎来送往。

林池再往里看，就明白了——这是灵堂。

陌轻尘的灵堂。

林池呆呆地看着，已经不知道怎么思考。

一辆华贵的马车停在灵堂前，没等车夫停下，就看见一个人影迅速从上面蹿了下来。

"二殿下，您还有伤，您慢着点！"

林池再看去，那个人的确是传闻中被陌轻尘重伤的二皇子姬定峦。他刚一跳下来，就龇牙咧嘴地捂着伤处，旁人忙想去扶他，谁料被他一下挥开："别碰我！谁再拦着我去看我哥就都给我去死！"

"可是二殿下……"

"没有可是！他是我哥！就算再怎么伤我也是我哥！"姬定峦揉了揉几乎红成兔子的眼睛，"我就这么一个哥哥，这么一个……"

他的头发是有些怪异的短发，脸上的表情倔强而让人心疼。

其墨对姬定峦弯了弯腰："二殿下，请节哀。"他的表情是众人中最镇静的，但那张俊秀的脸不再是往日温文中透着运筹帷幄的样子，倒像是强撑下来的。

"小墨子……"

其墨抿唇："属下在。"

谁料下一刻，姬定峦一拳就打了过去，距离太近，那一拳将其墨的脸打得整个侧了过去。其墨再将脸转过来的时候，隐约可见嘴角有血丝溢出。

姬定峦出拳的速度太快，谁都没来得及阻止。

"为什么没保护好我哥，为什么让他死掉！为什么……"

姬定峦一拳拳捶在其墨身上，像是在发泄，又像是……在无力地挣扎。

其墨没有躲，只是抿着唇任由姬定峦发泄。

凌画刚想去拉人，就见姬定峦仿佛捶累了，一下扑倒在其墨的怀里，揪住他的衣服眼泪鼻涕都往上蹭，最后竟然孩子般抱住其墨号啕大哭起来："哥、哥……"

众人面面相觑，面对这么没体统的场面，没有人笑，反而越发沉默起来。

林池远远看着，不由自主地伸出手，却一下被身后的索瞳抱住。

"林池，清醒一点，这些都是你的仇人，陌轻尘已经死了。"索瞳靠在她的耳畔道，"忘掉他吧。

"你想要什么我都可以给你。"

林池仍旧是那个表情，不知道是不想回答，还是压根就没有在听。

马车逐渐驶离了陌轻尘的府邸。

她很想进去，不论是给陌轻尘上一炷香也好，还是最后看一看他的遗体也好。

但是……她做不到。

那个人是她亲手杀掉的，更何况他还是她的仇人，她要以什么立场进去？

最终她还是随着索瞳渐渐远去，直到再也看不到人影。

"林池。"索瞳叫着林池的名字，"林池，林池……"

一声一声，然而他得不到任何回应。

他从后面圈紧林池的身体，却只是越发明显地感受到林池的消瘦，即便抱在怀里也像是随时会消失，怎么紧抱也无法束缚住她。

"我们相识明明在他之前，明明比他更久……"索瞳呢喃着道，"林池，我错了，我早该带你离开……"

林池终于动了，食指在桌面上轻轻滑动，轻轻地画出三个字："不一样。"

像是瞬间被激怒，索瞳用手扣着林池的下巴迫使她转过头，强迫她看着他："有什么不一样的？为什么不一样？他除了那张脸和一个管用的身份还有什么好的？没有感情，杀人成性，这不是你最讨厌的吗？"

林池轻轻摇头，她是讨厌这样的人，或许陌轻尘以前是这样，但她认识的陌轻尘并不是。

"还有他的身份……"

"北周皇帝的嫡长子是吧，看起来很尊贵的样子……"索瞳突然笑起来，而后声音蓦然提高道，"尊贵个屁！那原本是我的！"

林池一愣，认识这么久，这是她第一次听见索瞳说出这样的话。

"对，是我的，都是我的！是他们从我身边夺走的！"

林池被索瞳突如其来的声音吓到。但很快，索瞳按了按额头，稍微恢复了一些冷静。他握住林池的手腕，轻轻吻着，似乎漫不经心般缓慢地道："我的本姓，也是姬。"

姬姓，北周王朝国姓。

"晟帝在世时，我才是北周名正言顺的皇长孙。"

晟帝，已经故去的前一代皇帝。

林池一下明白为什么索瞳会说他的父母是被陌轻尘的父皇杀死的——当今圣上实际并非嫡长子，真正的嫡长子是早已经故去的睿王姬止，但当年在晟帝驾崩后，即位的却是皇四子姬恪。虽然圣旨上是说选贤而立，但其内容耐人寻味大有文章可做。而且巧的是，同样不是皇长子的皇次子姬跃却反在当日被姬恪以谋反罪论处。过不了两年，原本是皇长子的姬止也在秋猎中意外身亡。当然谁也不相信姬止是意外身亡，只是没人敢说罢了。

姬止死了，他的封地被重新划分到了偏远地区。一家妇孺去往封地，便再也没有消息。有人说这一家是被劫匪杀了，也有人说是失踪了，但睿王这一支自此也就彻底断了。

没想到索瞳竟然是姬止的儿子。

"姬恪那个老贼是怎么继承皇位的，以为谁都不知道吗？"索瞳脸上露出了略带轻嘲的笑容，"秋猎中身亡，亏他想得出来。我父王不擅骑射，每次围猎都会带着一大堆的侍卫随从，不是有人执意要我父王死，他又怎么死得掉……还有那个封地，北疆，光是坐车过去人就死得差不多了，他竟然还在路上埋了伏兵……"他几乎完全不掩饰情绪，话语间带着赤裸裸的恨意。

难怪索瞳从不告诉她他过去的身世，难怪他总是对陌轻尘乃至整个北周怀着那么深切的敌意，难怪那些人叫他殿下……

"不过没关系。"索瞳的语气又突然轻快起来，"他最怕的不就是有人夺走他的皇位？现在他的两个儿子一死一伤，他自己也重病在床，简直没有比现在更好的机会，我会让他一点点体会他最惧怕的事情。"

最惧怕的事情……

林池紧攥了一下手指，在桌上写：你要造反？

"不是造反，只是夺回我的东西而已。"索瞳笑，仍然握着林池手腕的手指反向扣住她的手掌，同时又将她的手腕放到自己唇边轻轻啮咬，"皇位也好，你也好，都是我的！"

手腕处有些疼，但林池实在没有力气挣扎。

索瞳越来越爱腻在她身边，把她当成玩具一样触摸或者亲近。其实过去两个人也不是没有亲近过，有时露宿累极了的时候她靠在索瞳的身上就径直睡去，但从没有像现在这样难以忍耐。

这让她想起了最初待在陌轻尘身边的时候。

那时候陌轻尘也是这样，再怎么宠着她却并不把她当人，所以她觉得无法忍受，觉得恶心和痛苦。然而陌轻尘早已经不再如此，他尊重她，不再强迫她，而索瞳……

索瞳松开林池的手，在她的脸颊上轻轻亲了一下。

恶心的感觉顺着皮肤一直到心脏，林池闭上眼睛强迫自己去忽略那种感受。

可是不行，她还是做不到。林池抽出另一只手，朝着索瞳打去。

因为力气孱弱，她的手被索瞳轻而易举地制住，索瞳的黑眸看向她，里面有浅浅的怒气。

几乎是一瞬间，林池就被索瞳按住双手的手腕，压在马车上，瞳孔里的愤怒渐渐盘旋起来："林池，我已经在忍耐了，你为什么不能稍微接受我一点？"

他的确是在忍耐，守候了多年的心上人天天就在怀里，他却还是压抑住不去碰她。他为林池做了这么多，为什么林池就不能稍微体谅他一点？

没有力气挣扎，林池索性就放弃。她只静静垂眸，倒不是很担心，她的身体已经如此虚弱，索瞳若是强暴她，恐怕没做到最后她就已经死了。

索瞳看着林池的表情，怒火慢慢冷却下来，他不想伤害林池。

"抱歉。"他松开被他压制的手，将林池抱进怀里，"林池，原谅我，我会帮你报仇的，姬恪一家我一个都不会放过的。然后我做皇帝，你做皇后，再也没有人可以伤害你。"

这个逻辑很奇怪。

林池用手指在墙壁上写出一句话：你不是为了我。

"不是为了你？那难道还能是为了皇位？"索瞳却笑了，"谁在乎那种东西？我只是想要报复而已。"

"踩着别人的尸体光明正大地过着兄友弟恭和睦美满的生活，我也想让他们尝一尝痛苦的滋味啊……"林池抬起头，索瞳那双眸子里是污浊不堪的颜色，这么久了，她竟都没有发现。

放弃吧，林池静静地写着。她已经不再恨了。

"不可能的。"索瞳毫不迟疑地回答。他已经停不下来了。

抱住林池的手越发紧，索瞳低声道："不要离开我……林池，林池……"

他做这一切并不是为了得到林池的身体。林池是他的光，是他阴暗世界里的光——同样背负着仇恨，他被仇恨反复侵蚀得不到救赎，只能像只老鼠一样在暗夜里龌龊；林池却可以那般简单明媚地活着，好像只要有能吃能睡的地方就能够满足，不会怨恨也不会怨天尤人，甚至仍然保留着那些坚强执着善良的品质。

她那么美，美得令他向往。

林池已经不记得这是第几次听见索瞳对她说这样的话——不要离开。

索瞳再也不肯压抑，毫无保留地宣泄着自己的感情，好像只要一遍遍重复事情就能够成真一样。

明明之前索瞳不是这样的性格，明明他们相处了那么久，像亲人一样平和安定，她还以为会一直这样下去。

"林池，等我报仇成功了，我们会在一起，一直在一起。"索瞳扬起嘴角，似乎又已经恢复平静，吻着她的发，在林池的耳边呢喃，"所以，千万不要离开我，把那些无关紧要的东西全部忘掉，好不好？我会让你幸福的。"

索瞳已经不正常了。林池心底有一个声音忽然这么说。

她蓦然一惊，抬起头，只见索瞳俊挺的脸上带着浅浅的病态的笑，混沌的眼瞳里是不顾一切的疯狂。

是自己让他变成这个样子的吗？为什么她早没有注意到索瞳这些濒临爆发的情绪？又或者她根本没有想过要注意？是啊，自己专注的人已经不知不觉变成了陌轻尘。

林池想同情他，却发现怎么也做不到。

她仰起脖子，看着马车顶，眼睛陷入了迷离的旋涡里。

人终究是自私的生物，她也不例外。

也许是因为已经告诉了林池一切真相，索瞳不再对她隐藏，反而会把关于谋反的事情都告诉林池，包括他之前几年的准备，多少钱粮多少兵士，又联系了多少父亲的旧部，找了多少不满当今圣上的官员。他像个迫不及待地等待大人表扬的孩子，把这些都摆到林池面前，像是怕林池不相信他会成功，又像是想把林池也拉进他复仇的队伍里。

他们是共犯，索瞳在无声地传递着这样的观念。

林池原本并没有在意，却越看越心惊——当今圣上是贤君，除了身体不好以外，这位帝王几乎称得上完美。他在位的二三十年里，惩处贪官、改革税制、兴修水利、讨伐北疆、改革选官政策、广开通商、鼓励商贾……一桩桩一件件，没有不值得称道的。在这短短的时间里，北周的国力几乎翻了一倍，就连饥荒年死去的人也比之前大大减少，说路不拾遗或许有些夸张，家家安居乐业却是真的。百姓不会关心皇帝的位置是如何得来的，他们在乎的只是这个皇帝让他们的生活变得更好或者更差。

所以就算是并不喜欢他的林池，也得承认，他的确是个好皇帝。

也因此，姬恪的皇位几乎可以说是稳固无比。

索瞳却说自己要取代它。

林池起初完全不相信，但看着索瞳给她的那份越来越长的造反名单和一些普通人根本无法得到的机密文件以及印鉴，还有不断来来往往的人，忽然不安起来。

索瞳搂着她，非常开心地解释，因为林池已经很少再问他问题了。

"那狗皇帝的统治虽然看起来稳，但他喜欢改革，几乎每一条都会触怒不少人，尤其是这几条……"他指着不知从哪里弄来的诏书，"虽然畏于他的权势没人敢反对，可是有人早就积怨已久。你看我一说要推翻他，这么多人赞同，而且……"

他笑着又拿出一份东西："我本来就该是正统的继承人，这是我从大内总管那里弄来的证据——姬恪谋反的证据。到时候只要一昭告天下，此等不忠不义不孝之人，会被天下人群起唾弃的，到时……没有比我更适合继承皇位的人了。"

说到这里，他丢开那些东西，抱住林池："林池，你开心吗？你看，我很快就可以为你报仇了，杀了你父母和包庇凶手的人很快都会死的，尤其那个人还曾害你坠落悬崖，完全死不足惜……或者，你想怎么处置都好……总之，到时候一切都是我们的了。"

林池完全无法开心起来，要是现在让索瞳去做皇帝，会怎么样？

林池靠在床上，越想越不安……她知道虽然改革损害到了这些权贵的利益，可是当今圣上做的事情的确都是为了百姓。而这些权贵肯帮助索瞳篡位，索瞳应该许诺了他们不少事情，这些事情……最后还是会害到百姓身上。

她不想再报仇了，她已经杀了陌轻尘，这已经够了。更何况，就算当今圣上曾经伤害过他，那么其他人呢？其墨也好，凌书、凌画也好，还有姬定峦……他们都是无辜的。

最重要的是……陌轻尘，她要怎么狠心才能继续对他的父母动手？

陌轻尘死前的表情还在她眼前轻晃着，带着微微的愕然，有哀伤，也有痛楚，却没有一丝一毫的怨恨……

没有陌轻尘的日子，哪怕是一刻，她都觉得那么难熬。她好想好想再见陌轻尘一面，好想好想他身上冰雪般的气息，好想好想他脸上纯粹而简单的笑容，好想好想他亲手下厨为她做的那些菜，好想好想他……

哪怕一眼就好，可是……不知道是不是给她的惩罚，她昏睡了这么多时日，却一次都没有梦到过陌轻尘。

林池的视线模糊起来，她用手指轻轻触碰脸颊，才发现不知不觉间自己已经泪流满面了。

她要阻止索瞳。

她开始努力地喝药吃饭，哪怕难以下咽，还是强迫自己吃下去，身上的伤终于也逐渐好转，至少林池试过，基本行动已经不再是问题。索瞳以为林池终于想通，非常高兴，让人变着法子做好吃的给林池。

讽刺的是，林池发现在长期绝食和少食后，连她的味觉都变得迟缓，明明是之前最爱的美食，却无法勾起她哪怕一星半点的欲望。

她只是为了填饱肚子而吃，毫无乐趣，味同嚼蜡。

偷偷记下那些索瞳经常提及的最重要的官员名字，林池默默等待着机会。

林池等了十多日，索瞳告诉她他要离开几天不会回来。她呆呆地点头，却在索瞳走后，立刻用沈知离给她的仅剩的一根银针迷晕侍女，果断地换上侍女的衣服出去。她的身形还是单薄了不少，不得已多穿了些衣服在里面，让自己显得胖一些。观察了这个侍女好些日子，林池模仿着侍女的声音和动作习惯，也许是因为她这些日子的安分守己，四周的看守也宽松了不少，她得以顺利地出了宅院。

也亏得多穿了衣服，林池一出去就将外面的侍女服裹进包袱里，同时叫了一辆马车直奔明都。

车夫大叔见她脸上还带着病容，马车驶得很是平稳。

林池忙说："不用管我，用最快的速度赶到明都！"

车夫大叔担心地说："小姐，您这样身体受不了的啊……"

林池只是倔强地摇了摇头。

车夫大叔叹气。

好在这里距离明都并不远，只是半个多时辰，马车就已经到了明都外。

林池擦了擦额头上的虚汗，慢步走进明都。说起来她也不知道要去哪里，皇宫她是进不去的，要去恐怕只能去陌轻尘的府邸，只是……她不怕被抓住，只怕他们不肯听她说话就直接杀了她，或者根本不相信她的话——毕竟这是耸人听闻的消息，还是从她这样一个杀人犯口中说出的。

林池正在愣怔间，突然有人拽住了她，拦住她的去路。

"姑娘瞧着身体不太好的样子，可否需要本公子帮忙？"一个看着有些眼熟，但纨绔子弟味十足的男子玩味地看着她道。

林池忙摇头："不用了。我找人，一个人就够了。"

对方却根本没有让她走的意思："找什么人？本公子在这明都也小有人脉，说不定能帮上些忙呢！"说完，对方就抓住林池的手。

林池没有力气，挣脱不开。周围都是人，却没人敢上前。林池怎么也没想到会在这种时候发生这种事情。

那公子身边的人小声道："公子，这姑娘病快快的，说不定……还是放了她吧。"

男子也小声道："你懂什么！就是这种才我见犹怜啊……还有，你什么意思啊，本公子看起来是那种会害人的人吗！"

林池急着走："放开我！"

男子也怒了："喂喂，本公子是真要帮你……"他还没说完，就被人一脚踹了出去。

这不是林池踹的。她愣了愣，就看见一个飒爽的女子身影出现在眼前。女子踩着男子的身体，玉手撩了撩耳畔的秀发，风情万种地道："嗯？你要帮什么？顾公子！"

男子嗷呜一声，立刻求饶："宛宛，你不要误会，我真的是看这小姑娘可怜才想帮她，没有别的意思啊！"

那穿着绣花鞋的脚在男子身上踩了踩，女子微笑："谁准你叫我宛宛了？误会？我有什么必要误会你吗？"她抬起头，看向林池道，"喏，快点给这位姑……小池！"

从刺了陌轻尘那一日以来，林池第一次露出真心的笑容。她看着那个女子，鼻腔酸涩，几乎要落下泪来："师姐，我是小池。"

话音未落，她已经被女子整个抱进怀里，温暖馨香，那是家人的味道，是无论什么时候都会陪在她身边的家人的味道。

"你怎么会瘦成这样？到底这段时间都在哪里？是不是没有好好吃饭？还是又受伤了？还有，为什么这么久都不跟我联系？我还以为你是去找陌轻尘了，结果他居然死了！而且还都说是你杀的！你知不知道师姐有多担心，你不是已经答应过我不乱跑的吗？到底发生了什么？有谁欺负你了吗？"

林池躺在床上，用手按着眼睛，她从来不知道自己有这么爱哭。

"对不起……"

"笨蛋小池！你不是对不起我！你是对不起你自己啊！"

裴宛看着林池消瘦单薄得简直风一吹就倒的身体和脸上明显不健康的肤色，心疼得一塌糊涂："笨蛋笨蛋笨蛋，为什么不好好照顾自己啊！到底是哪个杀千刀的害的？！"

林池摇了摇头，刚想开口，就被打断。

"什么都不说了，先把这个吃掉！"裴宛不知从哪里买来了整整一锅的鸡汤，把它端上桌，然后迅速舀了一碗递给林池。

鸡汤做得很香，肉也煮得很烂，林池远远地就能闻到那让人嘴馋的味道。

这是过去林池最爱的美味之一，现在明明也能闻到，却怎么也没有食欲。只是她不想让裴宛担心，于是握着勺子一口一口地吃，慢慢地顺着咽喉将汤咽下去。

"小池，你到底怎么了？"裴宛皱眉，不该是这样，林池应该狼吞虎咽用非常快的速度解决鸡汤才对。她买了这一锅原本是怕不够林池吃，可是没想到林池连这小小的一碗都……

林池咽下最后一口汤，笑着撒谎："是我之前吃得太多了，有点吃不下，不用担心。"

"怎么可能不担心，你……"

林池抿了抿唇道："我真的没事。之前的经历说来话长，不过现在，有件要紧事。"她把写好的字条塞给裴宛，"找静王世子或者谁都好，总之要让皇帝知道前睿王的长子要谋反，这些是和他勾结的官员，一定要小心。"

裘宛一愣："这……你是怎么知道的？"

林池抓住裘宛的衣角，恳求道："不要管我，我敢保证这是真的……师姐，你快点去。"

裘宛展开看了看，又握紧字条，道："我知道了，你放心吧。"

林池唇边溢出一抹笑："谢谢师姐。"

"谢你个头啊，跟师姐还用说什么谢谢。"

不，她并不只是谢师姐帮她，而且是谢在这样的时候，师姐还是那个敢爱敢恨大大咧咧却对她宠溺备至的师姐。

"那我先去，你在这里躺着别动，回来师姐给你弄吃的，咱们再去看大夫好调养你的身体。"

林池轻声道："嗯。"

听到裘宛远去的脚步声，心里所有的担忧都化为乌有，林池只觉如释重负。她爬起来，扶着床栏，胃部翻涌，啊的一声就把之前吃的东西都哗啦哗啦地吐了出来。

辜负了裘宛的好意虽然很抱歉，可她是真的吃不下。她一路马车颠簸过来，身体已经像散了架，不知道伤口有没有撕裂，但肺腑里强烈的不适感仍无法忽略。

林池很清楚，比起身体，更重要的还是心理问题。

她用手背擦了擦嘴，大口喘息了几下，身体才又沉沉地倒了回去。

好累，真的好累啊，林池已经累得连眼睛都睁不开了，闭上眼眸，一切陷入了黑暗之中。

恍惚中，她仿佛看见了陌轻尘的脸孔……

"你想吃什么？"

"只要是你做的，我什么都想吃！"

"随便？"

"对啊对啊！上次做的就不错啊，尤其是那道清蒸鲫鱼烩扇贝，好吃得我都快把舌头吞下去了！汤好鲜，鱼肉好嫩，扇贝的口感也好好，完全不腥啊！啊啊，上上次的也好好吃！"

"你喜欢？"

林池狂点头，嘴角都要咧到耳朵边去了："超级好吃！超级喜欢！"

他弯起眼眸，嘴角轻轻扬起细微的笑意，只那一点笑意，就漂亮得不得了："那我一直给你做。"

"好啊好啊！给我做一辈子吧！以后我要是吃不到的话一定会很痛苦的！"

"好。"他说，"那就一辈子。"

好啊，一辈子。

睡眠是最幸福的事情，因为没有知觉，她不会觉得痛，也不会觉得难过。

没有比这更好的感觉了。

所以，她干脆就不要醒来好了。

林池咂了咂嘴想。

好像有人在她的身边说话，不过那都不重要，反正她也不是很想听，那就任性地不去理会好了！反正她一直是个任性的人，也不差这么一次了。

林池这么想着，无论是身体还是心理都一下子轻松起来。

她静静地闭上眼睛沉睡，就这样一直沉睡下去，一直沉睡下去……

梦境里父亲和母亲都好好活着，陪在她的身边，她依然是那个不用长大的大小姐，有父母疼爱，家人仆从娇宠，不用去面对任何风雨。

碧空万里，晴朗澄澈。

她安然地在家里学着琴棋书画，由先生教着习字，有几个可以说悄悄话一起挑选布料首饰的闺密。

她们会在私下偷偷议论哪家的公子优秀，如果能有机会想嫁给哪家的公子，也会聊聊各郡出名的才子书生。虽然在她的眼里，那些人可能都没有府里温文儒雅的教书先生杜若来得有气度涵养，不过少女的心性来得快变得也快，很快她的注意力就到了隔壁家的陌公子身上——那是全城少女的心上人，所有的少女都梦想着有一日能做他的妻子。

不过陌公子只喜欢她一个人，从开始就只对她笑，她有点开心，不过也有点忐忑，直到陌公子跟她提亲的那一日才算安下心来。

她十六岁及笄后，没多久府里就筹备起来，娘亲亲手为她缝制了嫁衣，做工极其精致漂亮。成亲那天她穿起来，惊艳了所有的人，就连向来不曾有过太大情绪波动的陌轻尘也微微惊讶。她很得意，藏在盖头下的嘴角都快翘到天上去了。

然后，他们就过上了非常幸福的生活。

这有什么不好的呢……

是啊，有什么不好的呢……

可为什么眼角隐约间还是有晶莹滚烫的东西滑落下来，这明明已经是这么幸福的事情。

眼泪止不住地流，像奔涌的河流，把自以为坚固的内心冲刷得溃败千里。

这只是虚幻而已，这并不是她的陌轻尘，那些也并不是她的父母。

逃避，逃避，她一直消极地逃避，在自己创造的世界里就能得到幸福了吗？

自欺欺人而已。

第二十五章
相聚回春谷

"小池！小池！你快醒醒啊！不要吓师姐好不好？"

"小池，那个，你醒过来的话，师父请你吃东西？"

"蔺安乐，你不是说你喜欢陌轻尘胜过我吗？可你都做了什么？有本事你就快点醒过来啊！"

"林小姐，是时候醒醒了。"

是时候醒了吗？

林池再次睁开眼睛，分不清自己是在哪里，也记不得自己为什么会在这里……

一梦幽然，恍若隔世。

"总算醒了。"眼前的干练女子擦了擦额头上的汗，"我说小姑娘，你要是再不醒过来，事情就麻烦了。"

林池迟疑了一下，开口道："沈……神医？"声音虚弱至极。

"嗯，是我。不然你以为谁还有这个实力把你从鬼门关拽回来？啧啧，果然是年轻人啊……伤成这样居然没留下什么后遗症，不过你这身体还是需要好好调养，这段时间就留在这里吧。"

"这里？"

对方慢条斯理地擦着手指，道："对啊，这里是回春谷。不过我事先声明，就算你认识我，诊费和住宿的费用可是一分都不能少。"

"让开让开！会付给你的！"门外一个身影迅速进来，从沈知离身边擦过去，原本美艳的脸上写满了尽管上了妆也掩盖不住的担心憔悴。

"小池，怎么样了？"

"我？我还好。"

沈知离满意地点点头，退了出去，倒是另外一个人走了进来："小池，为师这次很生气。"许久不见的师父精神气倒比之前好了不少，双手环胸，面目沉下，一副要教训人的样子，"为师跟你说过多少次了——人在江湖，最重要的事情就是自保！其他什么都是虚的，自己要能活下来才是最重要的，死了之后，可就什么都没有了！最可恨的还是有时候为人做嫁衣……"

"这话我赞同。"裴宛闻言，难得地没有反驳，同时动手扭着林池的脸颊道，"还有，要做什么事情能不能先跟你师姐我说一声，快被你吓死了知道不知道？"

林池垂下眼眸，突然又像是想起什么，一下抓住裴宛的手道："师姐，叛乱的事情！"

"嗯，那个啊，已经解决了。"

"解决了？"

"叛党全部被抓住了。"裴宛的表情冷了下来，"本来我还有点同情索瞳，但他居然敢把你害成这样，哼哼，死不足惜……"

林池有点想解释，索瞳只是囚禁了她，顺便打击了一下她的心灵而已，身上的伤主要还是她自己弄的。

"好了，别提那家伙了，总之你好好休息。"

"嗯。"林池点了点头。

没想到索瞳之前那么声势浩大的造反竟然这么快就被镇压了，之前她还担心……不过也是，就算病重，北周那只堪比老狐狸的皇帝陛下也不是吃素的。

等等，似乎有什么不对。

林池突然道："师姐，能不能叫沈神医再来一下，我有事情问她。"

沈知离本来也没走远，很快折回来，问："什么事情？"

"为什么救我？"

沈知离非常顺口地回答："救人乃医者的天职——当然，诊金也不能少。"

"不是这个……"林池低下头，又抿了抿唇，才道，"我杀了……我杀了陌轻尘……"每一个字她都说得那么艰难，像是硬生生从齿缝间挤出来的，"为什么还要救我……"

陌轻尘和沈知离的夫君是表兄弟，照理来说，他们和自己其实应该是仇敌才对。

"哦，你说这个啊。"沈知离拖长音调道。

林池被这样的音调拖得心口越发难受。

沈知离一记拳头砸在林池的头上，因为她并没有用多大力气，林池也不觉得疼。

倒是裴宛炸毛起来："你什么意思啊？！你凭什么敲我师妹？"

沈知离从指间射出一根银针，扎入裴宛的穴道，完全无视对方扭曲恐怖的表情，拍了拍手道："笨蛋，他命那么大，怎么会这么轻易地就死了。说怨恨，我在看到你之前倒是也有一点，捅了一刀不说，还在那么紧要的时候丢下他一个人……不过看到你这个样子，我想恨也恨不起来。"

林池躺在那里，面容惨白全身瘦得只剩下皮包骨头，简直就已经是尸体了。这哪里像是个刚报了仇的人？完全是行尸走肉。

林池却已经听不到沈知离其他的话，脑子里不断重复着一行字——他没死，他没死，他没死……

她不知道应该高兴还是应该难过，但一瞬间冲上心头的狂喜是怎么也否认不了的……

她结结巴巴地道："可是……之前的灵堂……"

"哦，这个就要问其墨了。"沈知离吩咐身后的医童，"去跟其公子还有凌公子、凌姑娘说，林池醒了，问他们有没有空，最好能过来解释一下。"

"啊……"林池还想阻止，却已经来不及了。

自己做了这么过分的事情，该怎么面对其墨和凌书、凌画？

其墨仍旧一袭宝蓝色长衫，翩翩公子温文尔雅的样子。他进来先对沈知离鞠了一躬，才绕过去道："林……你想问什么？"

似乎是知道他们要谈的话题涉及隐私，其他人都自觉地退了出去，不愿意退出去的也被扛了出去。

"灵堂……"

"你果然回来过明都……那是布的局，为了引人相信北周皇室的确是到了穷途末路。"其墨微笑，"简单来说，就是做戏而已。"

假的吗……明明那么像。

"很像是吗？"像是会读心术，其墨只看了一眼林池脸上的表情，就简单回答，"因为不需要演，公子那个时候本来就九死一生。"

虽然他的话里并无指责的意思，林池却低下了头。

"不过凌书那家伙不会演戏，所以他去照顾公子了。另外，二殿下是真的不知情，他的哭也是真的。"

林池的头垂得更低了。

"顺便说一声，公子现在也在回春谷，离这里倒也不远，就在那边的院子。"其墨指了指不远的地方，"被你刺伤那一晚，公子就被连夜送过来救治了，为了引蛇出洞，我们才宣称公子已经死了。他的伤很重，不过因为他的心脏构造与常人不同，他并没有被刺中要害，但……伤势还是很严重……因为他身体里的毒发作了。"

林池抬头，脸上的表情很茫然："毒发作了？"

"您果然什么都不知道呢。"其墨用了一个"您"字，讽刺意味更重。他按了按眉心，"虽然公子不想告诉你，但事已至此，恐怕还是说出来更好……公子自出生起身上便带了毒，所幸这毒并没有害死公子，还赋予了他绝佳的根骨，只是剥夺了公子的感觉。至于他能触摸到你，恐怕是因为你幼年时曾食用过什么奇异果实或药材，当然这些我们不得而知。这只是沈神医分析出来的，因为不只是你，你的妹妹和你的母亲同样能触碰到公子，而你们和竺颜小姐又并没有血缘关系，所以暂时只能这样猜测……"

林池呆呆地看着其墨。

其墨顿了一下，继续道："至于公子后来头发花白、眼睛失明、武功减退，是因为……他接受了沈神医的意见，决定用以毒攻毒的危险办法换回失去的感觉……而他这么做是为了你。"

"其实原本他的伤势并不会这么严重，他只要留在沈神医身边，可以得到最好最快的救治。但偏偏这个时候你去找你师父了，公子丢下一切去追你，所以后来才会变得那么严重……公子回来之后，身上的毒素蔓延得更厉害，为了恢复，他不得不接受更加痛苦的治疗。林小姐，你就没有好奇过你回来后为什么每晚他都会消失？因为在你睡觉、吃饭、休息的时候，公子正在偏殿的角落一个人默默忍受着痛苦。至于有多痛，你如果有兴趣的话，可以去偏殿的榻上看一下，紫檀木的床板上是公子抓出的一道道指印……公子以前从来没有经受过任何痛楚，我想你也能想象那有多痛，但沈神医说只要有你陪在公子身边，他就能熬过去。而你第二次丢下了他，不只丢下了他，还一刀刺穿了他的心脏……"

"对不起。"林池闭了一下眼睛，心痛如刀绞，可有些事还是不得不说，"但再有一次，我还是会捅那一刀的，他杀了我的父母。"

"谁告诉你的？索瞳？"其墨冷冷地道，"他说的你就信了？"

林池抬头："可、可是……陌轻尘他……"他承认了。

"那是因为公子自己都不记得了。那时候他刚被竺颜伤过，整个人都浑浑噩噩的，那段时间发生的事情他自己完全不记得！"其墨的语调蓦然拔高，随即他冷静下来道，"也怪属下，一直没有找到机会告诉公子这件事。真是讽刺，公子倒在血泊里的时候还跟我说不要杀你，因为他也以为那是他的错……"

这些话信息量太大，林池一时之间有些反应不过来："等等……不是……他？"

"不是。"其墨合了一下眼眸道，"公子的确去过江南，也见过你父母，其实起初我们也以为这是公子做的……因为那晚他喝醉了，直到天亮才回来，身上还带着血迹，没多久你家的事情便传了出来。我去问公子，他也什么都不记得，陛下震怒，用药迷倒公子，将他囚于明都，关了整整一年禁闭。如果不是有了新的证据证明那并不是公子所为，可能公子现在还被囚着。"

"证据？"

"是的。一年以后才出现的证据，那一晚仵作检查后断定犯案时间是子夜，而那时候公子正在通宵买醉，并且动手教训了一个当街调戏女子的醉汉，身上的血也是那时候染上的。公子当时乔装打扮，并没有人认出，他只在教训醉汉时在他耳边威胁过几句话。因为醉汉怀恨在心，窃了陛下御赐给公子的玉佩，时隔一年拿出来典当，大家才知道原来公子那晚在街上，并没有去蔺家放火。"其墨苦笑，"就算有错，那也是我的错，是我将你家的惨案一事压了下去，你有怨恨的话，便冲着我来好了，与公子没有半分关系。"

"那究竟是谁？"

其墨道："事情过去太久，追查不易，不过很有可能是那个索瞳所为，因为前几日他的一个同伙已经招了。不过，这次你不用担心报仇一事，刑部和大理寺已经着人彻查你府上的事情，所有的犯人都会得到他们应有的惩罚。"

林池动了动唇，道："多谢。"

这是她怎么也没想到的结局，不过想想也并不是完全不可能——那次她潜进皇宫，是索瞳先进去探路，她才捡到那一册书册，后来更是由索瞳直接交给了她。除此以外，那次去小村落也是索瞳带着她去的，然后他指责屠村之事为陌轻尘所为，完全是颠倒黑白。

"其实……公子根本不可能杀你父母。"不等她再开口，其墨已经语气淡然地继续道，"在以那样惨烈的方式失去了竺颜小姐之后，他根本不可能对任何一个他能触碰到的人下手。"

他按着额头，又道："不知道你有没有留意到公子回明都之后的不安。公子想必已经知道你是谁，也知道你为什么而来。如果他不想让你杀他，早便可以将你抓下，可他没有。他是心甘情愿、心甘情愿地被你刺死，他甚至留好了书信，让我们千万不要为了报仇杀你。

"你觉得公子很强大？不，他其实一点也不强大。他只是想保护你，用一切来保护你，哪怕是他的生命……"

心脏蓦然被揪紧，林池觉得无法呼吸，心里像有个地方被反复拧弄，胸中惶恐空洞而不安。

看着林池的表情，其墨终于也心有不忍："抱歉，我今天不是来问罪的，只是……"其墨看向别处，"对他好一点吧。

"如果有一天有人能杀了公子，那人只可能是你。"

其墨走后很久，林池一直静静地坐在榻边，良久良久，耳畔尽是其墨的话。

突然，她从床上爬起来就往外蹿去。

"喂喂，小池你要去哪里？"

"小池，你站住！"

林池头也不回地道："我要去见陌轻尘！"

没等她走出院子，就被沈知离拦下，沈知离双手环胸，冷冷地道："不许去！

你这病恹恹的样子，过去绝对把病气传给他，老老实实给我在这里养伤，听到没有！"

林池被拽着衣领拖了回来："那……是不是好了就可以去看他？"

沈知离点点头，又道："还有你这个鬼样子，谁乐意看？去的话绝对会吓到人的，不养得白白胖胖也不许去！"

林池挣脱她的钳制，回头便道："药呢？我要喝药！我还要吃饭！"

"来，给她拿饭和药。"

"是！"

看着眼前堆积成山的盘子被消灭，少女狼吞虎咽生龙活虎的样子，沈知离不禁有种"年轻真好"的感觉……

尾声

林池开始重新养身体，之前一直郁结于心的心结解开，失去的好胃口再次回来。

多年习武，她的身体底子本来就不差，再加上沈知离的药物调养，气色几乎是一天赛一天地好了起来。

她甚至还开始锻炼身体，每天绕着回春谷跑上好几圈，希望早日恢复过去的身手。

至于陪她锻炼身体的，当然是师父和裘宛。因为林池，两个人都留在了回春谷。

说起来，师父会出现在这里，林池还有些惊讶。

师父闻言一边懒散地晒太阳，一边道："我是跟着魔教那边的人过来的，就是上次那个花久夜，原来他是回春谷的另外一个谷主，这次接到消息特地来给你家陌轻尘看病的……早知道他和陌轻尘关系还不错，我们上次就不用逃得这么狼狈了。啊啊啊啊啊……你做什么？"

裴宛双手掐腰："给我滚起来，陪小池锻炼去！"

师父立刻扭脸，做腰酸背痛状："哎哟，师父这老腰又扭着了，动不了动不了了……还是你陪小池去吧。"

裴宛直接上腿踹："三日前你就是这个借口！你这个为老不尊的家伙要偷懒到什么地步啊？快给我滚起来。"

"徒儿，你好凶。"

"还说！"

林池看着两人打闹的身影，忍不住笑了起来。

"喂喂，小池，还不快过来帮师父，你师姐要弑师了啊啊啊啊！"

"小池，快跟我一起教训这老浑蛋！"

不远处的草丛里。

凌书捏拳头："他们居然还笑得这么开心！本大爷手好痒……"

凌画白了他一眼："有本事你就下手啊，看公子好了之后，会不会放过你！"

凌书抓狂："那我们俩到底是为什么要在这里偷窥，啊啊，不能动手好痛苦。"

凌画淡定地道："当然是为了把少夫人每天的行程汇报给其墨，然后其墨再给公子看……"

凌书扭脸："只有我觉得这样非常蠢吗？"

凌画面沉如水："你不是一个人。"

两人默默无言半晌。

凌书问："那我们俩为什么还要在这里？"

凌画迅速回答："因为公子想知道。"

"好吧。"

厅堂里。

其墨："多谢沈神医。"

"你的谢已经够多了，不如多付我些诊金来得划算。"

其墨笑道："这是自然。"

看着窗外，沈知离若有所思地道："看样子，你是真把那个小丫头刺激到了，说了不少过激的话吧？"

其墨微笑道："我只是说实话罢了。"

"不过能刺醒她也不错，至少她现在这个样子比刚来时那死气沉沉的模样好了许多。"沈知离笑了笑，"不过，实在想不到，她竟真的这么喜欢你家公子。"

"为何想不到？"

"我原本以为她会选择那个黑漆漆的青梅竹马嘛，因为怎么看那人都比你家公子好啊。"

其墨的声音高了起来："恕在下直言，在下看来，无论哪个方面我家公子都更优秀。"

"情人眼里出西施嘛，我懂。"

"呃……"其墨略觉得丧气。

"咦，小景环，过来娘亲这边。"沈知离冲着厅堂门口路过的少年招招手，又指了指其墨，"你其墨叔叔。"

其墨……叔叔……

少年板着一张清俊秀气的脸道："叔叔好。"

其墨："……"我到底该不该答应……我真的老到被人叫叔叔的年纪了吗？！

林池的身体一天一天地好了起来，并且她开始想方设法地使自己看起来胖一点。

她尝试过每天吃肥肉，但只吃了两顿就坚持不下去，勉强改变自己的口味实在痛苦，最重要的是沈知离直截了当地告诉她偏食最容易瘦。她也尝试过在自己的衣服里放上一些垫肩之类的东西，但是很快就被沈知离看出来。沈知离很不屑地表示"只要看你那张脸我就能知道你身体什么样了"，于是她继续尝试努力拍自己的脸，让它看起来肥一点。沈知离见状默默地开了一服消肿的药膏，然后就默默地走了……

林池拿着药膏："……"沈神医，你已经对我绝望了吗？为什么不提意见啊？

想不出办法，林池只好去问裴宛。一直很疼她的裴宛，偏偏在这件事上和沈知离站在同一阵线上，只告诉她别想走捷径，好好养伤才是重点。

不得已，林池只好自己想办法偷偷潜出去，她的身手虽没有完全恢复，但从这里出去还是小事一桩。

回春谷除去沈知离住的地方，外面倒更像个小镇，沿街尽是叫卖的商贾。

谷内气候温和，道路上种着许多植株。这个时节开得最艳的当属桃花，时不时便有一两朵悄悄落在满铺青石板的路上，暖暖的金色阳光射落，显得倦懒而温存。

这还真是世外桃源一样的地方。

林池舒服地伸了一个懒腰，在街边逛着店。

她一向没有逛街的爱好，但……林池想，也许可以买点东西给陌轻尘赔礼道歉，不过捅了一刀这种事情好像不光是赔礼道歉就够了的……但是，总归有比没有好！

咦，那不是糖葫芦吗？好怀念……买一串好了。嗯，给陌轻尘买一串好了，他肯定没吃过！

啊，这里的首饰好漂亮啊，但是她只会用系带扎头发啊，那……就给陌轻尘买支发簪吧，这支白玉的摸起来好光滑舒服！

这件白地金边绣着睡莲的长衫和陌轻尘好配……

这把折扇……这块玉佩……这双靴子……

林池逛完，抱着一堆东西，发现几乎全部是买给陌轻尘的。

等等，她不是出去找增肥的办法的吗？算了，下次吧，这么多东西她都快拿不动了。

先回去好了！

然后，然后……林池就不出意外地发现自己迷路了。

好在沈知离的居所是整个回春谷都知道的地方，林池随便找了个人问了问，对方就给林池指明了方向。

这个样子肯定是不能从正门进去的。林池把买来的东西包裹好轻松地抛了过去，包袱正好挂在树杈上，没有摔坏，林池很满意。

她刚想翻过去，就见那包袱被人钩着取了下来。

喂喂！就算偷东西也不要当着主人的面啊！

林池想也不想就一撑手臂，翻墙跃了下去。然而她估计错误，里面那侧的墙比外面这侧还高，林池闭上眼，双手抱膝，做好就地侧滚的准备，然而还没落地就被人结结实实地抱住。

"啊，多谢。"她慌忙睁开眼睛，入眼的是一双月白流云靴，纯白的衣袂纤尘不染。

一瞬间，林池连手该放在哪里，脸上又该做怎样的表情都忘了。

那人开口，声音一如既往地平缓温和，同样动听若泉涧流水："在做什么？"

她挣脱那人的怀抱，硬着头皮抓过那个包袱，低头塞进对方的怀里："给……给你赔礼用的……"

"赔礼？"他轻声问。

林池的脑袋像是炸开，她觉得全身上下都在冒热气，好像快要蒸发了："我……我弄错了，你不是我的仇人……赔礼肯定不够，你要是还生气的话，也捅我一刀！没关系的！"

"真的？"他的语气带了一点点疑惑。

"嗯嗯嗯！"林池抬头，想证明自己的真诚。

一切都在眼前放缓，时间像是刹那间静止。

眼前的人有着漂亮的水墨色长眸，纤长睫羽眨动间仿佛能带动心跳的节奏，润泽的如瀑银发随意地扎成一束垂在肩膀边，面容出尘。

他好好地站在那里，就像从来不曾受伤，也不知何为痛苦。

院中的桃花被风吹落，坠在他的发间。

他缓慢地摇了摇头，对着林池浅浅笑起："那会痛的。"

我不舍得你痛。

明明陌轻尘没有说什么很煽情的话，明明她不是那么脆弱的人，明明重逢了应该开心的。可是……

林池再也抑制不住，像个受尽委屈的孩子一样一头扑进陌轻尘的怀里，死死抱住他的腰，大声地哭了起来。

她什么也不想要，只想要这个人。

——陌轻尘，我们一辈子在一起好不好？
——好，一辈子。

番外卷

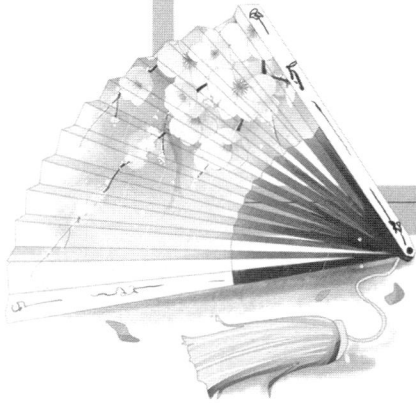

第一章
笨蛋夫妻二三事

一、一对笨蛋

"这个是糖葫芦，这个是白玉发簪，这是长衫、折扇、玉佩、靴子……"

"嗯。"

其墨、凌书和凌画推门进来后，听到的便是以上对话。

陌轻尘和林池对坐在床上，被褥中间摊着一大堆乱七八糟的东西。林池一个个拿起来朝着陌轻尘比画，陌轻尘则安然地坐在一侧听着林池一刻不停地说着，没有一丝厌烦的表情，在外人看来，他们就像两个笨蛋。

其墨等人本来打定主意，作为对林池的报复，一定要尽可能迟些让她见到公子，可是他们没想到，千防万防，忘记了自己窝里还有个胳膊肘朝外拐的人。

林池看到其墨等人面色难看地走进来，立刻把东西收拾好再次塞进陌轻尘的怀里，然后穿上鞋子蹿下床去："呃，我马上就走。"

其墨："……"

凌画："……"

凌书："……"

她为什么要躲，我们看起来很像要棒打鸳鸯的恶毒人吗？

其墨按了按额头："既然来了，林……少夫人就留下吃晚饭吧，马上就到晚饭时间了。"

既然缝隙已经打开了，接下来，林池便三天两头地往陌轻尘的院子跑。碍于陌轻尘明显的欢迎态度，其墨等人也只好睁一只眼闭一只眼。可是没过多久，隔壁的裴宛大小姐来抓自家师妹，林池的师父也跑过来抓裴宛，抓着抓着三个人就留在陌轻尘的院子里蹭了好几顿饭。

随着越来越频繁的交往，沈知离大手一拍，怒道："反正你们都是一家人了，还浪费我的两个院子干什么，给我住到一起去！"

此后……

其墨："其实我们可以回明都了吧？"

凌书把叼在嘴里的草吐掉："公子已经不想回去了。"

凌画："算啦，大家接受一下嘛！少夫人除了捅了公子一刀差点把公子捅死外，也没做什么太过分的事情啊！"

其墨："……"

凌书："……"

这还不算过分吗？

凌画捧着脸笑道："你们不觉得少夫人和公子非常般配吗？他们两个人在一起时的画面好美啊！而且……"她从怀里取出手帕，擦了擦眼角的泪，"这是多么不容易的事情啊！"

女人啊，你的名字叫感性。

二、关于绾发

虽然顺利地住进了陌轻尘的房间，可林池还是觉得有些忐忑，毕竟她还不知道陌轻尘是否原谅了她。原本她并不觉得自己做得有多过分，但那次听完其墨的叙述后，她发现自己简直是禽兽不如。

陌轻尘："你怎么了？"

林池："啊？我没怎么啊！"

陌轻尘放下林池买给他的白玉簪子，道："你一直在走神。"

"啊，抱歉！簪子怎么了，不喜欢吗？"

陌轻尘摇摇头，道："绾不上。"

林池："我来！"

林池自告奋勇地拿起白玉簪子，同时握住陌轻尘的长发，但是陌轻尘的头发实在太滑了，用那支更加滑的白玉簪子根本绾不住。

不行！她说要给他绾发的，怎么可以说话不算数。

晚饭时候。

其墨："喀，今天是谁给公子绾的发？"

凌画举手："不是我！"

凌书举手："更不可能是我了！"

于是，三个人同时把视线投到了林池的身上，并同时咬牙切齿——她是真恨公子啊！

其墨终于忍不住了，两步走到陌轻尘面前，道："公子，您的头发……"

陌轻尘从饭菜间抬起头来，脸上没有任何异样的表情："怎么了？"

此时陌轻尘的头发简直无法直视啊！那东一缕西一缕翘起来的是什么东西啊？那支白玉簪子到底是怎么插进去的啊，为什么把公子那么顺滑的长发插得像鸡窝一样？配上公子那张脸，越发惨不忍睹了。

另一侧的林池小声地问："很难看吗？我不太会用簪子。"

果然是你！

出于涵养，其墨忍了忍道："还好。"

林池松了口气："那就好。"

其墨："……"

你松什么气啊？你自己难道看不出来吗？这发型多有问题啊！

其墨决定旁敲侧击，问陌轻尘："公子，您照镜子了吗？"

393

陌轻尘点头："嗯。"

其墨："那您喜欢这个发型吗？"

陌轻尘想了想，对其墨扬起嘴角道："林池绾的。"

您居然还笑得出来？您很开心吗？是林池绾的又怎么样啊，您不能这么宠着她啊！

林池忐忑地道："陌轻尘，你不喜欢吗？那以后我……"

陌轻尘："喜欢。"

林池惊讶："你真的喜欢啊？"她放下筷子，抱住陌轻尘，"你最好了！"

陌轻尘的脸不禁有些红。

其墨转身快步出门，一秒都不耽搁地吩咐下人，声音不复平日沉稳，带着浓浓的急切之意："快点！去明都找几个会照顾人尤其会绾发的侍女！现在！立刻！马上！十万火急！"

三、关于睡觉

"你现在跟陌轻尘相处得如何了？"裴宛优雅地侧了一个身，啃着梨子问道。

林池："还不错吧。"

裴宛把头凑过来，问："他没欺负你吧？"

林池："什么欺负？"

裴宛淡定地道："按你自己理解的意思。"

林池的脸立刻红了。

裴宛丢下梨核，怒道："我就知道他不是什么好东西，身体刚恢复多久啊，他就……"

林池忙道："师姐，没有，没有的事情！"

裴宛："那你脸红什么？"

林池："我想太多了！"

事实上，还真是林池想太多了。这些日子里，林池和陌轻尘留在回春谷，无非一起看看话本、晒晒太阳，或者帮沈知离处理一下药材。再有时间，两个人就一起出去逛逛街、散散步，不过因为陌轻尘的那张脸，他们逛街的次数倒是不多，因为总会引来一群人围观，不论老弱妇孺。晚上，林池会跟陌轻尘一起睡，盖着棉被纯聊天那种。

裴宛："咦，什么嘛！"她很是不屑。

林池长出一口气。

"不对，等等……"裴宛突然道，"有情的孤男寡女睡在一起，他居然什么都不做……"

林池："啊？"

裴宛左手捶右手，狐疑地道："他不会是……你之前捅他的时候捅到什么地方了？"

林池一脸茫然。

裴宛凑到林池的耳边解释，林池的脸瞬间爆红："怎么……怎么会……肯定是因为伤还没好。"

裴宛哼了一声："半个月的治疗早过去了，他已经活蹦乱跳多久了？"

林池："那怎么办？去问沈神医？"

"肯定不能去问她，她是陌轻尘的表嫂，肯定向着他说话。"裴宛想了想，"你听我说，今晚你……"

林池结巴道："不、不行的。"

"没有什么不行的！乖，照着师姐说的做，明早来汇报结果，这可是非常重要的事情。"

林池又结巴了一会儿："好、好吧。"然后揉着脸走了。

第二天，裴宛老早就等着林池来汇报消息，却一直没见到林池的人影。直到中午，她忍不住派人去叫林池，得到的回复竟然是"林姑娘还没起床"。裴宛闻言，嘴角露出一抹邪恶的笑——这下子，什么都不言自明了嘛！

四、陌轻尘的正确使用方法

裴宛以帮了林池为名，强迫林池陪她出门。虽然林池不知道那件事算不算是裴宛帮忙，因为吃亏的那个人明明是她，但她还是答应了。

于是在一个风和日丽的早晨，林池、陌轻尘和裴宛一起出门逛街。窝在回春谷这么长时间，裴宛都快憋出病来了，再不出门逛逛，她就得死掉了。

三人光是出谷就花了很长时间，等到了附近的小城已经是日上中天了，裴宛立刻拉着林池和陌轻尘去了全城最大的酒楼，点了满满一桌子菜。不出所料，陌轻尘又引来了无数热切的目光，好在出门前陌轻尘已经用沈知离给的染发药膏把头发染成了黑色，这样就算别人被他的脸惊到，也不会想到他就是名满天下的陌轻尘。

三个人大快朵颐，很快就将饭菜吃得差不多了。

林池看着满桌的碗碟，问裴宛："师姐，你的钱带够了吗？"

裴宛道："钱？什么钱？我没带钱啊！"

林池讶异："啊，那怎么办？陌轻尘出门从来不带钱的啊，我的钱也不够……"

"没关系，不用担心。"裴宛笑了笑，"啊，对，小池，你要不要去方便一下？"

林池想了想，点头。

"那你先去吧。"裴宛道。

等林池从酒楼的茅厕出来，看见裴宛正等在外面。

"陌轻尘呢？"林池没看到陌轻尘的人影，诧异地问道。

裴宛笑道："哦，我让他去做一件很重要的事情，我们再吃点点心，一会儿他就回来了。"

林池虽然觉得有些奇怪，但还是点了点头。

半个时辰后。

陌轻尘终于回来了，身上没少什么东西，反而还多了许多发冠、珠钗之类的女人饰物。

林池担心地问："你没事吧？"

陌轻尘摇头。事是没有，就是有一群奇怪的女人。

裴宛微笑："好啦，他不是很平安地回来了吗？我们继续逛街去吧。"她突然体会到那个混账师父的心情了，通过"卖人"来解决问题真是再愉悦不过的事情了。

咦，她的内心好像有什么觉醒了呢……

第二章

幸福生活

幸福永远是短暂的，就算再不舍，一行人也还是要离开回春谷。

林池到了明都这座让她内心复杂至极的城市，之前刻意不去想的那些关于爱恨情仇的事情便一点点涌了出来。

她再次见到了那个美人皇帝，此时的他虽仍显得单薄，却并不像传闻中那么病入膏肓。

见皇帝之前，林池的内心是很忐忑的，毕竟之前自己什么都没做，就被逼得跳崖，这次她竟然捅了他的儿子，她都不敢想皇帝会怎样对待自己。出乎意料的是，皇帝并没有生气，反而很平和地问了她一些事情，大多是与陌轻尘有关的，比如和陌轻尘相处得如何、陌轻尘的心情与身体如何、最近爱做些什么。林池很快便一一回答了，同时心情也慢慢放松下来。

"这样也好。"皇帝轻笑出声。

林池有些摸不着头脑。

皇帝道："不用担心。"然后，他就再也没说什么。

离开皇宫之前，林池向皇帝请求了一件事，皇帝的态度虽然有些微妙，但还是答应了，于是林池去见了索瞳。

林池本以为索瞳见到她时会很愤怒，却没想到索瞳竟意外地平静。或许是因为知道他快死了，不论是他还是她，都觉得爱恨变得不那么重要了。杀死全家人的仇怨不是那么容易放下的，同样，两人这么多年的陪伴也并非没有一点感情，那就这样算了吧。

很快，林池便明白了皇帝那句"不用担心"是什么意思——前睿王遗孤叛乱，皇长子姬定岚被害，牵扯出朝堂上下三十多名官员，皆被满门抄斩，睿王遗孤秋后问斩，储君位由二皇子姬定峦继承。然而这些都是表面的，天下人都认为北周皇长子死了，可无墨山庄的陌轻尘还活得好好的。

姬定峦送陌轻尘离开明都的时候，哭得一把鼻涕一把眼泪的。陌轻尘倒很淡定，好像根本不觉得失去一个皇长子的身份是什么大不了的事情。

"哥、哥……你以后还会回来吧？"

陌轻尘很淡定地回答："不知道。"

姬定峦缩了缩鼻子："你的府邸就在这里，想什么时候回来都可以。"

"嗯。"陌轻尘道。

"呜呜呜，哥，走之前，我能抱你一下吗？"

陌轻尘沉默了一下。

林池道："喀，你就让他抱一下吧。"

姬定峦怒视林池："不要以为这样我就会原谅你！你捅我哥的仇我是不会忘记的，你这个臭女人！"

陌轻尘对林池道："我们走吧。"

姬定峦立刻扑上去哀叫："哥……"

林池抽了抽嘴角："陌轻尘，你别这样，这样弄得我好像反派啊！他是你弟弟，你就抱一下他呗。"

陌轻尘又沉默了一下，转身抱住姬定峦。

姬定峦刚开始兴奋异常，紧接着却叫道："哥、哥……你抱得太紧了……我、我没法呼吸了……啊，骨头要断了……"

这次，林池和陌轻尘是真的要离开明都了，不知道以后是否还会再回来。

皇上说不用担心。是指陌轻尘失去了皇长子的身份，也不用再承担皇长子的责任，可以去过自己想过的生活了吧！

"嫁给我吧。"陌轻尘道。

林池很平静地道："我已经嫁给你了。"

陌轻尘顿了顿道："那就再嫁一次好了。"

林池："……"

身为陌轻尘的属下，最大的功用就是完成主上各种一时兴起的想法，于是跟上次一样，婚礼以极快的速度操办起来，而这次明显更快一些。由于已经结过一次，嫁衣、蜡烛、喜字都是现成的，再加上上次已经广发过请柬，人们都知道陌轻尘已经结过婚了，所以这次在一定范围内庆祝一下就可以了，其墨如是想。

而最重要的是，新娘子这次很配合。林池穿好了嫁衣，从轿子里下来，然后跨过火盆，再到喜堂里与陌轻尘对拜。

凌书靠在门框上道："为什么我觉得有种过家家的感觉？"

其墨："因为本来就是。"

凌书诧异地看向其墨："小墨子，你什么时候……"说话这么犀利了？

其墨斜睨凌书："需要咱俩换下角色试试吗？我就是个老妈子！"

凌书："喀喀，淡定、淡定，换角色……本大爷先走了啊！拜！"

"夫妻对拜，送入洞房。"

陌轻尘拉着林池的手回到了房间里。

林池扯掉盖头："呼，总算结束了。"

陌轻尘不禁有些惊讶："你不喜欢吗？"

林池："不喜欢，好麻烦。"

陌轻尘："凌画说的……"

林池："她说什么？"

"女子喜欢成亲。"陌轻尘想了想，模仿凌画的语气，"不成亲不幸福，次数越多越好……"

林池："……"这是什么奇怪的癖好？

"我们还是先吃东西吧！"

陌轻尘："嗯。"

饭菜很快就被侍女端了上来，林池边吃边问："以后我们就一直待在这里了？"

陌轻尘眨了一下细长的眼睛："你想出去玩吗？"

林池在出去玩与宅在无墨山庄之间挣扎了一下，道："还是出去玩吧。"反正什么时候都有机会宅。

陌轻尘微笑起来，从怀里掏出一样东西递给林池，林池接过一看——行程表：从无墨山庄出发，先去云郡，再去魔教，然后是南疆、北齐，接着是各大门派巡回游，最后回到无墨山庄。

林池："这要走多久？"

陌轻尘："两年多。"

林池立刻面瘫状："我去睡觉了。"

就在此时，林池突然听到外面有人道："小池！"

林池走出房门一看，裘宛背着包袱风尘仆仆地快步走了过来。

"师姐，你怎么……"之前裘宛跟她说想在明都多留些日子，她们便别过了。

"我逃婚了。"

"哪里来的婚？"

"昨天定的。"

"和谁？"

裘宛咬牙切齿地道："那个杀千刀的姬君笙。"

第三章
平行世界的幸福

"小姐、小姐，该起床了。"丫鬟莲采在林池耳边叫着。

蔺安乐不耐烦地翻了个身，用手挥开她，迷迷糊糊地用尚带着鼻音的声音道："不要……不要吵我……让我……让我再睡会儿！"

另一侧的丫鬟桃采则叹气道："算啦，这样肯定叫不醒小姐的，而且夫人那么宠小姐，就算去告诉夫人，夫人也只会说小姐两句。"

莲采耷拉下脑袋："难道就这样不管小姐了？"

"也不见得。"桃采笑了笑，"看我的。"她凑到蔺安乐耳边，大声道，"哎呀，杜夫子，您怎么进来了？"

"啊，什么？杜夫子？杜夫子在哪里？"蔺安乐一下从床上坐起来，迷离着双眼四处张望。

"杜夫子在哪儿？杜夫子自然是在他自己的院子里啦！"桃采得意地笑道。

莲采以袖掩唇，也笑道："小姐，你该起床了。"

"什么嘛！"蔺安乐嘟囔着不情不愿地起床，然而想到很快又可以见到杜夫子了，她的心情不禁又欢快起来。

蔺安乐见过不少传闻中的才子书生，在人们口中皆有才有貌，可蔺安乐总觉得他们比起自家的教书先生杜若要差上许多。据说当年乡试杜若考中了解元，可惜得罪了权势，才不得不含恨放弃仕途，做了教书先生。这位杜夫子品貌温文清俊，只可惜人实在太古板了，整天除了诗文，再不见他对其他东西感兴趣。

这样想着，蔺安乐便忍不住扬起嘴角来，以后要是能嫁给杜夫子这样的人就好了。

"安乐、安乐……"

蔺安乐正出神间，突然听见有人唤她的名字，她抬头一看，却是与她交好的裴家小姐，裴家小姐提着裙裾正一路狂奔而来："你还愣着做什么？那位全郡闻名的陌家公子来咱们这里了，快跟我去看看啊！"

蔺安乐："陌公子？"

裴家小姐立刻一个手锤砸在蔺安乐的头上："笨蛋，你怎么连陌公子陌轻尘都不认得？先不说这个了，快点跟我走，好几家小姐老早就跑去了，再不去就来不及了！"

蔺安乐："啊？"

虽说被拽着走了，可是蔺安乐心里还是有着小小的不屑——全郡闻名？传闻都是唬人的，那人肯定没有她家的杜夫子优秀！

但是蔺安乐很快就发现自己错了——陌轻尘，他是叫陌轻尘吗？不用去分辨，甚至不用去注意人潮的关注点，她就能在第一时间找到陌轻尘。他身着一袭白地滚金边的长衫，长长的银发用一根纯白缎带束在脑后，眼眸若水墨画中最惊艳的一笔，两排睫羽微颤，薄唇微抿，不用太多修饰，一张脸已美得倾国倾城。

怎么会有人长得这么好看啊？这家伙一定是靠脸吃饭的那种人，内涵肯定比不过杜夫子，她要坚定、坚定、坚定……

平素端庄矜持的贵家小姐，一个个犹如打了鸡血般争先恐后地展现自己的无穷魅力，或温柔娴雅，或活泼大方，或妖娆多姿，还有几个自诩琴棋书画样样精通的才女在纸上挥毫泼墨。

"不知陌公子可会绘画？"

陌轻尘垂下眸，微不可闻地应了一声。

很快便有人端上了笔墨纸砚，陌轻尘一手执笔，另一手揽袖，长发滑到他的肩膀处，几缕银丝垂在耳际，整个人犹如定格在画面中，极其美好。

他下笔的速度很快，片刻间，一幅《落梅下女子懒倚图》便完成了。虽是短短时间内所作，却可见工笔不凡，简单的几笔便将女子的娇憨和落梅的妖娆体现得淋漓尽致。

虽然顾及形象，无人花痴地大喊出声，但蔺安乐看到众位小姐都使劲地绞着手里的帕子，眼睛直勾勾地盯着那幅画，眼神仿佛定在了画上一般。

只扫了那幅画一眼，蔺安乐就在心里哼哼：也没有特别好看嘛！

裴家小姐突然戳戳她道："喂，你发现没？"

"啊？什么？"

"那画上的女子怎么瞧着有点像你？"

"啊？"

"真的很像啊！不对，那懒得像猪一样的神态，根本就是你！"

蔺安乐："……"你真的是我的闺密吗？

也有明眼人发现了画中的蹊跷，斟酌着字句问陌轻尘："陌公子，这位小姐是你杜撰的，还是以谁为参照？我怎么瞧着有点像……"

陌轻尘抬手指向某个方向，众人便都顺着他的手指看向同一个人，而蔺安乐立刻被吓呆了。

陌轻尘突然弯起眼眸，嘴角微微上扬，露出一个清浅的笑容："她。"

后来，蔺安乐问过陌轻尘很多次，当时为什么会画她，虽然自我感觉还不错，但她实在没有自信在那么多打扮得花枝招展的小姐里脱颖而出。

陌轻尘想了想，道："我那天早上吃了一个粽子。"

蔺安乐："这有什么关系吗？"

陌轻尘："你穿着碧绿色的衣服。"

蔺安乐："然后呢？"

陌轻尘的眼眸若星月般弯起，显得很是无害："和粽子很像。"

"啊？"愣了一会儿，待看见陌轻尘嘴角的几许狡黠笑意，蔺安乐才反应过来，怒而掀桌，"陌轻尘，你耍我！"

那个时候，他们的关系已经很好了。

越相处，蔺安乐越觉得陌轻尘万能：琴棋书画、诗词歌赋没有他不会的，再困难的事情他只要看一遍，便可以完美地完成。对自己的超凡本事，陌轻尘自己倒是不以为意，还经常用这种逆天的技能做些奇奇怪怪的事情，比如折纸、做风筝，又比如给林池做菜、做糕点吃。虽说君子远庖厨，可陌轻尘好像并不在意，他对能够满足蔺安乐的要求感到非常开心。而且他同那些纨绔子弟不同，身上没有一丝轻浮的气息，反而显得平和纯净，听他弹一支曲子，或者什么都不做只是待在他身边，便会觉得心灵深处都平静下来。

陌轻尘喜欢蔺安乐，而蔺安乐也喜欢他，如此自然，好像这感情从不知道多少辈子之前就开始了。

而唯一让蔺安乐觉得有些忐忑的便是喜欢陌轻尘的人实在太多了，她毕竟不能时时刻刻和陌轻尘在一起，真怕哪天陌轻尘就被人抢跑了。

不过，这个忧虑很快便被打消——陌轻尘向她提亲了。对这件事，父亲和娘亲都感到非常高兴，尤其是娘亲，她抱着蔺安乐，感慨道："我家小安乐终于长大了，陌公子是个不错的人，最重要的是你也喜欢他。虽然娘很舍不得你离家，可是只要你愿意，随时可以回来看娘亲哦。"娘亲笑得温柔，眼角眉梢都是喜意，也抚平了蔺安乐内心的忐忑。

成亲当日，蔺安乐换上了娘亲亲手缝制的嫁衣，还让莲采、桃采仔仔细细地给她梳妆，看着镜子里那个漂亮精致的女子，蔺安乐都有些认不出自己了。她有些迫不及待，想要知道陌轻尘看到这样的她会是怎样的表情，可是转念想到陌轻尘的那张脸，蔺安乐的脑袋很快又耷拉下来。

"很漂亮。"被大红色淹没的房间里，陌轻尘取下蔺安乐的红盖头，轻声道。他的声音非常好听，清雅低沉，像山涧里缓慢流淌的泉水，让蔺安乐的心也跟着欢快地跳动起来。

蔺安乐偷偷地打量着陌轻尘，一身红衣犹如静静燃烧的火焰，衬得陌轻尘美得惊心动魄。从今天开始，她就要嫁给这个人了。

抑制不住内心的激动，蔺安乐扑过去抱住了陌轻尘。陌轻尘愣了一下，很快便回抱住她，姿势熟练，好像已经抱过很多次。蔺安乐把脑袋埋进陌轻尘的肩窝里，嗅着他身上独有的清冷气息。

会幸福的吧，他们。

第四章
索　瞳

夜，有点凉。

索瞳被关进了监牢，因为知道他会武，他脚上的镣铐是玄铁制成的，冰冷地贴着脚踝，让人不住地打着寒战。

造反是祸连九族的罪行，其他人都已经被处刑了，只有他这个主谋还好好地活在监牢里，因为无论再怎样反叛，他的身体里还是流淌着北周最尊贵的姬氏的血液。

他的名字叫姬什么来着？因为太久没被人叫过那个名字，那个名字很快便在记忆里模糊甚至消失了，而现在他只记得他叫索瞳。明明是慌乱中想出的假名，没想到却会被当成真名一直用下去。

"饭。"

被狱卒丢进牢房里的破饭盒中盛着跟他的现状极为搭调的饭菜——已经馊黄

冷硬的米饭和难以下咽的剩菜。

索瞳只看了一眼便靠在墙上，合上了眼眸。

"不吃？"狱卒问，语气很不客气，"这不吃那不吃，你想要怎样啊？你还真当你是皇亲国戚，要我们给你上大鱼大肉啊？"

索瞳睁开一只眼睛，目光凌厉犹如刀刃。他是虎落平阳，但还轮不到被蝼蚁欺凌。

狱卒被索瞳的那一眼吓到，似乎想起什么，啐了一声便扭头走开了。

寒凉侵袭身体，索瞳轻轻地咳了一声。谈不上后悔不后悔，不过是成王败寇而已。自己太小看那只老狐狸了，他知道自己想要反叛，竟然将计就计引自己入瓮，还把朝堂里那些对他有二心的人一网打尽，真可称得上是一箭双雕。

自己输在太缺乏耐心了，再过十年，不，再过五年，自己不一定会输，只是再没有这个机会了。索瞳沉目，而且自己也没有办法再等下去，要自己眼睁睁地看着林池嫁给陌轻尘，未免太过残忍了。

陌轻尘、陌轻尘……那只老狐狸看起来精神不错，甚至对自己也没有多少恨意，陌轻尘的死恐怕也是假的，而自己现在是真的要死了。

果然，陌轻尘所拥有的一切都比自己好，包括运气在内。感情缺失、没有知觉、残忍嗜杀，这样的皇子放在任何一个皇朝，都不会得到皇帝的喜欢，陌轻尘却是全北周万众喜欢的皇长子。而自出生之后就循规蹈矩的自己呢？从小被教育要讨好父王的自己呢？陌轻尘被众星捧月的时候，自己却在荒郊野外挣扎求生，自己又怎么能不恨？

哪怕索瞳和陌轻尘从未见过面，索瞳对这人也已经恨意深种。那个人享受着本应属于他的一切——他的赞誉、他的权势、他的地位，所以他一定要全部夺回来。

然而，这个世上原本就没有公平一说，时至今日，索瞳才深刻地明白这一点。他陷害了陌轻尘那么多次，却没有一次能够真正影响到陌轻尘。

没来由地，索瞳眼前又闪过了一个女子的身影，她现在应该在陌轻尘的身边吧？

"有人来看你了。"狱卒在外面喊道。

接着是逐渐走近的脚步声，最终来人停在索瞳的牢房前，还是那个熟悉的声音："索瞳。"

索瞳没有应声。

"那些事情是你做的吗？你杀了我全家以及那个村落的所有人，然后嫁祸给陌轻尘？"

她果然是来问这件事情的。索瞳勾起一侧嘴角，想笑，最终露出的表情却比哭还难看。

那个声音还在说："你是默认了吗？如果不是，就出声告诉我。"

周围依然静默，只有流动的空气越发冰冷。

"不想跟我说话吗？那……我走了。"她退了一步。

索瞳沙哑的声音低沉地响起，犹带着几分轻嘲的笑意："是我。"

话刚出口，索瞳就后悔了：他为什么要接话，为什么要让她看到这样狼狈的自己？说到底，只是因为他舍不得。

"为什么？"她想再多听几句。

"我恨他。"

她抑制不住地道："那我的家人呢？他们并没有得罪过你！你为什么……杀了我的父母，你怎么还能坦然地待在我身边这么多年，你不会做噩梦吗？而且你明知道你把这件事嫁祸给了陌轻尘，还看着我亲近他……"

索瞳轻笑，好像完全不在乎林池说的话。

她深吸了一口气，按住眼眶，最终淡淡地道："我走了，你好自为之。"她说完转身，毫不犹豫地离开了。

索瞳的声音在她的身后响起："如果我……"

她停下脚步，铜墙铁壁的监牢里没有一丝风，静得就像墓地。

"没什么，你走吧。"听着林池远去的脚步声，索瞳把后半句话轻喃出口："我后悔了。"我后悔没在杀你父母之前认识你，我后悔没在你亲近陌轻尘之前阻止你。

复仇，他到底是为了什么复仇？就算他复仇成功了，比起他失去的一切，这真的值得吗？

监牢里，烛台上灯火摇曳，映着索瞳萧索的身影，在墙壁上斑驳地跳跃着。

夜更深了，烛火熄灭，一切都沉入了黑暗之中。

第五章
裘 宛

　　听完林池跟她说的事情，裘宛刚开始还有些疑惑，因为实在看不出索瞳是个那么厉害的家伙。以前她没少欺负索瞳，可从没见索瞳反抗过，没想到……但最终她还是决定将这件事说出去，而她最方便找的人莫过于静王世子姬君笙了。

　　裘宛其实并不愿意去找姬君笙，因为姬君笙这次是来找未婚妻的，她和姬君笙的关系不清不白，既然已经决定和他断掉，就不该在这个时候去找他，更何况，她看了一眼那个名单……

　　她思来想去，除了姬君笙，方便找的人恐怕只有丞相之子顾渊了，这家伙是明都出了名的花心萝卜，只要是稍有姿色的女子，想接近他是轻而易举的事情。

　　打听到顾渊常去的酒楼，裘宛稍微打扮了一下便去了。不出所料，顾渊很快便被她的花容月貌勾引了过来。裘宛虽然着急把消息传递出去，但现下两人还不熟悉，她说的话，顾渊未必会信，裘宛只好耐着性子与顾渊虚与委蛇。

可是没想到，她竟在酒楼里看到了姬君笙。他好像是在和人谈事情，不经意间瞟到裴宛和顾渊后，眼神突然沉了下来，脸色也变得极其难看。

出师不利，裴宛不着痕迹地皱了一下眉。

没过多久，顾渊的随从贴在顾渊的耳边说了些什么，顾渊当下想要拒绝，但是这个时候实在不是聊天的好机会，裴宛连忙道："顾公子，你有事便去吧，正好我也该回去了。"

"等等，我送小姐。"

"不用了。"

裴宛刚出酒楼，手腕就被人拽住了，紧接着被人拽到了旁边的暗巷里。

"裴宛。"姬君笙铁青着脸色。

裴宛甩开他的手，揉了揉自己的手腕，道："刚才果然是你叫人支开了顾渊。"

"是我又怎样？"姬君笙抑制不住怒气道，"你去找谁不好，你找顾渊！你知不知道他在明都的名声有多差？哪个清白人家的姑娘会与他相交。你跟他……你跟他到底……"

见姬君笙越说越过分，裴宛也怒了："这关你什么事？"

"裴宛，我这是在关心你！"姬君笙更怒，"你跟谁在一起，都不能跟那种人在一起！他只是玩……"

裴宛冷冷地道："你说完了吗？"

姬君笙的表情显得很痛苦："为什么？他有什么好的？我哪点不比他强？"

"你要成亲了！"裴宛怒道，"你现在应该陪在你未婚妻身边，而不是在这里跟我说这些！"说完，她转身就要走，手却再一次被人拽住。姬君笙的力气很大，他根本不容裴宛反应，就将她按到墙上，紧接着深深地吻了下去。

事情转变得太快，几乎是在瞬间发生的，裴宛震惊得愣了片刻，直到姬君笙的舌刷过她的贝齿，她才反应过来。

裴宛狠狠地咬了姬君笙的嘴唇后，抬腿踹开他，怒不可遏地道："你疯了啊？"

姬君笙擦着嘴唇上的血，道："对，我是疯了。"他攥紧拳，用力地打在墙面上，"我接受不了你和别的男人在一起的样子。顾渊，你知道明都人都叫他什么吗？会动的……一想到他可能会对你做的事情，我就觉得自己快要疯了。我不成亲了，我不要娶那个我根本不认识的女人。宛宛，我们私奔好不好？我什么都不想要，我只要你。"

裘宛的关注点却根本不在最后一句上："什么叫他对我做的事情？我看起来是那么随便的女人吗？"

姬君笙看着裘宛，眼眶通红，像只兔子："可是……"

裘宛见状，怒气消了些许："告诉你好了，我是有事找他，我师妹……林池拿到了一份叛党名单，这些人联合前睿王的遗孤意图造反，我得把这份名单交到皇上手中。"

姬君笙愣了愣，道："那你为什么不来找我？"

裘宛："找你？我又不想跟你藕断丝连，为什么要找你？而且……"

姬君笙松了口气："如果是这样的话，你别再去找顾渊了，我帮你递上去吧。"

裘宛："不用了。"

姬君笙立刻道："难道你还想去找他？"

"不是。"

"那为什么？"

事到如今，也没有隐瞒的意义，裘宛从怀里取出名单，递给姬君笙："你看了就知道了。"

姬君笙将名单快速地浏览了一遍，名单里的人不少是……他的视线忽然停了下来："这个……"

裘宛道："对，你未婚妻一家也在里面。明明就要嫁入姬家了，还不安分。"

"你是因为这个，所以不来找我的？"

裘宛淡淡地道："原因之一吧。"

姬君笙道："不用担心了，我会交上去的，你就好好休息等着吧。"

裘宛动了动唇，最后道："好吧。"

反叛一事得到证实，所有叛党被一网打尽。

姬君笙又来找裘宛，裘宛立刻摆出防卫姿态："来找我干吗？你未婚妻一家跟我没有关系，他们不是我陷害的。"

姬君笙咳嗽了一下，手握成拳掩住唇道："呃……那个……是其他的事。"

"什么？"

"因为我说这份名单是你给的，所以陛下决定表彰你一下。"

裘宛狐疑地道："什么表彰？赐死吗？"

"宛宛，你想太多了。"

"别叫得这么亲热，我跟你不熟。"

"喀喀，是这样的：我跟陛下说，我跟你两情相悦，但是碍于身份一直无法在一起。皇上听后十分感动，于是决定赐婚。"

"啊？"

"你现在是我的未婚妻。"

裴宛："谁跟你两情相悦啊？我可以拒绝吗？"

"恐怕不行，圣旨已经颁下来了，君无戏言，你要抗旨吗，宛宛？"

裴宛："……"这浑蛋什么时候学会这招的？逃婚！她绝对要逃婚！